Stefan Burban

SKULL 6: Im Namen des Ares

STEFAN BURBAN
SKULL

IM NAMEN DES ARES

ATLANTIS

Eine Veröffentlichung des
Atlantis Verlages, Stolberg
September 2024

Titelbild: Mark Freier
Umschlaggestaltung: Timo Kümmel
Lektorat & Satz: André Piotrowski

ISBN der Paperback-Ausgabe: 978-3-86402-950-9
ISBN der eBook-Ausgabe (ePub): 978-3-86402-948-6

Besuchen Sie uns im Internet:
www.atlantis-verlag.de

Prolog

Strategiewechsel

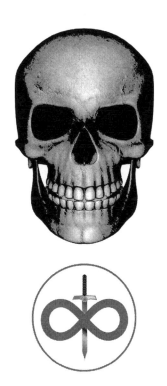

15. März 2648

Lieutenant Erik Hansen schlenderte voller Selbstvertrauen durch die Korridore des Präsidentenpalais auf Reykjavík. Dieser Anbau war relativ neu, erst vor wenigen Wochen fertiggestellt. Der Flügel verlieh dem Prunkbau den Anschein, als handele es sich wirklich um einen Palast.

Erik behielt eine neutrale Miene bei. Tief in seinem Inneren spürte er jedoch den Stachel von Ekel und Abscheu. Dort draußen starben jeden Tag Tausende von Soldaten der Solaren Republik in einem unerklärten und sinnlosen Krieg. In einem Krieg, der niemals hätte ausbrechen dürfen. Pendergast allein trug die Verantwortung dafür. Gleichzeitig umgab er sich auf seinem ureigensten Territorium fernab der Kämpfe mit Luxus. Als könnte all der Tand den Gestank der Fäulnis in Pendergasts Innerem überdecken. Erik hatte das nicht mehr länger ertragen. Die Suche nach einem Ausweg aus diesem moralischen Dilemma trieb ihn geradewegs in die Arme von Rodney MacTavishs Widerstandsbewegung.

Eriks Vater war bereits Soldat gewesen und dessen Vater vor ihm. Er hätte sich selbst als Verräter sehen müssen, tat es aber nicht. Im Gegenteil. Erik war Patriot. Er liebte seine Sternennation und die Menschen, die darin lebten. Deswegen handelte er nach seinem Gewissen und tat, was er tun musste. Für ihn waren Pendergast und die verbrecherische Clique, die der Präsident um sich geschart hatte, die Verräter. Und es war seine Pflicht – als Bürger der Republik und loyaler Offizier – diesem Feind entgegenzutreten.

Bisher nur im Verborgenen. Jetzt kam der Zeitpunkt der Abrechnung näher. Und Erik hoffte inständig, er würde es noch erleben, wenn Männer wie Pendergast, Gorden und Mulligan vor Gericht standen, um ihre gerechte Strafe zu erhalten. Damit niemand jemals vergaß, dass das Streben nach Macht zulasten eines unschuldigen Nachbarn am Ende immer seinen Preis forderte.

Erik stellte in MacTavishs Organisation einen wichtigen Aktivposten dar. Als Teil der Präsidentengarde erhielt er Zugang zu Orten, an die nur wenige gelangten. Der Lieutenant war einer der höchstrangigen Agenten, die der Widerstand hatte rekrutieren können. Und am heutigen Tag würde Erik ein weiteres Mal seinen enormen Wert unter Beweis stellen.

Die Männer und Frauen in den prunkvollen Ausgehuniformen der Garde, die dem Offizier begegneten, nickten ihm respektvoll zu, jedenfalls die mit demselben Rang. Die rangniederen salutierten, wie es sich gehörte. Niemand störte sich an seiner Anwesenheit. Warum auch? Er gehörte hierher – auch wenn die Uhrzeit unter Umständen ihr Misstrauen hätte wecken können. Der Trick daran war, vorzugeben, seine Anwesenheit sei das Natürlichste von der Welt.

Erik hatte sein Ziel fast erreicht. An der letzten Ecke vor Pendergasts Büro stockten seine Schritte. Der Lieutenant zog sich ein wenig zurück. Peter Mulligan, der persönliche Assistent Pendergasts, verließ die Räumlichkeiten seines Herrn und Meisters und schloss leise die Tür hinter sich.

Der Mann studierte einige Dokumente auf seinem Pad. Er sah kaum auf und wäre deswegen um ein Haar mit einer zwei Meter großen Zimmerpflanze kollidiert. Erik verkniff sich den Drang zu lächeln. Mulligan war überaus gefährlich, auch wenn er nicht danach aussah. Man durfte ihn keinesfalls unterschätzen.

Mulligan nahm einen Gang, der ihn von Erik wegführte. Der Lieutenant atmete erleichtert auf. Verstohlen sah er sich um. Es war niemand zu sehen, weder Agenten des Secret Service noch Soldaten der Präsidentengarde. Beides deutete darauf hin, dass Pendergast nicht zugegen war. Perfekt.

Der gesamte Flügel wurde scharf kontrolliert, weshalb die nächtliche Anwesenheit von Schutzpersonal vor dem Büro nicht als notwendig erachtet wurde. Dass Unbefugte derart tief in Pendergasts Allerheiligstes vordrangen, war undenkbar, geradezu lachhaft. Wenn er seinen Job richtig machte, dann würde niemand je erfahren, dass er hier gewesen war. Alles andere hätte den sicheren Tod bedeutet.

Erik gab an der Tastatur den ihm zugeteilten Sicherheitscode ein. Anschließend scannte das Gerät Retina sowie seine Fingerabdrücke. Nacheinander leuchteten mehreren Dioden grün auf und das Schloss entriegelte mit hörbarem Klicken. So weit, so gut.

Erik durfte nicht vergessen, die Zugangsdaten wieder zu löschen, sobald er fertig war. Sollte wider Erwarten der Einbruch bemerkt werden, könnte man anhand dieser Protokolle sonst problemlos feststellen, um wen es sich bei dem Eindringling handelte.

Der Lieutenant schlich sich in das Büro und schloss die Tür hinter sich so geräuschlos wie möglich. Seine Kehle fühlte sich staubtrocken an. Das Gefühl, von allen Seiten durch unsichtbare Augen belauert zu werden, war überwältigend.

Erik trat eilig hinter den Schreibtisch und durchforstete die Akten. Pendergast benutzte weitestgehend digitale Dokumente. Nacheinander steckte der Offizier die Speichervorrichtungen in die entsprechende Öffnung des mitgebrachten Pads. Das meiste davon war völlig irrelevantes Zeug.

Einiges war aber durchaus interessant. Es gab Berichte von der Front, geplante Truppen- und Flottenbewegungen und auch Prognosen über neu eingerichtete Nachschubrouten sowie Schriftverkehr mit den CEOs wichtiger Rüstungsfirmen.

Eriks Mundwinkel zogen sich leicht nach oben. Die Lage der Republik war weitaus prekärer als nach außen hin sichtbar. Die CEOs beklagten die schwindenden Ressourcen sowie die von der Regierung geforderten kürzeren Lieferzeiten.

Der Krieg verschlang Unsummen an Geld und Rohstoffen. Darüber hinaus fehlte es in den Fabriken an fachkundigem Personal durch die zahlreichen Mobilisierungswellen. Pendergast warf alles, was er an Menschen einziehen konnte, an die Front.

Ironischerweise lag die Arbeitslosenquote praktisch bei null. Es herrschte buchstäblich Vollbeschäftigung. Jeder Bürger wurde angehalten, seinen Beitrag zu leisten. Alles andere wurde als unpatriotisch angesehen. Entsprechende Elemente der Gesellschaft mussten in der Folge mit Repressalien rechnen, und das noch nicht einmal von der Regierung, sondern von Nachbarn und der Verwandtschaft.

Die meisten zogen es daher vor, sich entweder zum Militär zu melden oder ihre Arbeitskraft den zahlreichen Rüstungsfirmen zur Verfügung zu stellen. Und dennoch reichte es immer noch nicht aus. Die Wirtschaft der Solaren Republik stand vor dem Kollaps.

Pendergasts Kriegsanstrengungen glichen einem Kartenhaus. Wenn man es geschickt anstellte, würde es unweigerlich in sich zusammenbrechen. Die Aktionen des Präsidenten gegen das Königreich waren als Blitzkrieg geplant gewesen. Dieser scheiterte kläglich. Der Kriegsgegner der Solaren Republik spielte auf Zeit und sie begann, für die Royalisten zu arbeiten. Zwar im Moment noch unmerklich, aber die Zeiger der Uhr beschleunigten bereits ihr Tempo. Die Royalisten mussten lediglich noch ein wenig länger durchhalten. MacTavish würde sich brennend für diese Informationen interessieren.

»Haben Sie Wertvolles gefunden?«, fragte ihn eine Stimme betont freundlich. Erik schreckte auf.

Im Türrahmen stand Vincent Burgh. Der Mann besaß keinen offiziellen Status. Aber jedermann wusste, dass er Pendergasts Mann fürs Grobe war. Sein Leibwächter. Sein Spion. Sein Attentäter.

Erik richtete sich zu voller Größe auf und öffnete den Mund. Burgh gebot dem Lieutenant mit erhobener Hand Einhalt. »Geben Sie sich keine Mühe. Es dürfte Ihnen schwerfallen, Ihre Anwesenheit zu erklären. An diesem Ort. Zu dieser Zeit.«

Erik schloss seine Kiefer wieder. Burgh trat näher, ließ dabei den Gardeoffizier nicht aus den Augen. »Ich sollte mich bei MacTavish entschuldigen«, spann der Attentäter den Faden weiter. »Ich hätte nie gedacht, dass er einen Agenten dermaßen tief in den Schaltzentralen der Macht besitzt.«

Eriks Gedanken rasten. Er fragte sich, wie der Mann von seiner Anwesenheit erfahren hatte. Dass Burgh aus purem Zufall plötzlich auftauchte, das glaubte er keinesfalls. Erik ließ die Schultern sacken. Eigentlich spielte es auch keine Rolle. Er war schachmatt – und beide wussten es.

Die Resignation musste sich auf seinem Gesicht widergespiegelt haben, denn Burghs Lippen teilten sich zu einem triumphierenden Grinsen. »Gehe ich recht in der Annahme, dass Sie nicht vorhaben, Ihre Haut zu retten, indem Sie mir etwas von Wert verraten? Den Aufenthaltsort von MacTavish zum Beispiel? Das wäre ein wirklich exquisiter Verhandlungsgegenstand.«

Eriks Körper versteifte. Er presste die Kiefer dermaßen fest aufeinander, dass die Zähne schmerzten.

»Hatte ich auch nicht erwartet«, entgegnete Burgh, der die Körpersprache des Mannes folgerichtig interpretierte. »Aber wir haben Mittel und Wege, auch die verstockteste Zunge zu lösen.«

Die Vorstellung löste Panik in Erik aus. Seine Eingeweide schienen sich zu verknoten. Ja, Pendergasts Leute standen in dem Ruf, über entsprechende Wege und einen völligen Mangel an Moral zu verfügen. Wo

MacTavish sich aufhielt, wusste er nicht. Wohl aber unterhielt er Kontakt zu Agenten, die möglicherweise über diese Information verfügten. Sie durften keinesfalls in Gefangenschaft geraten. Und das bedeutete, *er* durfte keinesfalls in Gefangenschaft geraten.

Es ging alles ganz schnell. Erik zog die Neunmillimeter aus dem Holster in einer vollendet fließenden Bewegung. Beim Schießtraining hatte er sich nie besonders hervorgetan. Dennoch konnte man ihm ein gewisses Talent nicht absprechen. Um Zeit zu sparen, schoss er aus der Hüfte. Ein Knall hallte durch den Raum.

Für einen winzigen, glorreichen Augenblick glaubte er, Burgh erwischt zu haben. Der Mann hatte sich kaum bewegt. Dann erinnerte er sich an einen zweiten Knall, der beinahe parallel zum ersten erfolgt war.

Der Schmerz trat langsam zutage. Erik sah an sich herunter und bemerkte erst jetzt den roten Fleck auf seiner Brust, der sich langsam ausbreitete und die makellose Uniform tränkte.

Der Lieutenant schwankte. Die Waffe entglitt Fingern, die nicht länger in der Lage waren, ihr Gewicht zu halten. Erik bemühte sich darum, aufrecht zu bleiben, fand sich allerdings unversehens rücklings auf dem Boden liegend wieder.

Burghs Gestalt ragte über ihm auf. Das unbewegte Gesicht des Attentäters starrte auf Erik herab und sah ihm beim Sterben zu.

»Was für ein Jammer«, hörte Erik Burghs Stimme wie aus weiter Ferne. »Sie waren ein guter Mann.«

Montgomery Pendergast, Präsident der Solaren Republik, saß in seinem Büro in der präsidialen Residenz in Reykjavík. Es war eines der bestgesicherten Gebäude aller bekannten Welten. Die Insel Island wurde geschützt durch eine Division seiner besten Truppen, außerdem von schweren Geschützen, die sogar Raumschiffe aus dem Orbit holen konnten, und einer Flugverbotszone, die allen Eindringlingen ein schnelles Ende versprach.

Dennoch hätte er sich kaum verwundbarer fühlen können. Der rote Fleck unmittelbar zu seinen Füßen war eine unwillkommene Erinnerung daran, dass man vor Verrätern niemals wirklich sicher sein konnte.

Die Morgensonne schien durch das Oberlicht und tauchte das Büro in seinen sanften Schimmer. An jedem anderen Tag hätte der Präsident sich davon beruhigen lassen. Nicht aber heute. Vor ihm standen zwei Männer in der Uniform der Raumflotte, beides ranghohe Offiziere. Den einen machte Pendergast für die Misere, in der sie sich befanden, verantwortlich. Der andere sollte den Karren aus dem Dreck ziehen.

Die Admiräle waren nicht wirklich zugegen. Man hatte sie über eine Stafette von Satelliten als Hologramm zur Heimatwelt der Republik durchgestellt. Ein äußerst kostspieliger Vorgang, Pendergast hatte das Finanzielle aber zähneknirschend durchgewunken. Er wollte mit den beiden Auge in Auge sprechen, damit sie begriffen, was er von ihnen erwartete und wie ernst es ihm war, wenn es um zu erwartende Konsequenzen im Falle ihres Scheiterns ging.

Zur Linken stand das holografische Abbild Großadmiral Gale Sheppards. Der Mann hatte sich vor einigen Monaten mit dem Rest der 3. Flotte nach Castor Prime zurückgezogen und leckte seitdem seine Wunden. Nach der Schlappe bei Selmondayek vor einem Dreivierteljahr hätte man meinen können, der Mann trete etwas bescheidener auf. Dem war leider nicht so. Man hätte beinahe den Schluss ziehen können, Sheppard wäre der Meinung, er trage keine persönliche Verantwortung an dieser verheerenden Niederlage.

Sheppard gehörte zum alten Schlag. Er war einer der wenigen, die von der alten Garde noch übrig waren. Der Mann war ein Relikt aus der Zeit vor Pendergasts Machtergreifung. Der Präsident hatte es noch nicht geschafft, ihn loszuwerden. Das stand aber ganz oben auf seiner To-do-Liste. Jetzt mehr denn je.

Der Blick des Präsidenten richtete sich auf den Mann zur Rechten, Großadmiral Harriman Gorden. Er teilte sich mit Sheppard das Oberkommando über die solarischen Streitkräfte. Im Gegensatz zu diesem Versager war Gorden einer von Pendergasts bevorzugten Günstlingen. Er hatte ihn persönlich in diese Position erhoben. Die Loyalität Gordens war über jeden Zweifel erhaben. Außerdem besaß der Admiral einen Hang zur Gewalt, der seinesgleichen suchte. Pendergast bewunderte so was. Es brachte oftmals bessere Ergebnisse hervor als der von falscher Ehrauffassung geprägte Charakter Sheppards.

Gorden gehörte darüber hinaus einer Splittergruppe innerhalb der solaren Streitkräfte an. Ihre Existenz war ein offenes Geheimnis, das niemand wagte, unverhohlen zur Sprache zu bringen. Sie nannten sich die Söhne des Ares. Sie verehrten den altgriechischen Kriegsgott, als würde er tatsächlich existieren. Im Prinzip vereinigten sie den Charakter einer Sekte in sich. Die Mitglieder der Söhne des Ares hielten es für ihr Recht, nein, sogar ihre erklärte Pflicht, die Grenzen der Solaren Republik in alle Richtungen auszudehnen, bis sämtliche Sternennationen unter dem Banner der Republik vereint waren.

Es handelte sich um einen verrückten Haufen. Sie lieferten aber Fortschritte und nur das zählte. Pendergast hatte Gorden sogar ein neues Großschlachtschiff, mit dem Namen ARES, spendiert. Sein altes Flaggschiff WLADIWOSTOK war an einen rangniederen Commodore weitergereicht worden.

Pendergast zog den Moment, in dem er gedachte, das Gespräch zu eröffnen, noch ein klein wenig hinaus. Er genoss es, seine Untergebenen schwitzen zu lassen. Gordens Visage zeigte ein überhebliches Grinsen. Er musste sich keine Sorgen machen und er war sich dessen im Klaren. Sheppard stand unbewegt wie eine Statue im Raum. Er verzog keinen Muskel. Genauso gut hätte er eine Sphinx sein können. Der Mann war entschlossen, Pendergast nicht die Genugtuung zu gönnen, sich unbehaglich unter dessen Blick zu winden.

Der Präsident verzog mürrisch die Gesichtszüge. Nicht einmal zu seiner Belustigung taugte Sheppard noch etwas. Pendergast entschied, es gut sein zu lassen. Er richtete sich kerzengerade auf dem Stuhl auf.

»Nun, meine Herren. Wer will den Anfang machen?«

Keiner der Offiziere rührte sich. Pendergast kniff leicht die Augen zusammen. Seine Aufmerksamkeit fokussierte sich auf Sheppard. Falls überhaupt möglich, stand der Großadmiral noch steifer im Raum als zuvor.

»Bericht, Sheppard!«, forderte der Präsident mit fester Stimme.

»Meine Streitkräfte sind immer noch mit dem Wiederaufrüsten beschäftigt«, erklärte der Großadmiral nach kurzem Zögern. »Wir stehen derzeit bei einer operativen Gefechtsstärke von annähernd sechzig Prozent.«

»Das ist nicht sehr befriedigend, Gale«, meinte Pendergast. Indem er zur vertraulichen Anrede überging und den Rang des Flottenoffiziers gänzlich außen vor ließ, demütigte er den stolzen Mann weiter. Vor allem in der Anwesenheit seines Amtskollegen. In der Art und Weise, wie Sheppards Gesicht vor Zorn rot anlief, erkannte der Präsident, dass sein Pfeil das Ziel getroffen hatte.

»Wir wären bereits wesentlich weiter, wenn nicht der Großteil des von mir angeforderten Personals und Materials umgeleitet werden würde.« Der Großadmiral vermied es angestrengt, Gorden einen anklagenden Blick zuzuwerfen. Trotzdem war klar, wen er für die Defizite der 3. Flotte verantwortlich machte.

»Und die Ausrüstung, die es tatsächlich zu uns schafft, ist bestenfalls drittklassig«, fuhr Sheppard fort. »Sie muss oftmals vor dem offiziellen Eingliedern in meine Verbände von den Technikern aufwendig überholt werden. Die Mängel sind zu gravierend, als dass wir die Ersatzteile, Fahrzeuge und Schiffe blindlings in den aktiven Dienst übernehmen können. Darüber hinaus sind die uns zugeteilten Soldaten nicht gerade Elite-Material.«

Pendergast warf dem Admiral einen scharfen Blick zu. »Ausreden interessieren mich nicht. Ich will, dass die 3. Flotte wieder voll einsatzfähig wird. Wie Sie das mit den Ihnen zugeteilten Ressourcen schaffen, bleibt Ihnen überlassen. Aber solange Ihre Einheiten dermaßen unzureichend auftreten, bleiben Sie über Castor Prime. Ab sofort ist die 3. Flotte bis auf Weiteres für den Schutz des königlichen Hauptsystems zuständig. Ich hoffe schwer, dass Sie zumindest damit nicht überfordert sind.«

Sheppard holte tief Luft. Dem Mann war anzusehen, dass ihm allerhand auf der Zunge lag. Pendergast ließ es gar nicht erst so weit kommen und wandte sich dem zweiten Großadmiral zu.

»Wie ist die Lage bei Ihnen, Gorden?«

Der Flottenoffizier lächelte herablassend. »Meine Streitkräfte sammeln sich derzeit im Tirold-System. Und wir sind – was Kampfkraft anbelangt – bei annähernd hundert Prozent.«

Pendergast nickte und bedeutete Gorden, mit einer wortlosen Geste fortzufahren. Der Mann hob arrogant das Kinn.

»Die Fortschritte der königlichen Streitkräfte sind recht bemerkenswert. Seit der Niederlage bei Selmondayek sind sieben weitere Systeme in ihre Hand gefallen, und das in weniger als neun Monaten. Nur zwei von ihnen sind bewohnt, aber selbst die unbewohnten bieten dem Gegner taktische Vorteile. Er kann sich dadurch freier zwischen seinen Eroberungen bewegen, ohne auf unseren Sensoren aufzutauchen. Außerdem bemannt er sie mit Stützpunkten und Nachschubdepots, um sein weiteres Vorgehen zu unterstützen.« Der Großadmiral machte eine kurze Pause.

»Die Royalisten waren schon auf den Knien, aber sie entwickeln sich mit rapider Geschwindigkeit zum Ärgernis. Ich habe vor einzugreifen, bevor sie vom Ärgernis zum ernsten Problem werden.«

»Aus meiner Sicht sind sie das schon, aber sprechen Sie weiter.«

»Der Unmut in der Bevölkerung wächst«, spann Gorden den Faden weiter. »Selbst auf Welten, die ursprünglich unser Erscheinen feierten, brechen neuerdings Unruhen aus. Das ist das eigentliche Problem.«

Pendergast beugte sich interessiert vor. »Und was schließen Sie daraus?«

»Prinz Calvin hat eine gute Geschichte. Er führt einen aussichtslosen Kampf gegen ein böses Imperium – und er gewinnt. Diese Nachricht wird überall im Königreich verbreitet. Wir kontrollieren sämtliche Nachrichtenwege, aber sie sickert trotzdem durch. Und überall, wo sie gehört wird, fällt sie auf fruchtbaren Boden. Wie könnte sie auch nicht? Der tapfere Prinz, der alles verloren hat, kämpft, um sein Volk und seine Heimat zu befreien. Das ist inspirierend.«

Pendergast wurde zunehmend frustriert. »Und wie wollen Sie dagegen angehen?«

»Ich zerstöre erst seine Geschichte, bevor ich den Mann selbst zerstöre.« Die Ankündigung war ebenso schlicht wie unmissverständlich. Pendergast war beeindruckt.

»Mehr muss ich nicht hören. Sie erhalten freie Hand. Das Königreich ist unsere Kriegsbeute und die gebe ich nicht wieder her. Unterwerfen Sie dieses Pack. Die hierfür notwendigen Mittel sind mir gleichgültig.«

Gorden nickte mit grausamem Grinsen. Sheppards schockierter Blick zuckte zwischen den beiden Männern hin und her. »Bei allem Respekt, Mister Präsident, das können Sie unmöglich absegnen.«

»Wieso denn nicht? Für mich hört sich das alles schlüssig an.«

»Gorden ist ein Metzger«, brach es aus dem Großadmiral heraus. »Sein Plan sieht mit Sicherheit Repressalien gegen die Zivilbevölkerung vor. Das widerspricht sämtlichen gängigen Kriegskonventionen.«

11

»Wenn mein geschätzter Kollege zu zart besaitet ist für das, was im Krieg getan werden muss, dann sollte er sich zur Ruhe setzen und die Angelegenheit fähigeren Händen überlassen«, warf Gorden süffisant ein.

Sheppard platzte schier der Kragen. »Es gibt einen Unterschied zwischen einem fairen, ehrlichen Kampf und purer, sinnloser Gewalt, Sie Psychopath.«

»Das reicht jetzt!«, ging Pendergast dazwischen. Die Großadmirale verfielen in Schweigen. »Ich habe genug gehört. Gorden, fahren Sie mit Ihrem Plan fort. Aber ich will zeitnah Ergebnisse sehen.« Er widmete sich Sheppard. »Und Sie halten Castor Prime. Ich will dort keinerlei Überraschungen erleben.«

Die zwei Flottenoffiziere nickten unisono.

»Das wäre alles, meine Herren.« Die Hologramme erstarrten, als die Großadmirale die Verbindung von ihrer Seite der Übertragung aus beendeten. Pendergast streckte die Hand nach dem entsprechenden Schalter aus, um die Kommunikation auch von seiner Seite zum Erliegen zu bringen. Eine Stimme hielt ihn davon ab.

»Schwer ist das Haupt, das eine Krone drückt.«

Der Präsident sah mit verkniffener Mimik auf. Vincent Burgh marschierte entspannt durch die Hologramme hindurch und blieb vor seinem Arbeitgeber stehen.

Pendergast führte die Bewegung zu Ende und die Hologramme der beiden Flottenadmirale fielen endgültig in sich zusammen. Er lehnte sich in seinem Stuhl zurück. Burgh wurde ihm zunehmend unheimlich. Und bei Pendergasts Vita mochte das schon was heißen. Seine rechte Hand streichelte die Neunmillimeter, die er unter dem Schreibtisch versteckt hielt.

»Vor der Tür stehen ungefähr zwanzig Secret-Service-Agenten. Wie gelingt es Ihnen, dermaßen ungestört in mein Arbeitszimmer vorzudringen?«

Der Attentäter grinste über das ganze Gesicht. »Dafür bezahlen Sie mich, nicht wahr? Um dorthin zu gehen, wo ich eigentlich nichts zu suchen habe. Und die Bezahlung ist sogar recht umfangreich, wenn ich das anmerken darf. Kunden, die gut bezahlen, bekommen von mir das Rundumsorglospaket.«

»Das bezieht sich kaum auf meine Räumlichkeiten.«

Burgh zuckte die Achseln. »Wenn Sie es wünschen, dann kann ich mich zukünftig auch bei Ihrer Sekretärin anmelden. Ganz offiziell. Wo mich jeder sehen kann. Menschen reden gern. Manchmal sogar Secret-Service-Agenten. Hin und wieder reden sie sogar mit der Presse. Und es gibt tatsächlich noch Reporter, die nicht auf Ihrer Lohnliste stehen, *Mister President*.« Die letzten zwei Worte klangen wie Hohn aus dem Mund dieses Mannes.

»Schon gut, schon gut«, wehrte Pendergast ab. »Ich habe verstanden.« Er warf einen Blick auf den Blutfleck. »Außerdem stehe ich anscheinend in Ihrer Schuld.«

Burgh kommentierte das Eingeständnis des Präsidenten mit breitem Lächeln.

»Also, was wollen Sie?«, hakte der Präsident nach.

»Der Widerstand ist recht aktiv neuerdings. Die Allianz zwischen MacTavish und den Yakuza ist für die Rebellen von großem Vorteil. Leider widersetzen sie sich hartnäckig jedem Versuch, sie endgültig zu eliminieren.«

»Der Widerstand bereitet dem Militär ernsthafte Probleme«, gab Pendergast zu. »Aber das gehört in Ihr Ressort. Finden Sie sie und machen Sie diese Kakerlaken unschädlich.«

»Genau das führt mich her«, beschied Burgh. »Ich plane eine neue Säuberungsaktion. Sie wird nicht leise stattfinden und sie wird nicht hübsch werden. Ich wollte mir vorher von Ihnen grünes Licht einholen.«

Pendergast musterte sein Gegenüber mit funkelnden Augen. »Wie Sie bereits sehr richtig erwähnten, bezahle ich Sie gut. Also lösen Sie das Problem. Um die öffentliche Wahrnehmung kümmere ich mich. Die Bevölkerung der Solaren Republik wird genau das denken, was ich ihr in den Kopf setze. Kümmern Sie sich lediglich um diesen MacTavish und seine Schmeißfliegen.«

Das Grinsen kehrte auf Burghs Antlitz zurück. »Genau das wollte ich hören, Mister President.«

»Aber die Säuberungsaktion überlassen Sie einem Ihrer Leute. Ich habe eine andere Aufgabe für Sie. Eine ungleich wichtigere.«

Der Themenwechsel irritierte den Attentäter. »Was könnte wichtiger sein als MacTavish und sein Widerstand selbst ernannter Moralapostel?«

»Apollo und Merkur«, schoss Pendergast zurück.

Bei der Erwähnung der letzten überlebenden Mitglieder des Zirkels verflog sogar Burghs spöttische Ader. »Sind die beiden etwa immer noch nicht tot?«

»Nein«, bestätigte Pendergast. »Und mir wurde durch einige Agenten zugetragen, dass die Royalisten ein Einsatzteam zusammenstellen, das sich auf die Suche nach ihnen machen wird. Seit der Zerstörung von Zirkel und *Konsortium* sind beide untergetaucht. Unser Geheimdienst konnte sie noch nicht aufstöbern. Es ist zwar unwahrscheinlich, aber nicht unmöglich, dass einer oder beide den Royalisten in die Hände fallen. Und ich muss wohl nicht extra betonen, was das für uns bedeuten würde.«

»Das wäre eine propagandistische Katastrophe«, erklärte Burgh. »Die hätten eine Menge zu erzählen.«

Pendergast nickte. »Ich will, dass ihr Wissen begraben wird. Gemeinsam mit den Männern. Für immer.«

Der Attentäter nickte wortlos, drehte sich um und spazierte ohne eine weitere Bemerkung davon. Die Vorfreude hatte ihn bereits gepackt. Die Jagd begann.

»Alles hört auf mein Kommando ...«, brüllte der Unteroffizier. »Aaachtung!«

Zweihundert Stiefelpaare fielen im selben Augenblick an ihren Platz, was ein knallendes Geräusch auslöste. Commodore Edmund Lord Devonshire war aschfahl, als dreihundertfünfzig Särge auf dem Bestattungsdeck des Großschlachtschiffes HMS CASABLANCA in Position geschoben wurden.

Alle waren mit einer Flagge des Vereinigten Kolonialen Königreichs bedeckt. Aber nicht alle verfügten über einen Inhalt. In manchen Fällen – wie zum Beispiel bei Jägerpiloten – fand man nicht mehr genug Überreste, um damit einen Sarg zu füllen. Daher legte man eine Uniform des Betreffenden hinein. Diese dreihundertfünfzig Seelen waren allein in den letzten zehn Stunden gefallen. Das Lowby-System stand immer noch unter Belagerung. Nach fast einem Jahr Krieg war noch keine Änderung eingetreten.

Der Militärkaplan begann mit der Predigt. Devonshire hörte kaum zu. Seine Gedanken bewegten sich in höheren Sphären.

Die Solarier trauten sich nicht, das innere System anzugreifen. Noch nicht. Stattdessen begnügten sie sich damit, von ihren befestigten Stellungen aus die Verteidiger mit Unmengen an Raketen und Torpedos einzudecken. Dieser Taktik lag ohne Zweifel der Zweck zugrunde, das System sturmreif zu schießen.

Die Verteidiger wendeten enorme Mittel dafür auf, die ständigen Angriffe abzuwehren. Sie verschossen jeden Tag Tonnen an Munition. Ihre Magazine waren zu Beginn des Krieges prall gefüllt gewesen. Inzwischen war der Bestand empfindlich geschrumpft. Die Angreifer kosteten die Verteidiger Leben und Ressourcen. Die Magazine würden sich über kurz oder lang leeren. Nicht heute und nicht morgen, aber schon sehr bald.

Sobald die Solarier mitbekamen, dass die Belagerten die einkommenden Geschosse nicht mehr abfingen, würden sie wissen, dass der Augenblick zum Zuschlagen gekommen war. Die folgende Invasion des inneren Systems wäre mit einer Heuschreckenplage vergleichbar. Devonshire wurde schlecht, wenn er nur daran dachte.

Sein Blick fiel auf einen besonders auffällig geschmückten Sarg. Er enthielt die sterblichen Überreste von Flottenadmiral Martin Lord Hahrburg. Der Kampfkommandant des Lowby-Systems war gemeinsam mit annähernd jedem höheren Offizier vor fast einem Jahr einem Attentat solarischer Saboteure zum Opfer gefallen. Seither hatte er im Koma gelegen. Bis vor zwei Tagen, als er des Nachts plötzlich seinen Verletzungen endgültig erlegen war.

Bisher hatte das operative Kommando der Verteidigung des Systems de facto in Devonshires fähigen Händen gelegen. Nun ging es offiziell auf ihn über. Er war jetzt der ranghöchste überlebende Offizier vor Ort. Bei dem Gedanken drehte sich ihm der Magen um. Er hätte sich am liebsten übergeben.

Teil I

Keine Kompromisse

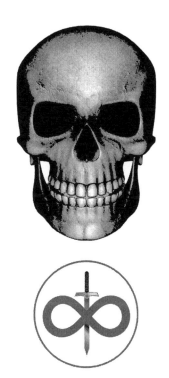

1

22. März 2648

Das Garig-System war unbewohnt. Trotzdem unterhielt die Solare Republik dort eine Militärbasis. Sie diente zwei Bestrebungen. Nun, da die Mehrzahl königlicher Welten besetztes Territorium darstellten, konzentrierte sich das republikanische Militär darauf, auch die unbewohnten Sektoren des Königreichs zu sichern und zu befestigen. Es wollte damit den Handlungsspielraum etwaiger weiterhin aktiver königlicher Verbände einschränken.

Darüber hinaus hatten die Solarier auf einem der Planetoiden ein Kriegsgefangenenlager eingerichtet. Es platzte mittlerweile aus allen Nähten. Mehr als fünfzehntausend Royalisten waren dort interniert. Die Basis war ein Garant dafür, dass niemand auf die Idee käme, ein Ausbruch würde sich lohnen.

Das Gefangenenlager bestand im Prinzip nur aus wenigen Metallstreben und ansonsten ausnahmslos Kraftfeldern. Auf diese Weise war nur eine minimale Anzahl Aufseher notwendig. Falls sich diese königlichen Dummköpfe irgendwelche Schwachheiten einfallen ließen, wurde ein Aufstand schlichtweg durch das Deaktivieren der Kraftfelder beendet.

Kommandantin des Stützpunkts war Commodore Andrea Lopez. Die Flottenoffizierin der Solaren Republik war eine kompromisslose Anhängerin Pendergasts. Mehr noch, sie empfand diesen Krieg nicht nur als notwendig, sondern darüber hinaus als sinnvoll und unvermeidlich.

Vom Aussichtsdeck der Basis hatte sie einen guten Ausblick auf das Gefangenenlager. Die Royalisten und deren Gefolgschaft sah sie als dekadente elitär denkende Clique an. Und es war nicht nur das Recht, sondern auch die Pflicht der bewaffneten Kräfte der Republik, diese mit Stumpf und Stiel auszumerzen.

Nicht selten sah sie auf das Gefangenenlager hinab und ertappte sich bei der Vorstellung, wie leicht es wäre, einfach die Kraftfelder abzuschalten und all diese Verteidiger einer monarchischen Diktatur in den Weltraum zu entsorgen. Es würde eine Menge Probleme lösen. Sie befanden sich in einem Teil des Alls, für den sich niemand interessierte. Hier gab es weder eine einheimische Bevölkerung noch Vertreter der Presse oder neutrale Beobachter einer nicht im Krieg involvierten Sternennation. Mit anderen Worten: keine neugierigen Augen und Ohren. Niemand würde jemals herausfinden, was hier geschehen war. Sie seufzte. Aber die Befehle Sheppards waren unzweideutig. Gefangene Soldaten mussten gut behandelt werden. Ihnen Wasser oder Nahrung vorzuenthalten, das wurde streng bestraft und auch erweiterte Verhörmethoden waren strikt untersagt.

Sheppard, ging es ihr verächtlich durch den Kopf. *Was für ein Weichei.*
Einen Krieg musste man richtig führen. Dem Gegner begreiflich zu machen, wie dumm es gewesen war, jemals zur Waffe zu greifen, gehörte zu den vordringlichsten Zielen eines bewaffneten Konflikts. Und dafür waren nun auch einmal harte Entscheidungen notwendig. Entscheidungen, für die Großadmiral Sheppard offensichtlich der falsche Mann war.

Die Lippen Lopez' bewegten sich langsam nach oben. Die Gerüchteküche brodelte. Es hieß, Sheppard sei bei Pendergast in Ungnade gefallen. Nun hatte Gorden das Sagen. Und bei dem blies ein anderer Wind. Sehr gut möglich, dass bald schon neue Befehle galten.

Sie wandte sich vom Anblick des Sternenmeers ab. Ihre Adjutantin, Lieutenant Commander Beverly Cobb, stand hinter ihr. Der jungen Offizierin brannte offenbar etwas unter den Fingernägeln. Die Commodore schenkte Cobb ein schmales Lächeln.

»Ja, Beverly. Was ist denn so dringend?«

Die Adjutantin trat näher. »Gerade kam eine Aktualisierung der Liefertermine durch. Die letzten Segmente der beiden Forts verspäten sich.«

Lopez verkniff sich nur mit Mühe einen derben Fluch. Es hätte ihre Autorität untergraben, wenn ihre Leute Unsicherheit bei ihr verspürt hätten. Aber diese Verzögerung war wirklich ärgerlich.

Es befanden sich an jedem Lagrange-Punkt des Systems drei Forts im Bau. Ohne die abschließenden Segmente konnten diese aber nicht online gehen. Im Prinzip handelten es sich momentan um Multimillionendollar-Tontauben, die nur darauf warteten, dass jemand vorbeikam und sie in Stücke schoss. Solange die Forts nicht fertiggestellt wurden, war das System verwundbar und Lopez war niemand, der etwas Derartiges leichtfertig akzeptierte.

»Setzen Sie sich mit der Logistikabteilung in Verbindung. Lassen Sie sich das noch mal bestätigen. Und sollte sich die Verzögerung als wahr herausstellen, sollen die einen neuen Termin für die Lieferung ansetzen. Einen zeitnahen. Falls der zuständige Sachbearbeiter versucht, Sie abzuwimmeln, dann verweisen Sie auf mich.«

Die Adjutantin nickte und wollte sich bereits wieder an die Arbeit machen, als sich ihr Pad piepend in Erinnerung brachte.

»Was ist denn jetzt wieder los?«

Cobb studierte die einkommenden Daten und sah auf. »Mehrere Schiffe sind durch einen der Lagrange-Punkte gesprungen.«

»Unsere?«

»Das bezweifle ich. Sie sind sofort nach der Materialisierung im Asteroidenfeld untergetaucht.«

Lopez rümpfte die Nase. »Idioten! Vermutlich denken die, wir hätten sie noch nicht geortet. Wie viele?«

»Darüber gibt es keine genauen Angaben. Die Schiffe sind zu kurz hintereinander reingekommen. Unsere Satelliten hatten Schwierigkeiten, die Antriebssignaturen zu unterscheiden. Es sind definitiv mehr als acht und weniger als zwanzig.«

Die Commodore machte einen abfälligen Laut. Das kam manchmal vor. Wenn Schiffe zu dicht hintereinander einen Lagrange-Punkt passierten, dann überlappten sich ihre Antriebssignaturen und das machte es wiederum schwierig, genaue Daten zu erhalten.

»Höchstwahrscheinlich sind es Schmuggler. Sie wollen eine der Widerstandsgruppen versorgen. Bei Tirold, Beltaran oder Onbele, nehme ich an. Kein Grund, Großalarm auszurufen. Wir gehen auf Verteidigungsstufe zwei. Nur zur Sicherheit. Und schicken Sie die Kreuzer raus. Das sollte eigentlich genügen.«

Die Basis unter Andrea Lopez' Kommando verfügte zur Selbstverteidigung und zur Kontrolle des Systems über eine Reihe von Kriegsschiffen. Es war nichts Größeres dabei als Schwere Kreuzer. Keine Schlachtschiffe und keine Großschlachtschiffe. Nicht einmal Kampf- oder Angriffskreuzer. Die wurden derzeit alle anderswo gebraucht.

Genau wie das Gefangenenlager befand sich der Stützpunkt auf einem der umhertreibenden Planetoiden. Er war ausgehöhlt worden, um im Innern Platz für einen riesigen Hangar zu schaffen.

Auf den Befehl der Commodore hin öffneten sich die gewaltigen Tore und sieben Schwere Kreuzer strebten ins Freie. Bevor sich die Tore wieder schlossen, schlüpfte unbemerkt ein Einsatzteam ins Innere der Basis.

Commodore Dimitri Sokolow an Bord der ROYALISTENTOD, war die Ruhe selbst. Er wusste, lange Zeiten des Wartens gehörten zu jedem Krieg. Sie wurden hin und wieder unterbrochen von kurzen Ausbrüchen hektischer Aktivität.

Sein Zweiter Offizier drehte sich auf einmal zu ihm um. »Wir erhalten soeben das Signal. Einsatzteam in Position.« Sokolow atmete erleichtert auf, ehe er es verhindern konnte. Der Mann hatte viel Energie darauf verwendet, seine Leute glauben zu lassen, er würde sich niemals Sorgen machen. Der Zweite Offizier quittierte die spontane Gefühlsregung mit nachsichtigem Achselzucken.

»Na gut«, überging der Commodore den für ihn etwas peinlichen Moment. »Dann haben wir die Solarier gleich am Hals.«

Das Einsatzteam verdiente Mitgefühl. Seine Besatzungen und er waren vor gerade einmal einer halben Stunde ins System gesprungen. Das Einsatzteam harrte bereits drei Tage vor Ort aus. Eingezwängt in ihren Raumanzügen, die sie mit allem versorgten, was sie brauchten, und alles entsorgten, was ihren Körper verließ. Allein bei dem Gedanken, drehte sich Sokolows Magen um.

Der Angriffstrupp hatte das System als Anhängsel auf dem Rumpf eines solarischen Versorgungsschiffes erreicht. Die Männer und Frauen hatten sich im richtigen Moment abgekoppelt und warteten seitdem auf

Sokolows Ankunft. Der ehemalige Pirat beugte sich voll Tatendrang vor. Der Augenblick zum Zuschlagen war beinahe gekommen.

»Wo befinden sich die feindlichen Kreuzer jetzt?«

»Knapp eine Lichtsekunde entfernt«, antwortete seine Nummer zwei.

Sokolow nickte zufrieden. »Wir geben dem Einsatzteam noch zwanzig Minuten, dann greifen wir an.«

Das aus fünfzig handverlesenen Marines bestehende Spezialkommando schwebte durch den Hangar. Sie hielten sich soweit möglich an den Wänden, um der Entdeckung zu entgehen. Angeführt wurde die Einheit von Major Melanie St. John.

Der Hangar wirkte nach dem Aufbruch der Schweren Kreuzer fast leer. Tatsächlich täuschte der Eindruck. Es befanden sich immer noch acht Kriegsschiffe vor Ort: mehrere Leichte Kreuzer und Zerstörer sowie zwei Korvetten. Sie wünschte, die Kommandantin der Basis hätte all ihr mobiles Gerät ins Gefecht geworfen. Die Frau musste von der Krankheit der Arroganz befallen sein. Die Offizierin befand die Feuerkraft von sieben Schweren Kreuzer wohl für ausreichend, um mit den unangekündigten Neuankömmlingen fertigzuwerden. Ein zynisches Lächeln umspielte ihre Lippen. Diese Bitch wusste ja gar nicht, womit sie es zu tun hatte.

Der Kampftrupp erreichte das Ende der Null-G-Zone, die für die vor Anker liegenden Kriegsschiffe notwendig war. Melanie aktivierte ihre magnetischen Stiefel und führte den Kontakt mit einer Querstrebe her. Im Anschluss marschierte sie im Neunzig-Grad-Winkel mehrere Ebenen nach oben, bis sie zu einer Schleuse kam. Die *Skull*-Soldatin musste sich gar nicht umsehen, um zu wissen, dass die neunundvierzig Soldaten im Gänsemarsch folgten. Ihr Vertrauen in ihre Begleiter war absolut.

Melanie brachte an einem Wartungszugang einen Codebrecher an. Kaum war das Gerät aktiviert, suchte es auch schon nach dem nächsten elektronischen Schloss und begann mit seiner Arbeit.

Melanie übte sich in Geduld. Das war aber äußerst schwer, bedachte man, dass sich das Team in feindlichem Territorium befand. Sollten sie entdeckt werden, war nicht nur ihr Leben verwirkt, sondern auch das von Sokolows Kampfgruppe und vermutlich auch dem aller Gefangenen in dem Internierungslager.

Es knackte in ihren Ohren.

»Wie lange noch?«, vernahm sie Clayton Redburns drängende Stimme in ihrem Helm. Offenbar hatte nicht nur sie Probleme mit der Geduld.

»Ist gleich so weit«, beruhigte sie ihn. Gleichzeitig sah sie nach oben. Eine Wachpatrouille stolzierte zwei Ebenen über ihnen durch einen Korridor. Die Männer trugen keine Raumanzüge. Sie waren durch eine Schicht bruchsicheren Plastiks vom Vakuum des Hangars getrennt. Die Soldaten des *Skull*-Angriffsteams duckten sich, so tief es die magnetischen Stiefel zuließen. Die Mission erreichte einen kritischen Punkt. Der Codebrecher gab einen sanften Piepton von sich.

Melanie verstaute das Gerät wieder in einer Tasche ihres Anzugs und der Wartungszugang öffnete sich. Die Soldaten schlüpften alle der Reihe nach hinein. Der letzte Mann zog die Luke hinter sich wieder ins Schloss.

Melanie atmete erleichtert auf. So weit, so gut. Sie kontrollierte das Chronometer. Abermals nahm Red Kontakt zu ihr auf. »Wie sind fast fünf Minuten hinter dem Zeitplan.«

»Ich weiß«, gab sie zurück. »Wir müssen uns beeilen.«

Der Angriffskreuzer ROYALISTENTOD beschleunigte und glitt majestätisch wie ein angreifender Hai aus dem Schatten des Asteroiden.

Sokolows Kampfgruppe bestand aus jeweils zwei Angriffs- und Kampfkreuzern, sechs Schweren Kreuzern, einem Zerstörer und einem Träger. Sie waren der solarischen Einheit von Anfang an bei Weitem überlegen.

Die Schiffe erschienen erst auf den Sensoren des Gegners, als es längst zu spät war. Der Träger schleuste Jäger und Bomber aus, die augenblicklich Kurs auf das Internierungslager nahmen. Ihr Mutterschiff blieb unter dem Schutz des Zerstörers hinter dem Felsbrocken zurück.

Die zehn königlichen Kriegsschiffe formierten sich in einer klassischen Keilformation. Sie erreichten unmittelbar über den solarischen Einheiten effektive Gefechtsdistanz. Sokolows Mundwinkel verzogen sich vor Hass, als er den Feuerbefehl gab. »Mister Haggerty«, sprach er seine Nummer zwei an. »Eröffnen Sie bitte das Gefecht.«

»Aye, Sir!«, erwiderte sein Zweiter Offizier grimmig. Die Stimme des Mannes wurde lauter. »Taktik? Erste Raketenwelle los, Torpedos auf Stand-by.«

Die Geschossrohre der königlichen Kreuzer stießen jeweils eine Stichflamme aus und schickten Geschoss um Geschoss auf die Reise. Obwohl sie überrascht wurden, reagierten die gegnerischen Besatzungen verblüffend schnell. Die feindlichen Kreuzer zogen ihre Schildblase in kürzester Zeit hoch. Die Solarier waren gut, das musste man anerkennen. Sokolow hatte von einer Marine ihres Formats auch nichts anderes erwartet. Er bezweifelte stark, dass seine Leute das schneller hinbekommen hätten.

Die Raketensalve zerbarst an den Schilden, ohne Schaden anzurichten. Auf einem Hologramm wurden Prognosen über die Wirkung des Angriffs extrapoliert. Die Schilde hatten einiges abbekommen. An manchen Stellen waren sie so dünn wie Papier. Aber das genügte noch nicht. Das genügte bei Weitem noch nicht.

»Torpedos los!«, brüllte Haggerty.

Eine zweite Geschosssalve wurde auf den Weg geschickt. Torpedos waren größer und durchschlagskräftiger als Raketen, aber dafür auch wesentlich langsamer. Vier solarische Kreuzer senkten die Schildblase und begannen, die Anflugvektoren mit Abwehrfeuer zu bestreichen. Dadurch verschafften sie den drei anderen Schiffen Zeit, um zurückzufallen und sich neu zu formieren.

Die Abwehrlaser zerstrahlten etwa zwanzig Prozent der einkommenden Fernlenkwaffen. Abfangtorpedos brachten weitere fünfzig Prozent zur Detonation. Explosionen blühten zwischen den beiden Parteien auf. Die übrigen Torpedos flogen punktgenau ins Ziel.

»Bingo!«, brüllte Haggerty auf, als die Schildblase zweier Feindkreuzer ausfiel und deren Außenhülle beträchtlichen Schaden nahm. Sokolow brachte den Mann mit einem bösen Blick zum Schweigen. Er musste sich immer wieder ins Gedächtnis rufen, dass all diese Männer und Frauen bis vor Kurzem noch Piraten gewesen waren. Lediglich Notwendigkeit und der verständliche Wunsch nach Vergeltung hatte sie ins königliche Lager geführt. Die verdammten Republikaner hatten das zerstört, was ihre neue Heimat hätte werden können. Nun war Zahltag.

Eine zweite und dritte Geschosswelle wurde losgeschickt. Sie bestanden jeweils zur Hälfte aus Raketen und Torpedos. Ein adäquater Anteil der

Projektile fand ihren Weg ins Ziel. Einer der solarischen Kreuzer brach mit zertrümmertem Heck und zerstörtem Antrieb aus der Formation aus.

Das Schiff war so gut wie kampfunfähig. Sokolow hätte sogar die Kapitulation der Besatzung akzeptiert, gleichgültig, was er persönlich von der Bande hielt. Dazu kam es nicht mehr. Der Schwere Kreuzer prallte manövrierunfähig gegen einen der Gesteinsbrocken und brach in drei annähernd gleich große Teile auseinander.

So makaber sich die Situation auch darstellte, die Zerstörung ihres Schwesternschiffes verschaffte den übrigen Kreuzern den Freiraum, den sie brauchten, um zum Gegenangriff überzugehen. Mittlerweile war die effektive Distanz für den Einsatz von Fernkampfwaffen unterschritten. Die Solarier konterten daher mit den Bugstrahlenwaffen und anschließend mit der sekundären Energiebewaffnung.

»Schilde hoch!«, befahl Sokolow gepresst. Der Anweisung wurde umgehend nachgekommen. Einer der Kampfkreuzer war nicht schnell genug und der gegnerische Beschuss schmolz einen Teil der Bugpanzerung weg. Sokolow knirschte mit den Zähnen. Die Solarier waren in der Tat gut. Sie waren sogar sehr, sehr gut.

Sein Blick glitt zu einem Bildschirm auf der rechten Seite des Kommandosessels. Die Jagd- und Bombergeschwader hatten mittlerweile das Internierungslager erreicht. Ihnen schlug mörderisches Abwehrfeuer entgegen. Die Symbole zweier Saber-Angriffsjäger, eines Stingray-Jagdbombers und eines Gladius-Bombers verloschen nahezu gleichzeitig.

Die Formation löste sich paarweise auf, die Maschinen gingen zur Attacke über. Mittels Präzisionsanflügen schalteten sie nach und nach die komplette Abwehr des Gefangenenlagers aus. Die Piloten nutzten dabei geschickt umherfliegende Trümmerstücke als Deckung, damit die Hauptbasis der Republik nicht in den ungleichen Kampf eingreifen konnte.

Sokolow richtete sein Augenmerk wieder auf den sich anbahnenden Nahkampf. In Gemeinschaftsarbeit schalteten die Solarier einen seiner eigenen Schweren Kreuzer aus. Die Kiefermuskeln des ehemaligen Piraten mahlten angestrengt. Er hatte hier noch alle Hände voll zu tun, bevor diese Auseinandersetzung ausgestanden war.

Das Angriffsteam stand unter enormem Zeitdruck. Sokolows Vorstoß musste bereits laufen. Sie arbeiteten sich mühselig durch das Gewirr von Luftschächten und Verbindungsröhren voran, die meiste Zeit auf dem Bauch kriechend. Nur in seltenen Fällen war es möglich, aufrecht oder auch nur gebückt zu stehen. Ihr Ziel lag in greifbarer Nähe.

Melanie bohrte mit schnellen, präzisen Bewegungen ein Loch in das Paneel vor ihr. Nach getaner Arbeit führte sie eine kleine Sonde durch das Loch. Die Spitze beinhaltete eine Kamera. Das Bild wurde auf das HUD ihres Helms übertragen. Sie teilte es mit ihrem gesamten Team.

Der Zugang zur Kommandozentrale wurde von vier solarischen Marines geschützt. Allein das war schon nachlässig. Die gegnerische Kommandantin musste sich schon sehr sicher fühlen, andernfalls wären die Sicherheitsmaßnahmen strenger ausgefallen. Melanie hätte an ihrer Stelle ein komplettes Platoon ausgerüstet mit schweren Waffen aufmarschieren lassen. Das Fehlen derartiger Feuerkraft war andererseits ein gutes Zeichen. Ihre Anwesenheit war noch nicht entdeckt worden.

Melanie rief sich in Erinnerung, was das Geheimdienstdossier über Commodore Andrea Lopez aussagte. Die Frau war dermaßen selbstsicher, dass es an Narzissmus grenzte. Und sie war eine bedingungslose Anhängerin Pendergasts und seiner expansionistischen Außenpolitik. Aber nicht, weil sie der Meinung war, die Republik müsste erweitert werden, sondern weil sie Royalisten und alles, wofür sie standen, verabscheute und verachtete.

Sie unterschätzte das Königreich. War das eine haltbare Schlussfolgerung? Vielleicht. Daraus könnte man folgern, dass sie sich den Royalisten überlegen fühlte. Sie würde unter Umständen Schwierigkeiten haben, eine Niederlage einzugestehen. Das war gut. Das war sogar sehr gut. Demzufolge würde sie auch zögern, auf den Knopf zu drücken, der fünfzehntausend Kriegsgefangene dem eisigen Tod im Weltraum übergab.

Und noch etwas anderes ließ sich daraus ableiten: Commodore Andrea Lopez hatte mit voller Absicht den Schutz ihres Kommandozentrums nicht erhöht, weil sie schlichtweg nicht davon ausging, dass es königliche Soldaten bis hierher schaffen würden. Nun, die Realität holte sie demnächst ein.

Melanie dirigierte ihre Leute nur noch per Handzeichen. Ihr Komlinkkanal war zwar abgeschirmt, es war dennoch nicht undenkbar, dass ein aufmerksamer Funktechniker des Feindes auf die Trägerwelle stieß.

Während sich Melanie darüber Gedanken machte, wie man die Marines am besten ausschaltete und Zugang zur Kommandozentrale durch die gepanzerten Schotten erhielt, erreichte eine Gruppe solarischer Offiziere den Kontrollpunkt. Der führende Major wies sich beim zuständigen Unteroffizier aus und dieser gab sogleich einen Code in das Tastenfeld neben der Tür ein.

Lopez hielt wohl in den nächsten Minuten eine Besprechung ab, um das weitere Vorgehen zu erörtern. Sokolow machte allem Anschein nach Fortschritte, ansonsten wäre dies nicht nötig gewesen.

Die Geheimdienstoffizierin wechselte einen bedeutsamen Blick mit Red. Das condorianische Staatsoberhaupt erwiderte ihn in einer gespannten Erwartungshaltung. Melanie konnte dessen Gesicht durch das vollverspiegelte Visier zwar nicht sehen, aber sie kannten sich lange genug, um die Körpersprache des jeweils anderen zu interpretieren. Nach einer Sekunde nickte der Mann beinahe unmerklich.

Melanie zögerte nicht länger. Sie gab einem ihrer Marines ein Zeichen. Der Mann aktivierte mehrere vorab platzierte Mikrosprengladungen. Der Boden löste sich unter ihnen auf und die königlichen Elitesoldaten fielen den feindlichen Offizieren praktisch auf die Köpfe.

Der zuständige Marine hatte den Code bereits eingegeben. Das Stahlschott schwang quietschend auf. Die Black-Ops-Soldaten des Königreichs machten mit den völlig verdutzten Offizieren kurzen Prozess. Die Marines reagierten auf die Bedrohung, indem sie ihre Waffen hochrissen. Zwei von Melanies Männern starben, nur Sekundenbruchteile später ein dritter. Clayton Redburn entging einer Salve nur um Haaresbreite. Sie hinterließ hinter ihm eine Spur von Löchern in der Wand.

Melanie zog ihre Seitenwaffe und schoss dem Anführer der Marines ein Loch quer durch den Helm. Die großkalibrige Handfeuerwaffe verspritzte dessen Gehirn über das Tastenfeld. Sie steckte die Pistole weg und nahm ihre Hauptwaffe zur Hand. Die Geheimdienstoffizierin stürmte ins Kommandozentrum. Red folgte ihr dichtauf, die Überlebenden des Spezialkommandos nur unwesentlich später.

Commodore Andrea Lopez wirbelte herum. Ihre Augen wurden groß. Der Verstand der Offizierin weigerte sich zunächst zu glauben, was sie sah: königliche Soldaten, die ihr Kommandozentrum stürmten.

Einer ihrer Männer reagierte geistesgegenwärtig und löste Generalalarm aus. Innerhalb kürzester Zeit würde es hier von solarischen Marines wimmeln, alle schwer bewaffnet und alle in richtig schlechter Laune. Im selben Augenblick erkannte sie, dass es keine Rolle mehr spielte. Die Stahlschotten schwangen wieder zu. Die Royalisten schlossen sich gemeinsam mit der Besatzung des Kommandozentrums ein. Die hatten keinerlei Absicht, sich abzusetzen.

Es entbrannte ein Feuergefecht. Zwei feindliche und elf ihrer eigenen Soldaten fielen. Ihr Blick zuckte zum Hauptdisplay. Die königliche Kampfgruppe hatte noch zwei Schiffe verloren, während von ihren sieben Schweren Kreuzern keiner überlebt hatte. Es war vorbei. Der Schock dieser Erkenntnis traf sie wie ein Schwinger in die Magengrube. Am liebsten hätte sie sich übergeben. Noch niemals hatte sie ihren Präsidenten enttäuscht. Sie entspannte sich ein wenig. Nun ja, es gab immer ein erstes Mal.

Ihr Kopf neigte sich nach unten. Der Auslöser, um das Internierungslager in ein luftleeres Todescamp zu verwandeln, lag verheißungsvoll vor ihr. Dass dabei auch unweigerlich fast sechshundert ihrer eigenen Leute ums Leben kommen würden, beschäftigte sie kaum. Sie war nicht bereit, diesen Posten aufzugeben, ohne vorher dem Gegner einen tödlichen Schlag zu versetzen.

Sie holte den Schlüssel hervor, der an einer Kette um ihren Hals hing. Mit einer minimalen Bewegung ihrer Hand klappte sie die Abdeckung des Schalters auf. Lopez steckte den Schlüssel in die entsprechende Vertiefung. Ihr Daumen schwebte wie das sprichwörtliche Damoklesschwert über dem roten Knopf. Die Flottenoffizierin zögerte, allerdings nicht aus moralischen Erwägungen. Sie spürte das kalte Metall einer Waffe am Hinterkopf. Sie wagte es nicht, sich umzudrehen. Lopez stand wie erstarrt vor ihrer Henkerin.

Der Schuss, der ihr Leben auslöschen würde, erfolgte jedoch nicht. Major Melanie St. John griff an der Commodore vorbei, zog den Schlüssel ab und klappte die Abdeckung wieder über den verhängnisvollen Schalter. Die Männer und Frauen, die dort unten ein Dasein als Gefangene fristeten, würden vermutlich nie erfahren, wie knapp sie dem Tod entronnen waren.

Lopez streckte ihre Gestalt. Sie richtetet sich kerzengerade auf. »Na los«, forderte sie die Geheimdienstoffizierin auf. »Bringen wir es hinter uns.«

Aber ihre Kontrahentin tat nichts dergleichen. Sie packte Lopez am Arm und drehte sie um. Der Kampf um das Kommandozentrum war vorüber. Die überlebenden solarischen Offiziere wurden in eine Ecke des Raumes geführt, mit Kabelbindern gefesselt und auf die Knie gezwungen. Die restlichen Black-Ops-Soldaten sicherten den Zugang. Man hörte, wie draußen jemand lautstark an dem Schott zu Werke ging.

»Machen Sie sich keine Hoffnungen«, meinte Melanie. »Die kommen hier nicht rein, bevor unsere Marines zur Stelle sind.«

»Warum bringen Sie mich nicht einfach um? Das wäre bedeutend gnädiger als die Schande der Gefangennahme.«

»Glauben Sie nicht, dass ich nicht dazu bereit wäre«, hielt ihre Gegenüber ihr vor. »Aber Sie haben versucht, all diese Männer und Frauen dort unten umzubringen. Das war ein Kriegsverbrechen. Ich will keinesfalls, dass Sie Ihre Gerichtsverhandlung verpassen.«

Die Geheimdienstoffizierin der *Skulls* aktivierte eine Komverbindung zum Gefangenenasteroiden. »Hier spricht Melanie St. John von der Spezialeinheit *Skull*. Wir haben das Kommandozentrum Ihrer Hauptbasis eingenommen und kontrollieren sämtliche Schlüsselsysteme. Sie brauche nicht auf Verstärkung zu hoffen. In diesem Moment setzen Mitglieder des Colonial Royal Marines Corps zu Ihnen über. Leisten Sie keinen Widerstand. Sollten Sie den Gefangenen etwas antun, haben Sie nicht mit Gnade zu rechnen. Kapitulieren Sie auf der Stelle bedingungslos – oder Sie müssen die Konsequenzen Ihres Handelns tragen.«

Die ROYALISTENTOD pflügte durch die Trümmer, die bis vor Kurzem sieben solarische Schwere Kreuzer gewesen waren. Bergungsschiffe waren bereits dabei, Überlebende, die es in Rettungskapseln geschafft hatten, aufzunehmen.

Commodore Dimitri Sokolow beobachtete befriedigt, wie Sturmboote voller Marines den Gefängniskomplex ansteuerten. Ihre Jägereskorte blieb wachsam, aber Widerstand schlug ihnen nicht entgegen. Ohne Zwischenfälle enterten die Soldaten die Anlage und bereits wenig später wurde vom kommandierenden Offizier die Übernahme signalisiert. Zeitgleich kapitulierte auch die Besatzung der Hauptbasis. Sie wussten, es war vorüber. Und es war besser, sich mit den Siegern gut zu stellen, als deren Unmut zu riskieren.

»Haggerty, schicken Sie eine Nachricht ins Carina-System mit folgendem Wortlaut: Garig gehört Euch, Euer Hoheit.«

2

An Bord des Großschlachtschiffes HMS Pompeji öffnete sich zischend die Tür zu einem der größten Besprechungsräume und Prinz Calvin, einziger Überlebender der Königsfamilie, schritt hindurch. Seine Leibwache, bestehend aus Soldaten des Royal Red Dragoon Bataillon, blieb zurück und sicherte den Eingang. Zwei Mitglieder der Palastwache, bezogen gut sichtbar hinter dem Prinzen Position.

Bei seinem Eintreten erhoben sich alle Anwesenden. Flottenadmiral Dexter Blackburn sah sich, wie er hoffte, nicht allzu auffällig in der Runde um.

Die Pompeji diente mittlerweile als Flaggschiff des Königreichs. Daher stand dessen Kommandant, Vizeadmiral Geoffrey Lord Hastings, der Stuhl zur Rechten des Staatsoberhaupts zu.

Dexter saß zur Linken. Von links nach rechts am Tisch standen Konteradmiral Oscar Sorenson von der Spezialeinheit *Skull*, Lieutenant Colonel Winston Carmichael vom Royal Red Dragoon Bataillon, Vizeadmiral Anton Verhofen und Lieutenant General Ben Morrison, beide vom ehemaligen *Konsortium* – obwohl die zwei Überläufer in der Runde nicht gern gesehen waren –, Admiral Simon Lord Connors vom Royal Intelligence Service sowie zu guter Letzt Major General Sabine Dubois, zuständig für Spezialoperationen.

Prinz Calvin ließ den Blick für eine Sekunde schweifen, bevor er nickend sein Einverständnis gab. »Sie dürfen sich setzen, meine Dame, meine Herren.«

Die Offiziere nahmen Platz. Die Pompeji befand sich im Transit ins Garig-System, weshalb man im Fenster über ihnen lediglich Schwärze hin und wieder unterbrochen von einem Sturm an Farben erkennen konnte. Der Transit endete ebenso abrupt, wie er begonnen hatte, und machte dem Sternenmeer Platz. Hinter der Pompeji materialisierte in schneller Folge die Eskorte des Flaggschiffs in Form einer vollen Strategic Fleet

Group. Hastings ging kein Risiko ein, wenn es um den Schutz des Prinzen ging.

Prinz Calvin wartete noch einen Moment, bevor er die Besprechung eröffnete. »Generalin Dubois, Admiral Sorenson, sehr gute Arbeit, die Einnahme von Garig. Die befreiten Soldaten werden eine glänzende Verstärkung für unsere Truppen darstellen, sollten sie sich dafür entscheiden, den Kampf fortzuführen.«

»Eine Weigerung wird nicht akzeptiert«, warf Verhofen ein. »Dafür werde ich sorgen.« Morrison kommentierte die Bemerkung seines Verbündeten mit Kopfschütteln. Dem ehemaligen *Konsortiums*-Admiral schlug vom ganzen Tisch ungläubiges Schweigen entgegen.

»Das ist nicht unsere Art«, erwiderte der Prinz schließlich. »Diese Männer und Frauen haben Unbeschreibliches durchgemacht unter der Knute von Pendergasts Handlangern. Ich werde nach einer solchen Tortur niemanden drängen, für mich zu kämpfen. Lediglich Freiwillige bringen uns weiter. Was nützen uns Soldaten, die wir an die Waffe zwingen müssen?«

Verhofen war mit dieser Erklärung offenbar nicht einverstanden, schwieg aber. Morrison schenkte den Anwesenden reihum entschuldigende Blicke.

»Nun aber zu einem anderen Thema«, gab Prinz Calvin bekannt, womit diese Angelegenheit abgeschlossen war. Er drückte eine Taste auf seiner Seite des Tisches und aktivierte damit ein Hologramm. Die Szene zeigte den Angriff königlicher Truppen auf einen solarischen Stützpunkt. Um welchen Planeten es sich handelte, blieb für Dexter unersichtlich.

Die Invasion verlief problemlos. Die Raumlandetruppen des Königreichs schalteten die Luftabwehr aus, Truppentransporter landeten. In den nächsten Minuten überwanden die Verbände das, was von der Verteidigung noch übrig war. Dann lief alles aus dem Ruder.

Dexters Fingernägel krallten sich bei dem Anblick in die Tischplatte. Ein noch aktives Geschütz pustete einen im Anflug befindlichen Truppentransporter vom Himmel. Die Reaktion der Königlichen bestand darin, dass sie nicht nur das Geschütz und dessen Besatzung auslöschten, sondern darüber hinaus ein komplettes Stadtviertel des nahen Bevölkerungszentrums.

Als wäre das nicht genug, bombardierten sie mehrere Regimenter solarischer Soldaten, die dabei waren, die Waffen niederzulegen und sich zu ergeben. Die letzte Sequenz zeigte die Stadt, von der Dutzende dicker, ölig schwarzer Rauchsäulen aufstiegen. Sirenen der Notdienste und Krankenwagen dominierten die Geräuschkulisse. Der Prinz stoppte die Aufnahme. Das letzte Bild, welches die angegriffene Stadt zeigte, fror ein.

Betäubtes Schweigen beherrschte den Raum. Calvin sah auffordernd von einem zum anderen. »Möchte jemand was dazu sagen?«

Dexter fand als Erster seine Sprache wieder. Er deutete auf das Hologramm. »Was zum Teufel war das?«

»Die Solarier verbreiten es im öffentlichen Netz«, erklärte Calvin. »Nicht nur im Königreich oder der Republik, sondern im besiedelten Weltraum. Überall. Der Vorfall soll sich auf Askeya zugetragen haben. Ein solarischer Soldat sei mit dieser Aufzeichnung entkommen, heißt es. Und jetzt hätte ich gerne eine Stellungnahme hierzu. Wer möchte den Anfang machen?«

»Die Aufnahme ist offenbar gefälscht«, warf Connors ein. »Allein die Vorstellung, dass königliche Truppen ein solches Massaker anrichten, ist undenkbar.«

»Bei Askeya unternehmen wir derzeit nur Sondierungsvorstöße«, sprang Dexter dem RIS-Admiral helfend bei. »Es gab dort gar keine Operationen dieser Größenordnung.«

»Im Übrigen«, mischte sich nun auch Dubois ein, »wage ich zu behaupten, wären wir dort in solcher Weise aktiv gewesen, wäre niemandem die Flucht mit einer derartigen Aufnahme geglückt.« Ein leicht überhebliches Lächeln begleiteten die Worte der Generalin.

Prinz Calvin seufzte erleichtert. »Also reine Propaganda. Das hatte ich erwartet und ich bin froh, dass mich meine Einschätzung nicht betrog. Wie gehen wir dagegen vor?«

Connors musste nicht lange überlegen. »Propaganda begegnet man am ehesten mit der Wahrheit. Überlassen Sie das Hologramm meinen Spezialisten. Sie werden die Fälschung entlarven und das Wissen darum ebenfalls verbreiten. Alle Menschen damit erreichen ist unmöglich. Das kann man nie. Es gibt immer jemanden, der diesen Quatsch glaubt. Aber viele werden wir überzeugen können. Damit lässt sich der angerichtete Schaden minimieren.«

»Einverstanden«, entgegnete der Prinz sichtlich zufrieden. »Nächster Punkt auf der Tagesordnung: Was ist uns bekannt über die solarischen Truppen- und Schiffsbewegungen? Vor allem Sheppards Aufenthaltsort ist mir dabei wichtig.«

Admiral Simon Lord Connors räusperte sich übertrieben. »Sheppard hat sich mit den Überresten der 3. Flotte nach Castor Prime zurückgezogen, wo er die dortigen Wachgeschwader mit seinen eigenen Einheiten verstärkt. Es gibt aber Anzeichen dafür, dass Sheppards Verbände unter Materialverschleiß und Nachschubproblemen leiden. Auch die Reparatur beschädigter Schiffe geht nicht so schnell vonstatten, wie man es bei einer Nation wie der Solaren Republik erwarten dürfte.«

Prinz Calvin beugte sich interessiert vor. »Schlussfolgerung?«

»Wir glauben, durch die Niederlage bei Selmondayek und die darauf folgende Verkettung von Rückzugsgefechten auf solarischer Seite ist Sheppard bei Pendergast in Ungnade gefallen. Im Prinzip treiben wir den Großadmiral seit Selmondayek kontinuierlich vor uns her. Es ist uns innerhalb der letzten Wochen und Monate gelungen, sieben weitere Systeme zu befreien.«

»Wovon aber nur zwei bewohnt sind«, brachte Sorenson in Erinnerung.

Connors bedachte den anderen Admiral mit einem verkniffenen Blick. »Das ist richtig. Aber auch die Befreiung und in Besitznahme unbewohnter Systeme bringt uns weiter. Es eröffnet uns den Transit durch eine Vielzahl an Lagrange-Punkten in andere Teile des Königreichs und sogar darüber hinaus – ohne dass wir uns jeden Meter erkämpfen müssen.«

Sorenson neigte bestätigend den Kopf. Dexter bemerkte, dass sich sein alter Freund ein spitzbübisches Lächeln verkniff. Der *Skull*-Befehlshaber und Connors konnten sich nicht leiden. Deshalb bereitete es Sorenson ein geradezu diebisches Vergnügen, den Chef des Royal Intelligence Service bloßzustellen.

In einem Punkt hatte Connors aber recht. Auch die Einnahme unbewohnter Systeme brachte die königlichen Truppen weiter. Nicht nur, was die Bewegungsfreiheit anbelangte. Nicht kolonisierte Regionen eigneten sich hervorragend zur Einrichtung von Nachschubbasen.

»Wie dem auch sei«, fuhr der RIS-Chef fort. »Sheppard bereitet mir im Moment weniger Sorgen.«

Der Prinz neigte leicht den Kopf zur Seite. »Sondern?«

»Großadmiral Harriman Gorden.«

»Der Schlächter«, brachte Dubois halblaut ein.

Connors nickte. »Der Schlächter«, bestätigte er. »Pendergasts Mann für Spezialaufgaben und die andere Hälfte des solarischen operativen Oberkommandos über die Streitkräfte. Der Mann sammelt seine Einheiten im Tirold-System. Wir wissen noch nichts Genaues. Aber momentan sieht es so aus, als bestünden die ihm unmittelbar unterstellten Kräfte aus der 6., der 8. sowie der 9. Flotte. Alles in allem um die zweitausendfünfhundert Schiffe. Das ist mehr, als wir im Augenblick effektiv bekämpfen könnten. Selbst wenn wir ausnahmslos jede SFG zusammenziehen, sind wir ihm dennoch unterlegen.«

»In welchem Verhältnis?«, hakte Dexter nach.

»Schwer zu sagen. Viele unserer Schiffe werden immer noch repariert. Wenn wir die in die Rechnung mit einbeziehen, dann ist uns Gorden immer noch um gut dreißig Prozent überlegen. Wenn er sich mit Sheppard zusammenschließt ...« Connors ließ den Satz vielsagend ausklingen.

»Dann müssen wir das verhindern«, warf der Prinz entschlossen ein.

»Ich wüsste nicht, wie das möglich sein sollte«, brachte Connors den Souverän zurück auf den Boden der Tatsachen. »Die Wahrheit ist schlichtweg, dass die Republik die höhere Wirtschaftskraft und das zahlenmäßig überlegene Militär hat. Unsere Analytiker errechneten eine achtzigprozentige Wahrscheinlichkeit, dass die Solarier uns innerhalb der nächsten zehn Monate ausmanövrieren und zurückdrängen. Wir besitzen kaum Werften und diejenigen, die wir haben, sind durch den Krieg schwer in Mitleidenschaft gezogen, während die der Republik mit hundertprozentiger Auslastung arbeiten.« Connors ließ ratlos die Schultern sacken. »Einziger Lichtblick ist, dass weder Sheppard noch Gorden besonders erpicht auf eine Zusammenarbeit sein werden. Die beiden hassen sich wie die Pest. Das bringt uns aber nicht viel. Gordens Verbände sind stark genug, um uns die Initiative wieder zu entreißen.«

»Ich verstehe«, erwiderte der Prinz niedergeschlagen. »Ja, ich verstehe.« Der Adlige verfiel in brütendes Schweigen, daher riss Dexter die Gesprächsführung an sich. Die anwesenden Offiziere durften kein Zeichen der Schwäche beim Prinzen bemerken. Es hätte seine Autorität untergraben. Dass er während der Belagerung von Selmondayek versucht hatte, sich das Leben zu nehmen, war ein streng gehütetes Geheimnis, das nur wenigen Auserwählten bekannt war. Es hätte das fragile Bündnis, aus dem das Königreich inzwischen bestand, unwiederbringlich zerstört.

»Gorden hat das Tirold-System vor einigen Wochen erreicht. Der Großadmiral überwacht persönlich das Sammeln seiner Streitkräfte. Der Mann kommandiert ein brandneues Großschlachtschiff – die ARES.«

»Charmant«, kommentierte Wilson. Der Kommandant des Royal Red Dragoon Bataillon rümpfte die Nase.

»Es muss weitere königliche Kräfte geben, die sich hinter den feindlichen Linien versteckt halten.« Der Prinz sah sich in der Runde um. »Bodentruppen und Schiffe, die wir mobilisieren können.«

»Die gibt es bestimmt«, antwortete Sorenson stellvertretend für sie alle. »Aber wir haben keine Ahnung, wie wir Kontakt zu ihnen aufnehmen könnten. Und selbst wenn, gäbe es für die meisten höchstwahrscheinlich keine Möglichkeit, zu uns durchzukommen.«

»Falls sich Gorden und Sheppard tatsächlich wider Erwarten zusammentun«, warf Dubois ein, »dann wird ihre vereinte Macht uns niederkämpfen. Es bliebe uns nichts anderes übrig als der Rückzug nach Selmondayek. Und ich bezweifle, dass wir aus dieser Mausefalle ein zweites Mal ausbrechen könnten.«

Prinz Calvin dachte über die Worte der Generalin nach. »Dann bleibt uns nur die Wahl zwischen zwei Angriffszielen: Castor Prime oder Tirold.«

Schweigen antwortete ihm auf diese Ankündigung. Calvin zwang sich zu einem Lächeln. »Ich verstehe die Verblüffung nicht. Wir müssen Farbe bekennen, und wenn der Gegner sich nicht zusammenschließen soll, dann dürfen wir das auch nicht zulassen. Deshalb gibt es nur die Alternative zwischen Pest und Cholera.«

»Wenn dem so ist«, warf Connors ein, »dann würde ich dringend von Castor Prime abraten. Das System ist seit seinem Fall abgeriegelt. Was uns betrifft, könnte es genauso gut von einem Schwarzen Loch verschlungen worden sein. Es gehen kaum Informationen raus. Wir wissen nicht, was dort für Kräfte stationiert sind – mit Ausnahme von Sheppards dezimierter Flotte. Wir wissen nicht, wie das System befestigt worden ist oder welche Kräfte uns vor Ort unterstützen würden. Derzeit bin ich dabei, ein Agentennetz aufzubauen, das dieses System mit einschließt. Bis es Früchte abwirft, wird es allerdings noch eine Weile dauern.«

»Dem stimme ich zu«, sprang Sorenson dem Geheimdienstchef überraschend zur Seite. »Tirold wäre die bessere Wahl. Es dient Gorden als Aufmarschgebiet. Die feindlichen Kräfte dort sind momentan noch nicht vollständig einsatzbereit. Darüber hinaus gibt es eine Widerstandsbewegung vor Ort, die uns mit Informationen versorgt und im Fall einer Invasion auch Personal am Boden bereitstellen könnte. Ihre Unterstützung bei der Ausschaltung gegnerischer Raum- und Luftabwehrstellungen wäre von enormem Wert.«

»Wer führt sie an?«, wollte der Prinz wissen.

»Julia Alexjewitsch, die einzige Überlebende der Grafenfamilie. Sie besitzt ein Offizierspatent der Hausgarde der Alexjewitsch. Nach der Ermordung ihres Vaters durch das *Konsortium* hat sie die Überreste der Hausgarde und weiterer Einheiten unter ihrem Banner vereinigt und macht den Republikanern seitdem das Leben schwer. Ein schneller Schlag gegen Tirold könnte das Blatt endgültig zu unseren Gunsten wenden. Falls es gelingt, Gordens Einheiten zu überwältigen, wäre das Kräfteungleichgewicht gebrochen.«

Prinz Calvin dachte ausgiebig über die vorgebrachten Argumente nach. »Dann also Tirold«, gab er bekannt. »Legen Sie mir in achtundvierzig Stunden den ersten Entwurf vor für eine militärische Operation gegen die solaren Kräfte, mit denen wir es zu tun haben werden.«

Der Prinz lehnte sich in seinem Stuhl zurück und betrachtete nacheinander jeden der Anwesenden. Schließlich seufzte er. »Ich danke Ihnen allen für den umfassenden Bericht und Ihre jeweilige Expertise. Lassen Sie mich jetzt bitte allein.«

Die Offiziere erhoben sich, neigten steif den Oberkörper nach vorn und verließen den Raum. Dexter schloss sich ihnen an.

»Nein, Sie noch nicht, Admiral Blackburn«, hielt Prinz Calvin ihn zurück. Sorenson zögerte, als er mitbekam, dass Dexter noch bleiben sollte, er aber zu gehen hatte. Die Zeit, in der er den Mentor und väterlichen Freund für seinen langjährigen Untergebenen gegeben hatte, waren endgültig vorbei. Nun ging Dexter voran und Oscar Sorenson hatte zu folgen. Die Tür schloss sich.

Der Prinz stand auf und aktivierte eine holografische Karte der Region, die die komplette hintere Wand einnahm. Dexter gesellte sich zu seinem Prinzen und betrachtete das halbtransparente Abbild.

Nach einer Weile brach er das Schweigen. »Die Lage ist nicht so düster, wie Connors es dargestellt hat.«

Prinz Calvin wandte sich halb um und betrachtete den Oberkommandierenden der königlichen Streitkräfte eindringlich. Dexter sah sich dazu gezwungen, seine vorige Einschätzung zu relativieren. »Es könnte natürlich auch besser sein.«

Die Männer musterten einander einen Moment lang, dann brachen sie in prustendes Gelächter aus. »Ganz im Ernst, Dexter. Ich wüsste nicht, was ich ohne Sie tun würde. Immerhin heitern Sie mich auf.«

»Ich wünschte nur, ich könnte mehr tun als nur das.«

»Das haben Sie. Ihre Führung inspiriert die Leute, die wir in die Schlacht schicken. Das ist unter Umständen mehr wert als tausend zusätzliche Schiffe.«

Dexter machte eine halbironisch gemeinte Miene. »Ich weiß nicht so recht. Tausend Schiffe zusätzlich wären mir eigentlich ganz recht.«

»Wem nicht?«, kommentierte der Prinz. »Irgendwie müssen wir die Menschen des Königreichs mobilisieren. Sie zum Widerstand animieren. Es gibt immer noch Welten, die die Republikaner als Helden und Befreier verehren. Diesen Mythos müssen wir unbedingt beenden. Pendergasts Maske vom Gesicht zu reißen und ihn allen Sternennationen so zu präsentieren, wie er wirklich ist, das muss unser erklärtes Ziel sein.«

»Leichter gesagt als getan. Eines muss man ihm lassen. Der Ausbau seiner politischen Macht ging am Anfang leise und unmerklich vonstatten. Als die Menschen bemerkten, was er wirklich vorhat, waren die Verhältnisse bereits zum überwiegenden Teil etabliert.«

»Klingt, als ob Sie ihn bewundern.«

»Sein politisches Gespür, aber nicht, was er damit anrichtet.«

Prinz Calvin nickte langsam und gemessen. Er senkte die Stimme, als würde er damit rechnen, in seinem Allerheiligsten abgehört zu werden.

»Die größte Hoffnung, die Menschen des Königreichs auf die Barrikaden zu treiben, besteht in unserem Geheimprojekt.« Der Mann starrte weiterhin stur auf die Karte, als könne er es nicht riskieren, den Admiral anzusehen. »Wie steht es damit?«

Dexter warf einen Blick auf seine Armbanduhr. »Sie brechen noch in dieser Stunde auf.«

Lieutenant Colonel Lennox Christian lud die letzte Waffenkiste in das unscheinbare Raumschiff, das in den nächsten Wochen ihre Heimat sein sollte. Das kleine, nur spärlich bewaffnete Vehikel trug den bezeichnenden Namen ROSTIGE ERNA. Ein Kanonenboot auf Patrouille hatte das Schmugglerschiff, das zwischen den Frontlinien umhergeschippert war, aufgebracht und seine Besatzung verhaftet. Nun diente es dem Sonderkommando als Tarnung.

Lennox machte ein Hohlkreuz und streckte den schmerzenden Rücken durch. Die Knochen knackten protestierend.

»Na, machen wir ein Päuschen?«, hörte der Colonel hinter sich eine vergnügte Stimme. Als er sich umdrehte, sah er sich seinem Freund und Waffenbruder Gunnery Sergeant Alejandro Barrera gegenüber. »Ich glaube, ich werde langsam zu alt für diesen Mist.«

Barrera grinste und legte die Sturmgewehre ab, die er in einer Schlaufe über der linken Schulter trug. »Sieht man Ihnen auch an.«

»Na, herzlichen Dank«, kommentierte Lennox die Bemerkung. »Genau das hat mir heute noch gefehlt.«

Barrera grinste über das ganze Gesicht. »Sie wissen, was der Volksmund sagt: Man ist so alt, wie man sich fühlt.«

»Dann bin ich mindestens hundert.«

»Was ist denn mit Ihnen heute los?«, wollte der Gunny verwundert wissen.

Lennox winkte ab. »Ach, ich weiß auch nicht. Der Krieg geht mir langsam so richtig auf die Eier.«

»Das haben Kriege so an sich«, erwiderte der Gunny und zauberte von irgendwoher einen Becher und einen Löffel aus den Untiefen seiner Uniform hervor. »Pudding?«

»Wo haben Sie den denn her?«

»Aus der Messe«, nuschelte Barrera, während er sich bereits die erste Fuhre zwischen die Kauleisten schob.

»Dass Sie immer essen können?« Lennox schüttelte amüsiert den Kopf. »Außerdem ist es verboten, Essen aus der Messe mitzunehmen.«

»Gehören Sie jetzt auf einmal zur MP?«, fragte der Gunny immer noch schmatzend. »Ich liebe Essen nun mal.«

Zwei weitere Mitglieder des Sonderkommandos betraten den Hangar. Sergeant Wolfgang Koch und Private Ramsay Dawson marschierten Seite an Seite auf das requirierte Schmugglerschiff zu. Lennox musterte die beiden Männer. Sie hatten sich seit Selmondayek verändert.

Koch war nach dem Tod seiner Späherin auf Condor von Selbstzweifeln geplagt worden. Die waren verschwunden. Und Ramsay, der Spitzname des jungen Mannes war Maus. Aber nachdem er den Prinzen vor dem Zugriff republikanischer Gurkhas beschützt hatte, nannte ihn niemand mehr so. Beide hielten sich kerzengerade. Lennox nickte beifällig. Es würde ihm gefallen, die zwei Soldaten dabeizuhaben.

Der Scharfschütze warf nur einen Blick auf Barrera und schüttelte den Kopf. »Ist der schon wieder am Futtern?!«

»Klappe, Koch«, entgegnete der Gunny nicht ohne Sympathie und deutetet mit einem Kopfnicken auf die geöffnete Luke. Der Scharfschütze bestieg das Schiff, während Ramsay dem Colonel ein kurzes Nicken widmete. Ja, der Kleine war wirklich selbstbewusst geworden. Weitere Einsatzkräfte schlossen sich ihnen an. Das Team bestand aus ungefähr vierzig Marines plus die Kommandocrew bestehend aus Ramsay, dem Gunny, Koch und Lennox selbst.

»Haben Sie sich schon überlegt, wo die Reise hingehen soll?«

»Rayat«, erklärte Lennox wie aus der Pistole geschossen. »Graf Franklin Simmons alias Apollo ist die erste Anlaufstelle. Der Planet ist unserem derzeitigen Standort am nächsten. Falls wir ihn nicht finden oder – schlimmer noch – sollten ihn die Solarier vor uns gefasst haben, dann geht es weiter nach Onbele. Hoffen wir mal, dass zumindest Graf Winston Kasumba alias Merkur noch unter uns weilt.«

Der Gunny verfiel in brütendes Schweigen. Lennox konnte ihm das nicht verdenken. Das war die Frage: Waren die letzten beiden Mitglieder des Zirkels noch am Leben? Pendergast war hinter ihnen her wie der Teufel hinter der armen Seele. Sie waren die letzten Bindeglieder zwischen den Machenschaften dieser Geheimorganisation und seinen eigenen Verwicklungen darin. Mit ihnen stand oder fiel alles. Sollte es dem Präsidenten der Solaren Republik gelingen, sie aus dem Weg zu räumen, gab es keine Beweise mehr, dass er dabei geholfen hatte, diesen Krieg grundlos anzuzetteln. Auch nicht den Bürgerkrieg zuvor oder die Terrorwelle des *Konsortiums* dazwischen.

Jemand berührte ihn sachte an der Schulter. Er drehte sich um. Major Melanie St. John überreichte ihm einen Datenträger. »Hierauf ist alles enthalten, was der RIS über Apollo und Merkur zusammengetragen hat. Es ist nicht viel. Ich hoffe, es hilft.«

Lennox nahm den Datenstick entgegen und nickte dankbar. »Falls einer von beiden noch lebt, dann finden wir sie.«

»Das hoffen wir. Davon hängt eine Menge ab. Ist Ihr Team abflugbereit?«

Lennox hielt triumphierend den Datenträger in die Luft. »Wir haben nur noch darauf gewartet. Danke, Major. Wünschen Sie uns Glück.«

»Das werde ich. Und da bin ich nicht die Einzige.« Die Frau griff in ihre Tasche und förderte einen Gegenstand zutage. »Ich habe noch etwas für Sie. Ein kleines Mitbringsel mit besten Grüßen vom RIS.« Sie nahm Lennox' linke Hand und streifte etwas darüber, was auf den ersten Blick wie eine Armbanduhr aussah. »Das ist Hermes. Die KI wird sehr nützlich für Sie sein.«

Lennox grinste. »Und ich habe gar nichts für Sie.«

»Ich freue mich auf die Zusammenarbeit, Colonel«, erschallte die Stimme der KI. Sie entpuppte sich als recht angenehm.

»Ich kenne KIs, Hermes. Ich hoffe, du bist kein Klugscheißer.«

»Ich kann's mir verkneifen«, erwiderte die künstliche Intelligenz etwas pikiert.

»Ich sehe, ihr versteht euch«, meinte Melanie amüsiert. Sie nickte dem Offizier ein letztes Mal zu. »Guten Flug!«

Lennox drehte sich um. »Barrera, wir brechen auf.« Mit diesen Worten bestieg der Colonel die ROSTIGE ERNA.

»Ich komme schon«, bestätigte der Gunny und drückte dem verdutzten Major den leeren Puddingbecher in die Hand.

Bevor auch er das Schiff bestieg, holt er einen weiteren hervor, öffnete ihn und begann auch diesen, genüsslich zu vertilgen.

»Barrera!«, herrschte Lennox seinen Gunny an. »Wir haben keine Zeit für Pudding.« Der Ausbruch war nur halb als Zurechtweisung gemeint. Man hörte Lennox' Stimme an, dass er verzweifelt darum bemüht war, ein ausferndes Lachen zu unterdrücken.

»Für Pudding hat man immer Zeit«, hörte Melanie die gelassene Stimme des Gunnys, bevor sich die Luke endgültig schloss. Die Hangartore öffneten sich. Die ROSTIGE ERNA erhob sich, fuhr die Kufen ein und durchbrach mit einem knisternden Geräusch das Kraftfeld.

Melanie sah dem Schmugglerschiff hinterher, bis sich die Hangartore schlossen. »Viel Glück!«, flüsterte sie. »Das brauchen wir alle.«

3

Auf allen Plätzen, an allen öffentlichen Gebäuden und auch an einer Vielzahl von Privathäusern hingen inzwischen riesige Bildschirme. Auf ihnen wurden rund um die Uhr das übertragen, was heutzutage in der Solaren Republik als Nachrichten durchging. In Wahrheit handelte es sich um kaum kaschierte Propaganda.

Rodney MacTavish betrachtete die Menschen, die an ihm vorübergingen. Sie wuselten umher wie die Drohnen in einem Ameisenhaufen und bemerkten gar nicht, wie ihnen Pendergasts alternative Fakten das Gehirn weichkochten. Sie waren kaum mehr als Zombies, sich ihrer Unzulänglichkeiten gar nicht mehr bewusst. Meinungsfreiheit war etwas, das nur noch existierte, wenn jemand aus der Masse ausbrach und nach der Wahrheit fragte. Solche seltenen Fälle von Individualismus wurden aber nicht mit Beifall oder Zuspruch belohnt. Im Gegenteil. Die Anhänger Pendergasts schrien lauthals auf und beklagten, dass ihre eigene Meinungsfreiheit durch solche Aufwiegler eingeschränkt würde.

MacTavish schüttelte den Kopf. Wie hatte es nur mit einer der größten Demokratien – mit der Wiege der Menschheit – derart weit kommen können? Der ehemalige Agent des RIS hob die linke Hand, an der sich sein treuer, digitaler Begleiter befand.

»Ozzy? Ist alles bereit?«

»Auf dein Zeichen, Boss.« Die Lämpchen flackerten im Takt seiner Worte auf.

»Dann los«, bestätigte MacTavish. »Es wird Zeit, die Leute ein wenig wachzurütteln.« Er grinste auf eine beinahe bösartige Art und Weise. »Zeit, für ein wenig Realität.«

Auf den Bildschirmen wurde soeben gezeigt, wie solarische Soldaten von der Front heimkehrten. Sie fielen ihren Ehepartnern und Kindern in die Arme. Familienhunde wuselten schwanzwedelnd um die Beine ihrer Herrchen.

Sie wurden wie Helden gefeiert. Die Männer und Frauen, die sich einem diktatorischen System entgegenwarfen und siegreich nach Hause zurückkehrten. Mehrere Schulklassen empfingen sie mit Gesang und bunten Blumen, die kleine Kinder im Alter zwischen sieben und acht Jahren ihnen um den Hals legten. Auf diese Weise wurde bereits die nächste Generation darauf vorbereitet, in Pendergasts Kriege ziehen zu müssen. Ja. Ein wenig Realität war überfällig.

Das Bild flackerte. Zunächst nur auf einem der Bildschirme. Es sah aus, wie eine technische Störung. Kurz aufgekommen und schnell behoben. Es tauchte abermals auf. Aus einem Bildschirm wurden zwei, dann drei – und schließlich setzte sich die Störung einer Welle gleich in allen sichtbaren Bildschirmen fest. MacTavish wusste, dass dies nicht nur die Übertragung hier betraf, sondern alle öffentlichen Kanäle, die bis in die heimischen Wohnzimmer reichten.

Das Bild heimkehrender solarischer Soldaten verschwand und wurde ersetzt durch etwas anderes. Etwas Düsteres. Die Aufnahmen betrafen immer noch einen Raumhafen, aber von der heiteren Stimmung der Heimkehrer war hier nichts mehr zu spüren. Das gesamte Flugfeld war übersät mit fein säuberlich aufgereihten metallenen Särgen. Es waren Dutzende. Das Bild zoomte heraus. Aus Dutzenden wurden Hunderte. Das Bild zoomte weiter heraus. Und aus Hunderten wurden Tausende.

Militärkaplane wanderten an den Särgen entlang und träufelten lieblos einige Tropfen Weihwasser auf jeden der Behälter. Sie vollführten diese Aufgabe derart abgestumpft, dass selbst einem oberflächlichen Beobachter klar sein musste, dass sie dies einer Akkordarbeit gleich tagtäglich vollführten.

Unter der Aufnahme stand folgender Schriftzug:

Der Preis für Pendergasts Krieg. Der Preis für Pendergasts Wahnsinn. Aber wo ist der Sieg, den er versprach? Wenn das Königreich besiegt ist, warum kehren unsere Söhne und Töchter als Leichen heim? Was verbirgt Pendergast noch vor dem eigenen Volk?

Einzelne Menschen blieben plötzlich stehen und bestaunten das Spektakel. Die Anzahl Neugieriger wuchs rasant an. Stimmen waren zu hören, die die Aufzeichnung als Fake News bezeichneten. Manchen war eben nicht zu helfen. Sie waren dermaßen indoktriniert, dass sie die Wahrheit nicht erkannten, selbst wenn sie ihnen in den Hintern biss.

Andere wiederum waren von den Ereignissen, die man sehen konnte, schwer beeindruckt. Die sorgfältig von den Behörden aufgebaute Fassade gutbürgerlicher Teilnahmslosigkeit am Leid anderer begann zu bröckeln. Sie diskutierten angeregt miteinander.

Die Aufnahme wurde simultan gestoppt; die Bildschirme kollektiv schwarz. Die Zuständigen blendeten eilig Beiträge von gestern ein. MacTavish nickte zufrieden. Es war das einzige Anzeichen für eine erfolgreich durchgeführte Aktion, die er sich gestattete. Er musste sich dringend bedeckt halten.

Ordnungskräfte des BZL, des Büros für Zusammenhalt und Loyalität, tauchten auf. Sie trieben die Menschen auseinander. Wer nicht schnell genug Folge leistete, dem wurde nachdrücklich unter Einsatz eines Schlagstocks nachgeholfen. Viele der Bürger murrten. Die Situation war ein Pulverfass, das nur auf einen entsprechenden Funken wartete.

Aber nicht heute, ging es MacTavish durch den Kopf. *Nicht heute.*

»Ozzy? Die Aktion beenden«, ordnete der ehemalige Geheimagent an. Die KI an seinem Handgelenk gab die Anweisung umgehend weiter. Die Bürger der Solaren Republik waren noch nicht bereit für breitflächigen Widerstand. Noch nicht. Aber wenn er sich einige der Gesichter so ansah, dann war die Saat gesät. Rein statistisch mussten in der Menge ein paar Familien vertreten sein, die persönliche Verluste durch den Krieg zu beklagen hatten oder jemanden kannten, auf den dies zutraf. Diese würden Fragen stellen. Unangenehme Fragen. Fragen, auf die die Obrigkeit keine Antworten geben wollte.

Pendergast hatten seiner Bevölkerung weisgemacht, dass Verluste lediglich die Ausnahme darstellten. Dies war nun widerlegt. Und er konnte den Geist nicht wieder zurück in die Flasche stopfen. Der Zeitpunkt würde kommen, da kochte der Volkszorn zwangsläufig über. Und MacTavish hoffte, er würde dabei sein, wenn das geschah.

Er zog die Kapuze enger ins Gesicht. Die Typen vom BZL versuchten nicht einmal mehr vorzugeben, sie wären wenig mehr als bloße Schläger. Sie trieben die letzten Reste der Menschenmenge auseinander.

MacTavish zog sich zurück. Das kleine Gerät in seiner Jackentasche bewahrte ihn davor, von der allerorts angewendeten Gesichtserkennung erfasst zu werden. Es verhinderte nicht, dass ihn ein BZL-Schläger erkannte. Steckbriefe mit seinem Konterfei hingen an jeder Ecke aus. Die Obrigkeit versprach ein stattliches Kopfgeld, sollte es jemandem gelingen, ihn dingfest zu machen.

Das Gerät war ihm von Hideaki Kabayashi höchstselbst überreicht worden, dem Oyabun des Kabayashi-Yakuza-Clans. Es versetzte ihn immer wieder in Erstaunen, über was für Möglichkeiten und Ressourcen die japanische Unterwelt verfügte.

MacTavish nutzte erst die Hochbahn, dann die U-Bahn, um in den Mailänder Unterschlupf zurückzukehren. Er schlug einige Haken, um sicherzustellen, dass etwaige Verfolger seine Spuren verloren.

Das Nest des Widerstands befand sich am Stadtrand in einem alten Fabrikgebäude, das schon seit zwanzig Jahren nicht mehr benutzt wurde. Es gehörte einer von Kabayashis Strohfirmen, von der er überzeugt war, dass sie von den Behörden nicht zu ihm zurückverfolgt werden konnte.

Das Erste, was er tat, als er halbwegs sicheren Boden unter den Füßen hatte, war ein wuchtiger, kameradschaftlich gemeinter Schlag auf Seans Schulter. Der ehemalige Student war ein Mitglied der ersten Stunde der Widerstandsbewegung. Und darüber hinaus ein wahres Technikgenie. Das Kunststück von heute Morgen, sich in die staatliche Übertragung zu hacken, war ihm zu verdanken. Es erinnerte kaum noch was an den schlaksigen jungen Mann, der das alles für ein großes Abenteuer gehalten hatte. Mittlerweile wusste er es besser und hatte akzeptiert, dass er nicht mit einem Klaps auf die Finger davonkommen würde, sollten Pendergasts Schergen je seiner habhaft werden.

»Gute Arbeit, Kumpel«, lobte er ihn. Sean hatte indessen nur Augen für seinen Computer. Er war bereits wieder mit irgendwelchen Nerd-Sachen beschäftigt, wovon MacTavish höchstwahrscheinlich keine Ahnung hatte. Sean lächelte kurz angesichts des Lobes und widmete sich im Anschluss erneut seinen Aufgaben. MacTavish ließ ihn gewähren. Der Anführer des Widerstands gesellte sich zu Kilgannon und Catherine Shaw. Der ehemalige königliche Pionier und die Journalistin starrten fasziniert auf ein Holo-TV.

»Gibt es schon eine Reaktion?«, wollte MacTavish wissen und warf seinen Mantel achtlos über einen Stuhl.

Cat nickte. »Pendergast gibt gerade eine Erklärung vor der Presse ab.«

»Er sieht nicht glücklich aus«, fügte Kilgannon verschmitzt hinzu.

»Wenn ihm das schon nicht gefällt, dann sollte er vor unseren nächsten Aktionen besser den Kopf einziehen«, gab MacTavish zurück und konzentrierte sich ebenfalls auf den Fernseher.

Pendergast trat vor die Kameras und wurde umgehend von den Reportern mit Fragen bestürmt. Zumindest in dieser Situation schien die Gleichschaltung der Medien und ihre Kontrolle durch die Regierung nicht mehr zu funktionieren. Einige Reporter erinnerten sich an ihre Verpflichtung der Information des Bürgers und stellten dem Präsidenten Fragen, die offensichtlich nicht abgesprochen waren. Einige wenige Journalisten versuchten, Pendergast beizustehen, wurden aber von ihren Kollegen praktisch niedergebrüllt.

Der Präsident der Solaren Republik befand sich in Schwierigkeiten, und wenn MacTavish seine Mimik richtig interpretierte, dann war ihm das auch ohne Weiteres klar.

Pendergast hob die Hand und bat die versammelte Presse um ihre Aufmerksamkeit. Die Journalisten kamen nur langsam zur Ruhe. Sie waren kaum zu bändigen. Wie eine Meute wilder Hunde, auf die nach langem Hungern endlich wieder ein Festmahl wartete. Genauso musste man sich das vorstellen. Der Vergleich war gar nicht mal von der Hand zu weisen. Auch die Reporter waren ausgehungert – nach der Wahrheit.

Endlich stellte auch das letzte hartnäckige Mitglied der Medien seine Fragestellung ein und setzte sich. Pendergast ließ beide Hände langsam sinken. »Meine lieben Mitbürger«, begann er. »Verehrte Vertreter der Presse. Heute wurde ein Akt des Terrorismus gegen unsere große Nation verübt. Nicht mit einer Bombe, aber die heutige Attacke gegen die Demokratie war deshalb nicht weniger gewalttätig. Man greift uns mit Lüge und Betrug an.« Seine Stimme gewann an Intensität. »Aber ich verspreche Ihnen hoch und heilig, dass dieser barbarische Angriff auf die Wahrheit nicht ungesühnt bleiben wird. Ich bin überzeugt, dass jeder, der Augen zum Sehen und einen Verstand zum Denken hat, die Lügen hinter der heutigen Übertragung erkennen und ihnen keinen Glauben schenken wird. Unsere heldenhaften Truppen im Vereinigten Kolonialen

Königreich sind derzeit mit letzten Aufräumarbeiten beschäftigt. Der Konflikt nähert sich seinem Ende und die Republik wird stärker daraus hervorgehen, als sie je zuvor gewesen war.« Er nickte den Pressevertretern freundlich zu. »Sie verstehen bestimmt, dass ich angesichts der momentanen Krise keine Fragen zulassen kann. Ich danke Ihnen.«

Unter dem Murren der enttäuschten Journalisten verließ der Präsident das Podium, abgeschirmt von Secret-Service-Agenten. Auf MacTavish wirkte es eher wie eine Flucht. Trotzdem war er unzufrieden.

»Der heutige Erfolg wird nicht lange anhalten«, beschied er.

Kilgannon bedachte ihn mit einem ungläubigen Blick. »Wovon redest du? Wir haben heute Großes geleistet. Wenn Pendergast wirklich denkt, dass diese Erklärung die Menschen besänftigt, dann träumt er. Der lebt mittlerweile in seiner eigenen, kleinen Welt.«

MacTavish schüttelte betrübt den Kopf. »Die Menschen vergessen leider nur allzu schnell. Sie werden ein paar Tage hinter vorgehaltener Hand über den Vorfall diskutieren und die Angelegenheit dann zu den Akten legen, um ihr wohlhabendes, stumpfsinniges Leben in scheinbarer Sicherheit weiterzuführen. So sind sie eben. Und täusch dich nicht. Es wird immer Leute geben, die lieber den Lügen glauben als der Wahrheit. Schlichtweg, weil es bequemer ist.«

»Oh Mann, Alter, du deprimierst mich«, entgegnete Kilgannon niedergeschlagen.

MacTavish bemerkte, wie sein Freund und Cat einen zärtlichen Blick austauschten und sich leicht an der Hand berührten. Die beiden schliefen wieder miteinander. Sie bemühten sich um Diskretion, waren dabei allerdings nicht besonders gut. Ihre Affäre war ein offenes Geheimnis, über das wirklich jeder Bescheid wusste. Zu Anfangs hatte der ehemalige RIS-Agent kein gutes Gefühl bei der Sache gehabt. Eine Beziehung in den eigenen Reihen sorgte immer für Probleme. Inzwischen sah er das anders. Wenn keine Zeit mehr für das Zwischenmenschliche war, warum dann überhaupt etwas verändern? Welchen Wert hatte es, für das Richtige zu kämpfen, wenn nicht, um für die nachfolgenden Generationen etwas besser zu machen. Sollten sie ruhig ihren Spaß haben. Als Nebeneffekt waren beide etwas entspannter. Und überhaupt wusste keiner, wie lange ihr Kampf gegen die Regierung der Solaren Republik gut ging. Es konnte jederzeit vorbei sein. Also warum das Leben bis dahin nicht genießen?

MacTavish hatte darüber hinaus geglaubt, dass die beiden lediglich ihre Bettgeschichte aus früheren Zeiten fortsetzten. Dem Blick zufolge, den die beiden austauschten, steckte dieses Mal aber wesentlich mehr dahinter. Und insgeheim freute er sich für seine Freunde.

MacTavish riss sich zusammen. »Wir haben Pendergast aus dem Gleichgewicht gebracht. Das gilt es nun auszunutzen. Wir müssen am Ball bleiben und dafür sorgen, dass er es nicht wiederfindet.«

Natascha betrat den Raum in Begleitung eines jungen Mannes. Die beiden besaßen dieselben feingeschnittenen Gesichtszüge sowie dieselbe Haarfarbe.

»Lasst euch am besten gleich noch ein paar Aktionen einfallen«, wies er Cat und Kilgannon an. »Wir müssen Pendergasts Unsicherheit ausnutzen, solange sie anhält.« Mit einem weiteren Nicken verabschiedete er sich und ging der Russin entgegen.

»Nun, wen bringst du uns denn da?«

Natascha legte ihren Arm um die Schultern des Mannes. »Das ist Andrej, mein kleiner Bruder. Er will uns helfen.«

»Und du bringst ihn einfach so her? Du gehst ein enormes Risiko ein.«

»Keine Sorge, wir waren vorsichtig. Er kam heute frisch mit dem Zug an. Er hat sich eine Weile bei Verwandten in Helsinki versteckt. Außerdem ist er eigentlich mein Halbbruder. Deswegen trägt er auch einen anderen Nachnamen.« Sie deutete mit einem Wink ihres Kinns auf den jungen Mann. »Er könnte fraglos nützlich sein. Andrej ist auf dem Raster der Regierung bisher nicht aufgetaucht. Und er ist begierig zu helfen.«

MacTavish war keineswegs überzeugt. »Und als was?«

»Kurier. Niemand kennt ihn. Er hat ein Gesicht, das in der Menge untergeht. Kein Mensch wird ihn mit uns in Verbindung bringen. Andrej könnte ohne Weiteres Botschaften zwischen einzelnen Zellen überbringen.«

Damit sprach Natascha ein heikles Thema an. Sie arbeiteten mit Kabayashis Hilfe seit Monaten daran, ein Netzwerk aus Dissidenten-Zellen aufzubauen. Ihre Fortschritte waren zweifellos ansehnlich. Aufgrund der Ressourcen der Yakuza und ihrer Transportunternehmen waren sie mittlerweile in der Lage, sogar mit dem Königreich Nachrichten auszutauschen und von Sorenson, Connors und dem Prinzen Anweisungen entgegenzunehmen.

Das Makabere war, dass es an der Kurzstreckenkommunikation haperte. Oftmals waren die Zellen innerhalb einer Stadt, eines Bezirks oder einer Provinz kaum in der Lage, miteinander zu kommunizieren. Pendergasts Geheimdienst war auf Zack und versiert darin, Abweichler in der eigenen Bevölkerung schnell zu identifizieren und auszuschalten. Der einzig gangbare Weg war die Nachrichtenübermittlung mittels Kurieren. Es mangelte aber an vertrauenswürdigen Personen, die dafür infrage kamen und noch nicht auf dem Schirm der Behörden aufgetaucht waren.

MacTavish musterte den Jungen scharf. »Weißt du denn überhaupt, auf was du dich da einlässt?«

Andrej nickte beinahe ein wenig zu enthusiastisch. Das bereitete ihm große Sorgen. Aber auf der anderen Seite wusste MacTavish, dass sie Hilfe, die sich freiwillig anbot, kaum ausschlagen konnten.

»Also gut, wir versuchen es«, entschied er. Sein nächster Blick galt Natascha. »Vorläufig aber nur einfache Einsätze. Verstanden?«

Die Russin nickte begeistert. MacTavish hoffte, dass er die Entscheidung nicht bereuen musste.

Kilgannon kam zu ihm. Der ehemalige königliche Pionier hielt ihm eine Depesche unter die Nase. »Das hat gerade einer der Yakuza vorbeigebracht. Eine Nachricht aus der Heimat.«

MacTavish nahm den Zettel entgegen. Es war nur ein Wort darauf notiert. Aber die Aussage dahinter, war an Klarheit nicht zu überbieten.

Tirold

MacTavish faltete die Nachricht fein säuberlich zusammen. »Wie es aussieht, haben wir eine neue Aufgabe.«

4

Die *Skull*-Schiffe KUBLAI KHAN und CONCORD materialisierten am Lagrange-Punkt L3 des Tirold-Systems. Der Angriffskreuzer übernahm die Führung. Die CONCORD blieb dicht hinter ihr. Bei dem viel kleineren Vehikel handelte es sich um ein zu einem Spionageschiff modifizierten Kanonenboot. Die meisten Waffen waren entfernt und durch Kommunikationseinrichtungen, Codezerhacker und Chiffrierausrüstung ersetzt worden.

Seit der Schlacht um Selmondayek hatte die Kampfstärke der *Skulls* zugelegt. Aufgrund ihrer Verdienste hatte der Prinz der Spezialeinheit das erste Bergerecht zugebilligt. Die ehemaligen Söldner hatte sich aus den erbeuteten Schiffen und Waffen nehmen dürfen, was immer sie haben wollten. Auch ihre technischen Möglichkeiten waren durch den Zuwachs an Technik wesentlich erweitert worden.

Die Spezialeinheit, über die Admiral Oscar Sorenson nun gebot, verfügte über eine operative Kampfkraft zweier voller Tactical Assault Groups, also insgesamt dreißig hochgerüstete Kampfschiffe. Bei nicht wenigen davon handelte es sich um republikanische Klassen. Die CONCORD zum Beispiel war ein relativ neues solarisches Kanonenboot. Es war schneller und wendiger als jedes im Einsatz befindliche Schiff des Königreichs.

Auf der Brücke der KUBLAI KHAN begutachtete Captain Alessandro Rossi die einkommenden Daten. Sein XO, Commander Jacob Conti, hatte alle Hände voll zu tun, die Sensorergebnisse in das taktische Hologramm seines Kommandanten einzuspeisen.

Rossi rieb sich angespannt über das Kinn. Sie stießen in die Höhle des Löwen vor und er hatte nicht die Absicht, die Bestie zum Zubeißen zu reizen, bevor er bereit war, ihr die Zähne zu ziehen. Das System wimmelte vor feindlicher Militäraktivität. Im Gegensatz zu den meisten anderen besiedelten Systemen wies Tirold nicht nur einen, sondern gleich zwei bewohnte Welten auf – nämlich den dritten und fünften. Wohingegen der vierte der massereichste des Systems war und somit zusammen mit Tirold die sprungfähigen Lagrange-Punkte definierte.

Im Falle einer Invasion königlicher Streitkräfte beinhaltete dies Vor- und Nachteile. Die Verbände des Prinzen wären einerseits in der Lage, einen Keil zwischen die gegnerischen Besatzungstruppen zu treiben. Andererseits wurden sie während des Eindringens auch aus zwei Richtungen bedroht. Das konnte zum Problem werden. Gorden war kein Vollidiot. Er wusste um die taktischen Besonderheiten des Systems, welches er als Aufmarschgebiet auserkoren hatte.

Conti trat an ihn heran. Die Lebenserhaltung leistete gute Dienste, wodurch es im Raum angenehm kühl war. Dennoch glitzerten Schweißperlen auf der Stirn des Ersten Offiziers.

Er deutete auf einen soeben von den Sensoren aufgeklärten Bereich. Rossi nickte. »Ja, das habe ich auch gerade bemerkt.«

Einige Offiziere auf der Brücke warfen dem Duo verständnislose Blicke zu. Rossi lächelte zurückhaltend. »Nicht alle Lagrange-Forts sind fertiggestellt und bemannt«, konkretisierte er seine Beobachtung. »Bei mindestens vier der Konstrukte fehlen noch ungefähr dreißig Prozent des Baumaterials. Guter alter MacTavish. Die Widerstandsbewegung leistet hervorragende Arbeit. Beim Nachschub hakt es.«

Ross wandte sich mit gesenktem Tonfall seinem XO zu. Das irrationale Gefühl, vom Gegner belauscht zu werden, ließ sich nur schwer abstreifen. »Besser, wir tauchen ab, bevor ihnen klar wird, dass mit uns was nicht stimmt.« Der XO gab dem Navigator mit einer Handbewegung zu verstehen, das entsprechende Manöver auszuführen.

Die zwei Schiffe waren mit erbeuteten solarischen IFF-Kennungen ausgerüstet. Es würde die Besatzungstruppen nicht lange narren. Das war auch gar nicht nötig. Die Täuschung musste nur lange genug halten.

Die *Skull*-Schiffe schwenkten in den Sensorschatten eines nahen Planetoiden. Der Felsbrocken war mal Trabant des vierten Planeten gewesen, bevor er vor Urzeiten von einer kosmischen Kraft aus seiner Umlaufbahn gezogen worden war. Nun trieb er einfach so dahin. In der Vergangenheit hatte es verschiedene Versuche gegeben, ihn zu beseitigen – alle erfolglos. Darüber war Rossi nun sehr dankbar. Er lieferte der kleinen Einsatztruppe die nötige Deckung.

Der Captain der KUBLAI KHAN hatte nicht die Absicht, hier Wurzeln zu schlagen. Sein Aufenthalt war nur begrenzte Zeit vorgesehen. Während des Manövers liefen die Sensoren auf Hochtouren. Die Informationen wurden umgehend in die Datenbanken des Angriffskreuzers eingespeist zur späteren Auswertung durch den RIS als Vorbereitung auf den Angriff.

Eines fiel Rossi schon mal vorab auf: Es gab so gut wie keinen zivilen Schiffsverkehr. Der Captain lehnte sich neugierig vor und musterte die Abläufe mit den kundigen Augen des Profis. Die Patrouillenaktivität des Gegners war enorm. An und für sich keine Überraschung. Ohne stationäre Verteidigung war die Kontrolle der Lagrange-Punkte aufgrund der hohen Distanzen sehr schwierig aufrechtzuerhalten.

»Der zivile Schiffsverkehr besteht zu mehr als neunzig Prozent aus Handelsschiffen«, bemerkte Conti, dem das Interesse seines Captains nicht entging.

Rossi nickte in Gedanken versunken. »Welten, die die Solarier erobern, müssen die Solarier auch ernähren. Eine Bevölkerung, die den Hungertod stirbt, nützt ihnen nichts. Und die meisten Systeme sind keine Selbstversorger.«

»Es gibt aber noch andere Schiffe, auf die ich mir keinen Reim machen kann.«

»Lassen Sie mal sehen«, forderte er den Mann auf.

Conti isolierte eines der fraglichen Objekte und projizierte es auf den Holotank. Rossi beugte sich erneut vor. »Das Ding sieht ja aus wie eine Luxusjacht.« Er schüttelte leicht den Kopf. »Können Sie die Kennung auslesen?«

»Die Daten kommen rein«, informierte der XO seinen kommandierenden Offizier.

Neben dem Abbild der Jacht erschienen mehrere Balken voller Zahlen und Bemerkungen. Ein Absatz war dabei besonders interessant.

»Sonderstatus der neuen provisorischen Systemregierung?«, wiederholte Rossi laut.

Conti runzelte die Stirn. »Was bedeutet das?«

»Die Republikaner haben eine Marionettenregierung von Pendergasts Gnaden eingesetzt. Diese Jachten, die zwischen dem dritten und fünften Planeten hin- und herfliegen, gehören irgendwelchen Beamten oder Würdenträgern der neuen hiesigen Machthaber.«

»Kollaborateure!«, spie Conti voller Abscheu aus. Rossi nickte. Derartige Subjekte waren der Abschaum der Menschheit. Verführt von Macht und finanziellen Vorteilen, wandten sie sich gegen das eigene Volk. Wenn Tirold wieder in die Hände einer ordentlichen unter königlicher Jurisdiktion fallenden Systemregierung fiel, würden sie nichts zu lachen haben. Gut möglich, dass die Gerechtigkeit am Ende eines Stricks auf sie wartete. Kollaborationsregierungen waren oftmals dafür bekannt, die eigenen Leute durch besonders hartes Vorgehen bei der Stange halten zu wollen. Und die Republik ging ohne Zögern und ohne Gnade gegen Widerstand zu Werke.

Ein Ensign näherte sich Conti und murmelte diesem etwas ins Ohr. Der Erste Offizier sah auf. »Captain, feindliche Patrouille ist auf uns aufmerksam geworden. ETA in neunzig Minuten. Wir sollten uns beeilen.«

»Dann verlieren wir besser keine Zeit. In spätestens zehn will ich wieder weg sein. Verbindung herstellen.«

Hektische Betriebsamkeit erfasste die Besatzung der Kommandobrücke. Nun kam der knifflige Teil der Mission an die Reihe: die Kontaktaufnahme mit dem örtlichen Widerstand. Die Signalstation der KUBLAI KHAN legte die Funkfrequenz huckepack auf einer Trägerwelle, die für jeden zufälligen Beobachter wirkte wie kosmische Hintergrundstrahlung.

Gleichzeitig näherte sich die CONCORD der Oberfläche des Planetoiden mit äußerster Vorsicht und setzte auf. Die Systeme fuhren herunter. Das Spionageschiff würde im System verbleiben und als Relaisstation zwischen Angriffsflotte und Widerstand dienen, um weiterhin Nachrichten auszutauschen. Es war jetzt von dem Planetoiden kaum noch zu unterscheiden. Man würde es nur dann finden, wenn man genau wusste, wonach man suchen musste.

Nach ungefähr zwei Minuten knisterte es dermaßen laut auf der Kommandobrücke, dass sich einige der Anwesenden die Ohren zuhielten. Conti drosselte daraufhin die Lautstärke.

Rossi übte sich in Geduld, bis der XO ihm auffordernd zunickte. »Hier ist Löwenzahn eins. Ich rufe Phönix. Phönix, bitte kommen!«

Der Widerstand hatte sich die Bezeichnung Phönix selbst zugelegt. Ein wenig subtiler Hinweis auf den Mythos des wiederauferstandenen Vogels. Offenbar hofften die Menschen von Tirold, in ähnlicher Weise zurück ins Königreich zu finden – aus dem Feuer heraus.

Zunächst geschah nichts. Rossi wollte schon einen weiteren Versuch starten. Dann jedoch kristallisierte sich eine weibliche Stimme aus dem Knistern heraus. Sehr undeutlich. Kaum ein Wort war zu verstehen.

»Phönix, wir empfangen Sie. Aber Ihr Signal ist schwer aufzufangen. Justieren Sie die Frequenz.«

Die Frau sprach weiter. Im Hintergrund arbeitete jemand an einer besseren Verbindung, denn die Stimme gewann zusehends an Konturen.

»... hier Phönix. Löwenzahn eins, empfangen Sie mich?«

»Positiv«, erwiderte Rossi mit ehrlicher Erleichterung. »Wie ist Ihr Status?«

»Wir halten die Stellung«, gab die Frau zurück. Der Captain der KUBLAI KHAN hörte ihr aber die Erschöpfung an. Es musste zermürbend sein, unter einer Besatzungsmacht leben zu müssen. »Aktionen gegen den Feind sind teilweise erfolgreich. Wir brauchen aber dringend Nachschub. Waffen, Munition und Treibstoff für die wenigen Fahr- und Flugzeuge, die wir haben. Können Sie uns in dieser Hinsicht helfen?«

Rossi überlegte. Der Bitte nachzugeben war äußerst riskant, aber diese Menschen dienten an vorderster Front. Schlimmer noch, sie kämpften hinter der Front. Sie zu unterstützen war nicht nur Ehrensache, sondern ein Gebot der Stunde.

»Hilfslieferungen sind hiermit bewilligt und werden nach Absprache in Marsch gesetzt.« Rossi machte eine Geste, indem er mit dem Zeigefinger über seine Kehle fuhr. Die Verbindung wurde für einen Augenblick unterbrochen. Er beugte sich zu Conti hinüber. »Die CONCORD soll eine entsprechende Anforderung ans Hauptquartier absetzen. Die Güter müssen geliefert werden, bevor der eigentliche Angriff rollt. Am besten, wir schicken als Handelsschiffe getarnte Frachter ins Zielgebiet.«

Conti nickte, während Rossi das Symbol beobachtete, das vor nicht allzu langer Zeit noch ein solarisches Kanonenboot gewesen war.

Der RIS verfügte über genügend erbeutete solarische Sicherheitscodes, um Zugang in die Atmosphäre der besetzten Planeten zu erlangen. Sie mussten benutzt werden, solange dem Gegner nicht klar wurde, dass das Königreich darüber verfügte.

Eine weitere Geste folgte und die Verbindung wurde wieder etabliert. »Es folgen Anweisungen. Bitte bestätigen.«

»Bestätigt«, erwiderte die unbekannte Frau. »Lassen Sie hören!«

»Daddy kommt nach Hause.«

Diese vier simplen Worte ließen sein Gegenüber verstummen. Das Königreich plante eine Rückeroberung von Tirold.

»Löwenzahn, bitte wiederholen und bestätigen«, hakte die Frau nach. Rossis Mundwinkel zogen sich nach oben. Auf der anderen Seite glaubte man, sich verhört zu haben.

»Bestätige, Daddy kommt nach Hause.«

»Verstanden, Löwenzahn.« Die Frau schien den Tränen nahe zu sein. Im Hintergrund meinte Rossi, Jubel zu hören. »Anweisungen?«

»Die Höhle braucht einen neuen Anstrich.« Damit bat er den Widerstand, feindliche Abwehrstellungen und Kommunikationseinrichtungen lahmzulegen, sobald der Tanz losging. Die Frau schweig erneut.

»Schwierig umzusetzen. Mangel an Personal.«

»Machen Sie es möglich«, erwiderte Rossi kurz angebunden. Er wusste, der Widerstand befand sich in einer undankbaren Lage, aber da mussten sie jetzt durch. »Sprechen Sie mit ihren Vorgesetzten, falls nötig.«

»Diese Entscheidung kann ich selbst treffen«, sagte die Frau.

Rossi runzelte die Stirn. Das war ungewöhnlich. Der Widerstand war in Zellen aufgebaut. Für solche Aktionen mussten sie gemeinhin die Führung des Gesamtwiderstands kontakten.

»Identifizieren Sie sich«, bat er.

Die Frau zögerte. Nach einigen Sekunden antwortete sie: »Phönix Alpha eins.«

Rossi wechselte einen fassungslosen Blick mit seinem XO. Er hatte tatsächlich Julia Alexjewitsch in der Leitung, das einzig überlebende Mitglied der hiesigen Grafenfamilie. Die Frau ging ein hohes Risiko ein, indem sie sich persönlich mit ihm in Verbindung setzte.

»Verstanden, Phönix«, entgegnete der Captain, der versuchte, seine Aufregung zu bezähmen. »Anweisung ist aber unumgänglich, wenn Daddy nach Hause kommen soll.«

Die Frau seufzte. »Verstanden. Wir machen es möglich.«

Conti sah auf das Chronometer und senkte verschwörerisch die Stimme. »Sir? Unser Zeitfenster schließt sich.«

Rossi nickte. »Phönix, Ende der der aktuellen Kommunikation. Bleiben Sie auf Stand-by und warten Sie weitere Anweisungen ab.«

Der Widerstand antwortete nicht länger. Es war alles gesagt.

»Kurs auf L3 nehmen«, ordnete der Captain an. »Wir verschwinden.«

Die Patrouille war nur noch eine knappe Stunde entfernt. Nicht mehr lange, und sie wären in der Lage, das abfliegende Schiff zu identifizieren. Dann würde auch die gekaperte IFF-Kennung keine Hilfe mehr sein.

Die KUBLAI KHAN schwenkte um und setzte Kurs auf denselben Lagrange-Punkt, durch den sie hereingekommen waren. Die CONCORD würde hierbleiben und die Lage im Auge behalten. Sollte sich etwas an der Situation ändern, würde sie rechtzeitig Bescheid geben.

Bei ihrem Plan gab es zu viele Unwägbarkeiten. Dessen war sich Rossi bewusst. Das war auch Connors, Sorenson und dem Prinzen klar. Sie waren im Nachteil gegenüber den Solariern. Es war notwendig, Wagnisse einzugehen, wollten sie das Blatt endgültig zu ihren Gunsten wenden.

5

Die ROSTIGE ERNA fiel an L1 des Rayat-Systems aus dem Hyperraum und sah sich sofort den aufgeladenen Geschützen eines voll bemannten und einsatzbereiten Lagrange-Forts gegenüber.

Lieutenant Colonel Lennox Christian knirschte mit den Zähnen. »Offenbar ist ihre Versorgungslage nicht überall in gleichem Umfang prekär«, kommentierte er die Situation.

»Sie funken uns an«, erwiderte Barrera, anstatt die Bemerkung einer Antwort zu würdigen. »Sie befehlen uns, den Antrieb zu deaktivieren. Wir sollen uns auf die Ankunft einer Inspektionstruppe vorbereiten.«

»Na großartig«, meinte der Marine-Colonel. »Sagen Sie ihnen, sie dürfen übersetzen.«

Die Worte fühlten sich seltsam fehl am Platz an, als Lennox sie aussprach. Die Erlaubnis zum Betreten der ROSTIGEN ERNA wurde nur aus Höflichkeit erteilt. Wenn die Solarier sich zu einem Schiff Zugang verschaffen wollten, dann kamen sie auch an Bord, gleichgültig was die Besatzung davon hielt. Falls denen jemand dumm kam oder die betreffende Crew ein verdächtiges Verhalten zeigte, dann pusteten diese Mistkerle den Frachter einfach weg. Kooperation war die günstigere Alternative.

Er verließ die Brücke des gekaperten Schmugglerschiffes und begab sich zu den Mannschaftsquartieren. Die meisten *Skull*-Soldaten lungerten auf ihren Pritschen. Einige dösten, andere spielten Karten. Die Männer und Frauen sahen auf, als ihr Anführer im Durchgang erschien. »Hoch mit euch! Wir kriegen gleich Besuch.«

Die Männer und Frauen sprangen auf und begaben sich auf ihre Stationen. Ramsay Dawson und Wolfgang Koch schlossen sich dem Colonel auf dem Weg zurück zur Brücke an. Beide wirkten besorgt, bemühten sich gleichzeitig um Gelassenheit.

Lennox öffnete das Druckschott und wechselte einen Blick mit dem Gunny. Dieser saß auf dem Kommandosessel und drehte ihn um neunzig

Grad. Seine düstere Miene musterte den Vorgesetzten verdrossen. »Sie kommen«, war alles, was er von sich gab.

Lennox nickte. Er kannte den Gunny. Der Mann war ein Kämpfer. Sich zu verstecken und vorzugeben, man sei ein leichtes, dankbares Opfer, das lag ihm überhaupt nicht. Barrera war eher der Typ Mann, der sich aus einer brenzligen Konstellation den Weg freischoss. Manchmal auch aus Situationen, die nicht ganz so brenzlig waren.

Lennox konnte ihm das nicht verdenken. Durch das Brückenfenster sah er, wie sich ein Beiboot vom Fort löste und zielstrebig auf sie zuhielt. Nach allem, was diese Mistkerle dem Königreich angetan hatten, hätte er es ebenfalls nur zu gern mit einer Rakete aus dem All gefegt. Aber sie waren nicht hier, um zu kämpfen. Noch nicht. Die Zeit der Solarier würde kommen. Falls ihre Mission erfolgreich verlief, dann früher, als denen lieb sein konnte.

Lennox bedeutete den zwei Begleitern, an Ort und Stelle zu verharren, und begab sich zur Luftschleuse. Das solarische Beiboot machte soeben fest und der Inspektionstrupp führte den Druckausgleich durch.

Die innere Luke der Schleuse öffnete sich mit hörbarem Zischen. Ein Lieutenant im schwarzen gepanzerten Kampfanzug der Marines der Solaren Republik stapfte herein – gefolgt von zwanzig ebenfalls in Schwarz ausstaffierten, schwer bewaffneten Soldaten.

Der Lieutenant betrachtete Lennox für mehrere Sekunden eingehend und überprüfte dann einige Anzeigen an einem kleinen Scanner, der in den rechten Arm des Kampfanzugs integriert war. Offenbar zufrieden, öffnete er den Helm und klemmte sich diesen unter den Arm. Seine Begleiter behielten den Helm auf.

Lennox notierte die Beobachtungen in Gedanken. Die Solarier gingen umsichtig und professionell zu Werke. Der Lieutenant hatte die Umgebung geprüft, um sicherzustellen, dass die Atmosphäre atembar und nicht durch irgendwelche Gifte oder Gase verunreinigt war. Erst danach hatte er seinen Helm abgenommen. Der Anblick Lennox' ohne Raumanzug und Helm hatte den Offizier offenbar nicht beruhigt. Stattdessen hatte er sich zunächst selbst davon überzeugen wollen. Die übrigen Marines behielten ihren Helm weiterhin auf für den Fall, dass die Besatzung der ROSTIGEN ERNA erst später irgendein Gift in die Atmosphäre einleitete.

Lennox' Marines hätten anstelle des Feindes ebenso gehandelt. Diese Männer und Frauen waren gut ausgebildet. Das war eine lästige Erkenntnis. Ein dummer Feind wäre ihm bedeutend lieber gewesen.

»Frachtpapiere!«, forderte der arrogante Fatzke, wobei er nur das Minimum an Worten zum Besten gab. Der Kerl hielt sich offenbar für Teil einer Elite und die Zollabfertigung für deutlich unter seiner Würde. Lennox überreichte ein Pad mit den geforderten Unterlagen. Der Lieutenant warf keinen Blick darauf, sondern reichte das Gerät an einen Untergebenen weiter. Dieser machte sich sogleich in Begleitung zweier Marines an die Arbeit, um die Fracht mit den Papieren abzugleichen.

Dies war nun der kritische Moment. Frachtverkehr in den besetzten Gebieten musste von der solarischen Autorität genehmigt werden. Lennox hoffte, dass die Fälscher des RIS so gut waren, wie Connors behauptete.

Die Dokumente wiesen die Rostige Erna als Gewürzfrachter aus, der Rayat alle paar Monate mal anlief. Dieser Zeitraum war lange genug, dass der alte Seelenverkäufer niemandem im Gedächtnis geblieben war, und kurz genug, um glaubwürdig zu sein. Außerdem hatten sie noch eine kleine Überraschung eingebaut, die den Solariern einfach auffallen musste und die der Erna einen besonderen Hauch harmloser Gesetzlosigkeit verlieh.

Barrera gesellte sich zu ihm. Bei der Ankunft des hünenhaften Royalisten mit dem kybernetischen Arm spannten die Solarier ihre Muskeln an. Mehr als einer befingerte nervös die Waffe.

Der Gunny grinste, lehnte gegen die Wand und begann, genüsslich einen Kaugummi zu kauen.

Weitere solarische Marines kamen an Bord. Lennox bemühte sich, seine wachsende Beunruhigung zu verbergen. Er vermied es mit Absicht, einen Blick mit Barrera zu wechseln.

Die zwei Männer trugen Ausrüstung, um Waffen und bombenfähiges Material ausfindig zu machen. Die waren wirklich verstörend gründlich. Das deutete aber zunehmend darauf hin, dass diese Kerle wachsende Probleme mit Untergrundaktivitäten hatten. Auch diese Beobachtung notierte Lennox in Gedanken. Das mochte noch einmal hilfreich sein.

Die Marines machten sich umgehend an die Arbeit. Das Einsatzteam hatte nichts an Bord, was man zum Bau von Bomben benutzen konnte. In den Eingeweiden der Rostigen Erna befand sich allerdings ein gut bestücktes Waffenarsenal. Die Waffen waren fein säuberlich zerlegt und in bleihaltigem Isoliermaterial verpackt. Alle elektronischen Komponenten hatte man vorsorglich deaktiviert. Der Marine-Colonel hoffte, dass es ausreichte, um die Scanner des Feindes zu täuschen. Ansonsten wurde das ein recht kurzer Ausflug.

Die Untersuchung dauerte über eine Stunde. Bereits nach dreißig Minuten ließ Lennox mit voller Absicht Anzeichen der Ungeduld erkennen, wie jeder Kapitän der Handelsflotte es tun würde. Zeit war schließlich Geld und alles andere wäre auffällig gewesen.

Die Solarier beendeten ihre Untersuchung. Der Untergebene des Lieutenants kehrte zurück. Aber entgegen der allgemeinen Erwartung nahm der Mann seinen Vorgesetzten zur Seite und raunte ihm einige Worte zu. Lennox spitzte die Ohren, verstand jedoch kein Wort. Aus dem Augenwinkel bemerkte er, wie Barrera sich leicht von der Wand abstieß und seine Muskeln lockerte. Der Colonel gab ihm zu verstehen, sich zurückzuhalten.

Der Lieutenant lächelte und musterte Lennox auf eine ziemlich unverschämte Art und Weise. Er bedeutete ihm, näher zu treten. Der royalistische Marine-Colonel hüstelte verhalten, folgte aber der Aufforderung. Der Lieutenant warf seinem Untergebenen einen kurzen Blick zu, woraufhin dieser auf Abstand ging. Lennox war mit dem Anführer des Abfertigungstrupps allein.

Der Mann lächelte immer noch, was ihn nervös machte. Hatte man das Waffenversteck gefunden? Die Gefahr stand im Raum, allerdings hätten die Marines dann schon Verstärkung gerufen und die Besatzung der Rostigen Erna unter Arrest gestellt. Das Grinsen seines Gegenübers wurde breiter.

»Wir haben wohl eine zusätzliche Einnahmequelle aufgetan«, eröffnete dieser das Gespräch. »Oder liege ich da etwa falsch?«

Lennox brachte alle Selbstbeherrschung auf, damit seine Erleichterung sich nicht auf seinem Gesicht niederschlug. Die Waffen waren nicht gefunden worden, sondern das sorgfältig platzierte Zusatzpaket.

Während einer Besetzung lagen die wirklichen Einnahmen nicht beim normalen Handelsverkehr, sondern im Schwarzmarkt begründet. Im Bauch der Rostigen Erna waren daher verschiedene Luxusgüter platziert worden, die dem Einsatzteam gerade genug Verruchtheit verschafften, um es für die Zollabfertigung noch authentischer erscheinen zu lassen.

Lennox verzog das Antlitz und wandte peinlich berührt den Blick ab. Er legte Zerknirschtheit in Stimme und Gebaren. Der Colonel seufzte. »Na schön. Sie haben uns. Sollen wir am Fort anlegen zur Befragung?«

Der Lieutenant gab vor, ernsthaft darüber nachzudenken. Lennox durchschaute ihn. Die Solarier hatten Besseres zu tun, als sich um eine Bande halbseidener Schmuggler zu kümmern, die lediglich ein paar Scheine zusätzlich verdienen wollten. Der anfallende Papierkram lohnte kaum den Aufwand. Außerdem waren Besatzungstruppen dafür bekannt, sich einen Vorteil aus derartigen Situationen zu verschaffen. Und genau darauf fußte der Fund, den die Solarier gemacht hatten.

Der Lieutenant grinste immer noch. Seine Kiefer mahlten, seine Augen glitzerten gierig. »Das wird wohl nicht nötig sein ... bei der richtigen Motivation.« Der Mann hielt die Hand auf.

Lennox seufzte abermals, verspürte aber tiefe Befriedigung. Es verlief alles nach Plan.

Er zog eine Rolle Geldscheine aus der Jackentasche und zählte nacheinander vier von ihnen in die wartende Hand des Lieutenants. Jede hatte den Wert von hundert solarischen Dollars. Lennox wollte den Rest wieder in die Jacke zurückstecken. Der solarische Offizier räusperte sich übertrieben. Seine Finger zuckten mahnend.

Gieriger Bastard, ging es Lennox durch den Kopf. Er übergab sechs weitere Scheine und machte damit den Tausender voll. Den Rest steckte er nun wirklich weg.

Die Hand des Lieutenants bewegte sich keinen Millimeter. Er wollte offenkundig immer noch mehr. Lennox verschränkte demonstrativ die Arme vor der Brust. Damit ging er ein wohlkalkuliertes Risiko ein. Schmuggler besaßen ständig ein gewisses Budget für Bestechungen. Es durfte aber nicht überhandnehmen, sonst schmälerte es den zu erwartenden Gewinn. Der Solarier stand nun vor einer gewichtigen Frage: Er konnte das Schmiergeld in der dargebotenen Höhe akzeptieren und die Rostige Erna weiterfliegen lassen. Oder er wies es als zu niedrig zurück und setzte Schiff und Besatzung fest.

Infolgedessen konnte er aber das Schmiergeld getrost vergessen. Gab er es nicht zurück und kam es bei der anstehenden Befragung zur

Sprache, fand er sich umgehend vor einem Erschießungskommando wieder, und das auch nur mit viel Glück. Lennox hatte schon von solarischen Kommandeuren gehört, die solche Delinquenten im Schnellverfahren aburteilten und nackt aus einer Luftschleuse warfen.

Lennox registrierte, wie es im Kopf des Mannes aufgeregt ratterte. Dieser wog das Für und Wider mehrmals ab. Seine Finger schlossen sich um die zehn Geldscheine. Der Lieutenant neigte leicht den Kopf. »Gute Reise, Kapitän!«, verabschiedete er sich und kehrte zu seinen Männern zurück.

Lennox vermied es, die Zufriedenheit nach außen dringen zu lassen. Wenn man sich auf eines verlassen konnte, dann auf die Gier der Menschen.

Die Solarier verließen das Handelsschiff auf demselben Weg, auf dem sie es betreten hatten, und das Beiboot legte ab. Lennox' Blick suchte den seines Gunnys. »Nichts wie weg von hier! Bevor sie es sich anders überlegen.«

Barrera nickte zustimmend und kehrte zur Brücke zurück. Wenig später nahm die ROSTIGE ERNA erneut Fahrt auf und beschleunigte ins innere System.

Lennox stellte sich neben Dawson und Koch, während er durch das Brückenfenster starrte. Je tiefer sie ins System eindrangen, desto umfangreicher wurde der Schiffsverkehr, nicht nur in ziviler, sondern auch in militärischer Hinsicht. Die blaugrüne Welt, deretwegen sie gekommen waren, wurde voraus immer größer. Innerhalb der nächsten sechsunddreißig Stunden mussten sie sich der Raumkontrolle zu erkennen geben, damit man ihnen Landekoordinaten zuwies.

»Willkommen auf Rayat«, wisperte der Marine-Colonel kaum hörbar, »wo jeder Schritt Ihr letzter sein kann.«

Teil II

Der Prinz kehrt zurück

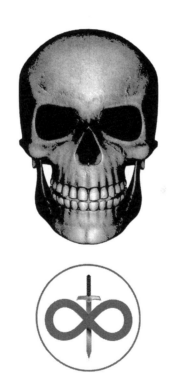

6

28. Juni 2648

Julia Alexjewitsch, amtierende Gräfin von Tirold, derzeit allerdings im Untergrund, spazierte durch die Korridore ihres unterirdischen Verstecks.

Die Gelassenheit der Frau war nur vorgeschoben. Sie verspürte eine Unruhe wie schon seit dem Tag nicht mehr, als ihr Vater ermordet worden war. Der *Konsortiums*-Angriff hatte das System ins Chaos gestürzt.

Julia hatte versucht, die Strukturen zusammenzuhalten, bis Hilfe des Königreichs eintraf. Aber es kam niemand. Infolgedessen verloren die Menschen ihre Hoffnung. Anarchie griff um sich. Es kam zu Plünderungen und Unruhen auf den Straßen.

Die Miliz und die Haustruppen der Grafschaft hatten alles Menschenmögliche getan, um die Ordnung aufrechtzuerhalten.

Der Angriff des *Konsortiums* hatte aber ganze Arbeit geleistet und sowohl militärische wie zivile Organe, die das Ruder hätten herumreißen können, zerschlagen.

Dann kamen die Solarier und vernichteten die Einheiten des *Konsortiums* im Tirold-System mit solcher Präzision und Brutalität, dass der Kampf um die Grafschaft keine zwei Tage dauerte.

Anfangs war Julia in höchstem Maße erfreut gewesen. Jemand kam endlich, um ihre Bürger zu retten. Sie aus der Dunkelheit zurück ins Licht zu führen. Sie hielt die Solarier für Freunde.

Julia schüttelte den Kopf. Wie naiv sie gewesen war. Als ihnen allen bewusst wurde, dass die Solare Republik keineswegs als Freund kam und ihre Truppen keinerlei Absicht verspürten, die okkupierte Grafschaft nach der Befriedung zu verlassen, war es längst zu spät gewesen.

Das, was von Hausgarde und Miliz noch übrig war, wurde im Handstreich überwältigt. Mit Müh und Not schaffte es Julia, einige wenige Einheiten in den Untergrund zu führen, bevor auch diese entwaffnet und interniert worden waren. Seitdem lebten sie von der Hand in den Mund. Sie machten den Invasoren Ärger, wo es nur ging. Der Kampf erwies sich jedoch wie der Ansturm gegen Windmühlen. Der Feind war schlichtweg übermächtig. Nun sahen sie aber den Silberstreif am Horizont.

Der Prinz kehrte an der Spitze einer Streitmacht zurück, um die Invasoren zu vertreiben. Darauf hätte niemand von ihnen noch zu hoffen gewagt.

Sie erreichte einen großen Raum mit hoher Decke. Dem Namen nach handelte es sich um einen Besprechungsraum, er hatte aber eher Ähnlichkeit mit einem Schlafsaal, den man zur Hobbyecke umfunktioniert hatte. An den Wänden stapelten sich einfache Pritschen, auf denen schlafende Widerstandskämpfer spärlich vorhandene Ruhe fanden. Am anderen Ende des Raumes beschäftigten sich mehrere Soldaten johlend mit einem alten Flipper, den die findigen Bewohner des Untergrunds von irgendwoher organisiert hatten.

Julia kam an einer Pritsche vorbei, auf der sich im Schutz einer groben Wolldecke zwei ihrer Leute vergnügten. Julia grinste. Die Frau fand großen Gefallen an dem, was ihr Gefährte da machte, denn sie war so laut, dass ihre spitzen Schreie durch den kompletten Raum hallten.

Niemand nahm Notiz davon. Und das war auch gut so. Ihre Kämpfer stellten sich tagtäglich dem drohenden Tod. Daher war es nur natürlich, dass sie das Leben feierten, sooft und wo immer es auch möglich war. Daran gab es nichts Verwerfliches. Und Julia maßte sich kein Urteil darüber an. Im Gegenteil. Sie war froh, wenn ihre Leute hin und wieder etwas Spaß abseits des alltäglichen Kampfes ums Überleben fanden. Und es gab schlechtere Arten, seine wenigen freien Stunden zu verbringen.

Julia erreichte eine Sitzecke, bestehend aus mehreren alten, verfilzten Sofas. Sie ließ sich schwer auf eines davon fallen und bereute es auf der Stelle. Eine Sprungfeder bohrte sich schmerzhaft in ihr Gesäß.

Die beiden Männer, die schon auf sie warteten, schenkten ihr ein wissendes Lächeln. Der Offizier zu ihrer Rechten mit dem roten Haar und dem ebenso roten Vollbart hieß Major Marko Kowaljenkow. Vor dem Krieg hatte er ihrem Vater als Attaché und Verbindungsoffizier zum königlichen Militär gedient. In dieser Funktion war er unter anderem für die Auswertung von Geheimdienstinformationen zuständig gewesen.

Der zweite Offizier trug seine Glatze zur Schau, als handele es sich um ein Ehrenmal. Seine linke Gesichtshälfte wies mehrere Brandnarben auf. Eine ständige unwillkommene Erinnerung an die Bombardierungen, die mit der solarischen Besetzung einhergingen. Der Mann bekleidete nun den Rang eines Captains, war aber nie beim Militär gewesen. Danlyo Ludnig war der Sohn eines hiesigen Bäckers. Und wie viele andere auch, hatte er den Solariern zugejubelt, als diese in ihren blank polierten Rüstungen durch die Straßen stolziert waren.

Dann kamen die willkürlichen Inhaftierungen, die Rationierungen, die Checkpoints, um die Bewegungsfreiheit der Bevölkerung einzuschränken, und vieles mehr. Eines Abends kam seine Schwester nicht mehr von der Arbeit nach Hause. Sie tauchte nie wieder auf. Er war überzeugt, dass die Solarier dafür verantwortlich waren. Dasselbe Schicksal betraf viele Familien. Die Invasoren nahmen sich, was sie wollten und wen sie wollten. Gerechtigkeit suchte man vergebens. Wer sich beschwerte, wurde verprügelt und eingesperrt.

An diesem Punkt ging Danlyo in den Widerstand. Er gründete seine eigene Gruppe, die mit einigem Erfolg feindliche Checkpoints und Patrouillen ausschaltete. Auf diesem Weg stieß er schließlich zu Julia, die aus den zerstrittenen Einheiten von Partisanen und Freiheitskämpfern eine schlagkräftige Truppe formierte.

Die Gräfin von Tirold betrachtete ihre zwei engsten Vertrauten mit einigem Amüsement. Man sah es ihnen nicht unbedingt an – vor allem Danlyo nicht –, aber sie würden für die Freiheit der Grafschaft durchs Feuer gehen. Ihr Lächeln schwand. Es war sehr gut möglich, dass von ihnen genau jenes verlangt wurde, ehe dieser Kampf zu Ende war.

Marko reichte ihr ein Pad mit einer bereits aufgerufenen Liste. Julia nahm es mit einigem Magengrimmen entgegen. Sie überflog die Datei kurz und studierte es im Anschluss erneut ausgiebiger. Müde massierte sie ihren Nasenrücken zwischen Daumen und Zeigefinger. »Ist das deren Ernst?«

Marko und Danlyo wechselten einen vorsichtigen Blick. Der Major widmete seine Aufmerksamkeit wieder der Gräfin. »Ich befürchte, ja. Die Übertragung des RIS war in dieser Hinsicht sehr – wirklich *sehr* – deutlich.«

Mit einem tiefen Seufzer las Julia die Liste erneut durch. Es handelte sich um eine Aufstellung möglicher Angriffsziele, die vor einem Invasionsversuch am Boden ausgeschaltet werden mussten. Die Datei beinhaltete Kommunikationseinrichtungen, Fahrzeugparks, Nachschublager und Kasernen. Alles in allem so ziemlich jedes militärische feindliche Ziel von Wert. Sie waren farblich markiert. Grün bedeutete nach Möglichkeit ausschalten, Gelb war von hoher Priorität und Rot hieß, das entsprechende Objekt war unter allen Umständen zu neutralisieren.

Mit einem enttäuschten Laut warf Julia das Pad neben sich auf die Couch. »Die denken wohl, dass wir die gesamte Drecksarbeit für sie übernehmen. Was glauben die eigentlich, was für Ressourcen wir besitzen?«

Danlyo schüttelte bekümmert den Kopf. »Selbst die Hälfte der Ziele anzugreifen und auch nur zu beschädigen, dürfte unsere Mittel über Gebühr strapazieren.«

»Dem stimme ich zu«, meinte Marko. »Das Problem ist, indem wir dem Königreich helfen, helfen wir im Endeffekt uns selbst. Welche Alternative bleibt uns denn?«

Julia überlegte angestrengt. »Wie sieht die Personalstärke derzeit aus?«

Marko rieb sich über das bärtige Kinn. »Darin sehe ich weniger das Problem. Die Solarier haben zwar in den letzten Wochen drei Safe Houses ausgehoben, aber mit jedem Toten, den wir zu beklagen haben, finden fünf neue Rekruten den Weg zu uns.« Er schüttelte erneut den Kopf. »Nein, das Problem ist der Nachschub. Waffen, Munition, Sprengstoff und medizinische Ausrüstung: Darin liegt unsere wirkliche Schwachstelle. Für eine Operation dieser Größenordnung sind wir nicht einmal annähernd genügend ausgerüstet. Selbst mit dem Nachschub, den die Königlichen geliefert haben, kriegen wir das kaum hin.«

Die Gräfin richtete den Blick auf Danlyo. »Irgendeine Chance, dass sich das in Zukunft ändert?«

»Ich wüsste nicht, wie«, ergänzte der Mann Markos Angaben. »Was uns teuer zu stehen kommen wird, ist vor allem der Mangel an Panzerabwehrwaffen. Wenn wir uns den Solariern im Straßenkampf stellen müssen, dann werden wir uns über kurz oder lang ihren schweren Fahrzeugen widmen. Und das könnte richtig übel ausgehen.« Er machte ein bekümmertes Gesicht. »Ich sehe das wie Marko. Wir haben momentan schon kaum die Mittel durchzuhalten. Aber eine Offensive dieses Ausmaßes durchzuführen, das wird uns an unsere Grenzen führen und darüber hinaus.«

Julia warf dem Pad neben sich einen beinahe hasserfüllten Blick zu. Sie nahm es wieder auf und tippte mit dem Gerät einen ungleichmäßigen Rhythmus auf ihren Oberschenkel. »Das Spionageschiff des RIS ist noch vor Ort?« Beide Männer nickten.

»Na schön, dann sollten wir die Sache im Augenblick nicht überbewerten. Marko, du nimmst diese Liste auseinander. Du wirst sie aufteilen in Ziele, die anzugreifen durchführbar sind. und jene, die außerhalb unserer Möglichkeiten liegen. Ich will deine Einschätzung in spätestens fünf Stunden auf meinem Schreibtisch haben.« Der Geheimdienstoffizier nickte. Sie wandte sich Danlyo zu. »Und du wirst Späher losschicken. Ich muss bei jedem dieser Ziele wissen, wie die Feindstärke vor Ort aussieht, welche Sicherheitsvorkehrungen getroffen wurden und in welchen Abständen die Wachablösung stattfindet.« Sie erhob sich in einer geschmeidigen Bewegung.

»Und was wirst du tun?«, wollte Marko wissen.

Sie lächelte zynisch. »Ich werde mir überlegen, wie wir mit praktisch nichts eine Großoffensive gegen das stärkste Militär der bekannten Welten durchführen können.«

Großadmiral Harriman Gorden betrat die Brücke seines Flaggschiffes. Das solarische Großschlachtschiff SRS ARES schwebte etwas außerhalb des Schwerkrafttrichters im Tirold-System. Gorden betrachtete die Dinge gern mit ein wenig Abstand. Das war sowohl im übertragenen Sinn wie auch wörtlich zu verstehen. Hier draußen war die Kommunikation schlichtweg klarer und auch die Sensoren arbeiteten mit weniger Störungen. Je mehr stellare Objekte sich in Reichweite befanden, desto komplizierter wurden die Handhabung von Sensoren und Kommunikationseinrichtungen.

Sobald er das Schott durchschritt, senkte sich eine düstere Aura über Kommandobrücke und Besatzung der ARES. Dazu trug nicht zuletzt seine dunkle Uniform ihren Teil bei, aber auch seine Mimik, die keinen Muskel verzog. Seine Leute fürchteten ihn – und das war gut so. Er wusste um den Ruf, der um seine Person kursierte. Gorden fuhr für die Republik und nicht zuletzt Pendergast Siege ein. Sie zeichneten sich aber durch besonders hohe Verluste aus.

Gorden galt als rücksichtslos gegen Freund und Feind. Es war ihm einerlei, wie viele Leute er opfern musste, um die Ziele des Präsidenten zu erreichen. In seiner Gedankenwelt zählte lediglich das Endergebnis, nicht der Weg, der dorthin führte. Sein Ruf war wohlbegründet. Aus diesem Grund hatte er sich bis zu Pendergasts Problemlöser gemausert. Eine Stellung, die ihm zusagte. Sie bot enormes Potenzial.

Gorden ließ sich in den Kommandosessel fallen und prompt stand schon sein Adjutant neben ihm, der gleichzeitig auch als XO der ARES fungierte. Der Mann drückte dem Großadmiral ein Pad in die Hand.

Der Flottenbefehlshaber runzelte die Stirn. »Was sehe ich mir da an?«

»Wir haben eine Übertragung aufgefangen. Jemand hat einen codierten Funkspruch nach Tirold III gesandt.«

»Von inner- oder außerhalb des Systems?«

»Es kam aus dem Inneren«, erklärte der XO.

Gorden sah auf. Sein Untergebener wand sich unbehaglich unter dem stechenden Blick des Großadmirals. »Die Royalisten sind also bereits hier.«

Der XO nickte verhalten.

Gorden widmete sich erneut dem Pad in seiner Hand. »Ich nehme an, unsere Analysten sind bereits mit der Decodierung beschäftigt.«

»In der Tat, aber sie gaben ihre Bedenken zum Ausdruck. Der Code ist komplex.«

Gorden seufzte. »Dann können wir davon ausgehen, dass es uns nicht gelingen wird, ihn zu knacken.«

»Oder zu spät«, stimmte der Erste Offizier zu. »Wenn sie dem örtlichen Widerstand Nachrichten senden, dann bereiten die Royalisten unter Umständen bereits eine größere Operation vor.«

»Möglich«, stimmte Gorden zu. »Oder sie haben lediglich Updates ausgetauscht.« Der Großadmiral warf einen Blick auf den Bildschirm an seiner rechten Seite. Dort liefen verschiedene Statusmeldungen ab. »Unsere Geschwader sammeln sich nicht schnell genug. Wir liegen fast vier Wochen hinter dem Zeitplan zurück. Wo ist Sheppard?«

Der Erste Offizier verzog höhnisch die Lippen. »Sammelt sich mit dem, was von seiner Flotte übrig ist, bei Castor Prime.«

Gordens Augenbrauen zogen sich drohend über der Nasenwurzel zusammen, als er seinen Untergebenen anfunkelte. Aus dessen Gesicht wich alle Farbe. Er schluckte schwer und verfiel automatisch in die Habtachtstellung.

Gorden schätzte es überhaupt nicht, wenn niedere Ränge sich über einen hohen Offizier der Streitkräfte der Solaren Republik lustig machten oder mit ihm in irgendeiner Form ihren Spott trieben.

Gordens Antipathie gegenüber Sheppard war wohlbekannt. Auch ihre Rivalität stellte innerhalb der Streitkräfte kaum eine Neuigkeit dar. Aber Gorden war Großadmiral. Er durfte das. Ein Major nicht.

Gorden entließ den Mann aus seinem stechenden Blick und nickte beifällig. »Sheppard übernimmt wie von Präsident Pendergast angeordnet die Sicherung des Hauptsystems des Königreichs. Ausgezeichnet. Während mein Amtskollege auf der Ersatzbank sitzt, werde ich diesen Krieg gewinnen.« Seine Mundwinkel zogen sich leicht nach oben. Das Lächeln lockerte die harten Gesichtszüge Gordens allerdings keineswegs auf. Im Gegenteil ließ es sie noch unnachgiebiger wirken.

»Die Analysten sollen sich ranhalten. Ich will, dass dieser Code geknackt wird. Und sorgen Sie dafür, dass der Rest der Einheiten möglichst schnell zu uns aufschließt. Sollte das Restkönigreich irgendetwas planen, dann will ich vorbereitet sein.« Der Großadmiral schnaubte. »Mir wird es nicht so ergehen wie Sheppard.«

7

Die kleine Gruppe von Widerstandskämpfern rannte, so schnell ihre Beine sie trugen. Hinter ihnen detonierten nacheinander die Nachschubdepots an der nordöstlichen Ecke des Raumhafens Barcelona.

Die Männer und Frauen befanden sich knapp außerhalb der Gefahrenzone. Dennoch erwischten die letzten Ausläufer der Druckwelle sie und schleuderten einige von ihnen in den Graben.

Patrick Kilgannon erhob sich als Erster. Der Mann grinste MacTavish spitzbübisch an. »Ich sagte dir, es würde funktionieren.«

Der ehemalige RIS-Agent wischte sich Dreck und Schlamm aus dem Gesicht. »Wir haben unterschiedliche Ansichten über den Begriff *funktionieren*.«

Mehrere Drohnen strebten dem Schauplatz des Anschlags entgegen. »Wir sollten uns woanders über derlei Feinheiten unterhalten«, mischte sich Catherine Shaw ein. Die Frau hatte mittlerweile so gar nichts mehr von einer Reporterin an sich. In ihrer Tarnkleidung mit dem Sturmgewehr an der Seite verströmte sie eher einen gewissen Che-Guevara-Stil.

Die Gruppe zog sich eilig zurück, während hinter ihnen die Vorratsdepots niederbrannten und dabei einen für MacTavishs Dafürhalten wundervollen Anblick boten. In diesem Moment fackelten für die Front bestimmte Nachschubgüter in einem Wert von mehreren Milliarden solarischen Dollars ab. Waffen und Ausrüstung, die Pendergasts Invasionsflotten schon bald fehlen würden. Außerdem Module für die Fertigstellung von Lagrange-Forts. Der Zermürbungskrieg zeigte langsam Wirkung.

Die kleine Gruppe Widerstandskämpfer bestieg ein Shuttle mit gefälschter Kennung. Sobald der letzte von ihnen an Bord war, hob es ab und der Pilot fädelte das Gefährt ohne Probleme in den suborbitalen Verkehr ein.

MacTavish sah dem Mann die ganze Zeit über die Schulter. Erst als sie eine angemessene Distanz zu Barcelona aufgebaut hatten, war der ehemalige RIS-Agent zufrieden. Er kehrte in das Personenabteil zurück.

»Wo sind wir?«, wollte Kilgannon wissen.

»Bereits über der Schweiz«, erwiderte MacTavish. »In weniger als dreißig Minuten befinden wir uns im Anflug auf Köln.«

»Home, sweet home«, kommentierte der Pionier grinsend. Sein Blick schwenkte nach links, wo fünf Soldaten der Yakuza dabei waren, sich auszustrecken, um eine Mütze voll Schlaf zu nehmen. Kilgannon deutete mit einem Kopfnicken auf die Männer.

»Anfangs war ich von deiner Idee, die Yakuza zu einem Bündnis zu überreden, nicht begeistert. Ich dachte echt, wir würden draufgehen.«

»Dass du dabei Kabayashis Tochter gevögelt hast, war nicht besonders hilfreich.«

Kilgannon zuckte die Achseln. »Aber du hast es dennoch geschafft. Und das Bündnis ist sogar inzwischen ein echter Stachel in Pendergasts Fleisch. Respekt, Alter!«

MacTavish neigte leicht den Kopf zur Seite. »Irgendetwas muss ja schließlich mal gut für uns laufen.« MacTavish wollte es nicht so sehr herausstreichen, aber er war in der Tat ein bisschen stolz auf das Erreichte. Der Widerstand machte Pendergast einigen Ärger. Und obwohl der solarische Geheimdienst und die Schläger des Präsidenten, die sich auch noch Polizei schimpften, alles in ihrer Macht Stehende taten, um Neuigkeiten Anschläge des Widerstands betreffend entweder zu verschleiern oder, wo das nicht möglich war, herunterzuspielen, gelangte immer öfters die Wahrheit nach außen und sickerte in die breite Bevölkerung ein. Die Menschen waren von Pendergast und seiner Propagandamaschinerie dermaßen oft belogen worden, dass sich Unmut regte. Viele begannen die Aussagen ihres Präsidenten zu hinterfragen. Die große Anzahl an Soldaten, die im Sarg nach Hause zurückkehrten, ließ sich mittlerweile kaum noch verheimlichen und stellte Pendergasts Propaganda vor ernste Probleme.

Der Kabayashi-Clan war nunmehr nicht länger die einzige Yakuza-Organisation, die sich dem Widerstand angeschlossen hatte. Drei weitere wollten nicht mehr tatenlos danebenstehen und kämpften inzwischen an ihrer Seite. Ihre Zahl und ihre Ressourcen wuchsen in einem Ausmaß, dass sich Pendergast schon mal lieber warm anziehen sollte.

Das Shuttle scherte aus dem orbitalen Verkehrsnetz aus und steuerte die Außenbezirke von Köln an. Der Widerstand war dort in einem von Kabayashis Safe Houses untergekommen. Das Vehikel übermittelte den örtlichen Behörden einen gültigen Anflugcode und wurde auch prompt durchgelassen. Das war eine neue Sicherheitsmaßnahme, eingeführt von den örtlichen Behörden. Private Flugzeuge durften sich nur in den Sektoren bewegen, in denen sie gemeldet waren. Für alles andere waren Sondergenehmigungen notwendig. Damit sollte der Bewegungsspielraum des Widerstands, der nach offizieller Stellungnahme der Regierung gar nicht existierte, eingeschränkt werden.

Es hatte kaum eine Woche gedauert, bis der Oyabun des Kabayashi-Clans diese Sicherheitsmaßnahme ausgehebelt hatte. MacTavish war von den Fähigkeiten der Yakuza immer wieder aufs Neue fasziniert.

Das Shuttle flog ein Privathaus an, das Dach eines kleinen Hangars öffnete sich und der Pilot setzte das Flugzeug sanft auf. Kilgannon, Cat und MacTavish verließen das Gefährt und überließen die Yakuza im Inneren ihrem wohlverdienten Schlaf.

Der ehemalige RIS-Agent hätte nichts lieber getan, als sich ebenfalls aufs Ohr zu hauen. Doch auf halbem Weg zu den Schlafquartieren wurden sie von Sean abgefangen. Er wirkte, als hätte er einiges auf dem Herzen.

»Ich muss mit euch sprechen«, brach es aus dem jungen Mann heraus.

MacTavish verdrehte leicht genervt die Augen, während Kilgannon und Cat Arm in Arm an ihm vorüberschlenderten und offenbar darum bemüht waren, sich nach Möglichkeit unsichtbar zu machen. Die beiden hatten anderes im Sinn, als sich um so etwas Triviales wie das Schicksal der besiedelten Welten zu sorgen. Und keiner von ihnen schien sich davon abbringen lassen zu wollen.

»Kann das nicht warten?«, versuchte MacTavish Sean abzuwimmeln. »Lass mich wenigstens eine Mütze voll Schlaf nehmen. Mir fallen gleich die Augen zu.«

»Nein, das kann nicht warten«, begehrte Sean ungewohnt rabiat auf. Dieses unerwartete Verhalten ließ in dem ehemaligen RIS-Agenten sämtliche Alarmglocken schrillen.

Seans Tonlage durchdrang sogar die von fliegenden rosaroten Herzen dominierten Schleier um Kilgannon und Cat. Die zwei Turteltäubchen drehte sich stante pede um und gesellten sich wieder zu ihnen.

»Was ist passiert?«, wollte der Sprengmeister des Widerstands wissen.

MacTavish zuckte die Achseln. »Sean wird es uns gleich sagen.« Seine Stimme gewann an Härte. »Und ich hoffe, es ist wichtig.«

Sean zögerte kurz, bevor er der Gruppe reinen Wein einschenkte. »Wir haben Erik verloren«, verkündete er.

MacTavish benötigte einen Moment, um aus dem Fundus zahlreicher Mitarbeiter des Widerstands ein Gesicht herauszuziehen, das zu dem Namen passte. Seine Augenbrauen wanderten in die Höhe.

»Hansen?«, vergewisserte er sich.

Sean nickte.

»Vielleicht eine Falschmeldung?«, bot Cat eine Alternative an.

Ihr Gegenüber schüttelte den Kopf. »Sein Tod wurde von zwei unabhängigen Kontakten bestätigt. Es wurde beobachtet, wie der Secret Service seine Leiche aus Pendergasts Büro brachte.«

»Gibt es offizielle Verlautbarungen?«, hakte MacTavish nach.

Abermals schüttelte Sean den Kopf. »Hab ich bereits gecheckt. Weder in den Nachrichten noch in regierungsnahen Behörden ist irgendein Hinweis darauf zu finden.«

MacTavish und Kilgannon wechselten einen bedeutsamen Blick. »Dann haben sie ihn einfach verschwinden lassen«, brachte Ozzy es auf den Punkt. Die Dioden an MacTavishs Armband blinkten im Takt der Worte.

»Das ergibt Sinn. Sie würden niemals zugeben, dass einer unserer Agenten es in Pendergasts Allerheiligstes geschafft hat.« Cat kaute nachdenklich auf ihrer Unterlippe herum. »Vielleicht sollten wir das übernehmen.«

»Gute Idee«, nickte MacTavish. »Wir verbreiten die Nachricht seines Todes unter unseren Kontakten und auf der Straße.« Der Anführer des Widerstands überlegte kurz. »Am besten, du machst aus ihm einen Helden. Frei nach dem Motto, ein guter Mann gab sein Leben für die Freiheit, bla, bla, bla.« Er neigte den Kopf zur Seite. »Das Übliche. Du kennst dich ja damit aus.«

»Ich mach mich gleich an die Arbeit.« Sie verpasste Kilgannon einen hörbaren Schmatzer auf die Wange. »Das spontane Schäferstündchen muss leider warten.«

»Aufgeschoben ist ja nicht aufgehoben«, grinste der hochgewachsene Mann.

Die Reporterin machte sich sogleich davon, um die vor ihr liegende Aufgabe anzugehen.

Kilgannon sah ihr verträumt hinterher und schnalzte genüsslich mit der Zunge, bevor er sich seinem Partner zuwandte. »Eriks Ausfall stellt uns vor Probleme. Kein anderer Agent hat es bisher derart tief in die Schaltzentralen von Pendergasts Machtapparat geschafft.«

»Verdammter Erik!«, fluchte MacTavish. »Was hatte er da überhaupt zu suchen?«

Kilgannon machte eine verdrießliche Miene. »Du kanntest Erik, wusstest, wie er drauf war. Vermutlich hat er etwas von Wert aufgeschnappt und ging auf eigene Faust der Sache nach.«

»Und hat sich dabei zu weit aus dem Fenster gelehnt«, ergänzte MacTavish. Er seufzte. »Du hast recht. Wenn wir nicht schnellstens jemanden in Pendergasts Umfeld kriegen, dann sind all die Fortschritte der letzten Monate umsonst gewesen. Die Informationsquelle, die Erik darstellte, kann gar nicht hoch genug bewertet werden.«

»Einen Agenten zu platzieren benötigt Zeit und eine Menge Arbeit«, gab Kilgannon zu bedenken. »Jemanden zu rekrutieren ist bedeutend einfacher. So wie wir es bei Erik getan haben.«

MacTavish neigte leicht den Kopf zur Seite. »Ein zweiter Glücksfall in dem Ausmaß ist ungefähr so wahrscheinlich wie ein Sechser im Lotto.«

»Was bleibt uns dann noch?«

MacTavishs Verstand arbeitete fieberhaft. Sein Blick fiel auf eine Person im hinteren Teil der Räumlichkeiten. Seine Augenbrauen zogen sich zunächst über der Nasenwurzel zusammen, bevor sie sich zum Haaransatz erhoben.

»Das ist es«, verkündete er.

»Was ist was?«, fragte Kilgannon etwas verwirrt.

»Wann reden Männer am meisten?«, erwiderte der ehemalige Agent und blieb mit dieser Einlassung eine direkte Antwort schuldig.

»Das ist leicht. Nach dem Sex.«

»Genauso ist es«, stimmte MacTavish zu. »Und von Pendergast heißt es, er habe eine ausgeprägte Schwäche für schöne Frauen.«

»Ah, ich verstehe. Du willst ihm eine Geliebte ins Bett legen.«

»In Geheimdienstkreisen nennt man das die Venusfalle. Während meiner Zeit beim RIS habe ich solche Operationen das eine oder andere Mal durchgeführt. Es wäre ohne Weiteres machbar.«

»Hast du jemand bestimmten im Sinn?«

»Allerdings.«

Kilgannon folgte MacTavishs Blick. »Das kannst du dir sofort abschminken!«, begehrte er auf. »Cat kommt nicht infrage.«

Sein Gegenüber machte auf den Pionier einen erschrockenen Eindruck. »Cat? Nein, sie steht nicht zur Disposition.« Mit einem Wink des Kinns deutete er auf die Frau, die neben der Reporterin stand.

»Natascha?«, meinte Kilgannon. »Willst du ihr das wirklich zumuten? Sie ist noch verdammt jung.«

»Sie hat mehr Grund, Pendergast zu hassen, als die meisten. Seinen Säuberungsaktionen fiel fast ihre gesamte Familie zum Opfer.«

»Ein Grund mehr, sie außen vor zu lassen«, gab Kilgannon zu bedenken.

»Nein«, wehrte MacTavish ab. »Sie ist perfekt. Außerdem gehört sie zu den wenigen von uns, die bisher nicht auf dem Raster der Behörden aufgetaucht sind. Dadurch wird sie extrem wertvoll für unsere Sache. Ich rede mit ihr.«

Als er sich entfernen wollte, hielt Kilgannon ihn am Arm fest. »Aber geh behutsam vor.«

Er machte ein betroffenes Gesicht. »Bin ich denn je was anderes gewesen?« Der Pionier bedachte ihn mit einem bedeutungsvollen Blick, nahm aber die Hand von seinem Arm.

MacTavish begab sich zu der jungen Frau, die momentan dabei war, eine Inventur der verfügbaren Ausrüstung durchzuführen. Als er sich näherte, sah sie auf, schenkte ihm sogar ein Lächeln. In diesem Augenblick hätte MacTavish sich beinahe entschuldigt und wieder umgedreht. Sie war in der Tat erschreckend jung, gerade mal Mitte zwanzig. Aber genau wie bei Sean erinnerte kaum noch etwas an die Studentin, die sie vor relativ kurzer Zeit noch gewesen war.

»Wir brauchen dringend Munition«, erläuterte sie. »Selbst mit Unterstützung der Yakuza verbrauchen wir den Nachschub schneller, als wir ihn heranschaffen können.«

MacTavish nahm ihr sanft das Pad aus der Hand und legte es auf eine ungeöffnete Kiste. »Natascha, wir müssen uns unterhalten.«

Die junge Russin runzelte die Stirn. »Du hörst dich so ernst an. Ist irgendetwas vorgefallen?«

»Wir haben Erik Hansen verloren«, begann er.

Sie schaute bestürzt drein. »Ja, hab ich gehört. Er war ein feiner Kerl.«

»Ich wusste gar nicht, dass du ihn kanntest.«

»Ich kam mit ihm ins Gespräch, als er vor einigen Wochen hier war, um Bericht zu erstatten. Er hatte wirklich Mut. Ein Mitglied der Präsidentengarde, das für den Widerstand spioniert. Davor muss man den Hut ziehen.«

»Ja«, erwiderte er. »Das stimmt.« MacTavish hüstelte verlegen. »Das führt mich auch zum eigentlichen Thema.«

Natascha lachte auf. Es klang unerhört melodisch. Kein Wunder, dass die Frau so beliebt war. »Jetzt raus mit der Sprache. So schlimm kann es kaum sein.«

»Ich befürchte doch.«

Nataschas Lachen ebbte unvermittelt ab. »Du machst mir Angst.«

MacTavish räusperte sich ein weiteres Mal. »Durch Eriks Tod ist eine klaffende Lücke in Pendergasts Umfeld entstanden. Es mangelt uns an Informationsquellen.«

»Wir brauchen einen neuen Agenten, der Erik ersetzen kann.«

»Das ist der Punkt«, gab MacTavish ihr recht.

Sie verstand weiterhin nicht, worauf er hinauswollte. »Was hat das mit mir zu tun?«

»Kilgannon und mir – also eigentlich nur mir – kam vorhin eine Idee, wie wir uns dieses Problems annehmen könnten.«

Sie neigte leicht den Kopf nach vorn. »Sprich weiter.«

»Männer reden viel ... im Bett.«

MacTavish ließ die letzten beiden Worte unheilschwanger ausklingen. Es brauchte ein paar Sekunden, bis Natascha verstand, von was der Mann sprach.

»Du willst, dass ich mit ihm schlafe«, erklärte sie. MacTavish wusste nicht recht, was er von ihrem Tonfall halten sollte. Er war seltsam neutral. Als würde ihr bewusstes Denken die Angelegenheit nüchtern aus einiger Entfernung betrachten.

Der Agent entschied, es weder schön- noch um den heißen Brei herumzureden. Sie hatte viel geleistet und eine Menge geopfert. Diese Frau verdiente die ungeschminkte Wahrheit.

»Ja«, erklärte er rundheraus. Natascha schwieg auf diese Ankündigung hin. »Du musst verstehen«, platzte es aus MacTavish heraus, »ohne dich werden wir keine Informationen mehr aus Pendergasts Umfeld bekommen. Der Krieg ...«

»Ich mache es«, entgegnete sie auf einmal.

MacTavish verstummte perplex. »Du machst es? Im Ernst?« Er wusste nicht, was ihn mehr verblüffte: dass sie zusagte oder er es ihr am liebsten wieder ausgeredet hätte.

»Ja, ich mache es«, wiederholte sie, auf ihrem Gesicht ein Ausdruck purer Entschlossenheit. »Wenn das der einzige Weg ist, Informationen von Wert zu sammeln, dann muss es eben sein.« Sie kaute erneut auf ihrer Unterlippe herum. »Und wer weiß, wenn ich in seiner Nähe bin, kann ich den Mistkerl unter Umständen sogar ausschalten.«

MacTavishs Kopf zuckte hoch. »Das darfst du auf keinen Fall tun!«

»Aber wieso denn nicht? Wenn ich die Gelegenheit erhalte, das Monster auf dem Thron auszuschalten, warum sollte ich sie dann nicht wahrnehmen?«

»Weil der Krieg bereits eine Eigendynamik entwickelt hat. Falls Pendergast stirbt, dann übernimmt einer seiner Helfershelfer. Der Kampf könnte noch ewig weitergehen.« MacTavish schüttelte den Kopf. »Nein, so hart es auch klingt, der Krieg muss auf herkömmliche Weise enden. Pendergast muss verlieren und alles, was er darstellt, und alles, was er ist, müssen entzaubert werden. Dann und nur dann kann die Solare Republik irgendwann wirklich wieder zur Demokratie zurückkehren. Wir müssen diesen Konflikt auf die harte Tour zu einem Ende bringen. Bist du immer noch bereit, das Ganze durchzuziehen?«

Natascha nickte.

»Also schön, dann werden wir dich in den nächsten Tagen intensiv in deine neue Aufgabe als Deep-Cover-Agentin einweisen. Außerdem benötigst du einen vertrauenswürdigen Kontaktmann, dem du alle gesammelten Informationen zuspielen kannst.«

»Andrej«, antwortete Natascha sofort. »Mein Halbbruder. Er kommt dem am nächsten, was mir an Familie noch zur Verfügung steht. Und er hasst unsere derzeitige Führung inbrünstig. Andrej wird das hervorragend machen.«

»Kann man ihm denn wirklich eine dermaßen verantwortungsvolle Aufgabe übertragen?« MacTavish war nicht überzeugt.

»Auf jeden Fall. Er wird dich nicht enttäuschen.«

»Dann also Andrej«, nickte MacTavish und betrachtete die junge Frau eingehend. Ja, von der idealistischen Studentin war nicht mehr viel übrig. Er strich der Frau beinahe väterlich durch das rote Haar. Während seiner Laufbahn als RIS-Agent hatte er schon vieles getan. Hin und wieder fühlte er sogar Bedauern oder Scham wegen einigem davon in sich aufsteigen. Aber er hatte sich selbst nie wie ein mieses Schwein gefühlt – bis zu diesem Augenblick.

8

Die ROSTIGE ERNA brauste im Tiefflug über die Dächer der Stadt Cadarielz hinweg. Lennox betrachtete die Umgebung interessiert von der Brücke aus. Alles in allem hatte der Planet Rayat weniger gelitten als andere Welten, die von den Solariern erobert und besetzt worden waren.

Der royalistische Marine-Colonel rümpfte die Nase. Das mochte daran liegen, dass über diesen Ort nicht zuvor das *Konsortium* hinweggefegt war.

»Wo befinden sich unsere Landekoordinaten?«

Barrera konsultierte einen Bildschirm zu seiner Linken. »Wir werden soeben eingewiesen. Noch anderthalb Klicks, und wir sind da.« Der Gunny sah missmutig auf. »Ob wir auf unserer Landeplattform auch Schmiergeld zahlen müssen?«

»Ganz bestimmt«, erwiderte Lennox. »Das scheint bei den Solariern gang und gäbe zu sein.«

Der Gunny gab einen unbestimmten Laut von sich, ehe sich der Riese erhob. »Ich mach den Leuten mal Beine. Wie groß soll der Stoßtrupp sein?«

»Kein Stoßtrupp«, berichtigte der Colonel. »Zwei Mann genügen. Koch und ich selbst.«

Barrera bedachte seinen Vorgesetzten mit einem finsteren Blick. Lennox hätte um ein Haar lauthals aufgelacht.

»Jetzt sehen Sie mich nicht so an. Wir befinden uns auf einer besetzten Welt. Und mal ehrlich, unsere Leute als Soldaten zu identifizieren wird nicht sonderlich schwer sein. Vor allem, wenn sie in einer Gruppe auftreten. Die Solarier sind nicht dämlich. Zu zweit sind wir wesentlich unauffälliger für den Feind. Wir gehen praktisch in der Menge unter.«

»Dann lassen Sie wenigstens mich mitkommen.«

Nun lachte Lennox wirklich. »Haben Sie in letzter Zeit mal in den Spiegel gesehen? Sie fallen hundertprozentig auf.« Er schüttelte den

Kopf. »Nein, nein. Sie bleiben hier und behalten vor Ort die Übersicht. Außerdem brauche ich Sie als Rückendeckung, falls etwas schiefgeht.«

Barrera war nicht zufrieden, doch die Argumentation war nicht von der Hand zu weisen. Er setzte sich wieder auf den Kommandosessel und grummelte vor sich hin. Der Mann war offenkundig ein wenig beleidigt. Gut möglich, dass er sich auch schlichtweg Sorgen um seinen Vorgesetzten machte.

Die ROSTIGE ERNA gewann wieder an Höhe. Im Gegensatz zu vielen anderen Welten befanden sich die Landemöglichkeiten für die zivile Schifffahrt in luftiger Höhe auf eigens dafür eingerichteten Plattformen. Lediglich die Anflugschneise führte im Tiefflug über die Industriezonen der Stadt. Dadurch hatten es die zahlreichen dort platzierten Abwehrschütze leichter, einen möglichen Gegner vom Himmel zu holen, falls dieser sich irgendwelche Schwachheiten einfallen ließ.

Die ihnen zugewiesene Plattform hing an mehreren Antigravitationsdüsen in einer Höhe von fast sechs Kilometern. Die ROSTIGE ERNA setzte mit viel Getöse auf. Der Navigator hätte es auch sanfter geschafft. Lennox hielt es aber für sinnvoll, nicht allzu viel von ihren Fähigkeiten zu offenbaren. Sollten die Solarier ruhig glauben, sie hätten es mit einer inkompetenten Crew an Bord eines altersschwachen Frachters zu tun. Letzteres stimmte schon mal.

Die Rampe wurde zischend herabgelassen. In Begleitung des Scharfschützen Wolfgang Koch verließ der Colonel das Vehikel. Er wurde bereits von einem Offizier der hiesigen Kollaborationsregierung erwartet. Die Solarier verschwendeten keine Zeit. In den meisten okkupierten Systemen setzten sie eine republikfreundliche Regierung ein. Wo dies nicht möglich war, stellte der ranghöchste solarische Offizier auch gleichzeitig den Militärgouverneur. Und der herrschte viel zu oft mit eiserner Faust.

Lennox näherte sich dem Mann mit lockerem Schritt und verbarg währenddessen seine Abscheu. Der Kerl trug irgendeine Art von Fantasieuniform mit viel zu viel Gold auf den Schultern, am Revers und an der Brust. Der Rest war in Dunkelblau gehalten. Irgendjemand war wohl der Meinung gewesen, diese Art der Aufmachung würde den Menschen imponieren und sie einschüchtern. Das Gegenteil war der Fall: Sie wirkte einfach nur lächerlich.

Lennox hätte am liebsten ausgespien. Kollaborateure rangierten in seiner Wertschätzung irgendwo zwischen einem Einzeller und einer Kakerlake. Der Lieutenant der örtlichen Regierung wurde begleitet von fünf Soldaten der Kollaborationsbehörden sowie von einem Captain und drei Marines der Solaren Republik. Der Anblick amüsierte ihn. Sogar die Solarier trauten ihren eigenen Handlangern nicht über den Weg. Unter Umständen ließ sich das irgendwann noch mal verwenden. Es kostete vermutlich nicht viel Anstrengung, einen Keil zwischen die angeblichen Verbündeten zu treiben.

Lennox salutierte in übertrieben salopper Weise mit zwei Fingern an der Schläfe vor dem Anführer der Plattforminspektion.

Bei der Art und Weise, wie sein Gegenüber vorstellig wurde, verzog der Lieutenant angewidert das Gesicht. Er sah dieses Verhalten offenbar als respektlos an. Der solarische Offizier hingegen bemühte sich, eine neutrale Mimik zur Schau zu stellen. Lennox' Verhalten belustigte ihn.

»Ihr Name?«, wollte der Mann unwirsch wissen.

»Captain Malcolm DeVries vom Frachter Rostige Erna«, stellte Lennox sein Alter Ego vor. Er deutete auf Koch. »Mein Erster Offizier Norman Akona.«

Der Lieutenant schielte an Lennox vorbei auf den Frachter und verzog wiederum das Gesicht. Er fragte sich offenbar, wie jemand ernsthaft mit einem solchen Ding durch die Milchstraße tuckern wollte. Das war genau die Reaktion, die der RIS hatte hervorrufen wollen.

»Zweck Ihres Hierseins?«

Lennox runzelte die Stirn. »Hat Sie der Inspektionstrupp vom Lagrange-Punkt nicht informiert?«

»Die Fragen stelle ich hier!«, herrschte ihn der Lieutenant an. Der Kerl sah offenbar seine Autorität durch Gegenfragen bedroht.

Lennox neigte ergeben den Kopf leicht zur Seite. Er zwang sich zu einem schiefen Grinsen. »Handel wollen wir treiben. Mein Laderaum ist bis oben hin mit den erlesensten Gewürzen aus allen bekannten Ecken des besiedelten Weltraums gefüllt. Dinge, die in keinem Haushalt fehlen dürfen.«

Der letzte Satz war ein spontaner Einfall. Ein wenig Schleichwerbung würde die ihm zugedachte Tarnidentität glaubwürdiger machen. Zu seiner

Überraschung grinsten sowohl der Lieutenant wie auch der solarische Captain.

Innerlich seufzend wechselte er einen Blick mit Koch. Dieser verdrehte die Augen. Der Anführer des Inspektionstrupps hatte seine Kollegen auf dem Planeten also informiert. Sie wussten genau, dass er auch als Schmuggler auftrat, was einen weiteren Obolus zwingend notwendig machte.

Er reichte dem Lieutenant sein Datapad, wobei er mit zwei Fingern mehrere Geldscheine auf der Unterseite festhielt. Sein Gegenüber nahm Pad und Geld gekonnt entgegen, was Lennox ein weiteres Mal überzeugte, dass derlei Transaktionen hier zur üblichen Praxis gehörten.

Der Lieutenant gab vor, die Frachtliste zu überprüfen, zählte aber in Wirklichkeit das Geld. Er lächelte. Der Mann akzeptierte die Bestechung. Die Beamten und Offiziere der Kollaborationsregierung waren offenbar mit wesentlich weniger zufrieden als die Solarier. Der Betrag war nur halb so groß wie am Lagrange-Punkt. Und der Lieutenant musste ihn höchstwahrscheinlich mit dem solarischen Captain teilen, der hinter ihm stand.

Der Offizier signierte die Frachtliste mit seinem Daumenabdruck und reichte das Pad zurück. »Willkommen auf Rayat!«, begrüßte er das Paar zum ersten Mal in halbwegs freundlichem Tonfall.

Lennox neigte den Kopf und schlenderte gemeinsam mit Koch an den Soldaten vorbei. Nach ein paar Metern wurde es hinter ihnen laut. Der solarische Captain faltete den rayatischen Lieutenant nach allen Regeln der Kunst zusammen. Ihm reichte das übergebene Bestechungsgeld nicht. Es war anzunehmen, dass er den gesamten Betrag an sich nehmen würde. Die Welt war grausam, ging es Lennox weiterhin amüsiert durch den Kopf.

Die beiden verdeckt agierenden *Skull*-Offiziere steuerten den Aufzug so schnell wie möglich an, ohne dabei verdächtig zu wirken. Es galt nun zu verschwinden, bevor einem der Männer einfiel, einen weiteren Geldbetrag zu fordern. Der RIS hatte sie zwar mit genügend Geldmitteln ausgestattet, aber es war ja nicht nötig, diesem Abschaum alles in den Rachen zu werfen.

Als die Kabine sich schloss und der Aufzug Richtung Oberfläche beschleunigte, erlaubte Lennox es sich zum ersten Mal, erleichtert aufzuatmen. Ein wichtiges Etappenziel war geschafft. Sie hatten Rayat erreicht.

Koch widmete seinem Vorgesetzten einen fragenden Blick. »Und? Wo fangen wir an?«

Der Marine-Colonel zog beide Mundwinkel leicht nach oben. »Mussten Sie schon einmal untertauchen?«

»Ganz ehrlich? Nein.«

»Das wundert mich nicht«, grinste Lennox. »Im Zuge meines Dienstes ich schon.« Er wandte verlegen den Blick ab. »Und privat auch.«

Der Scharfschütze zog beide Augenbrauen nach oben. Es wirkte aber eher beeindruckt denn verblüfft.

»Wenn man untertauchen will, dann braucht man vor allem eines: neue, saubere Papiere. Darum wendet man sich zuallererst an die hiesige Unterwelt. Wir fangen bei den Fälschern an und klopfen etwas auf den Busch. Vielleicht können wir jemanden aufstöbern.«

»Und dann?«, wollte Koch wissen.

»Dann arbeiten wir uns die Hackordnung nach oben.«

Vincent Burgh schritt die Rampe seines persönlichen Raumschiffes herab. Man hatte ihm auf eigenen Wunsch eine der äußeren Plattformen des Raumhafens von Rayat zugewiesen, damit seine Ankunft neugierigen Blicken verborgen blieb.

Ihm folgten fünf unscheinbare Männer. Ein jeder hatte sich für einen grauen Anzug entschieden, wie ihn x-beliebige Geschäftsleute ebenfalls getragen hätten. Der harmlose Aufzug täuschte. Jeder einzelne dieser Männer war ein Jäger und ein gnadenlos effizienter Killer. Burgh hatte als Begleitung fünf seiner besten Leute ausgewählt. Er glaubte nicht, dass er sie brauchen würde, aber besser sie dabeihaben und nicht benötigen als umgekehrt.

Im Gegensatz zum regulären Schiffsverkehr hatte man weder ihn noch sein Schiff durchsucht. Sobald er seine Legitimation als Pendergasts persönlicher Abgesandter übermittelt hatte, waren die örtlichen Behörden auf der Stelle ungemein hilfreich und zuvorkommend gewesen. Sie wussten, wer diesem Mann Steine in den Weg legte, der durfte nicht damit rechnen, dass die eigene Karriere einen Schub nach vorne erhielt.

Ehrlich gesagt, dieses Katzbuckeln, mit dem man ihm nun gegenübertrat, wirkte sich auf den Assassinen ermüdend und mitunter sogar nervtötend aus. Er musste aber zugeben, dass es seine Vorteile besaß.

Die Offiziere von Kollaborationsregierung und solarischem Militär, die ihn erwarteten, winkten ihn einfach mit gesenktem Kopf durch, sodass er sich mit seiner Entourage schnellstmöglich zur Oberfläche von Rayat begeben konnte. Während der Lift mit halsbrecherischer Geschwindigkeit an Höhe verlor, dachte Burgh darüber nach, wie man den flüchtigen ehemaligen Grafen von Rayat am besten ausfindig machen konnte. Er verfügte in dieser Hinsicht schon über die eine oder andere Idee.

»Einen Penny für deine Gedanken«, brachte sich Ripper unwillkürlich in Erinnerung. Die KI schwieg normalerweise, wenn sie nichts Nützliches beizutragen hatte. Ein Grund, weshalb Burgh sie dermaßen schätzte.

»Ich dachte nur gerade darüber nach, wie wir Simmons ausfindig machen können.« Graf Franklin Simmons, ehemaliges Mitglied des Zirkels unter dem Pseudonym Apollo, war klüger gewesen als die meisten. Der Mann war augenblicklich untergetaucht, als Pendergast Zirkel und *Konsortium* ausgeschaltet hatte. Jemand seines Kalibers würde nicht einfach aufzuspüren sein. Zumal der Mann weder Ehefrau noch Kinder oder Verwandte anderer Art besaß. Simmons hatte nichts zu verlieren und niemanden, um den er sich sorgen musste. Er stellte ein schwieriges Problem dar.

»Und was denkst du? Womit fangen wir an?«, wollte Ripper wissen.

Burghs Mundwinkel zuckten in der Andeutung eines Lächelns. »Hack dich in die hiesigen Polizeiregister. Ich brauche die Namen aller bekannten Fälscher auf dem Planeten.«

9

Flottenadmiral Dexter Blackburn schritt hocherhobenen Hauptes auf die Flaggbrücke der NORMANDY. Das Großschlachtschiff führte einen Kampfverband aus mehr als fünfhundert Schiffen an, der sich derzeit im Didase-System sammelte. Es war unbewohnt, abgelegen und lediglich zwei kurze Sprünge von Tirold entfernt.

Eine zweite Flotte mit ähnlicher Zusammenstellung unter dem Kommando von Vizeadmiral Geoffrey Lord Hastings auf der POMPEJI sammelte sich parallel im Lendra-System. Der Angriff auf Tirold würde von zwei Seiten erfolgen und den Gegner mit heruntergelassenen Hosen erwischen – so jedenfalls die allgemeine Hoffnung.

Dexter stellte sich demonstrativ breitbeinig vor den Holotank, Flaggleutnant Daniel Dombrowski zu seiner Linken und Major Melanie St. John zur Rechten.

Er senkte die Stimme. »Gibt es Neuigkeiten vom RIS?«

Melanie schüttelte verhalten den Kopf. »Nichts seit dem letzten Briefing. Der Geheimdienst behält Tirold ununterbrochen im Auge. Gorden hat es seither nicht geschafft, seine Streitkräfte vollständig zu versammeln. Mehr als die Hälfte ist noch auf dem Weg und innerhalb der nächsten vier Wochen nicht zu erwarten. Außerdem leidet er mittlerweile unter Nachschubproblemen. Der RIS geht von einer siebzigprozentigen Erfolgsquote für die Offensive aus.«

Dexter atmete tief auf. »Wollen wir mal hoffen, dass er damit richtigliegt.« Er sah sich in der Runde um. Auf der Flaggbrücke der NORMANDY herrschte eine Aura gespannter Erwartung. Er konnte es ihnen nicht verdenken. Der Angriff auf Tirold war das größte Ding seit der Schlacht um Selmondayek. Sollten sie erfolgreich sein, würde dem Königreich ein ressourcenreiches System zufallen mit hoher Bevölkerungsdichte und darüber hinaus eine vorgeschobene Basis für weitere Vorstöße ins feindlich besetzte Gebiet.

Dexter bemühte sich, eine positive Ausstrahlung zu verbreiten. »Tirold ist ein wichtiger Mosaikstein«, verkündete der Flottenbefehlshaber. »Sorgen wir dafür, dass er fällt.« Er hob den Kopf und sagte lediglich ein weiteres Wort: »Beginnen!«

Es kam Bewegung in die Offiziere. Wo zuvor Ruhe herrschte, da breitete sich nun kontrolliertes Chaos aus. Und die Schiffe der Kampfgruppe aktivierten simultan den Antrieb.

Nacht senkte sich über Tirold III. Es herrschte Ausgangssperre, die von den solarischen Besatzungstruppen streng überwacht wurden. Bei Zuwiderhandlung drohte bestenfalls Gefängnis.

Manche feindliche Patrouillen hielten sich damit aber gar nicht erst auf. Nicht wenige Bürger, die man nach Einbruch der Nacht draußen aufgriff, wurden standrechtlich erschossen, selbst wenn sie nur auf der Suche nach Essen waren, um ihre hungernden Familien irgendwie durchzubringen. Die Brutalität des Gegners war ekelerregend. Aber mit etwas Glück endete sie heute Nacht.

Trotz der Ausgangssperre war dieser Abend durchzogen von ungewohnter Aktivität. Julia Alexjewitsch zog den Kopf ein, als in nur wenigen Metern Abstand ein Trupp solarischer Marines in gepanzerten und bewaffneten Geländewagen vorüberfuhr. Der Lichtkegel aus dem Scheinwerfer des Führungsfahrzeugs streifte Julias Versteck, der Mann dahinter nahm keinerlei Notiz von ihrer Anwesenheit.

Als die Marines vorüberzogen, spähte ihnen die Gräfin von Tirold hinterher. Sie wartete mit flauem Gefühl im Magen, bis die Soldaten außer Sicht waren.

Sie gab den Männern und Frauen in ihrer Begleitung mit einem kurzen Wink zu verstehen, sie mögen ihr folgen. Die dreißig Widerstandskämpfer schlichen verstohlen über die Straße. Sie bemühten sich, das offene, gut einsehbare Gelände möglichst schnell hinter sich zu bringen. Die Gefahr, entdeckt zu werden, lauerte an jeder Ecke.

Zwei Straßen weiter warf sich Julia auf eine Schutthalde und kroch langsam bis zu ihrem Scheitelpunkt. Die Widerstandskämpfer verteilten sich zu beiden Seiten ihrer Position. Wie bei einer Untergrundarmee nicht anders zu erwarten, stellte ihr Waffenarsenal ein buntes Sammelsurium dar. Sie verfügten über königliches Gerät, das dem Massaker entkommene Royalisten mitgebracht hatten; das meiste stammte jedoch aus solarischen Beständen und war bei Überfällen erbeutet worden.

Major Marko Kowaljenkow kam neben ihr zum Halten und setzte ein Fernglas an. Er ließ den Blick langsam von links nach rechts gleiten. Unmittelbar unter ihnen, weniger als hundert Meter entfernt, lag eine Sensorstation. Sie sah zugegebenermaßen nicht nach viel aus, war aber in der Lage, den Schiffsverkehr im halben System zu überwachen, anfliegende Objekte zielsicher zu identifizieren und sie anschließend zu verfolgen. Diese Einrichtung war ein wichtiger Bestandteil der solarischen Luftverteidigung über dem Planeten. Sie gab die Anflugvektoren feindlicher Einheiten an die Geschützstellungen weiter und dirigierte deren Salven ins Ziel.

Die royale Offensive gegen Tirold würde vermutlich auch gelingen, wenn diese Anlage nicht ausgeschaltet würde. Doch die Verluste wären ungleich höher.

In diesem Moment rückten mehr als fünfzig weitere Trupps des Widerstands gegen verschiedene Bodenziele des Gegners vor. Einige von ihnen hatten den Auftrag, dem Feind Schaden zuzufügen und im Zuge der Aktion bestimmte Ziele auszuschalten. Die weitaus meisten waren allerdings lediglich mit Zielmarkierungslasern ausgestattet, um für die anfliegenden royalen Bomber wichtige Areale anzumalen. Die mit chirurgischer Präzision ausgeführten Bombardierungen wären für den Erfolg der Invasion von immenser Bedeutung.

Kowaljenkow setzte das Fernglas ab. Julia warf ihm einen drängenden Blick zu.

»Zwei Platoons«, antwortete er auf ihre unausgesprochene Frage. »Und vier bewaffnete Fahrzeuge, aber keine Panzer.«

Julia nickte zufrieden. »Wie lange noch?«

Kowaljenkow nahm die Abdeckung von seiner Armbanduhr. »Eine Stunde«, erklärte er. Der Major klebte den Klettverschluss der Abdeckung wieder zurück über das Ziffernblatt.

Julia leckte sich über die Lippen. »Dann sollten wir uns langsam vorbereiten.« Sie gab ein Handzeichen und mehrere Schützen packten ihre tragbaren Raketenwerfer aus und begannen damit, die Waffen zusammenzusetzen.

Unterdessen warf Julia immer wieder sehnsüchtige Blicke gen Himmel. Wider besseres Wissen hoffte sie, Anzeichen ankommender Befreier zu entdecken. Natürlich war dem nicht so. Sie musste sich noch mehrere Stunden gedulden, bis die Ersten von ihnen in Sichtweite sein würden. Sie konnte es kaum noch erwarten.

Dexter Blackburns Flotte brach aus dem Lagrange-Punkt L1 und fand sich fast sofort mit den Baustellen von drei Lagrange-Forts konfrontiert. Keine davon war einsatzbereit. Dennoch verwunderte ihn ihre Anwesenheit. Darüber hatte man ihn nicht informiert.

»Daniel«, wandte er sich an seinen Flagglieutenant. »Warnen Sie die Bauarbeiter, sie haben zwanzig Minuten Zeit, das Gebiet zu verlassen. Danach zerstören wir die Forts.«

»Aye, Admiral!«, bestätigte der Lieutenant. Die Order brachte ihm verkniffene Blicke einiger Offiziere ein, aber niemand sprach sich dagegen aus. Das hätte ihnen auch nicht gutgetan. Dexter wusste haargenau, was in deren Köpfen vor sich ging.

Die Solarier hätten, ohne auch nur eine Sekunde zu zögern, geschossen und im Bau befindlichen Forts mitsamt den Arbeitern zerstört. Aber ein solcher Offizier wollte Dexter niemals sein. Und er würde niemals ein solcher Offizier sein. Jeder, der sich für eine derartige Vorgehensweise aussprach, hatte auf seiner Flaggbrücke nichts verloren und musste diese umgehend verlassen.

Nach und nach sammelte sich seine Streitmacht im System. Dexter behielt das Hologramm die gesamte Zeit über im Auge. Hastings stieß durch L5 und befand sich bereits im Gefecht mit zwei solarischen Patrouillen, die allerdings keinerlei Chance gegen seine Übermacht hatten. Sie zogen sich unter heftigem Beschuss der königlichen Jäger und Vorhutgeschwader zurück.

Dexter lehnte sich mit beiden Händen auf den Rand des Holotanks. Er studierte die einkommenden Daten genau, die langsam ein Bild der aufgestellten solarischen Verteidigung vermittelten. Er nickte langsam.

Wie nicht anders zu erwarten, war das Gros der solarischen Kräfte über das halbe System verstreut. Sie begannen aber schon damit, Gegenmaßnahmen auf die königliche Offensive einzuleiten.

Melanie trat neben ihn. »Tirold V wird so gut wie gar nicht verteidigt«, erklärte sie. »Wenn man von den zwei Jägerbasen im Orbit absieht.«

Dexter nickte. »Das habe ich nicht anders erwartet. Tirold V ist im Vergleich zu seinem Nachbarn nur spärlich besiedelt, verfügt über keine nennenswerten Rohstoffe und ist auch nur von geringem taktischen oder strategischen Wert.« Er deutete auf den dritten Planeten. »Sieh, die Solarier konzentrieren ihre Kräfte auf Tirold III. Er ist von wesentlich größerem Interesse.« Die beiden Offiziere beobachteten schweigend, wie sich die republikanischen Verbände in der Nähe des dritten Planeten zur Abwehr formierten. Es waren wesentlich weniger, als Dexter vermutet hatte.

In diesem Moment begannen vier seiner Schweren Kreuzer damit, die im Bau befindlichen Lagrange-Forts in Stücke zu schießen. Die Bauarbeiter setzten sich mit mehreren Beibooten ab.

Dexters Blick richtete sich nacheinander auf die Lagrange-Punkte diesseits der Sonne. Die vom Spionageschiff übermittelten Informationen waren erstaunlich akkurat. L1 und L5 waren nicht ohne Grund für den Durchbruch auserwählt worden. Alle anderen Lagrange-Punkte waren bereits ausreichend mit funktionstüchtigen Forts besetzt, nur diese zwei nicht. Damit führten die royalen Kräfte den ersten Schlag mit einem Minimum an Risiko und zu erwartenden Opfern.

»Soll ich die Truppentransporter anfordern, damit sie mit dem Sturm auf den fünften Planeten beginnen können? Die Jägerbasen werden für unsere Bomber kein großes Hindernis darstellen. Die sind schnell beseitigt.«

Melanies Vorschlag bot ein gewisses Potenzial und Dexter war keineswegs abgeneigt, diesen Weg zu beschreiten. Wenn die königlichen Bodentruppen Tirold V attackierten und einnahmen, dann war eines der Missionsziele gesichert, während die Flotte gegen die Hauptverteidigung der Besatzungstruppen auf dem dritten Planeten vorgingen. Dennoch sträubte sich etwas in ihm, den entsprechenden Befehl zu geben. Nach einem Moment des Grübelns lehnte er kopfschüttelnd ab.

»Der Planet läuft uns nicht davon und eine Bedrohung stellt er auch nicht dar. Ich weigere mich, Bodentruppen anzufordern, solange der

Weltraum nicht gesäubert und gesichert wurde. Beseitigen wir erst einmal die feindlichen Raumstreitkräfte, bevor wir die nächste Phase der Invasion angehen.«

Melanie verzog kurz die Gesichtsmuskeln, sagte aber nichts zu seiner Entscheidung. Sie hielt sie für falsch. Das war ihr gutes Recht. Unter Umständen lag sie damit sogar goldrichtig. Gegen beide Planeten gleichzeitig vorzugehen sparte Zeit, die sie letzten Endes dringend brauchen würden. Dennoch beschloss er, die Angelegenheit nicht überhastet anzugehen. Die Verantwortung für die Operation trug er und am Ende war er es auch, der dafür geradezustehen hatte. Im Guten wie auch im Schlechten.

Er hob den Blick und sprach seinen Flaggleutnant direkt an. »Daniel, zwei Geschwader Kreuzer bleiben zurück und beziehen zwischen uns und dem fünften Planeten Stellung. Nur für den Fall, dass dieser nicht so wehrlos ist, wie es den Anschein hat. Alle anderen Einheiten schwenken auf den dritten Planeten ein und formieren sich zum Angriff.«

»Aye, Admiral!«, bestätigte der pflichtbewusste Mann. Dexters Verband nahm Kurs auf Tirold III, gefolgt von Hastings Einheiten. Ihr Kurs vergrößerte die Distanz zwischen den royalen Flotten und würde sie mittelfristig über ihrem Ziel wieder zusammenführen. Damit bedrängten sie die Verteidiger von zwei Seiten. Falls die Solarier an Ort und Stelle blieben, würden sie von der überlegenen Macht der Royalisten zerrieben werden.

Insgeheim wunderte sich Dexter. Der Flottenbefehlshaber hätte erwartet, dass Gorden wesentlich mehr seiner Streitkräfte ins System gebracht hatte. Ihnen standen aber nur wenige Hundert Schiffe gegenüber. Er tippte unruhig mit dem Zeigefinger auf den Rand des Holotanks. Dexter gab viel auf seine Instinkte. Und diese schrien ihm gerade zu, dass etwas nicht stimmte.

Captain Danlyo Ludnig führte seine aus zwanzig Widerstandskämpfern bestehende Truppe durch die Ruinen der Stadt Marabellum. Von dieser einstmals blühenden Metropole war nicht mehr viel übrig.

Die Bewohner hatten in einem Aufstand gegen die Besatzer rebelliert. Anfangs eine Demonstration, war sie schnell ausgeartet. Der Aufruhr war ein bewundernswertes Beispiel für Mut und moralische Integrität gewesen – und für Dummheit. Diese Menschen waren mit Steinen und Molotowcocktails gegen schwer bewaffnete und gepanzerte solarische Truppen angetreten. Die Demonstranten hatten zwei oder drei feindliche Panzer ausgeschaltet mit ihren selbst gebastelten Sprengkörpern, das war schon richtig. Aber als Vergeltung und um den Aufstand schnellstmöglich niederzuschlagen, hatte Gorden die Zerstörung der Stadt befohlen.

Marabellum war einst für seine wunderschönen Gärten sowie den Vergnügungspark bekannt gewesen. Nun bestand die Stadt nur noch aus Trümmern. Die Überreste schwelten immer noch.

Ludnig berührte einen Stein. Er zuckte zurück. Trotz seiner Handschuhe hatte er sich die Haut verbrannt. Hier würden für lange Zeit keine Menschen mehr leben. Es war nicht ganz klar, wie viele Bürger an diesem Ort gestorben waren. Aber bestimmt eine Menge, in Marabellum hatten zwölf Millionen Menschen gelebt.

Ludnig führte seine Truppe tiefer hinein in die zerstörte Stadt. Währenddessen versuchte er auszublenden, was hier geschehen war. Gorden hatte eine sofortige Nachrichtensperre verhängt. Außerhalb von Tirold wusste niemand, dass die Solarier sich eines weiteren Kriegsverbrechens schuldig gemacht hatten.

In seinen Handschuhen ballte der Widerstandsoffizier die Hände zu Fäusten. Sobald all das vorüber war, würde die Aufarbeitung beginnen. Und auch die Zeit der Abrechnung. Alle, die sich schuldig gemacht hatten, würden zur Verantwortung gezogen. Soweit sie noch am Leben waren.

Ludnigs Konterfei zeigte eine hämische Fratze. Wenn es auch nur entfernt so etwas wie Gerechtigkeit im Universum gab, dann würden heute Nacht viele dieser Verbrecher den Tod finden.

Die Gruppe Widerstandskämpfer erreichte das, was früher mal der Stadtkern gewesen war. Der Captain hob die geballte rechte Faust. Die Partisanen hielten abrupt inne und verteilten sich im Gelände. Sie nutzten alles, was sich ihnen bot, als Deckung. Der Trupp war nur spärlich bewaffnet. Das schwerste Kaliber in ihrem Arsenal bestand in einem Zielmarkierungslaser.

Ludnig bedeutete einem seiner Männer mit der entsprechenden Ausrüstung, ihm zu folgen. Gemeinsam arbeiteten sie sich durch das unwegsame Gelände vor, bis sie einen Aussichtspunkt erreichten, von dem die zwei einen ungehinderten Blick auf ein unbeschädigtes Gebäude erhielten. Die Einrichtung passte eigentlich überhaupt nicht in diese Szenerie. Sie sah viel zu neu aus. Die Solarier hatten sie praktisch aus dem Boden gestanzt.

Ludnig leckte sich über die Lippen und warf sich flach auf den Boden. Der Mann mit dem Laser hielt sich dicht bei ihm. Der Captain setzte ein Fernglas an. Es war kaum Bewegung auszumachen – bis auf einige republikanische Patrouillen. Sie waren mit Körperpanzern und schweren Waffen sowie bewaffneten Fahrzeugen ausgerüstet.

Das Gebäude hatte früh die Aufmerksamkeit des Widerstands auf sich gezogen. Der Austausch mit dem RIS hatte sich als äußerst fruchtbar erwiesen. Die Heinis vom königlichen Geheimdienst waren derselben Meinung wie auch der Widerstand. Es handelte sich um ein Nachschubdepot zur Versorgung der frisch in diesem Gebiet eingerichteten Luftabwehrstellungen.

Ludnig knirschte mit den Zähnen. Dass diese solarischen Hunde es wagten, das Grab unzähliger Menschen auf diese Weise zu entweihen, nagte an ihm. In Marabellum waren Demonstranten gestorben, um gegen die Besatzung zu protestieren, und Gorden hatte nichts Besseres zu tun, als auf deren geschwärzten Gebeinen Nachschublager und Abwehrstellungen einzurichten.

Ludnig hob den Blick und betrachtete den Himmel. Sobald die Flotten der Befreier in Reichweite kamen, würde sein Untergebener das Gebäude markieren und ein Bomber machte es anschließend dem Erdboden gleich. Er konnte es kaum noch erwarten, dieses Spektakel mit anzusehen. Doch fürs Erste hieß es abwarten. Dass Blackburn und seine Streitkräfte überhaupt in die Nähe des Planeten kamen, würde Stunden in Anspruch nehmen. Aber dann erlebten die verdammten Solarier ihr blaues Wunder.

10

Präsident der Solaren Republik Montgomery Pendergast schritt mit versteinerter Miene aus dem Hinterausgang der großen Bürgerhalle in Boston. Er hasste derlei Veranstaltungen. Dennoch konnte er ihren Wert nicht leugnen. Ein paar gezielte, aufputschende Reden hier und da, und diese Dummköpfe fraßen ihm aus der Hand. Es war ihm ein Rätsel, wie sich Menschen dermaßen leicht manipulieren ließen.

Pendergast gehörte zu den reichsten Menschen der Republik. Trotzdem gelang es ihm immer wieder, seiner Wählerschaft weiszumachen, er wäre einer von ihnen. Einer von den einfachen Menschen, der es entgegen den Bemühungen des Establishments geschafft hatte, sich nach ganz oben durchzukämpfen. Nichts lag weiter entfernt von der Wahrheit. Aber in der Politik spielten Realitäten mitunter nur eine sehr untergeordnete Rolle. Solange er diese Dummköpfe weiterhin davon überzeugte, er wäre ein Mann der Arbeiterklasse, würden sie bedenkenlos für ihn in die Schlacht und in ein frühes Grab marschieren. Wie die Lemminge. Und nichts anderes war für ihn von Bedeutung, solange sie nur seine Schlachten schlugen.

Sein Assistent Peter Mulligan lief neben ihm und machte sich in einem fort Notizen. Der Mann war wesentlich kleiner als der Präsident, weshalb er sich beeilen musste, mit diesem Schritt zu halten.

Sie erreichten die wartende Limousine. Einer der Secret-Service-Agenten öffnete bereitwillig die Tür und der Präsident machte Anstalten einzusteigen. Unversehens hielt er inne. Pendergast hob den Kopf. Ihm war, als hätte er etwas gehört. Eine Frauenstimme, die in Panik um Hilfe schrie.

»Herr Präsident?«, drängte Mulligan. »Unser Terminplan ist ziemlich straff. In einer Stunde steht schon die nächste Veranstaltung an.«

Pendergast ignorierte seinen Assistenten und lauschte weiterhin in die Nacht hinein. Er runzelte die Stirn und wollte sich abwenden. Vermutlich hatte er sich geirrt. Pendergast stutzte. Da war es schon wieder, der spitze Schrei einer Frau.

»Unsere Gäste warten, Herr Präsident«, wagte Mulligan einzuwenden.

»Sollen Sie warten«, entgegnete der mächtigste Mann der Solaren Republik. Unter gewöhnlichen Umständen hätte er einem Menschen in Not keinen zweiten Blick gegönnt, aber Pendergast dachte momentan in anderen Bahnen. Für ihn zählte die Meinung der Öffentlichkeit. In seinem Geist schwirrten schon die von der Propagandaabteilung entworfenen Presseberichte umher, die eine Geschichte erzählten, in der er – Montgomery Pendergast – unter Einsatz seines Lebens eine junge Frau aus drohender Gefahr rettete. Die Bevölkerung der Republik würde ausrasten.

Pendergast beschleunigte seine Schritte. Die heute Abend zum Schutz des Präsidenten abgestellten Secret-Service-Agenten wechselten überraschte Blicke und beeilten sich dann, ihm hinterherzueilen. Zwei übernahmen die Führung, zwei nahmen den Präsidenten in die Mitte, zwei bildeten das Schlusslicht.

Mulligan seufzte und gab dem Rest des Personenschutzteams ein kurzes Handsignal. Ein weiteres Dutzend Agenten schloss sich dem Präsidenten an.

Pendergast folgte den immer lauter werdenden Schreien. Er blieb schlagartig stehen. Im Halbdunkel dreier nur unzureichend arbeitenden Straßenlaternen kämpfte eine Frau mit einem viel größeren und körperlich weit überlegenen Mann. Die Frau wehrte sich nach Leibeskräften. Ihr Angreifer verlor daraufhin die Geduld, zerriss ihr Oberteil und verpasste seinem Opfer einen wuchtigen Schlag ins Gesicht. Ihr Kopf wurde zurückgerissen und die Frau landete wimmernd zwischen zwei Müllcontainern.

Pendergast hatte nie die Absicht verspürt, selbst einzugreifen. Seine Sicherheit besaß für den Präsidenten oberste Priorität. Es spielte auch keinerlei Rolle, was *er* tat. Wichtig war lediglich, wie es am Ende der Öffentlichkeit präsentiert wurde.

Mit einem Wink des Kinns befahl er dreien seiner Leibwächter, den Kampf zu beenden. Die Männer ließen sich das nicht zweimal sagen. Sie gingen arrogant und siegesgewiss auf den unbekannten Angreifer zu. Diesem wurde bewusst, dass er nicht länger allein war.

Einer der Personenschützer zog sich einen Schlagring über die Finger der rechten Hand und holte aus. Sein Gegner reagierte ungemein versiert und gewandt auf die Attacke. Er duckte sich unter dem Schlag hindurch und mit einem einzigen gezielten Hieb zertrümmerte er den Unterkiefer des Secret-Service-Agenten. Der Mann fiel mit unterdrücktem Grunzen rückwärts. Durch das spärliche Licht konnte man drei Zähne fliegen sehen.

Die anderen beiden Agenten wechselten einen kurzen Blick und zogen die Dienstwaffe aus ihrem Achselholster. Der unbekannte Angreifer erkannte, dass in diesem Fall Flucht der bessere Teil der Tapferkeit war. Er zog den Kopf zwischen die Schultern und rannte in die Dunkelheit davon.

Die Agenten feuerten auf den Flüchtenden, aber Pendergast war überzeugt, dass der Kerl entkommen war. Er zuckte innerlich die Schultern. Es war einerlei. Die Geschichte würde sich dennoch gut verkaufen. Und niemand außer den Anwesenden wusste, dass der Mann entkommen war. Die Handlung ließ sich problemlos etwas ausschmücken, unter anderem mit der Gefangennahme des Unbekannten.

Aus der Ecke stöhnte die Frau vor Schmerzen. Pendergast verzog die Miene. Am liebsten hätte er sich umgedreht und es damit gut sein lassen. Aber es blieb ihm wohl nichts anderes übrig, als seine Rolle bis zum Ende durchzuspielen.

Er zog sein Jackett aus und näherte sich der Frau. »Kann ich Ihnen ...« Er stockte mitten im Satz. Die Frau stand auf und zum ersten Mal sah er sie im Licht einer der Straßenlaternen. Sie war kaum älter als fünfundzwanzig. Und sie war wunderschön. Ihre rote Mähne bot einen auffallenden Kontrast zu ihrer blassen Hautfarbe.

Pendergast legte ihr sein Jackett um die Schultern. Ihre Bluse war total zerrissen und offenbarte mehr, als sie verbarg. Sie lächelte ihm scheu und dankbar zu.

»Ist alles in Ordnung?«, wollte Pendergast wissen, als er die Sprache wiederfand.

Sie nickte immer noch schüchtern und zurückhaltend.

Der Vergleich mit einem Reh im Scheinwerferlicht kam ihm in den Sinn. Er grinste. »Darf ich Sie nach Hause bringen? Wohnen Sie weit von hier?«

»Das ... das ist nicht nötig«, erwiderte sie. »Ich will Ihnen keine Umstände bereiten.«

Pendergast schüttelte den Kopf und führte sie sanft aus der Gasse heraus. Die Agenten bildeten einen menschlichen Schutzwall, falls der unbekannte Angreifer es wagen sollte zurückzukommen. Einer von ihnen half dem gestürzten Kollegen auf die Beine. Dieser spuckte beständig Blut.

»Aber das macht keine Umstände«, versicherte er ihr.

Die junge Frau zitterte wie Espenlaub. »Ich weiß gar nicht, wie ich Ihnen danken soll.«

»Dafür müssen Sie mir nicht danken. Es war das wenigste, was ich tun konnte.«

Die Agenten in seiner Begleitung tauschten entnervte Blicke, als Pendergast sich mit ihren Federn schmückte. Immerhin hatte der ruhmreiche Präsident der Solaren Republik überhaupt nichts zur Rettung der bedrängten jungen Frau beigetragen, wenn man einmal vom Befehl an seine Leibwache absah, in den Kampf einzugreifen.

»Darf ich fragen, wie Sie heißen?«

»Mascha«, antwortete die Frau.

»Mascha«, entgegnete Pendergast und ließ den Namen regelrecht auf seiner Zunge zergehen. »Was für ein wunderschöner Name.«

Am anderen Ende der Gasse lehnte der Angreifer schwer atmend gegen eine Wand. Er zog die Mütze vom Kopf und wischte sich das verschwitzte Haar aus dem Gesicht.

Der Mann strahlte tiefe Zufriedenheit aus. Patrick Kilgannon aktivierte durch sanften Druck den Komlink hinter dem linken Ohr. »Natascha hat Kontakt aufgenommen«, berichtete er.

Vincent Burgh betrachtete den Mann in den Siebzigern, der vor ihm auf dem Boden kniete, wie etwas, das er sich normalerweise vom Stiefel abkratzte. Zwei seiner Assassinen hielten den Mann unten. Wangen und

Kiefer verfärbten sich bereits angesichts der barbarischen Behandlung, die sein Gegenüber in der letzten halben Stunde über sich hatte ergehen lassen müssen.

Burgh nahm sich einen Stuhl in der ansonsten eher ärmlich ausgestatteten Wohnung und setzte sich darauf. Der Profikiller sah sich bedeutungsschwer um. »Was für ein Drecksloch«, kommentierte Burgh. »Wie kann man nur so leben?«

Die Bemerkung war rhetorisch gemeint. Der alte Mann antwortete trotzdem. »Es gibt Menschen, die haben keine andere Wahl.« Die Worte trieften nur so vor Trotz. Burgh war amüsiert. Widerworte durften dennoch nicht hingenommen werden. Er warf einem seiner Leute einen Blick zu und dieser schlug dem Mann brutal ins Gesicht. Er wäre umgefallen, hätte der andere Assassine ihn nicht in seinem unerbittlichen Griff behalten.

»Ich bin nur ein wenig überrascht«, spann Burgh den Faden weiter. »Von jemandem, der über derartige Geldmittel verfügt, hätte ich ... nun ja ... mehr erwartet.«

Der Mann sah auf. Die Unterlippe war aufgerissen und Blut lief ihm über das Kinn. »Geldmittel?«, nuschelte der Mann, weil ihm mittlerweile ein Zahn fehlte und er sich in die Zunge gebissen hatte. »Ich bin nur ein armer Schlucker. Was auch immer Sie wollen, Sie haben den Falschen.«

»Mister Carver«, begann Burgh von Neuem. »Oder darf ich Sie Edwyn nennen?« Er wartete gar nicht ab, ob er die entsprechende Erlaubnis erhielt. »Edwyn, ich komme von der Erde, müssen Sie wissen. Ich mag die Erde. Der Planet ist so sauber, so geordnet. Jeder Bürger kennt den ihm zugedachten Platz im Gesamtgefüge. Deswegen verlasse ich diese kleine grünblaue Kugel nur sehr ungern.« Sein Tonfall wurde härter. »Manchmal werde ich aber gezwungen, um mich auf die Suche nach Personen von ... sagen wir mal ... Interesse zu begeben. Und das macht mich immer ziemlich reizbar, denn ich könnte meine Zeit wesentlich nutzbringender verbringen.«

»Ich weiß nicht, was Sie von mir wollen«, jammerte Carver.

Burgh beugte sich vor, fixierte sein Opfer, wie es eine Schlange mit einer Ratte tun würde. »Und genau *das* glaube ich Ihnen nicht. Ich habe mich in jeder Ecke von Wert, die dieser Drecksplanet zu bieten hat, umgehört. Und einerlei, wem ich die Frage nach dem besten Fälscher von

Rayat gestellt habe, die Antwort war dieselbe: Suchen Sie nach Edwyn Carver.«

Pendergasts Profikiller breitete gönnerhaft die Arme aus. »Und hier bin ich.« Erneut sah sich Burgh in der ärmlichen Behausung um. »Möglicherweise war es gar keine schlechte Idee, Ihren Reichtum zu verheimlichen. Dadurch wurden Sie für alle anderen quasi unsichtbar.« Er grinste. »Aber nicht für mich.«

Carver gab jeden Versuch auf, seine heimliche Profession abzustreiten. Er funkelte Burgh einfach nur noch an. Dieser nickte befriedigt. »Ah, sehr schön. Jetzt kommen wir weiter.«

»Sie haben mir noch keine einzige Frage gestellt«, gab der Fälscher zurück. »Was wollen Sie denn?«

Burghs Lippen teilten sich zu einem erwartungsvollen Schmunzeln. »Edwyn ... aus irgendeinem Grund glaube ich, das wissen Sie ganz genau.«

Lieutenant Colonel Lennox Christian packte Sergeant Wolfgang Koch und bewahrte ihn vor einer überhasteten Aktion. Der Scharfschütze wollte etwas sagen, verschluckte dann aber jedes Wort, das er hatte aussprechen wollen.

Lennox deutete wortlos auf das Gebäude, in dem der Fälscher Carver wohnen sollte, wie man ihnen nach der Übergabe mehrerer Geldscheine mitgeteilt hatte.

Sechs Männer verließen das Haus durch die Vordertür. Sie gaben nicht einmal vor hierherzugehören. Ihr Auftreten ließ in Lennox sämtliche Alarmglocken losschrillen.

»Das ist Burgh«, wisperte Lennox seinem Begleiter zu.

Dieser runzelte die Stirn. »Wer?«

»Vincent Burgh«, präzisierte der Marine-Colonel. »Pendergasts Mann fürs Grobe. Sie sollten ab und zu die Geheimdienstbriefings lesen.«

Der Scharfschütze zuckte mit den Achseln. »Für regelmäßige Updates stehe ich in der Hackordnung nicht hoch genug.« Sein Blick richtete sich erneut auf die Männer. Sie bestiegen ein Fahrzeug und brausten davon. »Ich muss wohl nicht extra fragen, warum der Kerl hier ist.«

»Aus demselben Grund wie wir«, erklärte Lennox. »Sonst gibt es auf dem gesamten Planeten nichts von Wert, das es für Pendergast rechtfertigen würde, seinen Bluthund von der Leine zu lassen.« Die beiden Männer wechselten einen schnellen Blick.

Sie überquerten die Straße und stiegen die wenigen Stufen zum Hauseingang hoch. Burgh hatte die Tür offen gelassen. Um so etwas Profanes wie Polizei oder Strafverfolgung machte er sich offenbar keinerlei Sorgen. Gut möglich, dass er von Pendergast einen Freifahrtschein bekommen hatte. Seine ganz persönliche Du-kommst-aus-dem-Gefängnis-frei-Karte.

Die beiden *Skull*-Offiziere betraten die Wohnung. Lennox rümpfte die Nase. Er hatte genügend Zeit auf Schlachtfeldern verbracht, um den Geruch von Blut sofort zu erkennen. Er stieg dem erfahrenen Marine in die Nüstern und setzte sich dort fest, verdrängte alles andere.

Sie brauchten nicht lange nach dem Ursprung zu suchen. Edwyn Carver hing zusammengesunken auf einem Stuhl, die Hände mittels Kabelbinder auf den Rücken gefesselt. Seine Fußgelenke waren in ähnlicher Weise an die Stuhlbeine fixiert.

Lennox zog sich einen Handschuh über, griff dem Mann ins Haar und zog den Kopf daran in die Höhe. Er hatte in seinem Leben schon viel zu viel gesehen. Aber dies stellte das meiste davon in den Schatten.

»Eines ist mal sicher«, brachte Koch hervor, »dieser Burgh macht keine halben Sachen.«

Lennox nickte und ließ den Kopf herabsinken. »Was immer Carver wusste, Burgh und seine Begleiter haben es aus ihm herausgeprügelt. Ziemlich primitiv, aber auch wirkungsvoll. Irgendwann zerbricht jeder. Und wenn er etwas wusste, hat er es erzählt. Nur um der geringen Möglichkeit willen, dass sie sein Leben verschonen.«

»Eine vergebliche Hoffnung.«

Lennox nickte abermals. In der Ferne erklangen die Sirenen eines Polizeiwagens. Das Geräusch kam schnell näher. Er hatte keine Ahnung, ob es ihnen galt. Im Prinzip war das auch unwichtig. »Wir müssen weg. Ich bezweifle, dass die örtlichen Behörden uns gegenüber genauso tolerant sind wie bei unserem Freund Burgh.«

Lennox zog eilig den Handschuh aus und gemeinsam verließen die zwei Soldaten das Gebäude. Sie entfernten sich schnell, ohne hastig zu wirken. Nachdem sie zwei Querstraßen hinter sich gebracht hatten, widmete

Koch dem Marine-Colonel einen nachdenklichen Blick. »Was machen wir jetzt?«

»Wir müssen entweder Burgh aufstöbern und ihm bis zu unserem gemeinsamen Ziel folgen oder wir finden eine Möglichkeit, diesem Bastard zuvorzukommen. Falls uns das nicht gelingt, dann sehe ich schwarz für das Schicksal von Graf Simmons. Seine Zukunftsaussichten sind jetzt sehr viel düsterer zu beurteilen als noch vor einigen Stunden.«

11

Dexters Verband näherte sich Tirold III und würde über der nördlichen Hemisphäre zum ersten Mal auf den Feind treffen, sollte er den momentanen Kurs beibehalten. Admiral Hastings Einheiten würden unterhalb der südlichen Hemisphäre dazustoßen. Die solarischen Geschwader rührten sich kaum von der Stelle. Das war sehr klug und zeugte von einer gewissen Kaltblütigkeit des feindlichen Kommandanten.

Sobald sich zwei Parteien zur Schlacht stellten, verlor in den meisten Fällen einer von ihnen ab einem gewissen Punkt die Beherrschung und führte ein Manöver aus, um dem Feind ein Schnippchen zu schlagen. Oftmals viel zu früh ausgeführt, offenbarte es mehr von der eigenen Taktik als beabsichtigt. Ein erfahrener Offizier konnte dieses erlangte Wissen nutzen, um die eigene Taktik anzugleichen und dem Gegner dadurch den Wind aus den Segeln zu nehmen.

In diesem Fall verhielt sich die Lage anders. Die Solarier hatten Stellung bezogen und verharrten dort. Sie waren zahlenmäßig unterlegen und zudem in der schlechteren Ausgangsstellung, da sie von zwei Seiten angegangen wurden. Dennoch weigerte sich der solarische Befehlshaber hartnäckig, seine Karten zu früh zu offenbaren. Das sagte eine Menge aus. Dexter hatte es mit einem Kontrahenten zu tun, der genug Verstand besaß, um sich zurückzuhalten. Derartige Gegner waren immer gefährlich und mussten mit Vorsicht genossen werden. Außerdem gab es da noch einen Punkt, der ihn zutiefst beunruhigte.

»Gibt es bereits einen Hinweis auf die Ares?«, fragte er, ohne die Augen von dem Hologramm abzuwenden.

»Keinen«, antwortete Melanie erwartungsgemäß.

Dexter leckte sich leicht über die Unterlippe. Das war seltsam. Jeder Geheimdienstbericht der letzten vier Wochen besagte unmissverständlich, dass sich Gorden bereits vor Ort aufhielt, um das Sammeln seiner

Streitmacht im Tirold-System persönlich zu überwachen. Und nun, da sich die Schlacht endlich anbahnte, war er nirgends auffindbar.

Sein Flaggleutnant sah auf. »Admiral Blackburn? Wir nähern uns auf Fernkampfdistanz an.«

Dexter nickte angespannt. »Dann warten wir nicht länger. Alle Einheiten: Dauerfeuer starten!«

Der Befehl war kaum gegeben, da eröffneten beide royale Verbände das Bombardement. Alle neunzig Sekunden spien die Kriegsschiffe eine gebündelte Salve aus Fernlenkgeschossen gegen die Solarier. Diese zogen augenblicklich die Schildblase hoch. Der erste Torpedoschwarm zerbarst an den aktivierten Energiefeldern. Die Solarier ließen die Energiebarriere fallen und feuerten eine eigene Salve ab. Die royalen Kriegsschiffe zogen nun ihrerseits die Schildblase auf und saßen den einkommenden Beschuss aus.

Dieses Spiel vollführten sie über zwei Stunden lang. Jede Seite feuerte abwechselnd eine Salve ab, wartete, bis der vom Feind auf den Weg gebrachte Schwarm an den eigenen Schilden detonierte, nur um den Beschuss im Anschluss zu erwidern.

Die royalen Geschwader verfügten über annähernd dreißig Prozent mehr Schiffe und besaßen dadurch eine höhere Ausdauer und eine stärkere Geschossdichte.

Die Schildblasen der Solarier wurden zusehends schwächer. Trotzdem dauerte es eine weitere Stunde, bis die ersten in einem Regenbogenschauer zusammenbrachen und ihre Kampfschiffe schutzlos zurückließen.

Die Solarier verloren innerhalb weniger Minuten elf Schiffe, darunter drei Schwere Kreuzer und ein Schlachtschiff. Dexters Hände verkrampften sich um den Rand des Holotanks. Zum ersten Mal seit Kriegsbeginn war das Königreich während eines Gefechts spürbar im Vorteil. Er wusste nicht, was dies zu bedeuten hatte, aber er gedachte, es weidlich auszunutzen.

Die Royalisten hielten weiterhin auf die Solarier zu. Diese weigerten sich, die eigenen Stellungen dem Feind preiszugeben. Obwohl ihre Verluste mit jeder Minute stiegen, hielten sie dagegen. Bei den Royalisten fielen nun auch die ersten Schildblasen aus. Ein Zerstörer und ein Leichter Kreuzer wurden vernichtet, dicht gefolgt von zwei Kanonenbooten. Bisher büßten sie im Vergleich zum Gegner nur leichte bis mittelschwere

Kampfschiffe ein. Das würde sich aber schon bald ändern. Das war immer so und nicht zu vermeiden.

»Bomber ausschleusen und Jäger entsenden!«, ordnete Dexter an.

Auf seinem Hologramm breitete sich eine massive Welle bestehend aus Gladius-Bombern fächerförmig aus, die von Saber-Angriffsjägern eskortiert wurden.

Die Solarier änderten unterdessen ihre Taktik. Anstatt vor dem Einschlag ihre Schildblasen wieder hochzuziehen, verzichteten sie darauf und griffen auf Abfangraketen zurück, um einkommende Geschosse zu zerstören. Es war ein unmissverständliches Anzeichen dafür, dass der Gegner mittlerweile nicht mehr genügend Energie zur Verfügung hatte und seine Vorräte wieder auffüllen musste. Mit dem Einsatz der Abfangraketen versuchte er, dringend benötigte Zeit zu gewinnen. Darauf hatte Dexter nur gewartet.

Abfangjäger starteten von den Decks der feindlichen Träger, von mehreren Jägerbasen im Orbit sowie von der Oberfläche. An Schiffen waren die Solarier unterlegen. Die einzige Möglichkeit, mit den royalen Verbänden gleichzuziehen, waren die Kampfmaschinen. Es tauchten immer mehr Jagdgeschwader auf. Dexter ließ es sich nicht anmerken, ihr Anblick beunruhigte ihn. An Jägern war ihm der solarische Großadmiral sogar leicht überlegen. Auf dem Boden standen mehr von den Dingern, als er erwartet hatte.

»Daniel, schicken Sie die Stingrays hinterher.«

Der Flaggleutenant nickte kommentarlos. Nur Augenblicke später stiegen die weniger wendigen, aber dafür besser bewaffneten Jagdbomber von seinen Trägern auf und schlossen sich der dem Feind zustrebenden Welle an.

Die kleinen Kampfmaschinen wurden auf dem Hologramm als rote und grüne Dreiecke dargestellt. Freund und Feind hielten unbeirrbar aufeinander zu.

»Zeit bis zum Aufeinandertreffen?«

»Zweiundzwanzig Minuten«, informierte ihn der Flaggleutenant.

Dexter streifte seine Kampfgefährtin mit einem beiläufigen, aber nichtsdestoweniger brennenden Blick. »Dann wird es jetzt Zeit.«

Sie nickte angestrengt und wandte sich an den Komoffizier der Flaggbrücke. »Senden Sie das Signal.«

Julias Komlink gab keinen Ton von sich. Stattdessen vibrierte er. Es handelte sich lediglich um eine sanfte Bewegung. Dennoch erschrak die junge Frau und zuckte zusammen, als hätte sie jemand mit einem glühenden Schürhaken traktiert.

Kowaljenkow bedachte sie mit einem belustigten Blick. »Es ist so weit?«

»Ja, allerdings. Sie befinden sich in der Nähe des Orbits. Zeit, die Raumüberwachung auszuschalten.« Sie bedeutete ihren Raketenteams, vorzutreten und sich bereit zu machen.

Drei Zwei-Mann-Teams robbten an ihren Kameraden vorbei. Jeweils einer von ihnen trug einen schweren Raketenwerfer, der aus zwei Abschussrohren bestand, auf der Schulter. Sobald sie in Position waren, begannen die Partner damit, die Rohre zu laden. Sowie sie fertig waren, klopften sie dem Schützen mit einem Klaps auf den Kopf. Nun galt es. Jetzt oder nie!

»Runter!«, zischtet Julia.

Der komplette Trupp zog den Kopf ein. Zwei Helikopter brausten im Tiefflug über die Anhöhe hinweg. Die Lichtkegel ihrer Scheinwerfer tanzten über das Gras. Sie entfernten sich mit mäßiger Geschwindigkeit. Julia wartete etwas länger, als notwendig wäre. Der Rotorenlärm verlor sich in der Dunkelheit.

Kowaljenkow erhob sich als Erster wieder. »Die Jungs werden nervös.«

»Umso besser«, erwiderte die Anführerin des Widerstands. »Je nervöser die werden, desto näher sind die Royalisten.« Sie warf den Raketentrupps einen auffordernden Blick zu. »Worauf wartet ihr noch? Pustet das verdammte Ding zur Hölle!«

Die Männer und Frauen ließen sich das nicht zweimal sagen. Die Schützen hoben erneut die an zwei Ofenrohre erinnernde Waffe auf die linke Schulter, zielten und fast gleichzeitig drückten sie ab.

Sechs Geschosse lösten sich unter ohrenbetäubendem Lärm und strebten dem angepeilten Ziel zu. Nacheinander schlugen sie ein. Stahlbetonstücke von der Größe eines Panzers wurden aus der Außenverkleidung gerissen, nur Sekunden bevor das Gebäude in sich zusammenfiel. Als

Letztes knickte die riesige Parabolantenne ein und wurde von einer Staubwolke verschluckt.

Julia grinste zufrieden – es hielt nur kurz an. Ein Lichtkegel fokussierte sich auf die kleine Gruppe von Freiheitskämpfern. Das Geräusch sich nähernder Rotorblätter wurde schnell lauter. Ein Helikopter erhob sich majestätisch über ihnen. Sein unter dem Cockpit montiertes Gaußgeschütz flammte auf und innerhalb eines Wimpernschlags wurde einer ihrer Männer zerrissen. Die MGs des Helikopters röhrten und zwei weitere Widerstandskämpfer fielen.

»Lauft!«, schrie die Gräfin von Tirold.

Die royalen Jagdmaschinen schossen den Bombern einen schönen, sauberen Korridor durch die feindliche Formation. Die Solarier lieferten einen guten Kampf.

Trotz der Verluste blieb Dexter konzentriert. »Ausfälle?«

Melanie hatte die Zahl bereits zur Hand. Sie besaß ein intuitives Gespür dafür, was ihr Befehlshaber als Nächstes benötigte.

»Fünfzehn Prozent unter den Jägern, bisher acht unter den Bombern.«

Dexter nickte beifällig. Das war sehr gut. Sogar weitaus besser als vom RIS prognostiziert. Angesichts des Kräfteverhältnisses hatte er mit weitaus höheren Opferzahlen gerechnet.

Flaggleutnant Dexter Dombrowski sah auf. »Admiral? Unsere Bomber sind durchgebrochen.«

Die Torpedobomber vom Typ Gladius näherten sich der vorderen Linie von Großkampfschiffen. Hastings' Bomberwelle griff von unten an. Was nun folgte, war ein regelrechtes Handgemenge. Für einen kurzen Zeitraum verlor Dexter die Übersicht. Zu chaotisch wurde der Verlauf der Schlacht. Die Bomber drangen in die gegnerische Formation ein, während die Sabers weiterhin die solarischen Jäger auf Abstand hielten. Die Stingray-Jagdbomber schlossen sich der Attacke nach wenigen Minuten an.

Dexter tippte ungeduldig mit dem Fuß auf. Endlich kristallisierte sich Klarheit heraus. Die königlichen Bomber führten ihren Vorstoß gekonnt aus. Mehrere solarische Kampfschiffe zerbarsten in Detonationen, die einer Sonne Konkurrenz machen könnten. Es waren zu einem hohen Anteil Begleitschiffe darunter. Leicht zu verschmerzende und schnell zu ersetzende Verluste. Aber es gab auch beeindruckendere Beute. Gorden verlor drei Schlachtschiffe, fünf Träger und sogar ein Großschlachtschiff. In der Aufstellung des Gegners klafften verheerende Lücken, die in der momentanen Konstellation kaum zu schließen waren.

»Hastings' Bomber sollen den Druck auf die Solarier aufrechterhalten. Unsere weiten jetzt ihre Offensive auf den Planeten aus. Es wird Zeit, die Zielliste abzuarbeiten.«

Major Melanie St. Johns Augen blitzten. »Lieutenant Dombrowski? Sie haben den Admiral gehört.«

Danlyo Ludnig bekam die entsprechende Meldung nur ein paar Sekunden später über Komlink. Er nahm den Markierungslaser von einem seiner Leute entgegen und richtete diesen auf das mehrere Hundert Meter entfernt gelegene Nachschubdepot. Rund um die Anlage herrschte hektische Aktivität. Lkws hielten vor dem Gebäude, um Vorräte und Munition zu den Luftabwehrstellungen in diesem Gebiet zu transportieren.

Damit ist jetzt gleich Schluss, ging es Ludnig durch den Kopf. Er betätigte den entsprechenden Schalter und der Laser gab einen kaum wahrnehmbaren durchgehenden Ton von sich.

Captain Nigel Darrenger von der 113. Bomberstaffel empfing die Peilung von Ludnigs Laser. Er überspielte die Koordinaten an die zwei anderen Besatzungsmitglieder des Gladius-Bombers.

Gleichzeitig erhöhte er die Geschwindigkeit. Sämtliche Torpedos hatte er während der Schlacht im Orbit in den Rumpf eines Großschlachtschiffes versenkt. Dadurch wog die Maschine weniger und war zu höheren Geschwindigkeiten fähig. Der Gladius verfügte jetzt nur noch über vier intelligente Langstreckenraketen sowie zwei Geschosse für mittlere Reichweite.

Er aktivierte die interne Kommunikation. »Jetzt gilt es«, gab er durch. Sein Kopilot und der Waffensystemoffizier antworteten nicht. Das war auch völlig unnötig. Er spürte die aufkeimende Erregung, die von den beiden Männern ausging.

»Welche Waffen schlägst du vor, David?«, wollte er von seinem WSO wissen.

Die Gladius-Staffel durchbrach die obere Wolkenschicht. Das Ziel war ungefähr zweihundert Kilometer entfernt.

»Die Mark III. Zwei Stück davon«, antwortete der Waffensystemoffizier.

Nigel dachte kurz darüber nach. Die Mark III war eine Langstreckenwaffe, gut geeignet, um ein Ziel auf diese Entfernung punktgenau zu treffen. Damit schalteten sie das Nachschubdepot aus, bevor sie überhaupt in Reichweite der Luftverteidigung kamen. Die Solarier am Boden würden Probleme bekommen. Das gefiel ihm.

»Einverstanden. Alles vorbereiten.«

Der WSO programmierte die Zielkoordinaten ein. Die Mark III war eine fortschrittliche Waffe. Sie konnte eigenständig feindlicher Luftabwehr ausweichen und sich selbst wieder auf das Ziel einpendeln.

»Ich bin so weit«, erklärte David.

»Dann los!« Nigel schwang den Bug in die ungefähre Richtung des Nachschublagers, wartete auf die Bestätigung beider Raketen, dass sie das Ziel angepeilt hatten – und betätigte den Auslöser.

Die ballistischen Raketen lösten sich von den Tragflächen und gewannen schnell an Geschwindigkeit. Nigel verlor sie alsbald aus dem Blickfeld. Er verfolgte aber deren Flug weiterhin mit den Sensoren. Es dauerte keine neun Minuten, bis sein Bordcomputer den Einschlag meldete und die Zerstörung des Zielareals bestätigte.

Nigels Stolz hielt nicht lange an. Der Bordcomputer fing unmittelbar nach dem Aufschlag beider Lenkflugkörper verstärkten Funkverkehr vom Planeten auf. Und nicht nur militärischen, sondern auch zivilen.

Der Kommandant der 113. Bomberstaffel runzelte die Stirn und schaltete eine Frequenz der Zivilverteidigung auf seinen Helm. Er lauschte den eintreffenden Meldungen mit wachsendem Schrecken.

»David? Was haben wir da gerade bombardiert?«

Auf der Flaggbrücke der NORMANDY herrschte heilloses Durcheinander. Die anwesenden Männer und Frauen bemühten sich, die Antwort auf ebendiese Frage zu ergründen.

Dexter stand stocksteif vor dem Holotank, während Melanie mit einigen Analysten auf Hastings' Flaggschiff sprach. Mit aschfahler Miene kehrte sie an seine Seite zurück.

Er betrachtete sie mit hoffnungsvollem Ausdruck auf dem Gesicht. »Und?«

»Die Lage ist unklar«, gab sie zurück. »Vom Planeten ist keine eindeutige Information zu erhalten. Aber ...«

»Aber ...?«, hakte er nach.

Sie biss sich auf die Unterlippe. »Unbestätigten Berichten zufolge haben wir einen Schutzbunker voller Zivilisten beschossen. Es war keine militärische Einrichtung.«

Dexter schloss sie Augen. Seine Wangenmuskeln mahlten angestrengt.

»Das ist möglicherweise reine Propaganda«, warf Melanie eilig hinterher. »So was haben wir bei den Solariern schon des Öfteren erlebt.«

»Das spielt im Augenblick überhaupt keine Rolle. Ob wahr oder falsch ... es ist nur wichtig, wie das bei der Bevölkerung ankommt, die wir eigentlich retten wollen.«

Dombrowski eilte auf ihn zu. Der Flaggleutnant brannte darauf, mit dem Flottenbefehlshaber zu sprechen. »Die solarischen Einheiten ziehen sich zurück. Allem Anschein nach wollen sie sich neu formieren. Die Geschwadercommodore möchten wissen, ob sie den Feind verfolgen sollen.«

Um ein Haar hätte Dexter Ja gesagt. Gerade noch rechtzeitig kam er allerdings ins Grübeln. Hier lief zu vieles schief, um ein Zufall zu sein. Bisher hatte er es nicht sehen wollen, denn wer schaute schon gern einem geschenkten Gaul ins Maul? Nun hatte er keine andere Wahl, als den soeben erlittenen Fehlschlag selbst zu analysieren.

Die Lagrange-Punkte des Systems waren befestigt und mit Forts besetzt bis auf zwei, die allem Anschein nach kaum zu verteidigen waren. Jedenfalls nicht ohne stationäre Einrichtungen. Und durch diese zwei waren die royalen Verbände durchgebrochen.

Dann wurde das System von weit weniger solarischen Verbänden geschützt als erwartet. Und zu allem Glück war auch Gorden mit seinem Flaggschiff nirgends zu finden.

Dann drängten sie die Verteidiger an die Wand, durchbrachen deren Stellungen und griffen Einrichtungen am Boden an, von denen sich mindestens eine als Propagandafalle entpuppt hatte. Und zu guter Letzt wich der Gegner auch noch vor ihnen zurück und verleitete sie zur Verfolgung, was sie tiefer ins System und weiter weg von den Lagrange-Punkten brachte.

Jeder Punkt für sich konnte ein Zufall sein. Alles gemeinsam betrachtet, ließ nur den einen Schluss zu.

»Nein«, verkündete Dexter mit fester Stimme. »Rufen Sie unsere Kampfmaschinen zurück und informieren Sie Admiral Hastings. Wir lassen uns zu den Lagrange-Punkten zurückfallen, um die Lage neu zu bewerten.«

Für einen Moment herrschte Totenstille auf de Flaggbrücke der NORMANDY. Melanie betrachtete ihren langjährigen Freund ungläubig. »Bist du sicher?«

Er drehte sich zu ihr um. Es befand sich kein Spiegel in Reichweite, aber der Flottenadmiral war überzeugt, dass sich auf seinem Gesicht der Ausdruck der bevorstehenden Niederlage abzeichnete. »Ja«, erwiderte Dexter. »Wir müssen hier sofort weg.« Seine Schultern sackten herab. Das Gewicht des eigenen Versagens drückte ihn nieder, als er die nächsten Worte aussprach: »Ich habe uns direkt in Gordens Falle geführt.«

Großadmiral Harriman Gorden saß auf seinem Kommandosessel auf der Brücke des Großschlachtschiffes ARES und beobachtete den Kampfverlauf. Der Mann fühlte sich wie eine Spinne, die die Fäden zog und darauf wartete, dass sich die Fliege in ihrer klebrigen Umarmung verlor.

Er schnaubte. Nun war es so weit. Die Royalisten waren dem Untergang geweiht, sie wussten es nur noch nicht. Er rümpfte die Nase. Zugegeben, der Erfolg war nicht hundertprozentig. Blackburns Geschwader verfolgten seine spärlich platzierten Einheiten nicht. Der Mann war beileibe kein Dummkopf. Er hatte die Falle letzten Endes gewittert und machte mit der Flotte in diesem Moment kehrt. Das war seine einzig verbliebene logische Option. Aber es würde dennoch zu spät sein.

Die Hauptschlagkraft von Gordens Armada hielt sich hinter dem fünften Planeten des Tirold-Systems verborgen. Ebenjener Welt, die der solarische Admiral als nahezu wehrlos dargestellt hatte, in der Hoffnung, Blackburn würde sie zunächst ignorieren, um den stärker befestigten und damit wesentlich gefährlicheren dritten Planeten anzugreifen.

Gordens Blick fokussierte sich auf die Lagrange-Punkte. Blackburn war zu weit entfernt, um das rettende Licht am Ende des Tunnels zu erreichen. Gorden nicht.

»Major Helwig«, sprach er den XO an, der gleichzeitig als sein Adjutant diente. »Wir laufen aus.«

Die solarischen Kriegsschiffe setzten simultan den Antrieb unter Energie. Langsam nahmen sie Fahrt auf, überwanden nach und nach die Masseträgheit.

Sie hielten nicht auf Blackburns Einheiten zu. Sie würden über kurz oder lang zu ihm kommen. Gorden grinste gehässig. Sein Ziel war ein Punkt auf halbem Weg zwischen den Lagrange-Punkten und der königlichen Armada. Drei der Lagrange-Punkte waren mit schwer bewaffneten Forts besetzt und die zwei anderen würde er mit seinen Kriegsschiffen abriegeln, lange bevor Blackburn auch nur in Reichweite kam, um seine Schiffe in Sicherheit zu bringen.

Die Royalisten kämpften noch darum, das Wettrennen zu den Lagrange-Punkten zu gewinnen. Sie atmeten weiterhin Hoffnung. Aber nicht mehr lange. Der Großadmiral betrachtete das Chronometer auf seiner Kommandostation. Die Mathematik stellte mitunter einen unnachgiebigeren Gegner dar, als es eine Flotte waffenstarrender Kriegsschiffe je sein könnte. Gorden würde mit der republikanischen Streitmacht die Lagrange-Punkte L1 drei Stunden vor Blackburn erreichen. Und L5 vierzehn Stunden. Die Royalisten saßen in der Falle. Am heutigen Tag brach er ihr Rückgrat – und ihren Willen zum Widerstand.

12

Selten zuvor hatte sich Lieutenant Colonel Lennox Christian dermaßen nutzlos gefühlt. Die Hilflosigkeit strahlte aus jeder Pore.

Von seinem Beobachtungspunkt aus mussten Koch und er mit ansehen, wie das solarische Einsatzteam das unscheinbare Gebäude am Stadtrand von Dasquara stürmte. Es folgte ein kurzer Schusswechsel, gefolgt von einer beinahe unheimlichen Stille.

Am liebsten wäre der Marine-Colonel vorgestürmt und hätte sich mit Burgh und seiner Bande aus gedungenen Mördern angelegt. Nur aus der verschwindend geringen Hoffnung, Simmons lebend aus deren Fängen befreien zu können. Aber der logisch, rational denkende Teil seines Verstandes hielt ihn davon ab. Der Großteil des eigenen Teams, einschließlich des guten Barrera, befand sich noch an Bord der ROSTIGEN ERNA. Aber selbst wenn sie hier gewesen wären, so bezweifelte Lennox ernsthaft, dass sie etwas hätten unternehmen können.

Der Marine-Colonel wechselte einen verhaltenen Blick mit dem Scharfschützen. Auf dessen Mimik spiegelte sich die eigene Frustration wider. Der Mann schüttelte den Kopf. Er hatte die Lage ebenfalls aus jeder Richtung betrachtet und war zum selben Schluss gekommen wie der Colonel.

Dabei stellte es keinen Trost dar, dass Koch die Sache genauso sah wie Lennox. Sie hatten versagt. Daran gab es nichts zu beschönigen.

Sie hatten beinahe einen halben Tag gebraucht, um Burghs Spur wieder aufzunehmen. In dieser Zeit war der finstere kleine Attentäter sehr umtriebig gewesen. Er hatte sich die Hilfe der örtlichen Kollaborationspolizei gesichert. Das Haus war von deren grau gepanzerten Beamten umstellt.

Der Marine merkte auf. Drei von Burghs Killern kamen aus dem Haus. Sie flankierten einen humpelnden Mann Ende der Sechziger. Lennox musste nicht einmal sein Fernglas bemühen. Es war ohne jeden Zweifel

Simmons, der ehemalige Graf von Rayat. Oder Apollo, das Alter Ego, unter dem ihn die Mitglieder des Zirkels gekannt hatten.

Die Männer zwangen den Adligen vor Burgh auf die Knie. Der Attentäter trat mit breitem Grinsen vor sein Opfer. Es wurden mehrere Worte gewechselt. Sollte Lennox die Körpersprache richtig interpretieren, dann bettelte Simmons soeben um sein Leben. Ohne Erfolg, wie es schien, denn der Graf kam zu dem Schluss, dass er auf jeden Fall sterben würde. Er spie Burgh mitten ins lächelnde Gesicht.

Hass verzerrte das Antlitz des Attentäters, er zog eine Waffe unter dem Jackett hervor und schoss Simmons zwischen die Augen. Der Körper des Grafen erzitterte, bevor er seitlich umkippte.

Lennox gab einen ächzenden Laut von sich. »Ich denke, wir sind hier fertig.« Er drehte sich um und stapfte wütend davon. Koch blieb dicht hinter ihm.

»Und jetzt? Was machen wir jetzt?«

»Geben Sie Barrera Bescheid. Er soll die ERNA abflugbereit machen. Wir verlassen Rayat schnellstmöglich. Onbele ist unser nächstes Ziel. Und dann sollten Sie besser beten, dass wir dieses Mal Burgh austricksen können. Falls er auch noch Kasumba vor uns erwischt, dann sind alle Hoffnungen dahin, Pendergasts Verwicklungen in Zirkel und *Konsortium* nachzuweisen.«

Natascha atmete angestrengt, als Pendergast von ihr abließ. Ihr vor Schweiß glänzender Körper fühlte sich an, als würde er nicht ihr gehören. Es war schwer, in Gegenwart dieses Schweins Leidenschaft zu heucheln. Nur die Erinnerung an all die geliebten Menschen, die sie durch ihn verloren hatte, half ihr dabei, ihren Auftrag durchzustehen.

Pendergast verschränkte mit genüsslichem Grinsen die Hände hinter dem Kopf, während er verträumt an die Decke starrte. Natascha beugte sich zu ihm hinüber und schmiegte sich in seine Arme, während sie mit seinen wenigen Brusthaaren spielte. Sie zwang sich zu einem schelmischen Lächeln. »Wow! Ich hatte gar nicht erwartet, dass jemand in deiner Position eine solche ... solche Energie hat. Wo du so viel arbeiten musst.«

Er legte den Arm um sie und streichelte ihr sanft über den Rücken. Ihr Leib reagierte mit Gänsehaut. Natascha hasste sich dafür. Es war eine rein körperliche Reaktion, die keinerlei Rückschlüsse auf einen möglichen Erregungszustand ihrerseits zulassen sollte. Dennoch lächelte Pendergast verträumt. Der Scheißkerl glaubte tatsächlich, es gefiele ihr.

»Wenn alles so weiterläuft, dann werde ich bald wesentlich mehr Zeit haben«, ging er auf ihre Frage ein. Natascha wurde hellhörig.

»Wie meinst du das?« Sie bemühte sich um einen möglichst unbedarften Tonfall. Pendergast sollte auf keinen Fall mitkriegen, wie sehr sie gerade nach solchen Informationen hungerte.

»Der Krieg entwickelt sich nicht schlecht«, erzählte er weiter. Der Mann befand sich in einem solch entspannten Zustand, dass er einfach drauflosplapperte.

»Ich dachte, die Dinge sind für unsere Soldaten in letzter Zeit nicht einwandfrei gelaufen.«

Sie bemerkte, wie sich Pendergasts Muskeln versteiften, und wusste im selben Moment, dass sie zu weit gegangen war.

»Woher weißt du das?«, wollte er in scharfem Tonfall wissen.

»Das erzählt man sich hinter vorgehaltener Hand«, beeilte sie sich, eine Erklärung zu liefern. »Auf der Straße.«

Pendergast sank mit dem Kopf zurück auf das Kissen, offenbar zufrieden mit der Begründung, wenn auch nicht mit dem Wissensstand, den seine neue Gespielin offenbarte.

»Soso, sagt man das.« Er zuckte die Achseln. »Nun gut, eine Weile lief es nicht zufriedenstellend, zugegeben. Aber es sind Pläne angelaufen, um das geradezubiegen. Der Krieg wird nicht mehr lange dauern. Dann können wir uns an den Wiederaufbau machen und die Eingliederung der besetzten Gebiete in die Republik.« Er grinste breit. »Und wenn Technologie und Rüstungsbetriebe des Königreichs erst mal Teil unserer Kriegsmaschinerie sind, wer weiß, wohin uns unser Weg führt?«

Damit hatte Pendergast an und für sich völlig frei zugegeben, dass der Krieg gegen das Königreich erst der Anfang war. Seine Pläne führten noch zu weitaus größeren Eroberungen. Mit dem Vereinigten Kolonialen Königreich wollte der ruhmreiche Präsident der Solaren Republik lediglich den gefährlichsten potenziellen Gegner gleich zu Anfang ausschalten.

MacTavishs Einschätzung traf voll ins Schwarze. Männer redeten ungezwungen, wenn sie sich vergnügt hatten.

Es klopfte an der Tür. Zaghaft zwar, aber auch entschlossen, sich nicht abweisen zu lassen.

»Ach, verdammt!«, fluchte der Präsident. »Man hat wohl nie seine Ruhe.« Er löste sich von ihr, erhob sich und streifte schnell einen edlen Bademantel über. Noch während er die Kordel an der Taille verschnürte, watschelte der Mann zur Tür.

»Schlaf ruhig weiter!«, forderte er sie auf. »Bin gleich wieder da.«

Natascha gähnte herzhaft, streckte sich und wälzte sich auf die andere Seite, um vorzugeben, sie würde seinen Rat befolgen.

In Wirklichkeit wartete sie, bis Pendergast den Raum verlassen hatte. Der Mann war so unbekümmert, dass er die Tür einen Spaltbreit offen ließ. Ein schmaler Lichtstreifen fiel herein und beleuchtete das Zimmer geringfügig.

Natascha stieg behutsam aus dem Bett. Sie nahm ein kleines Aufzeichnungsgerät aus ihrer auf dem Boden liegenden Handtasche und schlich zur Tür. Sie achtete darauf, kein unnötiges Geräusch zu verursachen. Mit einem Auge spähte sie durch den Schlitz und aktivierte das Gerät. Pendergasts Assistent Peter Mulligan stand seinem Dienstherrn gegenüber und erstattete Bericht. Dieser schien hin- und hergerissen zwischen Zufriedenheit und Zorn.

»Dann ist es also vorbei?«, vergewisserte er sich.

»Noch nicht ganz, Sir. Gordens Bericht besagt, dass er das Tirold-System abgeriegelt und dadurch einen erheblichen Anteil der royalen Raumstreitkräfte festgenagelt hat. Allerdings weigern sich die Royalisten hartnäckig, eine offene Schlacht anzunehmen. Sie weichen ihm aus. Bis auf vereinzelte Gefechte hat Gorden noch nichts vorzuweisen. Er hält die Lagrange-Punkte besetzt und wartet darauf, dass die königlichen Streitkräfte zu ihm kommen.«

»So, er wartet also!«, platzte es aus dem Präsidenten heraus.

»Das hat er gesagt«, bestätigte der Assistent.

»Dieser Idiot soll aufhören, Spielchen zu spielen. Ich will, dass die Royalisten vernichtet werden. Gründlich und endgültig. Damit wir ihren Prinzen endlich zur Strecke bringen können. Wenn die Verbände, die sie nach Tirold geschickt haben, erledigt sind, dann steht Calvin mit dem

Rücken zur Wand. Er hat dann kaum noch etwas, auf das er sich stützen kann. Diese Schiffe sollen zerstört werden. Umgehend! Lassen Sie Gorden das wissen.«

Pendergast spuckte Gift und Galle. Während seines Vortrags spritzten feine Speichelfäden in Mulligans Richtung. Einige davon landeten auf dessen makellosem Anzug. Das Gesicht des Mannes verzerrte sich angewidert. Pendergast tat so, als würde er davon nichts mitkriegen.

»Ich setze noch heute Abend eine entsprechende Depesche ab. Sie wird Gorden in weniger als zwei Tagen erreichen.«

»Machen Sie es dringend. Er soll die Angelegenheit schnellstmöglich zu einem Ende bringen. Die Invasion dauert schon viel zu lange. Länger, als irgendeiner unserer Analysten prognostiziert hat.« Der Präsident beruhigte sich nur langsam. Er war leicht reizbar und aufbrausend. Unter Umständen konnte man das zukünftig benutzen. Die Besprechung war aber noch nicht zu Ende. Natascha spitzte die Ohren.

»Es gibt aber auch Positives zu berichten.«

»Lassen Sie hören.«

»Der örtliche Widerstand hat durch verschiedene Aktionen versucht, die Invasion der Royalisten zu unterstützen. Sie haben sich zu weit aus der Deckung gewagt. Unsere Truppen gelang es, einen erheblichen Teil ihrer operativen Kräfte zu eliminieren. Julia Alexjewitsch ist zwar immer noch auf der Flucht, aber ihre Liquidierung ist nur eine Frage der Zeit.«

»Wenigstens etwas«, stimmte Pendergast zu. »Was ist mit Sheppard?«

»Sitzt immer noch über Castor Prime. Dort hält er die Position und leckt seine Wunden. Sheppards Geschwader wurden aber in den vergangenen Kämpfen schwer dezimiert. Soll ich Verstärkung schicken?«

Pendergast überlegte. »Keine Schiffe oder Truppen. Die sind vorerst für Gorden vorgesehen. Aber überlassen Sie ihm einige Vorräte, um seine beschädigten Einheiten wieder halbwegs gefechtsklar zu kriegen. Das dürfte vorläufig helfen, sein verletztes Ego ein wenig zu streicheln. Soll er sich den Arsch bei Castor Prime platt sitzen. Der Mann hatte seine Chance. Jetzt wird Gorden den Ruhm ernten, das Königreich endgültig niedergerungen zu haben.« Der Präsident lachte kurz auf. »Ist mir sowieso lieber. Sheppard war beliebt. Nicht nur bei seinen Truppen, sondern auch in der Öffentlichkeit. Seine Niederlagen machen es leichter, ihn über kurz oder lang abzusägen.« Pendergast rieb sich über das Kinn. »Möglicherweise haben mir Prinz Calvin und Blackburn sogar einen Gefallen getan, indem sie ihn durch den Fleischwolf drehten. Das liefert mir den perfekten Vorwand, ihn aus dem Verkehr zu ziehen und durch jemanden zu ersetzen, auf dessen Loyalität ich vertrauen kann. Möglicherweise erhält Gorden das alleinige Oberkommando, sobald sich der Rauch verzogen hat. Das wäre auch ein gangbarer Weg. Aber das habe ich noch nicht entschieden.«

Mulligan nicke ergeben. »Dann soll es also Nachschub sein. Ich schicke ihm etwas aus den Depots in Saigon.«

Pendergast schüttelte den Kopf. »Diese Vorräte sind für die Offensive gegen Taireen vorgesehen. Das Zeug können wir ihm nicht schicken.« Der Präsident überlegte kurz. »Weisen Sie ihm die Ausrüstung aus Rio de Janeiro zu.«

Mulligan runzelte die Stirn. »Man kann die Vorräte aber kaum nützlich nennen. Viele der Fahrzeuge waren zum Ausschlachten, zum Verschrotten oder zur Reparatur vorgesehen.«

Pendergast zuckte die Achseln. »Und wenn schon! So wie es aussieht, wird Sheppard ohnehin nicht mehr viel kämpfen müssen. Jedenfalls nicht, wenn Gorden seinen verdammten Job richtig macht.« Der Präsident seufzte. »War's das?«

Mulligan neigte den Kopf. »In der Tat. Dann will ich Sie nicht länger von Ihrem Bett fernhalten.« Er grinste anzüglich. »Wird uns die junge Dame morgen verlassen?«

»Keineswegs. Sorgen Sie dafür, dass Sie ein Zimmer hier im Palais bekommt. Ich will sie ständig in meiner Nähe haben.«

Mulligan zog eine Augenbraue hoch. »Also was Ernstes?«

»So weit würde ich nicht gehen. Aber sie gefällt mir. Mal sehen, wo die Sache hinführt.« Er machte eine Bewegung mit der rechten Hand. »Sie können gehen, Peter.«

»Gute Nacht, Herr Präsident!«, verabschiedete sich der Assistent und verließ den Vorraum. Natascha deaktivierte das Aufzeichnungsgerät und begab sich so schnell wie möglich zurück ins Bett.

Sie war kaum unter das Laken gekrochen, als die Tür quietschend aufging, und kurz darauf spürte die Widerstandskämpferin, wie Pendergast neben dem Bett stand. Seine Hand streichelte die Wölbung ihres Halses.

Sie gab vor, soeben wieder aufzuwachen. Natascha lächelte ihn verträumt an. »Na? Ist deine ach so wichtige Besprechung vorüber?«

Er nickte.

»Ist alles zu deiner Zufriedenheit verlaufen?«

Sein Grinsen wurde breiter. »Ich kann nicht klagen.« Seine Hand rutschte tiefer. »Wo waren wir?«

Natascha zog ihn zu sich herab. Sie heuchelte Leidenschaft, aber die gesamte Zeit über, dachte sie fieberhaft darüber nach, wie sie die Informationen MacTavish zuspielen konnte und wie sich diese am besten gegen Pendergast verwenden ließen.

13

Kowaljenkow machte durch energisches Winken auf sich aufmerksam. Julia bemerkte es und führte ihre dezimierte Truppe in seine Richtung. Hinter ihr vernahm sie das charakteristische Röhren von Rotorblättern solarischer Kampfhubschrauber. Nur Sekunden später brachen drei der tödlichen Kampfmaschinen zwischen den Ruinen der Hochhäuser im Tiefflug über die Straße herein.

Laser- und Projektilwaffenfeuer fegte durch die Luft. Zwei von Julias Männern wurden getroffen. Zahlreiche Einschläge malträtierten die Körper der zwei Unglücklichen, bevor sie blutend auf dem Asphalt aufschlugen.

Zwei Raketen zischten über Julias Kopf hinweg und erwischten einen der Helikopter in der seitlichen Panzerung. Die Maschine verging unter donnerndem Getöse und prallte brennend in ein Gebäude. Julia spürte die Hitze im Nacken.

Sie sprang mit ihren Gefährten über einen Schuttberg und blieb schwer atmend neben Kowaljenkow liegen. Automatische Waffen erwachten knatternd zum Leben.

Der Major bedachte sie mit einem besorgten Ausdruck in den Augen. »Alles in Ordnung?«

Julia rollte sich herum und brachte ihr Sturmgewehr in Anschlag. »War nie besser«, erwiderte sie sarkastisch. Solarische Marines rückten gegen ihre Stellung vor. Man konnte von denen halten, was man wollte, aber sie verstanden ihren Job auf jeden Fall. Drei Widerstandskämpfer fielen unter den gezielten Salven der Gegner. Julias Kämpfer leisteten erbitterten Widerstand. Zwei der Marines gingen unter zahlreichen Einschlägen zu Boden. Der Rest von ihnen suchte eilig Deckung. Es entbrannte ein heftiges Feuergefecht. Keine der beiden Seiten befand sich momentan im Vorteil. Die Gräfin von Tirold gab sich allerdings keinerlei Illusionen hin. Die Solarier würden bald schon mit ihnen kurzen Prozess machen. Die

Besatzungssoldaten warteten lediglich auf ausreichend Verstärkung. Sobald diese eintraf, würden sie mit dem Widerstand den Boden aufwischen. Zwei Helikopter brausten aus allen Rohren feuernd über sie hinweg. Das Projektil eines Gaußgeschützes schlug mit Schallgeschwindigkeit hinter ihr ein und stanzte ein Loch von gut und gerne fünf Metern Tiefe in den Boden.

»Schon was von Danlyo gehört?«, fragte sie den neben ihr hockenden Major. Dieser schüttelte den Kopf, während er angestrengt durch die Optik nach geeigneten Zielen Ausschau hielt.

»Kein Wort, seit dieser Zauber begonnen hat.«

»Und von unseren Freunden?« Um zu bekräftigen, wen sie meinte, warf sie einen kurzen, verzweifelten Blick Richtung Himmel.

Kowaljenkow sagte daraufhin kein Wort, presste die Lippen aufeinander. Mehr musste Julia nicht wissen. Es gab auch keine Nachrichten von den königlichen Verbänden. Wenn sie die aktuelle Situation richtig interpretierte, dann hatten die gerade alle Hände voll zu tun und waren kaum in der Lage, einer Bande zusammengewürfelter Freiheitskämpfer unter die Arme zu greifen. Nein, sie standen allein da.

Das Geräusch von Rotorblättern ließ sie aufhorchen. Die Helikopter kamen zurück. Lange würden sie sich nicht halten können. Nun stand nicht mehr die Frage im Raum, ob es ihnen gelang, dem Gegner wehzutun, sondern vielmehr, ob einer von ihnen diesen Tag überleben würde.

»Feindliche Jägerwelle im Anflug!«, meldete Dombrowski in ruhigem Tonfall.

»Defensivwand aufbauen!«, ordnete Dexter an. Der Flaggleutnant gab die Anweisung weiter. Eine Vielzahl kleiner Symbole löste sich von der königlichen Flotte und formierte sich in der Stoßrichtung der gegnerischen Attacke. Die Jagdgeschwader des Königreichs stellten sich dem Gegner in mehreren Wogen entgegen, was auf dem Hologramm beinahe wie eine Wand wirkte.

Sobald die solarischen Einheiten nahe genug waren, begann der Tanz. Raketen und Laserimpulse zuckten zwischen beiden Verbänden durch den Raum. Symbole erloschen unwiederbringlich.

Dexter durfte gar nicht daran denken, dass jedes davon das Ende eines Lebens darstellte. Der Kampf dauerte nur Minuten, dann drehten die gegnerischen Geschwader wieder ab. Aber unerheblich, wie kurz das Gefecht auch gewesen war, es hatte mehr als zweihundert ihrer Piloten das Leben gekostet. Dass sie dem Feind einen doppelt so hohen Blutzoll abverlangt hatten, stellte da nur einen Trostpreis dar.

Dennoch war die Auseinandersetzung erfolgreich verlaufen. Es war dem Gegner nicht gelungen, zu den Großkampfschiffen durchzubrechen.

Melanie verließ ihren Posten neben dem Kommunikationsoffizier und gesellte sich zum Flottenbefehlshaber an den Holotank. »Wir haben eine Verbindung.«

Dexter seufzte erleichtert auf. »Stell ihn durch.«

Melanie nickte dem Komoffizier zu und einen Augenblick später, sah Dexter in die besorgten Gesichter von Commodore Dimitri Sokolow, Admiral Simon Lord Connors, Major General Sabine Dubois, Konteradmiral Oscar Sorenson sowie Prinz Calvin. Letzter sah aus, als hätte er seit einer Woche nicht mehr geschlafen.

Die Verbindung flackerte unentwegt, blieb aber stabil. Sobald die Störungen nachließen, trat der Prinz nach vorne. »Bericht!«, forderte er.

»Mein Prinz«, begann Dexter. »Ich übernehme für das Fiasko die volle Verantwortung.«

Prinz Calvin winkte ab. »Es geht mir nicht um Schuldzuweisungen, sondern darum, wie wir das Beste aus der Situation machen. Also erzählen Sie: Wie ist die Lage?«

»Wir haben keine Informationen, wie es dem Widerstand ergeht. Der Kontakt zu Tirold III ist vollständig abgerissen. Gorden hält sämtliche Lagrange-Punkte besetzt. Wir haben uns systemeinwärts zurückgezogen. Noch verzichtet er darauf, uns ernsthaft zu verfolgen. Ich denke, er hofft, uns zu einem Angriff auf die Lagrange-Punkte verleiten zu können.«

»Wäre das machbar?«, wollte Connors wissen.

Dexter neigte leicht den Kopf zur Seite. »Ungern«, gab er zu. »Ein Durchbruchsversuch wäre mit hohen ... sehr hohen Opfern verbunden. Gorden besitzt allein an Zahl doppelt so viele Schiffe wie ich. Und ich befürchte, auch die Tonnage ist um ein Vielfaches höher. Das Problem ist, wir können uns einem Kampf mit ihm nicht ewig entziehen. Er greift meine Einheiten unentwegt mit umfangreichen Jagdverbänden an. Bisher können wir seine Angriffe abwehren. Aber Gorden besitzt Nachschub und die Möglichkeit, beschädigte Einheiten zu reparieren. Ich verfüge über beides nicht. Ein Versuch, zu den Lagrange-Punkten durchzukommen, ist über kurz oder lang gesehen unsere einzige Überlebenschance.«

»Wie wäre es, wenn du einen der beiden bewohnten Planeten unter Druck setzt?«, mischte sich Oscar Sorenson ein. »Das könnte Gorden unter Zugzwang bringen.«

»Aber womit?«, hakte Dexter nach. »Die Bodentruppen sind nicht mit uns gekommen. Und ich bin weiß Gott froh darüber. Sie würden jetzt genauso festsitzen wie wir auch. Das Einzige, was mir einfällt, wäre ein Orbitalbombardement. Das würde zwangsläufig die Zivilbevölkerung einem hohen Risiko aussetzen. Und ich befürchte, in dieser Hinsicht haben wir schon genug angerichtet.«

Der Prinz nickte nachdenklich. Dubois sah missmutig auf. »Nur ein Entsatzangriff würde helfen.« Die Offizierin für Spezialoperationen blickte hoffnungsvoll in die Runde. Es war ausgerechnet Sorenson, der ihrer Vorstellung einen Strich durch die Rechnung machen musste.

»Dafür fehlen die Reserven. Admiral Blackburn flog mit achtzig Prozent unserer Raumstreitkräfte nach Tirold. Gorden wusste genau, was er tat. Sollte es ihm gelingen, Blackburns Flotte zu zerschlagen ...«

»... dann bricht er uns militärisch das Genick«, vollendete der Prinz den Satz. Calvin suchte Dexters Blick. »Es tut mir leid, Admiral, aber wie es scheint, sind Sie vorläufig auf sich alleine gestellt.«

Dexter nickte steif. »Ich verstehe, mein Prinz. Wir werden durchhalten so lange wie möglich.«

»Das ist Bullshit!«, wetterte Sokolow. Dexter hätte erwartet, dass der Prinz aufgrund der wenig gesellschaftsfähigen Ausdrucksweise des Piraten Anstoß nehmen würde. Überraschenderweise zauberte der Ausbruch ein Lächeln auf das Gesicht des Staatsoberhauptes. Stattdessen war es Sorenson, der die Mimik verzog, als hätte er auf eine Zitrone gebissen.

»Ja? Sie haben etwas zu der Diskussion beizutragen?«

»Wir müssen etwas unternehmen. Ein Entlastungsangriff ist die einzige Option.«

»Und womit?«, wollte der Konteradmiral wissen.

»Es sind Einheiten der *Skulls* hier und darüber hinaus meine schnellen Kampfverbände. Gemeinsam können wir eine Streitmacht von drei-, vierhundert Schiffen aufbieten.«

»Um was zu tun?«, bemerkte Connors fragend. »Mit flammenden Waffen durch die Lagrange-Punkte zu brechen?«

»Warum nicht?«, fragte Sokolow, ernsthaft um eine Lösung bemüht.

»Direkt unter die wartenden Geschütze Gordens?«, fügte der Chef des Royal Intelligence Service hinzu. »Sehr gute Idee. Machen wir Gorden und Pendergast die Sache doch noch einfacher. Darauf warten die nur.« Er schüttelte den Kopf und wandte sich an den Prinzen. »Wenn wir uns zu unbedachten Handlungen hinreißen lassen, dann spielen wir unseren Feinden in die Hände. Sollten die *Skulls* und Sokolows Geschwader vernichtet werden, dann verlieren wir damit unsere letzten Reserven und stünden einer Offensive der Solarier hilflos gegenüber.«

»Und was wäre die Alternative?«, meinte der Prinz. »Admiral Blackburn hat die meisten unserer schweren Kriegsschiffe mitgenommen. Ihr Verlust wäre eine Katastrophe.«

Der RIS-Chef neigte den Kopf. »Im Augenblick sehe ich nicht, wie wir dem Admiral aus seiner misslichen Lage helfen könnten.« Connors sah in Dexters Richtung. »Es tut mir aufrichtig leid.«

Er hätte den Mann am liebsten verdammt und ihn zur Hölle gewünscht. Leider hatte er aber recht. An seiner statt hätte Dexter nicht anders über die taktische und strategische Lage geurteilt. Es wäre ein nicht wiedergutzumachender Fehler, weitere Schiffe in eine Schlacht zu schicken, die das Königreich – Verstärkung hin oder her – sehr wohl verlieren könnte.

»Ich verstehe, Mylord«, erwiderte Dexter und benutzte Connors Adelstitel.

Dexters Gedanken rasten. Sollten seine Streitkräfte vernichtet werden, befand sich das Königreich in der Tat in einer prekären Lage. Die wenigen Werften, die es besaß, arbeiteten mittlerweile wieder im Akkord. In Zahlen bedeutete das, sie spuckten etwa zwanzig leichte Kriegsschiffe alle drei Monate aus und fünf schwere alle neun.

Bei dieser Geschwindigkeit dauerte es ewig, eine Streitmacht zu reorganisieren, die mit den Solariern gleichziehen konnte. Bis dahin wäre das Königreich ungeachtet bisheriger unerwarteter Erfolge längst überrannt. Er biss die Zähne zusammen. Irgendwie musste es gelingen, seine Leute aus Gordens Mausefalle zu kriegen. Mit dem Überleben dieser Schiffe und seiner Besatzungen stand oder fiel auch das Königreich.

Melanie beugte sich zu ihm hinüber und flüsterte in sein Ohr: »Neue Jägerwellen im Anflug von Tirold III und dieses Mal auch V.« Sie zögerte. »Und Gordens Einheiten bewegen sich.«

Dexter warf ihr einen schnellen Blick zu. »Auf uns?«

Die Geheimdienstoffizierin nickte. Der Flottenadmiral stieß einen lauten Atemzug aus. »Dann ist es also so weit: Gorden wird ungeduldig.«

»Oder er hat von oben eins auf den Deckel bekommen«, ergänzte sie.

Der Flottenbefehlshaber richtete sich auf und maß seine Gesprächspartner mit festem Blick. »Ich muss an dieser Stelle leider abbrechen, mein Prinz. Großadmiral Gorden geht mit starken Verbänden gegen uns vor.«

Prinz Calvin nickte. »Und wir werden die Lage weiter erörtern. Vielleicht finden wir eine Lösung für das vorliegende Problem.«

Dexter nickte verhalten. Er kannte Politiker gut genug, um zu erkennen, dass er es nur mit Floskeln zu tun hatte. Seine Gegenüber wussten, dass die Streitkräfte unter seinem Kommando essenziell für den weiteren Kriegsverlauf waren. Sie hatten aber nicht die geringste Ahnung, wie sie ihn heraushauen sollten. Er glaubte zu keinem Zeitpunkt, dass sie die wenigen Geschwader, über die sie noch verfügten, riskieren würden. Nicht einmal, um diese Flotte vor der sicheren Zerstörung zu bewahren. Denn in einem Punkt hatte Connors recht: Ein Entlastungsangriff würde lediglich die letzten Kampfeinheiten der königlichen Flotte in einem wahrscheinlich sinnlosen Akt der Selbstaufopferung gefährden.

Dexters Kehle war staubtrocken. Er versuchte, ein wenig Speichel zu sammeln, um seine Stimmbänder anzufeuchten. Es gelang ihm nicht. Der Flottenkommandant atmete tief ein und winkte den Flaggleutenant näher. An Melanie gewandt sagte er: »Dann zeig mal, was wir hier haben.«

Großadmiral Harriman Gorden war nicht wirklich glücklich über die erhaltene Depesche. Darin forderte Präsident Montgomery Pendergast ihn auf, umgehend gegen die royalen Verbände im Tirold-System vorzugehen und diese rücksichtslos zu vernichten.

Es wäre ihm lieber gewesen, noch zu warten, dem Gegner durch tausend feine Nadelstiche weitere Verluste zuzufügen, bevor er zum endgültigen Schlag ausholte.

Er rümpfte die Nase. Nun, sei es drum. Er hatte einen Befehl erhalten und gedachte, diesen auszuführen. Gorden ließ auf die Lagrange-Punkte verteilt etwas mehr als siebenhundert Schiffe zurück. Der Rest seiner Einheiten schwärmte fächerförmig aus und steuerte den Sektor an, in dem sich der Gegner aufhielt. Dieser Kampfverband reichte allemal aus, um die Royalisten zu vernichten. Zumal er über die höhere Anzahl an Jägern und Bombern verfügte. Das dürfte letztendlich den Ausschlag geben.

Major Lars Helwig, Gordens Adjutant eilte herbei. Er bemühte sich, es zu verbergen, nichtsdestotrotz hatte eine gewisse Aufregung von ihm Besitz ergriffen. Das geschah nicht häufig. Gorden wurde neugierig.

Der Großadmiral erwartete seinen Adjutanten mit hochgezogener Augenbraue. Der Major lächelte. »Sir? Wir haben die Aufstellung der feindlichen Flotte analysiert und eine Reihe bekannter Schiffe identifiziert.«

»Ja? Und?«

Der Major reichte seinem Befehlshaber ein Pad. »Das dürfte Sie interessieren.«

Gorden nahm das Gerät entgegen und studierte die aufgerufene Liste. Ein Name stach hervor. Der Großadmiral sah auf. »Die NORMANDY?« Er beugte sich unwillkürlich vor. »Blackburn ist hier? In meiner Reichweite?« Major Helwig nickte enthusiastisch.

In Gordens Verstand ratterte es. Das war ja wirklich zu köstlich. Der Architekt der solarischen Niederlage bei Selmondayek befand sich in seiner Falle. Dass Blackburn die Invasion Tirolds persönlich befehligen würde, hatte er nicht zu hoffen gewagt. Daraus ergaben sich eine Menge lohnender Vorgehensweisen. Blackburns Tod oder seine Gefangennahme würden die Moral des Gegners zerschmettern und die der Solaren Republik gleichzeitig in ungeahnte Höhen katapultieren.

Der Großadmiral rieb sich über das Kinn. »Markieren Sie sein Schiff als Primärziel. Es darf aber nicht zerstört werden. Bereiten Sie die Enterung der NORMANDY vor.« Gorden grinste breit. »Blackburn will ich unter allen Umständen lebendig in die Finger kriegen.« Seine Augen funkelten, als der solarische Offizier aufsah. »Haben Sie verstanden, Helwig? Dem Mann darf nichts passieren oder Sie werden sich persönlich vor mir dafür verantworten müssen.«

Der Major erbleichte und nickte abgehackt. »Die NORMANDY wird aber verdammt gut geschützt. Es wird nicht einfach werden, das Schiff zu übernehmen.«

»Nein, das wird es bestimmt nicht.« Der Großadmiral überlegte. In seinem Verstand glomm der Funken einer Idee auf. Gorden erhob sich von dem Kommandosessel. Er überragte den Adjutanten nun um Haupteslänge. »Hören Sie mir jetzt gut zu. Wir machen Folgendes ...«

14

Natascha schlenderte gelassen durch die Einkaufsmeile von Reykjavik. Ihre beiden Schatten vom Secret Service ignorierte sie dabei geflissentlich. Die Undercoveragentin spielte perfekt die Rolle des kleinen, materiell eingestellten Dummchens, das sich von seinem Sugardaddy aushalten ließ.

Tatsächlich hasste sie jede Sekunde ihres Auftrags. Es stellte sich allerdings als großer Vorteil heraus, wenn andere – allen voran Männer – sie unterschätzten und ihr den Intellekt, den sie besaß, gar nicht zutrauten.

Natascha wurde langsamer und begutachtete die Ausstellung in einem der Schaufenster. Die Läden in dieser Gegend bedienten ausschließlich die gehobenen Ansprüche der irdischen oberen Zehntausend. Die Preise der Waren, die hier angeboten wurden, waren höher als der durchschnittliche Monatsverdienst eines hart arbeitenden Bürgers der Republik.

Die Männer und Frauen, die durch diese Straße flanierten, gehörten uneingeschränkt zu Pendergasts eingefleischten Unterstützern. Der Präsident belohnte Loyalität mit Macht und Reichtum. Genau wie viele Diktatoren der Geschichte scharte er auf diesem Weg Jasager und Parasiten um sich. Der Sinn dahinter bestand darin, die eigene Macht zu zementieren. Natascha verzog die Lippen zu einem zynischen Lächeln. Am Ende würde es Pendergasts Niedergang beschleunigen. Starke Anführer umgaben sich mit starken Charakteren. Jasager waren ein Garant für das Ende eines Regimes. Die Frage war nur, wie viele unschuldige Menschen bis dahin draufgingen.

Natascha erstarrte. Im Schaufenster erblickte sie auf der anderen Straßenseite das Spiegelbild ihres Halbbruders. Andrej tat so, als würde er ebenfalls die Auslagen eines Geschäfts begutachten. Er drehte sich langsam um und nickte beinahe unmerklich in Richtung des Ladens, vor dem sie momentan stand. Er bot Mode unterschiedlichster Art für

Männer und Frauen an. Die Secret-Service-Agenten bekamen von alldem nichts mit.

Sie setzte ein nichtssagendes Lächeln auf und betrat den Laden. Die Secret Service Agenten folgten ihr aufmerksam. Gleich in der Nähe der Tür lagen Dessous aus. Natascha begann damit, diese zu begutachten. Die beiden Agenten hielten sich ein wenig abseits und tuschelten amüsiert.

Sie konnte sich sehr gut vorstellen, worum es in deren Gespräch ging. Sie mutmaßten, dass Natascha dabei war, sich auf das nächste Stelldichein mit dem Präsidenten vorzubereiten. Sollten sie das ruhig denken. Ihr wahres Vorhaben blieb dadurch im Verborgenen.

Andrej betrat das Geschäft und begann, bei der Mode für Männer zu stöbern. Die Agenten streiften ihn mit beiläufigem Blick. Er wirkte aber dermaßen unscheinbar, dass sie seine Anwesenheit schnell als unbedrohlich abhakten.

Natascha suchte sich in aller Ruhe ein paar passende Stücke aus und begab sich in die Umkleidekabine. Anstatt ihre Ausbeute anzuprobieren, zog sie einen Speicherstick aus einer eingenähten Innentasche ihrer Bluse. Sie überlegte kurz und verbarg ihn dann in einem schmalen Schlitz unterhalb des großen Spiegels. Sie war überzeugt davon, Andrej würde ihn finden.

Das Speichergerät umfasste alle in letzter Zeit gesammelten Informationen, vor allem das aufgezeichnete Gespräch zwischen dem Präsidenten und Mulligan. MacTavish und Kilgannon würden wissen, wie man dieses am besten nutzte, um die Kriegsanstrengungen der Solaren Republik zu untergraben.

Natascha wartete eine angemessene Zeitspanne und verließ dann die Garderobe wieder. An der Kasse übergab sie die Dessous der höflich lächelnden Verkäuferin, die den Preis eines jeden Stückes einscannte. Als der ziemlich hohe Gesamtbetrag angezeigt wurde, warf Natascha einem der Agenten einen auffordernden und, wie sie hoffte, hochmütigen Blick zu. Dieser seufzte genervt auf und zückte seine Kreditkarte. Sie beinhaltete kein Limit und lautete auf den Namen Pendergast.

Hocherhobenen Hauptes verließ die Undercoveragentin den Laden, gefolgt von den beiden Secret-Service-Agenten, die miteinander feixten. Sie wandte den Kopf halb zur Seite und erhaschte noch einen Blick auf ihren Halbbruder, der die Umkleidekabine aufsuchte, in der sie ihre Informationen verstaut hatte. Das war besser gelaufen als erwartet. Unter Umständen ließ sich das Geschäft sogar als dauerhafter toter Briefkasten einrichten. Natascha verbarg gekonnt ihr Lächeln, als sie weiter die Straße hinabschlenderte.

Andrejs Herz klopfte immer noch bis zum Hals, als er zum Stützpunkt des Widerstands in Hamburg zurückkehrte. Er war gelinde gesagt überrascht, Rodney MacTavish und Patrick Kilgannon vorzufinden. Die zwei führenden Mitglieder des Widerstands wurden überall gesucht. Wenn sie in diesen gefährlichen Zeiten reisten, dann ordneten sie seiner Mission tatsächlich eine hohe Bedeutung bei.

Die Männer unterhielten sich gedämpft in der kleinen Behausung, sahen aber auf, als der Kurier eintrat. MacTavish stützte sich gerade auf einen Tisch. Er erhob sich, während Andrej auf sie zutrat.

»Hat alles geklappt?«, wollte der ehemalige RIS-Agent wissen.

»Alles bestens«, versicherte Andrej grinsend. »Mann, das war aufregend!«

Kilgannon betrachtete ihn missbilligend. »Ich kann mir gut vorstellen, dass das Ganze erregend für dich war, aber es geht vor allem darum, seinen Job gut zu machen. Wir sind nicht dafür da, dein Leben abenteuerlich zu gestalten.« Andrej senkte verschämt den Blick. Um seinen Worten die Schärfe zu nehmen, zwinkerte der Pionier dem jungen Mann aufmunternd zu.

MacTavish verlor die Geduld. Er schnippte mit den Fingern. »Wo ist es?«

Andrej holte den Speicherstick hervor. MacTavish nahm ihn entgegen und steckte diesen in sein Pad. Gemeinsam lauschten sie den Stimmen Mulligans und Pendergasts. Am Ende der Aufzeichnung angekommen, pfiff Kilgannon anerkennend.

»Heilige Scheiße, was für brisantes Zeug!«

»Allerdings«, stimmte MacTavish zu. »Sheppard muss in Pendergasts Meinung wirklich abgesunken sein. Er versorgt ihn nur noch mit minderwertigem Zeug.«

Kilgannon nickte. »Und er versagt ihm Verstärkung, um Castor Prime zu sichern.« Er runzelte die Stirn. »Was mir aber Sorgen macht, ist der Bericht zu Tirold. Wenn auch nur die Hälfte davon stimmt, dann ist Blackburn in Schwierigkeiten.«

»Und mit ihm die Flotte des Königreichs.« MacTavish biss sich auf die Unterlippe. »Connors muss davon erfahren. Wir schmuggeln diese Informationen aus der Republik heraus.«

»Wie?«

»Kabayashi. Unser Oyabun-Freund hat sicherlich Mittel und Wege, um das zu bewerkstelligen.«

»Und ich kontaktiere einige andere Widerstandsgruppen«, bot sich Kilgannon hilfreich an. »Wenn wir die Nachschubdepots in Saigon aus dem Spiel nehmen, dann können wir möglicherweise die Offensive gegen Taireen verzögern oder sogar verhindern.«

»Gute Idee«, meinte MacTavish. »Wir greifen Pendergast auf beiden Ebenen an. Mit etwas Glück destabilisieren wir dadurch seine Regierung.«

»Und was mache ich?«, wollte Andrej wissen.

Die beiden Anführer wandten sich ihm mit einem Gesichtsausdruck zu, als hätten sie komplett vergessen, dass der Kurier überhaupt existierte.

»Du hältst dich bedeckt«, befahl ihm MacTavish. »Warte auf Nachricht von deiner Schwester. Ich habe so das Gefühl, dass sie uns in absehbarer Zeit noch mehr Informationen liefern wird. Und für diesen Moment müssen wir bereit sein.«

15

Major Melanie St. John deutete auf die Aufstellung feindlicher Kräfte, die auf sie zuhielt. Dexter nickte angestrengt. »Ja, ich sehe es.«

Flaggleutnant Daniel Dombrowski runzelte die Stirn. »Ich kann Ihnen nicht folgen.«

Dexter deutete auf das Hologramm. »Gordens Einheiten preschen mit zu hoher Geschwindigkeit auf uns zu. Einige seiner schwereren Einheiten können nicht mithalten und fallen zurück. Dadurch sind Lücken in seiner Formation entstanden.«

Dombrowski umrundete den Holotank. Der Mann wirkte nachdenklich. »Wir könnten durch diese Löcher zu den Lagrange-Punkten durchbrechen. Gorden kann nicht schnell genug reagieren, um uns aufzuhalten.« Dombrowski lächelte. »Der Großadmiral hat seinen ersten großen Fehler begangen.«

Einige der anwesenden Offiziere auf der Flaggbrücke nickten zustimmend. Eine Aura des Optimismus verbreitete sich, von der sich Dexter nicht anstecken ließ.

»Ja«, sinnierte er vor sich her. »Ja, das wäre schön.«

Melanie musterte ihn mit hochgezogener Augenbraue. »Du hältst es für eine Falle.«

»Ich wäre wirklich sehr überrascht, wenn es keine wäre. Wir sitzen praktisch auf dem Präsentierteller und plötzlich offeriert uns der Großadmiral diesen Ausweg? Jemand vom Format eines Harriman Gorden begeht solche Fehler nicht. Der Mann hat es an die Spitze des stärksten Militärs der besiedelten Welten geschafft. Man erreicht diesen Posten nicht, wenn man sich zu einer solchen Dummheit hinreißen lässt.« Er biss sich leicht auf die Unterlippe. »Sobald wir versuchen, seine Linie zu durchbrechen, wird er dichtmachen und hat uns genau dort, wo er uns haben will. Ich würde nur sehr ungern diesem Mann ein zweites Mal ins Netz gehen. Aber ich sehe kaum eine Alternative.«

Melanie richtete ihr Augenmerk zurück auf das Hologramm. »Ob ihm klar ist, dass wir die Falle wittern?«

»Darauf kannst du wetten. Aber er weiß auch, dass wir gar keine Wahl haben. Den Köder anzunehmen, ist unsere einzige Hoffnung. Vielleicht schaffen es einige Schiffe tatsächlich zu entkommen.«

»Selbst wenn, dann haben sie es immer noch mit den Befestigungen und Kampfeinheiten zu tun, die der Großadmiral zurückgelassen hat.«

Dexter nickte angespannt. »Ein Problem nach dem anderen. Wir können Gorden nicht in einer offenen Schlacht schlagen. Mir fällt keine Möglichkeit ein, die uns den Sieg bringen würde. Irgendwie zu den Lagrange-Punkten zu kommen, ist alles, was uns bleibt.«

»Du sprichst von einer Verzweiflungstat«, entgegnete Melanie unheilvoll.

»Wir haben keine anderen Optionen mehr.« Dexter sah auf. »Daniel? Alarmbereitschaft für die gesamte Flotte. Wir versuchen es.«

Captain Nigel Darrenger und die 113. Bomberstaffel verließen das Startdeck des Trägers HMS SABERTOOTH und gingen sofort in eine enge Formation über.

Links und rechts sowie ober- und unterhalb bezogen Hunderte von Jägern und Bombern Position, um sich dem Gegner zu stellen. Darrenger behielt ein Auge ständig auf den Scanner gerichtet.

Wie schon bei etlichen Angriffen zuvor näherten sich von den Planeten Tirold III und V Schwärme feindlicher Jagdmaschinen. Dieses Mal würden sie kaum eine Rolle spielen. Zumindest nicht in der Anfangsphase der Schlacht.

Sie erreichten das Kampfgeschehen erst, volle drei Stunden nachdem die royalen Verbände auf den Gegner getroffen waren. Wenn sie bis dahin die solarischen Linien noch nicht durchbrochen hatten, dann würde das auch nichts mehr werden. In dem Fall waren sie ohnehin erledigt und mussten sich um Gordens Verstärkungseinheiten keine Sorgen mehr machen. Es war sehr gut möglich, dass deren spätes Erscheinen auf dem Schlachtfeld auch durchaus Methode hatte. In diesem Fall gehörten sie zu einer zweiten Welle von Angreifern, die den Sack zumachen sollten, um die Royalisten endgültig zu erledigen. Darrenger schob den Gedanken weit von sich. Hätte er diese Schlussfolgerung bis zu ihrem unwiderruflichen Ende verfolgt, so hätte er sich der Verzweiflung ergeben.

Ein kurzer Ton informierte ihn über das Eindringen feindlicher Kräfte in Sensorreichweite. Sein Blick zuckte nach unten zum Scanner. Am oberen Rand des Erfassungsbereiches tauchten nun weitere Kampfmaschinen des Feindes auf. Und dahinter kamen gleich die Großkampfschiffe.

»Hier Viper eins an alle Geschwader«, vernahm Darrenger die Stimme von Lieutenant Colonel Aaron Burke, dem ranghöchsten Piloten der Flotte. »Unsere Aufgabe besteht darin, einen Korridor durch die Jäger zu schießen, damit die Bomber den ersten Treffer landen können. Das wird es für Admiral Blackburns Großkampfschiffe wesentlich einfacher machen. Lasst euch nicht aufhalten und auf keinen Fall ablenken. Bleibt fokussiert. Viper eins Ende.«

Die Viperstaffel übernahm die Sturmspitze. Beide Seiten folgten unbeirrt den Angriffsvektoren. Die Nervosität in seinem Inneren nahm zu und er fragte sich, ob es den solarischen Piloten ebenso erging.

Es dauerte fünfzig Minuten, bis die Geschwader der Kriegsparteien nahe genug waren, um mit dem Beschuss zu beginnen. Die Jäger und Jagdbomber zögerten von dem Moment an keine Sekunde.

Der Geschosshagel fing mit den Raketen an, die Waffe der Wahl für das Langstreckenduell mit anderen Jagdmaschinen.

Beide Seiten setzten elektronische Kriegsführung ein. Fast die Hälfte der Geschosse verlor die Zielerfassung und trudelte davon. Wiederum andere detonierten und das All zwischen den Parteien wurde erleuchtet von Hunderten Detonationen – dann erfolgten die ersten Einschläge. Jäger zerplatzten in spektakulären Explosionen. In Darrengers unmittelbarer Nähe wurden zwei Sabers und zwei Gladius zerstört. Einer der Bomber gehörte sogar zur 113. Staffel.

Der Schlagabtausch schien eine Ewigkeit anzudauern. In Wirklichkeit handelte es sich um weniger als dreißig Minuten. Dann unterschritten die Kampfjäger die Fernkampfdistanz und es ging in den Nahkampf über.

Das obere Deckgeschütz sowie die in den Tragflächen montierten Laser des Gladius feuerten, sobald sich ein Gelegenheitsziel ergab. Ansonsten folgte Darrenger aber der vorgegebenen Flugbahn, während die königlichen Jäger die Bomber bei ihrem Anflug eskortierten. Zeitweise war es schwierig, sich zurechtzufinden. Ringsherum herrschte ein Chaos aus durchs All fauchender Laserenergie und explodierenden Jagdmaschinen.

Unmittelbar voraus zerbarst einer der Sabers. Darrenger wich seitlich aus, konnte aber nicht verhindern, dass ein Trümmerteil die Backbordpanzerung des Gladius aufschnitt wie ein Skalpell. Zwei rote Warndioden glühten. Eine Treibstoffleitung war beschädigt. Brennbare Flüssigkeit trat in Schüben aus. Darrenger versiegelte das Rohr und leitete den kompletten Treibstoff über die Steuerbordleitung. Er hoffte nur, dass sie nicht noch einen solchen Treffer verbuchen mussten. Sonst würde das ein recht kurzer Ausflug.

Das Gefecht flaute ab. Darrenger sah überrascht auf. Man hätte beinahe den Eindruck gewinnen können, die Schlacht wäre von einer Sekunde zur nächsten zu einem Ende gekommen. Tatsächlich aber befanden sich die 113. Staffel und ihr Geleitschutz im Auge des Sturms. Einem Bereich, in dem es für den Moment so gut wie keine Feindaktivität gab. Darrenger wusste aber, dass dieser Zustand nicht lange anhalten würde.

Voraus öffneten sich die feindlichen Linien und die königlichen Verbände waren durch. Solarische Großkampfschiffe tauchten in rauen Mengen auf. Die Jägerpiloten hatten ihren Job erledigt und die Bomber durchgebracht. Nun waren sie an der Reihe.

»David?«, sprach er seinen Waffensystemoffizier direkt an. »Die Torpedos scharf machen. In weniger als zwölf Minuten geht's los!«

Die NORMANDY wurde von mehreren Geschosssalven schwer getroffen. Dexter befand sich so tief in den Eingeweiden des Schiffes, dass er von den Einschlägen kaum etwas mitbekam. Auf der Kommandobrücke oder auf den Decks unterhalb der Außenhülle musste es jedoch sein wie in der Hölle.

Subcommodore Dominik Krüger machte seine Sache allerdings ausgezeichnet. Er kommandierte das Flaggschiff mit großem Geschick. Das war auch kein Wunder, hatte der Mann in den letzten Jahren doch einiges an Erfahrung gegen das *Konsortium* und anschließend gegen die Solarier hinzugewonnen.

Die royalen Verbände rückten mit vier Spitzen vor. Eine jede davon zielte auf eine von Gorden offen gelassene Bresche innerhalb seiner eigenen Formation. Die Gladius-Bomber fielen über die Solarier her wie ein Rudel Wölfe über eine Schafherde. Obwohl sich der Gegner mit allem wehrte, was ihm zur Verfügung stand, torpedierten Dexters Geschwader ihn unaufhörlich.

Die Solarier verloren nacheinander vier Schlachtschiffe und ebenso viele Schwere Kreuzer und Angriffskreuzer. Als wäre das noch nicht genug, zerbarst eines ihrer Großschlachtschiffe, nachdem die königlichen Bomber hintereinander drei Angriffe gegen das gewaltige Schiff geflogen waren.

Dexters Verbände rückten unaufhörlich feuernd vor. Auf ihrem Weg ließen sie Wracks eigener zerschmetterter Kampfraumer zurück. Nach weniger als einer Stunde gingen sie zum Nahkampf über. Energiestrahlen und Gaußprojektile zuckten zwischen den kämpfenden Giganten hin und her.

Die NORMANDY nahm einen vor ihrem Bug kreuzenden Träger aufs Korn. Ein Projektil aus einem der Gaußgeschütze traf das Startdeck und zermalmte auf seinem Weg Besatzungsmitglieder und feindliche Jagdmaschinen. Ein zweites Gaußprojektil vollendete das Zerstörungswerk und riss den Träger praktisch auseinander.

Die NORMANDY rückte weiter vor und nahm die Position ein, die der solarische Träger vorher innegehabt hatte. Die Lichtwerferbatterien des mächtigen Kriegsschiffes teilten in alle Richtungen gewaltige Schläge aus. Geschwader um Geschwader folgte dem Flaggschiff in den Mahlstrom aus Energie und Zerstörung.

Mit seiner umfangreichen Bewaffnung schlitzte die NORMANDY erst einen Angriffskreuzer, danach einen Zerstörer und eine Eskortfregatte auf. Der Kreuzer war schwer genug gepanzert, um der Attacke verhältnismäßig gut zu widerstehen. Bei seinen Begleitern sah die Sache anders aus. Nacheinander zerbrachen sie unter der enormen Belastung. Der Zerstörer spie in schneller Folge Rettungskapseln aus.

Die Kampfverbände des Königreichs sickerten in die solarischen Stellungen ein. Sobald die ersten Sturmspitzen Gordens Linien penetrierten, bemerkte Dexter eine subtile Änderung in der feindlichen Aufstellung. An den Flanken sowie ober- und unterhalb der Kampfzone rückten

leichte solarische Verbände vor, unbehelligt von den erbarmungslosen Gefechten.
»Jetzt beginnt es«, merkte Dexter an.
Melanie nickte. »Soll ich den Befehl geben?«
»Noch nicht.« Dexter wartete angespannt. Die Verlockung war groß, Gorden in die Suppe zu spucken. Aber die Order zu früh zu erteilen, würde den Plan in seiner Gesamtheit gefährden. Die Minuten vergingen quälend langsam. Die Royalisten und Solarier lieferten sich die blutigste Schlacht seit Selmondayek, und obwohl zahlenmäßig im Vorteil, erlitten Gordens Einheiten die weitaus höheren Verluste. Dies lag darin begründet, dass er seine Leute mit dem Kopf voran gegen Dexters Einheiten anstürmen ließ. Trotzdem neigte sich das Kampfglück langsam in Richtung des Großadmirals. Er besaß die größeren Ressourcen und Reserven.

Die leichten Kampfverbände hatten Dexters Einheiten beinahe eingeschlossen. Auf Gorden musste es so wirken, als würde sein Plan Früchte tragen. Dexter stellte sich vor, wie sich das Hochgefühl des Siegers in dem Großadmiral einstellte. Es war ein Moment des Triumphs, in dem er seine Aufmerksamkeit nicht länger umfänglich dem Schlachtverlauf widmete. Und genau auf diesen Augenblick hatte der königliche Flottenbefehlshaber gewartet.

Er nickte Melanie zu, ohne den Blick vom Hologramm zu nehmen. »Jetzt!«

Die Geheimdienstoffizierin sah dem Flaggleutenant in die Augen. Dombrowski verstand. »Geben Sie das Signal an alle mobilen Kampfverbände!«, bellte er den Offizier an der Kommunikation an.

Unter mobilen Kampfverbänden verstand man bei einer Raumflotte die Jagd- und Bombergeschwader. Kaum war der Befehl gegeben, da änderte sich deren Verhalten schlagartig. Wo sie soeben noch die Großkampfschiffe entlang der Front attackiert hatten, da wandten sie sich nun als kompletter Verband der rechten Flanke zu. Hunderte Kampfmaschinen stürmten die überraschten solarischen Stellungen und überfluteten diese mit einem Sturm an Laserenergie, Raketen und Torpedos.

Dexter verlor mehr von ihnen, als er sich erhofft hatte. Eigentlich sogar weitaus mehr, als er sich leisten konnte. Der Effekt war aber niederschmetternd. Die Royalisten erstürmten das gegnerische Zangenmanöver im Handstreich. Gordens eigene Jagdgeschwader konnten nicht schnell genug reagieren, um dies zu verhindern.

Und als sie es doch taten, stellten sich ihnen Eskortfregatten in den Weg. Diese zur Jägerabwehr entwickelten leichten Kampfschiffe schlugen den Gegner mit ihren Schnellfeuerlaserbatterien zurück. Währenddessen nahmen die Gladius-Bomber Gordens Kampfschiffe genüsslich auseinander. Als sie mit den gegnerischen Einheiten fertig waren, bestand das von Gorden geplante Zangenmanöver an der rechten Flanke nur noch aus einer riesigen Trümmerwolke. Die überlebenden Einheiten zogen sich hastig aus dem Kampfgeschehen zurück. Es waren nicht allzu viele.

Die solarischen Kampfschiffe zeigten ein Verhalten, das sich am ehesten mit Unsicherheit interpretieren ließ. Dass ihre so sicher geglaubte Beute selbst in der Falle noch die Zähne fletschte, damit hatten sie nicht gerechnet. In seiner Überheblichkeit vergaß Gorden etwas Wichtiges: Ein in die Ecke gedrängtes Tier kämpfte nur umso verbissener.

»Alle Einheiten: Ausbruch nach steuerbord!«

Der gesamte royale Verband wandte sich in die Richtung der aufgebrochenen solarischen Linie und entkam aus dem Würgegriff des Gegners. Zuerst die leichteren, schnelleren Kriegsschiffe, es folgten danach die wesentlich größeren.

Dexter konnte sein Glück kaum fassen. Sie schafften es, aus Gordens Falle zu entkommen und dabei noch wie eine weiterhin handlungsfähige Streitmacht auszusehen. Er hätte wissen müssen, dass es nicht so einfach werden würde.

Melanies Kopf zuckte hoch. »Dexter, die ARES ...«, war alles, was sie sagte.

Großadmiral Harriman Gordens Flaggschiff pflügte durch die Trümmer der ausgetragenen Schlacht wie ein Moloch aus den Geschichten der Antike. Die ARES war selbst für ein Großschlachtschiff gewaltig. Dexter schluckte. Sie schien unbesiegbar. Ihr folgten Großkampfschiffe und Begleiteinheiten in den Kampf. Eigene, zum Teil schwer beschädigte Kampfraumer machten dem solarischen Flaggschiff bereitwillig Platz.

Die Geschütze der ARES flammten auf wie der Zorn einer alten Gottheit aus einer uralten Überlieferung. Royale Kampfschiffe, Jäger und Bomber wurden gleichermaßen verächtlich zerstört. Das solare Flaggschiff machte seinem Namen alle Ehre.

Dexter überflog die Positionen der eigenen Einheiten. Nahezu die Hälfte der royalen Flotte war aus der Falle ausgebrochen und hatte Kurs auf die Lagrange-Punkte genommen. Es war unwahrscheinlich, dass Gorden sie würde einholen können. Ein Wendemanöver kostete Zeit und Energie. Bis der Großadmiral so etwas zustande brachte, waren die Royalisten auf halbem Weg in die Freiheit. Sie mussten sich nur noch an der Verteidigung eines beliebigen Lagrange-Punktes vorbeikämpfen. Das würde nicht ohne Verluste gelingen, war aber machbar.

Dexter runzelte die Stirn. Die Solarier hatten gar nicht die Absicht, die fliehenden Royalisten zu verfolgen. Sie schnitten den verbliebenen Verbänden den Weg ab. Gorden begnügte sich mit dem, was er hatte. Auch die halbe Flotte des Königreichs war eine bedeutende Trophäe, die sich der Großadmiral an die Wand hängen konnte. Außerdem hatte er es auf etwas anders abgesehen.

Die NORMANDY wurde langsam von sechs feindlichen Großschlachtschiffen eingekreist. Dexters Hände verkrampften sich dermaßen stark um die Ränder des Holotanks, dass die Knöchel weiß hervortraten.

Melanie legte ihm die Hand auf die Schulter. »Er ist hinter dir her«, raunte sie ihm ins Ohr. Sie zwang sich zu einem schmalen Lächeln. »Darauf kannst du dir was einbilden.«

Er lächelte verschmitzt. »Eine Ehre, auf die ich gerne verzichten könnte.«

»Sir? Ein Signal von der POMPEJI. Vizeadmiral Lord Hastings.«
»Geben Sie ihn mir.«

Auf dem Hologramm tauchte das halbtransparente Abbild eines Offiziers in den Sechzigern auf. Er wurde über das Schlachtgetümmel von der Hüfte an aufwärts projiziert. »Admiral? Wir leiten ein Wendemanöver ein und können ihnen in weniger als einer Stunde zu Hilfe eilen.«

Beinahe hätte Dexter das Hilfsangebot des anderen Admirals angenommen. Niemand wollte den Heldentod sterben, aber es galt, die Gegebenheiten abzuwägen. »Das werden Sie nicht tun, Hastings. Nehmen Sie alle Einheiten, die Sie haben, und kämpfen Sie sich durch einen der Lagrange-Punkte auf sicheres Terrain durch.« Hastings öffnete den Mund, um zu widersprechen. Dexter kam ihm zuvor. »Das ist ein Befehl, Admiral!«

Der Mann schloss seine Kauleiste wieder und nickte abgehackt. Es gefiel ihm keineswegs, aber der Admiral war Soldat genug, um zu wissen, dass er für seinen Flottenbefehlshaber nichts mehr tun konnte.

Dominik Krüger kämpfte unterdessen mit dem Mut der Verzweiflung weiter. Der Kommandant der NORMANDY teilte gewaltig aus. Zwei der Symbole auf Dexters Hologramm, die Großschlachtschiffe symbolisiert hatten, erloschen fast gleichzeitig. Gefolgt von fünf solarischen Begleiteinheiten. Die Schlinge zog sich aber beständig enger.

Die Tür zur Flaggbrücke öffnete sich und Angel taumelte in voller Rüstung herein. Ihr Schwert auf dem Rücken und das Gewehr in den Händen, wirkte sie wie der Engel des Todes persönlich. Sie war bereits darauf vorbereitet, sich mit dem Gegner zu messen, sollte er einen Fuß auf dieses Schiff setzen wollen.

Die Solarier hielten sich mit Absicht zurück. Anstatt aus allen Rohren feuernd die NORMANDY fertigzumachen, schalteten sie Stück für Stück deren Abwehr aus. Ein Waffensystem um das andere versagte – bis zum Schluss der Antrieb dran war und das royale Flaggschiff letzten Endes tot im All trieb.

Großadmiral Harriman Gorden betrachtete die Geschehnisse von seiner Kommandobrücke aus. Ein Teil der königlichen Flotte war entkommen, der Rest erwehrte sich der zu erwartenden Niederlage. Aber alles, was ihn interessierte, war das Zur-Strecke-Bringen dieses Emporkömmlings Dexter Blackburn. Mit ihren letzten Zuckungen erledigte die NORMANDY ein solarisches Schlachtschiff und zwei Zerstörer, bevor ihre Geschütze für immer verstummten.

Gorden lächelte triumphierend. »Und jetzt bringt mir diesen Blackburn – lebendig! Er soll mein Geschenk für den Präsidenten werden.«

Der Antrieb versagte.

»Wir sind demobilisiert«, brach es aus Commander Victoria Harper heraus.

Subcommodore Dominik Krüger ignorierte den Ausruf. Er schnallte sich von seinem Kommandosessel los und griff sich das in einem Fach unter dem Sitz verstaute Sturmgewehr. Mit schnellen, präzisen Bewegungen überprüfte er das Magazin. Es war voll, die Waffe durchgeladen.

Der Kommandant der NORMANDY beugte sich vor und drückte den Knopf für die interne Kommunikation auf der linken Lehne seines Kommandosessels. »Achtung: an die gesamte Besatzung! Auf Abwehr von Enterkommandos vorbereiten!« Er warf einen Blick auf das taktische Hologramm. »Die ARES steht direkt über uns.«

Mehrere solarische Kriegsschiffe fixierten die NORMANDY mittels Enterhaken. Nun waren sie endgültig gefangen. Selbst wenn der Antrieb noch funktioniert hätte, wären sie dem Gegner nicht mehr entkommen.

Aus dem Rumpf der ARES lösten sich mehr als vierzig kleine Kapseln. Sie schlugen auf der Hülle der NORMANDY ein und verhakten sich dort. Anschließend begannen die feindlichen Marines damit, sich einen Weg ins Innere freizuschneiden.

Einige der eingekesselten königlichen Kampfschiffe versuchten, zum bedrängten Flaggschiff durchzubrechen, wurden aber von den Solariern gnadenlos abgedrängt. Die NORMANDY und ihre Besatzung standen allein auf weiter Flur.

»Subcommodore?«, sprach ihn seine XO an. Krüger reagierte mit keinem Muskelzucken.

»Dominik?«, probierte Harper es erneut auf einer persönlichen Ebene. Er drehte sich zu ihr um. Beiden war klar, dass – egal, was sie auch anstellten – das Ende nur hinausgezögert wurde. Es war vorbei.

»Was tun wir jetzt?«, wollte seine Stellvertreterin wissen.

Krüger dachte über die Frage nach. »Wir müssen nach unten. Sie werden hinter Blackburn her sein. Ihn irgendwie vom Schiff zu kriegen, ist jetzt unsere dringlichste Aufgabe.«

Harpers Gesicht verlor jegliche Farbe. Sie hatte allem Anschein nach eher so etwas wie Kapitulationsverhandlungen im Sinn gehabt, akzeptierte aber das Vorgehen ihres Befehlshabers.

Krüger begutachtete das Gewehr in seinen Händen ein weiteres Mal. Für einen Flottenoffizier handelte es sich um ein ungewohntes Stück Technik.

»Und drücken Sie jedem, der dazu in der Lage ist, eine Waffe in die Hand«, spann er den Faden weiter. »Mein Schiff kriegen die nie und nimmer kampflos.«

Dexter ließ sich ein Statusupdate auf die Flaggbrücke projizieren. Es zeichnete ein düsteres Bild. Hastings war mit mehreren Hundert Schiffen auf dem Weg zu den Lagrange-Punkten. Der Verband wurde von einem großen Pulk bestehend aus feindlichen Kampfmaschinen verfolgt, der von Tirold III ausging. Sie würden die Royalisten nicht einholen. Der Zweck dahinter lag aber ohnehin darin, sie an einer Rettungsaktion der eingeschlossenen restlichen Flotte zu hindern.

Dexter atmete tief ein. Die Schlacht war verloren. Aber zumindest würden nicht alle zugrunde gehen, die ihm gefolgt waren. Das war wenigstens ein kleiner Lichtstreif am Horizont. Damit endeten die guten Nachrichten aber schon.

Fast vierhundert Schiffe waren gemeinsam mit der NORMANDY eingekesselt und sahen ihrer Vernichtung entgegen. Die oberen Decks des Großschlachtschiffes glühten in Unheil verkündendem Rot. An wenigstens neun Stellen hatten sich die Solarier durch den Rumpf geschnitten. Von drei Decks wurden Kämpfe gemeldet.

Er spürte eine Hand auf der Schulter. Als er sich umdrehte, stand Angel hinter ihm. Ihren Helm hatte sie bereits übergestülpt.

»Es wird Zeit zu gehen«, riet sie ihm.

Er deutete auf das Hologramm. »Gehen? Wohin denn?«

»In einem der unteren Hangars steht meine persönliche Jacht. Sie ist klein, schnell und wendig. Mit der könnten wir es durch die Blockade schaffen.«

Dexter schüttelte energisch den Kopf. »Ich lasse meine Leute nicht im Stich. Dass wir jetzt in dieser Misere sitzen, ist allein mein Verdienst.« Er wandte beschämt den Kopf ab.

Angels Griff wurde fester. »Das ist nur eine verlorene Schlacht. Nichts anderes. Jeder verliert von Zeit zu Zeit. Wichtig ist zu überleben, um an einem neuen Tag weiterzukämpfen.« Sie deutete auf das holografische Abbild der ARES. »Denkst du, es ist Zufall, dass Gorden ausgerechnet die NORMANDY entert? Mit dir hätte er eine Trophäe, die in der Solaren Republik gut ankommen wird. Sobald deine Gefangennahme verkündet wird, leitet Pendergast eine neue Mobilisierungswelle in die Wege und mit deren Hilfe wird er das Königreich in die Knie zwingen. Es werden sich wahrscheinlich Hunderttausende zu den Waffen melden, vielleicht sogar Millionen. Dann wird alles noch schwieriger werden – und blutiger.«

Dexter dachte über Angels Worte nach und versuchte, in ihrer Analyse auch nur den kleinsten Fehler zu finden. Es gab keinen.

Er lächelte ihr wehmütig zu. »Die Lehrer, die mein Vater dir gestellt hat, waren wirklich nicht schlecht.«

Sie zwinkerte ihm zu. »Sie gaben alle ihr Bestes.«

Dexter fasste sich ein Herz und steuerte die Tür an. Angel ging voraus. Melanie St. John, Daniel Dombrowski und eine Reihe von Offizieren folgten. Dexter zog die Seitenwaffe aus dem Hüftholster. Sie fühlte sich seltsam an in seiner Hand.

Angel stieß die Tür auf. Gewehrsalven fauchten durch den Korridor. Zwei solarische Marines in ihrer schwarzen Rüstung tauchten unmittelbar vor ihr auf.

Angels Katana glitt in einer geschmeidigen Bewegung aus der Scheide auf ihrem Rücken. Sie fällte beide mit nur einem Hieb. Ohne Gefühlsregung hob sie eines der Sturmgewehre auf und drückte es Dexter in die Hand.

»Das wirst du eher brauchen.«

Er nahm die Gabe mit flauem Gefühl im Magen entgegen. Der Kampf im Korridor gewann an Intensität. Gorden pumpte pausenlos Marines in das belagerte Großschlachtschiff.

»Hier entlang!« Angel übernahm abermals die Führung und bog nach links ab. Fort von den Kämpfen. Dexter blieb nichts anderes übrig, als ihr zu folgen. Er hoffte, die Attentäterin wusste, was sie tat.

16

Dimitri Sokolow, ehemaliger Pirat und jetzt Commodore in der Colonial Royal Navy des Vereinigten Kolonialen Königreichs, stapfte grummelnd durch die Korridore der BABYLON.

Admiral Oscar Sorenson von der Spezialeinheit *Skull* hatte Mühe, dem Mann zu folgen. Der ehemalige Pirat beschwerte sich halblaut in einer Tour. Hin und wieder stieß er einen wüsten Fluch aus, der vorübereilende Besatzungsmitglieder konfus aufsehen ließ.

»Ich verstehe Sie ja!«, schrie Sorenson dem Mann hinterher. Dieser wurde langsamer und begab sich zu einem der Bullaugen. Die BABYLON unter dem Befehl von Konteradmiral Jürgen Lord Jochberg diente in Abwesenheit der NORMANDY sowie der POMPEJI als Flaggschiff des Königreichs und damit auch als Aufenthaltsort von Prinz Calvin.

»Was für ein riesenhafter Berg Scheiße!«, wetterte der Pirat. Sokolow sah hinaus ins All. Dort kreuzte das, was man heutzutage einen Flottenverband nannte. Nach Abzug von Blackburns und Hastings' Kampfgruppen zählte die Armada des Königreichs weniger als fünfhundert Schiffe. Eine verschwindend geringe Anzahl, verglichen mit dem, was Pendergast ins Feld führen konnte. Niemand gab sich der Hoffnung hin, dass sie in der Lage wären standzuhalten, falls die Kräfte im Tirold-System vernichtet wurden.

Sokolow ließ den Kopf deprimiert hängen. »Was für ein Riesenberg Scheiße!«, wiederholte er leiser.

Sorenson wusste nicht so recht, was er darauf erwidern sollte. Die beiden Flottenoffizier kamen soeben aus einer Besprechung mit dem Prinzen. Es war entschieden worden, keine Entsatzstreitmacht zu entsenden. Das Risiko, diese auch noch zu verlieren, wurde als zu hoch angesehen. Prinz Calvin hatte deutlich gemacht, dass seine Entscheidung endgültig war. Damit war Blackburns Schicksal besiegelt. Man hatte den Mann zum Tode verurteilt – und mit ihm beinahe tausend erfahrene Besatzungen.

Sokolow drehte sich langsam um und maß den Admiral mit festem Blick. »Das ist genau der Grund, weshalb ich mein halbes Leben lang das Königreich bekämpft habe. Sie lassen diese Männer und Frauen einfach sterben. Die gehen dort vor die Hunde, während sich die Herren Adligen und hohen Offiziere hier in Sicherheit den Arsch platt sitzen.«

Sorensons Gesichtszüge entgleisten. »Ganz so ist es ja auch nicht«, erwiderte er. »Die Entscheidung des Prinzen hat wahrhaftig ihre Berechtigung.«

»Hat sie das?«

»Wir könnten das wenige, was wir noch besitzen, auch noch verlieren«, gab der *Skull*-Admiral zu bedenken.

»Wenn Blackburn untergeht, dann werden wir alles verlieren.« Der ehemalige Pirat deutete durch das Bullauge. »Glauben Sie allen Ernstes, dass wir etwas bewirken können mit dem kläglichen Rest, der uns noch bleibt?«

»Nein«, gab Sorenson freimütig zu. »Aber uns blindlings in ein Abenteuer zu stürzen, wird weder Blackburn noch das Königreich retten.«

»Meine Leute wären dazu bereit«, erwiderte Sokolow. Sein bärtiges Gesicht lockerte sich unter einem breiten Grinsen spürbar auf. »Ich habe bereits Gegner besiegt, die um ein Vielfaches überlegen waren.«

»Ja, mit Guerillataktiken«, erinnerte Sorenson ihn. »Eine offene Feldschlacht gegen einen starken Gegner ist etwas völlig anderes.«

Sokolow kaute auf seiner Unterlippe herum. »Wir sind lediglich einen Sprung von Tirold entfernt. Ich könnte meinen Kampfverband innerhalb einer Stunde vor Ort haben. Das wäre kein großer Aufwand.«

»Sie verfügen über wie viele Schiffe? Dreihundert?«

»Zweihundertzwanzig«, korrigierte Sokolow zerknirscht.

»Mit denen erreichen Sie nicht viel.«

»Nein«, gab der Mann zu. Seine Augen funkelten. »Aber wenn sich mir die *Skulls* anschließen, dann stünden die Chancen besser. Gemeinsam brächten wir beinahe dreihundert Schiffe auf. Genug, um einen Unterschied zu machen.«

Sorensons Augen wurden groß. »Mein Prinz hat mir einen nicht zu bestreitenden Befehl erteilt.« Die Stimme des Admirals troff geradezu vor Empörung. »Dagegen werde ich nicht verstoßen. Und auch kein anderer königlicher Offizier würde das tun.«

Sokolows Miene zeugte von seiner Enttäuschung. »Ihr Royalisten seid zuweilen echt langweilig.«

»Mit langweilig hat das nichts zu tun, sondern mit Loyalität.«

»Falsch verstandener Loyalität«, versetzte Sokolow.

»Sie würden also durch diesen Lagrange-Punkt fliegen, ungeachtet dessen, was möglicherweise auf Ihre Leute wartet?«

»Ich würde jedenfalls all diese Soldaten nicht sterben lassen, ohne etwas zu unternehmen.« Sokolow hörte nicht auf, durch das Bullauge zu starren. Es wurmte ihn, dass man entschieden hatte, die Hände in den Schoß zu legen.

Sorenson trat näher. »Der Prinz hat sich diesen Beschluss nicht einfach gemacht. Es galt aber, die Vor- und Nachteile abzuwiegen.«

»Zu hohe Vorsicht kann man aber auch als zögerlich auslegen. Mitunter sogar als Feigheit. Manchmal muss man Risiken eingehen, wenn man einen Krieg gewinnen will. Vor allem, wenn man sich in der schlechteren Ausgangslage befindet. Dem Gegner darf die Initiative nicht überlassen werden.«

Sorenson seufzte. »Grundsätzlich bin ich ja Ihrer Meinung. Es befinden sich viele unserer besten Offiziere und erfahrensten Besatzungen auf der anderen Seite dieses Sprungpunkts. Aber Gorden ist stark. Die Republik verfügt über Ressourcen, von denen wir nur träumen könnten.«

Sokolow wandte sich ihm zu. »Genau darum geht es. Wenn wir die Republikaner gewähren lassen, dann manövrieren die uns irgendwann aus. Dann heißt es: *Gute Nacht, Königreich!*«

Sorenson lachte leise in sich hinein. »Das hätte Ihnen vor gar nicht allzu langer Zeit gut gefallen.«

Der Pirat zuckte mit den Achseln. »Das war einmal.« Er senkte leicht kopfschüttelnd den Blick. »Dieser Blackburn ... er hat so eine Art an sich ...«

»Ja, ich weiß«, gab der *Skull*-Admiral ihm recht. »So ist er eben. Dieser Mann besitzt die einzigartige Fähigkeit, ehemalige Feinde zusammenzuschweißen.«

Die zwei Offiziere vernahmen das Geräusch sich eilig nähernder Schritte. Als sie sich umdrehten, sahen sie Clayton Redburn, der den Korridor entlangrannte. Schwer atmend blieb er vor den Männern stehen.

»Und?«, fragte er atemlos. Die Offiziere wechselten einen vielsagenden Blick. Sorenson schüttelte den Kopf. Red ließ daraufhin die Schultern sinken.

»Also kein Rettungsversuch«, schlussfolgerte der uneheliche Sohn von Gregory Saizew.

Sokolow empfand Mitleid für das inoffizielle Staatsoberhaupt der Freien Republik Condor. Es war ein offenes Geheimnis, dass Red und Melanie St. John sich emotional sehr zugetan waren. Seit der Schlacht um Selmondayek hieß es, da wäre sogar mehr daraus geworden. Und die Geheimdienstoffizierin war mit Blackburn nach Tirold geflogen. Sie saß jetzt dort fest. Für Redburn musste das die Hölle sein.

Mit einem Funken Hoffnung in den Augen sah er auf. »Ist die Entscheidung unumstößlich?«

»Ich kann noch einmal mit dem Prinzen reden«, antwortete Sorenson. »Aber ich bezweifle, dass er sich umstimmen lässt.«

Red fuhr sich durch das schüttere Haar. »Na schön, was unternehmen wir jetzt?«

Sokolows Reaktion auf diese Frage bestand in einem breiten Grinsen. Sorenson hingegen wirkte ein wenig fassungslos. Er sah von einem zum anderen und wieder zurück. »Bin ich hier der Einzige, der etwas von Loyalität hält?«

Sokolow machte eine unschuldige Mimik. »Ich war jahrzehntelang Pirat und davor habe ich gegen das Königreich rebelliert. Was erwarten Sie?«

»Und ich bin nicht einmal Bürger des Königreichs«, schloss sich Redburn an.

Sokolow holte tief Luft und stieß dann den Atem lautstark aus. »Was ich jetzt sage, wird Ihnen nicht gefallen, Admiral. Aber ich habe mich entschieden, Blackburn zu Hilfe zu eilen. Auch ohne Rückendeckung, wenn ich muss.«

»Ich komme mit«, bot sich Red augenblicklich an. »Ich könnte die Streitkräfte Condors zu Hilfe holen.«

Sokolow schüttelte den Kopf. »Bis die hier sind, ist Blackburns Flotte längst aufgerieben. Außerdem wäre die condorianische Kampfkraft ohnehin zu schwach. Nein, wir brauchen etwas Besseres und wir benötigen es sofort.«

»Dabei kann ich Sie unmöglich unterstützen«, fiel Sorenson dem Piraten ins Wort. »Man würde mich des Kommandos entheben und vor ein Kriegsgericht stellen. Falls Sie überleben, wird man dasselbe übrigens auch mit Ihnen machen.« Sorenson machte einen Laut, der halb unter Resignation und halb unter Respekt rangierte. »Sie führen Ihre Leute in den Tod, Sokolow.«

Der Commodore der Schnellen Kampfverbände überlegte. »Und wenn ich jemanden wüsste, der uns helfen könnte? Jemand, der über ausreichend schwere Kriegsschiffe verfügt, um tatsächlich etwas zu bewirken? Jemand, der einen Unterschied machen könnte?«

»Wer sollte das sein?«, hakte Sorenson nach. »Jeder Offizier, auf den das zutrifft, ist an die Weisung des Prinzen gebunden.«

»Der Mann, der mir vorschwebt, im Prinzip auch, aber er brennt auf die Möglichkeit, sich zu rehabilitieren. Dieser Mann könnte für unsere Sache gewonnen werden.«

Sorenson runzelte die Stirn. »Von wem sprechen Sie?«

Sokolow deutete aus dem Fenster auf ein Großschlachtschiff, das abseits der Flotte kreuzte. Der *Skull*-Admiral warf seinem Gesprächspartner einen ungläubigen Blick zu. »Sie wollen mich wohl verarschen!«

Subcommodore Dominik Krüger hatte es nicht weit von der Brücke der Normandy geschafft. Lediglich ein Deck unterhalb waren sie auf die ersten solarischen Enterkommandos getroffen und seitdem lieferten sie sich mit denen ein erbittertes Rückzugsgefecht. Die feindlichen Marines trieben sie beständig vor sich her. Mittlerweile standen sie bereits wieder wenige Meter von der Kommandobrücke entfernt.

Krüger gab einige Salven aus dem Sturmgewehr ab und durchlöcherte damit die Panzerung eines solarischen Marines. Ob der Mann endgültig außer Gefecht war, konnte er nicht feststellen. Dessen Kameraden zogen ihn in Sicherheit. Der Körper des Soldaten hinterließ blutige Striemen auf dem Boden.

Einer der *Skull*-Marines zupfte eine Handgranate vom Gürtel, zog den Stift und warf sie in Richtung des Gegners. Die Solarier zogen sich daraufhin einige Meter zurück. Krüger wartete die Explosion nicht ab. Der

Kommandant der NORMANDY und seine Begleiter drehten sich um und rannten durch das geöffnete Schott der Kommandobrücke. Hinter ihnen explodierte die Granate. Geschrei war zu hören. Ob der Sprengkörper etwas bewirkt hatte, kümmerte niemanden. Hauptsache, sie hatten sich etwas Zeit erkauft.

Nur leider war es nicht genug. Einer der Marines drückte auf den Auslöser für das Schott und dieses schwang geräuschvoll zu. Die feindlichen Marines beschossen die flüchtende Brückencrew. Bevor das Schott zur Gänze geschlossen war, wurde Harper getroffen und rücklings geschleudert. Die beiden Türflügel trafen mit endgültigem Geräusch aufeinander.

Krüger eilte zu seiner XO und hielt ihren Kopf. Die Frau hustete und schnappte nach Luft. Der Subcommodore betastete ihren Körper auf der Suche nach Blut und Einschusslöchern. Er fand beides nicht.

»Keine Sorge«, meinte Victoria Harper. »Sie gingen in die Weste.« Die XO riss ihre Uniformjacke auf, unter der jeder Brückenoffizier eine leichte schusssichere Weste trug. Sie sah zu ihrem Kommandeur auf, ein unsicheres Lächeln auf den Lippen. »Das gibt aber einen blauen Fleck.«

Krüger nickte erleichtert. »Der wird sich morgen bemerkbar machen.«

Etwas hämmerte gegen die Tür. Die Sprengladung drückte eine Delle nach innen. Einer der Marines sah sich zu ihnen um. »Das Schott wird sie nicht ewig aufhalten.«

Krüger schürzte die Lippen. »Ich bezweifle, dass wir die Sache bis morgen durchstehen«, sagte er in Richtung seiner XO. Gemeinsam mit einem der Marines half er Harper auf.

»Sehr weit gekommen sind wir nicht«, gab sie zu.

Krüger kehrte auf seine Station zurück. »Verbinden Sie mich mit Blackburn.«

Harper nahm die Kommunikationsstation in Besitz, während die wenigen Leute, die sich noch um sie geschart hatten, sich darauf vorbereiteten, die Brücke zu verteidigen.

»Ich hab ihn«, verkündete sie nach einigen Sekunden.

»Krüger?«, dröhnte Blackburns Stimme aus dem Komlink des Schiffskommandanten.

Der Subcommodore schloss vor Erleichterung die Augen. »Was bin ich froh, dass Sie noch leben!« Im Hintergrund waren viele Stimmen und Schüsse zu hören.

»Die Frage ist, wie lange noch«, antwortete Blackburn. »Wir waren auf dem Weg zu Deck elf, aber die Solarier haben uns festgenagelt. Wie ist Ihr Status?«

Eine weitere Explosion drückte noch eine Delle in das gepanzerte Brückenschott. Krüger sah sich nicht um. Der Anblick wäre zu deprimierend gewesen. »Ähnlich«, kommentierte er knapp. »Wir wollten ausbrechen und uns Ihnen anschließen, aber die Solarier waren schneller. Man hat uns auf die Brücke zurückgetrieben. Kein Ausweg.«

»Was ist mit der Flotte?«, wollte Blackburn wissen.

Krüger warf einen gehetzten Blick auf das taktische Hologramm. »Hastings hat die Lagrange-Punkte beinahe erreicht. Er wird sich innerhalb der nächsten dreißig Minuten das erste Gefecht mit der von Gorden aufgestellten Verteidigung liefern. Laut Computer stehen seine Chancen durchzubrechen bei knapp fünfzig Prozent. Die restliche Flotte ist mit uns eingekesselt. Gorden konzentriert sich aber zum überwiegenden Teil auf uns. Die NORMANDY ist völlig isoliert.«

Schweigen antwortete ihm von der anderen Seite der Funkverbindung. Sie dauerte an, bis Krüger es nicht länger aushielt. »Blackburn?«

»Ich bin noch da. Bin gerade am Überlegen.« Weiteres Schweigen dröhnte durch den Komlink. Es war beinahe unerträglich.

»Haben wir das Waffendeck noch unter Kontrolle?«, wollte Blackburn auf einmal wissen.

Die Frage überraschte den Kommandanten der NORMANDY dermaßen, dass er im ersten Moment gar keine Antwort parat hatte. »Ja, schon«, entgegnete er schließlich. »Aber sämtliche Waffen wurden zerschossen. Wir sind wehrlos.«

»Darauf will ich gar nicht hinaus«, erwiderte der Flottenbefehlshaber. »Wir müssen ...« statisches Rauschen unterbrach die Verbindung. »Krüger? Hören ... Sie ...? Sie müssen ... abwerfen ... manuell ...« Der Kontakt brach vollends zusammen.

»Holen Sie ihn zurück!«, forderte der Subcommodore. »Holen Sie den Mann augenblicklich zurück.«

»Keine Chance«, erwiderte seine XO. »Die Störungen gehen von der ARES aus. Sie überlagern all unsere Frequenzen.«

Krüger fiel in seinen Sessel zurück. »Verdammt noch eins, was hat Blackburn versucht, uns mitzuteilen?«

Die POMPEJI führte den Rückzug zu den Lagrange-Punkten an. Vizeadmiral Geoffrey Lord Hastings war nicht glücklich darüber. Aber Blackburn hatte vollkommen recht: Ein Teil der Armada musste gerettet werden.

Seine Adjutantin Major Lauren Vandergriff stellte sich neben den Kommandosessel. »Treten in achtundzwanzig Minuten in die Kampfdistanz zu L5 ein.«

Hastings nickte bedächtig. Für den Durchbruchsversuch hatten sie einen der zwei Lagrange-Punkte ausgewählt, der nicht von einem Fort oder anderweitiger stationärer Verteidigung geschützt wurde. Aber dafür standen ihnen eine große Anzahl kampfstarker Schiffe mit erfahrenen Besatzungen gegenüber. »Dann wird es Zeit«, beschied der Admiral. »Alle Mann auf Gefecht einstellen. Wir greifen zuerst die Begleitschiffe an, die Gorden zurückgelassen hat, damit dünnen wir ihre Linie aus. Anschließend nehmen wir die schwereren Pötte aufs Korn.«

Die Einheiten nahmen Gefechtsformation ein. Gorden hatte einige seiner schwersten Geschwader zurückgelassen, um eine etwaige Flucht der Royalisten bereits im Vorfeld zunichtezumachen.

Hastings' Fingernägel kratzten nervös über die Lehnen seines Kommandosessels. Das Leder war weich, dennoch brach einer der Nägel. Der Admiral spürte den Schmerz kaum. Die Luft auf seiner Brücke war zum Schneiden dick. Der von Hastings angelegte Kurs war vom Gegner natürlich schon lange aufgezeichnet und extrapoliert worden. Innerhalb der letzten Stunden hatten die Solarier ausreichend Zeit gehabt, ihre Einheiten bei L5 zu sammeln, was einen Durchbruch nur umso schwerer machte. Hastings gab sich keinerlei Illusionen hin. Es würde eine harte Aufgabe werden, auch nur einen Bruchteil der Schiffe unter seinem Kommando aus dieser Mausefalle herauszubekommen.

Mit einem Mal wirbelte seine XO zu ihm herum. »Sir? Etwas passiert bei L1. Hyperraumereignisse. Da kommt irgendetwas durch. Etwas Großes.«

Hastings beugte sich unwillkürlich vor. »Können Sie schon sagen, was es ist?«

Vandergriff schüttelte den Kopf. Sie sah auf. Ihr Blick fiel durchs Brückenfenster, obwohl L1 zu weit entfernt war, um etwas mit bloßem Auge erkennen zu können. Das Pad in ihrer Hand piepte. »Es materialisiert.«

Als hätte sein Hologramm nur darauf gewartet, vergrößerte der Bordcomputer automatisch den Ausschnitt um den Lagrange-Punkt L1. Aber es kam kein großes Objekt durch, sondern viele kleine. Mehr als zweihundert rote Symbole erschienen wie aus dem Nichts.

»Ich brauche eine IFF-Kennung«, forderte Hastings, »auf der Stelle!« Vandergriff benötigte lediglich Sekunden, um die entsprechenden Werte abzulesen. »Schnelle Kampfverbände des Königreichs ... Es ist Sokolow.«

Hastings hätte nie gedacht, dass er eines Tages froh darüber sein könnte, den ehemaligen Piraten und dessen Gefolgsleute zu sehen. Wie ein Schwarm Piranhas fielen die leichten Kampfschiffe über die wenigen Verteidiger an L1 her. Innerhalb der ersten Minuten der Schlacht verloren die Solarier ein halbes Dutzend Schiffe. Angesichts dieser Übermacht zog es der Rest vor zurückzuweichen. Sie nahmen unter Vollschub Kurs auf den dritten Planeten. Sokolow ließ sie ziehen.

Hastings' Gedanken rasten. Sein erster Impuls bestand darin, den Kurs auf L1 zu ändern, um sich mit Sokolow zusammenzuschließen. Der ehemalige Pirat allerdings stieß mit all seinen Einheiten ins innere System vor. Offenbar in der Absicht, den immer noch bedrängten Kampfraumern unter Blackburns Kommando schnellstmöglich zu Hilfe zu eilen. Die Solarier an L5 hielten die Position. Die wussten offenbar nicht so recht, wie sie mit der veränderten Situation umgehen sollten. Einerseits rückte eine recht ansehnliche Streitmacht soeben gegen Gorden vor, andererseits standen ihnen eine hohe Anzahl gegnerischer Schiffe an L5 gegenüber, um die sie sich zuerst kümmern mussten, sollten sie anschließend Gorden unterstützen wollen.

Hastings stand vor einem ähnlichen Problem. Sollte er Schubumkehr einleiten, um Sokolow und Blackburn beizustehen, oder die Verteidiger am Lagrange-Punkt bekämpfen. Falls er beidrehte, wäre dies die perfekte Gelegenheit für die Solarier, ihm in die Flanke oder den Rücken zu fallen und ihn zu vernichten. Für beide Parteien stellte die vorliegende Problematik eine verzwickte Situation dar. Wie sich herausstellte, war Hastings klar im Vorteil. Er wusste es nur noch nicht.

Vandergriffs Pad gab einen weiteren Ton von sich. Bevor sie reagieren konnte, öffnete sich L5 und ein Pulk von Kampfschiffen materialisierte unmittelbar hinter den Solariern. Sie wurden von mehreren

Großschlachtschiffen angeführt. Hastings' holografische Projektion isolierte und vergrößerte das Flaggschiff des Verbands. Seine Wangenmuskeln verkrampften sich. Er wurde soeben gerettet. Aber er hasste es, wem er dafür Dank schuldete.

Bei dem Führungsschiff der Neuankömmlinge handelte es sich um die MERLIN, Admiral Verhofens Großschlachtschiff. Sokolow hatte sich die Unterstützung der Überlebenden des *Konsortiums* gesichert.

Am liebsten hätte Hastings den Befehl gegeben, sich aus dem Kampf herauszuhalten und die Angelegenheit dieser verräterischen Bande alleine zu überlassen. Mit etwas Glück würden sie sich gegenseitig auslöschen. Der Admiral knirschte mit den Zähnen. Die Gelegenheit war aber zu gut, um sie ungenutzt verstreichen zu lassen. Die Solarier bei L5 befanden sich eingekreist zwischen zwei Verbänden, unfähig, zu fliehen oder den Kampf für sich zu entscheiden. Sie hatten den Royalisten eine Falle gestellt und befanden sich nun selbst darin.

»Wir dringen in Gefechtsdistanz ein«, informierte Vandergriff ihn. »Ihre Befehle, Admiral?«

»Laura?«, sprach er seine XO an. »Schilde fallen lassen und Gefecht eröffnen!«

Angels Katana kam einer Strafe Gottes gleich. Die Klinge glitzerte rot unter dem Licht der Deckenbeleuchtung. Das Blut niedergemachter Feinde tropfte daran zu Boden. Sobald die bestens ausgebildete Attentäterin in Erscheinung trat, wurde die Klinge zu einem durch die Luft sausendem Schemen. Kaum erkennbar, kaum mit den Augen zu verfolgen, aber immer tödlich.

Sie erschlug ohne Anstrengung zwei solarische Marines und kam schließlich zum Halten. Die Frau stützte sich an der Wand ab. Nun ließ sie ein Stück weit Erschöpfung durchblicken. Dexter war fasziniert. Bei Angel sah das alles so einfach aus. Sie zu beobachten war, als sehe man einem Künstler beim Malen oder Bildhauen zu.

Die Attentäterin wandte sich zu ihm um, ihr Gesicht hinter dem schmuckvollen Helm verborgen. Unwillkürlich überkam einem das Gefühl, man stünde dem Tod persönlich gegenüber.

»Hast du wieder Kontakt zu Krüger?«, fragte sie.

Dexter berührte den Komlink hinter dem linken Ohr. Durch seine Gehörmuscheln drang lediglich statisches Rauschen. Er schüttelte den Kopf.

»Dann warten wir jetzt«, beschied sie. »Der Hangar ist nur noch wenige Meter entfernt. Hoffen wir, dass Krüger verstanden hat, was du von ihm wolltest.«

Dexter sah sich um. In ihrer Begleitung befanden sich mehrere Dutzend Offiziere und Mannschaften der NORMANDY, die sie auf ihrem Weg aufgelesen hatte. Flaggleutnant Daniel Dombrowski hielt das Gewehr, welches er einem Solarier abgenommen hatte, als würde es sich im nächsten Moment in Luft auflösen, falls er es losließe.

»Und wenn er es nicht verstanden hat?«, hakte Dexter nach.

Angel zuckte die Achseln. »Dann versuchen wir es trotzdem, aber ich gebe uns keine große Chance. Gordens Schiffe werden uns in Stücke schießen, lange bevor wir die Blockade durchbrochen haben.« Sie öffneten einen Notfallschrank und gab jedem aus ihrer kleinen Gruppe einen Raumanzug. »Aber besser, wir bereiten uns schon mal vor.« Dexter streifte den flexiblen, leichten Anzug über seine Uniform und stülpte sich zum Schluss den Helm über. Zu guter Letzt aktivierte er die Sauerstoffversorgung. Diese Raumanzüge waren nicht für Kampfsituationen gedacht, sondern nur für etwaige Unfälle. Brüche in der Außenhülle waren äußerst gefährlich. Die Einzige, die keinen benötigte, war Angel. Ihre Rüstung konnte versiegelt werden. Im Bedarfsfall hatte sie von allen die größtmöglichen Überlebensaussichten.

Dexter hob den Kopf und musterte in Gedanken versunken die schneeweiße Decke über sich. »Ich wünschte, ich wüsste, was da oben vor sich geht.«

»Das kann unmöglich sein Ernst sein!«, wetterte Commander Victoria Harper. Ihr Blick haftete auf Subcommodore Dominik Krüger, der ebenfalls alles andere als begeistert wirkte.

»Das ist aber das Einzige, was Sinn ergibt. Blackburn will, dass wir die Torpedos ausstoßen und sie manuell zünden. Das würde den

Solariern enormen Schaden zufügen. Selbst die ARES hätte dadurch ernste Probleme«

»Aber wir auch«, hielt Harper dagegen. »Die Detonation würde die NORMANDY vernichten. Ich kann mir kaum vorstellen, dass das Blackburn hilft.«

Krügers Gedanken rasten. »Nicht unbedingt. Die Schilde haben immer noch Energie. Wenn wir im richtigen Moment die Blase aufziehen, könnte uns das genügend Schutz bieten, um zu überleben.«

Harper trat unschlüssig näher. »Wie viel Energie wäre denn für die Schildblase übrig?«

Krüger überprüfte seine Anzeigen und sah dann missmutig auf. »Sechzig, siebzig Prozent.«

»Reicht das denn?«

»Möglicherweise«, wich Krüger aus, deutete dann aber aus dem Brückenfenster. Die ARES hing über ihnen wie ein gewaltiger nach Blut dürstender Racheengel. »Aber immer noch besser, als denen in die Hand zu fallen.«

»Wenn wir das machen, dann kommen wir hier nicht mehr lebend raus«, beschwor Harper das unweigerliche Ende.

»Glauben Sie denn wirklich, falls wir Blackburns Plan nicht umsetzen, wäre das anders?«

Wie um seine Worte zu untermalen, dröhnte eine weitere Explosion gegen das Schott und drückte noch eine Delle in den Stahl.

Subcommodore Dominik Krüger sah sich unter allen Männern und Frauen auf seiner Kommandobrücke um. »In diesem speziellen Fall sollten alle Mitspracherecht erhalten. Ich kann und will das nicht für jeden von Ihnen entscheiden. Was sagen Sie?«

Die anwesenden Männer und Frauen wechselten düstere Blicke. Keiner von ihnen wollte sterben, aber ihnen allen war klar, dass sie die Endstation ihrer Reise erreicht hatten. Nacheinander nickten sie.

Krüger zögerte einen letzten Moment. Dann ließ er sich über die interne Kommunikation mit dem zuständigen TechChief des Waffendecks verbinden. Der Mann wusste bereits, worum es ging, und harrte nun nur noch der Entscheidung. Der Kontakt war schwach, aber stabil. Immer wieder gab es statische Störungen.

»Tun Sie es!«, befahl Krüger.

Auf seinem holografischen Plot verfolgte Großadmiral Harriman Gorden, wie eine große Anzahl leichter Kampfeinheiten des Königreichs auf ihn und seine Flotte zusteuerte. Es waren genug, um ihm Ärger zu bereiten, aber nicht genug, um den Ausgang der Schlacht zu beeinflussen.

Er nickte beifällig. »Mutig«, kommentierte er zu niemand Besonderem. »Mutig, aber dumm.«

Sein Adjutant kam zu ihm. »Sir? Die Lage an L5 ist schwierig.«

Gorden widmete der dortigen Schlacht nur einen beiläufigen Teil seiner Aufmerksamkeit. Die solarischen Geschwader standen unter großem Druck. Sie waren zahlen- und waffenmäßig unterlegen und würden vernichtet werden, wenn nichts geschah.

»Schicken Sie sämtliche Jagd- und Bombergeschwader von Tirold III und V zur Unterstützung. Das dürfte ihnen etwas Zeit verschaffen, bis wir hier fertig sind.«

»Großadmiral«, gab der Major zu bedenken. »Sie werden mindestens fünf Stunden brauchen, um den Schauplatz des Gefechts zu erreichen. Bis dahin könnte es vorbei sein.«

»Gut möglich, aber mehr können wir im Moment nicht machen. Sollten sie zu spät kommen, dann sollen sie trotzdem angreifen und den Royalisten größtmögliche Verluste beibringen. Die Republik hat Reserven. Dem Königreich wird aber jedes Schiff, jeder Jäger und jeder Soldat bitter fehlen.«

Major Lars Helwig stand stocksteif im Raum angesichts dieser Kaltschnäuzigkeit, mit der sein Vorgesetzter Teile der eigenen Streitkraft zum Tode verurteilte. Es machte kurzzeitig den Anschein, als wolle er etwas sagen. Stattdessen salutierte er, drehte sich ruckartig um und machte sich davon, um die entsprechenden Befehle weiterzugeben.

Gorden schmunzelte leicht. Der Major war ein Idealist. So was war ganz nützlich – in Friedenszeiten. Zu Zeiten des Krieges gab es aber nur eines, was ehrenhaft war: der Sieg.

Sein Hologramm meldete sich. Etwas am Rumpf der NORMANDY auf Höhe des Waffendecks änderte sich. Gorden vergrößerte die Ansicht. Luken öffneten sich und zylinderförmige Gebilde verließen das royale Großschlachtschiff. Gorden konnte sich keinen Reim darauf machen.

Was hatten die verdammten Royalisten denn nun vor? Der Großadmiral vergeudete kostbare Minuten, indem er zu ergründen versuchte, was die NORMANDY da ausstieß. Die Objekte verteilten sich gleichmäßig um das Schiff. Das königliche Flaggschiff zog seine Schildblase auf – und Gorden begriff in derselben Sekunde.

Der Energieschild kappte die Strahltrossen, die das solarische mit dem royalen Flaggschiff verbanden. Gordens Entertrupps waren abgeschnitten. Sie hätten nicht zurückkehren können, selbst wenn dazu noch Zeit gewesen wäre – was nicht zutraf.

Die Torpedos detonierten zwischen der NORMANDY und den solarischen Kriegsschiffen, die sie umringten. Krügers Vorhersage traf zu. Die Schildblase schützte das Großschlachtschiff vor den gravierendsten Auswirkungen, wenn auch nicht vor allen.

Eine Explosionswand baute sich auf und zerschmetterte mehrere der leichteren Feindschiffe, bei anderen wurde die Panzerung eingedrückt oder der Rumpf aufgerissen. Sämtliche im Detonationsbereich befindlichen Einheiten wurden mehr oder weniger in Mitleidenschaft gezogen, einschließlich der NORMANDY selbst. Die Schilde absorbierten einen Teil der Explosionswucht, bevor sie ihren Dienst versagten. Die Panzerung wurde zunächst nach innen gedrückt, dann aufgerissen.

Überall in der NORMANDY wurde noch gekämpft. Soldaten von Freund wie Feind, die geistesgegenwärtig genug waren, versiegelten auf die Schnelle den Kampfanzug. Alle anderen starben einen qualvollen Tod im luftleeren Raum. Nicht wenige von ihnen wurden ins All gerissen.

Die solarischen Schiffe, die noch dazu fähig waren, gingen auf Abstand zur NORMANDY. Damit schufen sie aber unabsichtlich einen Fluchtkorridor für die belagerten königlichen Kampfschiffe. Deren Kommandeure zögerten keine Sekunde und befreiten sich aus ihrer misslichen Lage. Nahezu gleichzeitig erreichte Sokolows Kampfverband Fernkampfdistanz und eröffnete das Gefecht mit dem Gegner. Damit stürzten sie Gordens Flotte endgültig ins Chaos.

Angel packte Dexter am Arm und zog diesen wieder auf die Beine. Die NORMANDY hatte einiges abbekommen. Weniger als fünfzig Meter hinter ihnen hatte sich eine Bresche in der Außenhülle aufgetan, die wirkte wie das Tor zur Hölle. Sie hatte die Hälfte ihrer Gruppe verschlungen. Die künstliche Schwerkraft war immer noch aktiv – wenigstens ein Lichtblick.

Dexter wechselte einen Blick mit Angel. Ihr Helm neigte sich zu einem zustimmenden Nicken. Er öffnete einen allgemeinen Kanal. »Jetzt oder nie!«, schrie er.

Angels Hand hämmerte auf den Türauslöser und dieser zog sich halb in die Wand zurück, dann blockierte das Schott. Es waren Angel und drei Marines notwendig, die Tür aufzustemmen, erst dann waren sie in der Lage, in den Hangar zu stürmen.

Die Solarier vor Ort waren verwirrt und es gab kaum etwas, das man als organisierte Verteidigung bezeichnen konnte. Lediglich verstreute Grüppchen feindlicher Marines leisteten Widerstand.

Ein Feuergefecht war die unausweichliche Folge. Beide Seiten tauschten Salven aus. Beide Seiten verloren Kämpfer. Dexter geriet unabsichtlich in die Schusslinie einiger Solarier. Einer seiner Marines schützte den Flottenbefehlshaber mit dem eigenen Körper und ging blutüberströmt zu Boden.

Angels Jacht tauchte vor ihnen auf. Nur noch wenige Meter trennten sie von dem rettenden Raumschiff. Fünf Solarier bewachten die geöffnete Rampe. Angel stürmte vor. Bei der Attentäterin vereinigten sich Schnelligkeit, Gewandtheit und Kampffertigkeiten und ließen die Frau zu einem Engel des Todes werden. Sie zog das modifizierte Sturmgewehr vom Rücken und gab drei gezielte Einzelschüsse ab. Jeder saß absolut perfekt. Drei der Gegner fielen, bevor auch nur einer daran denken konnte, seine eigene Waffe in Anschlag zu bringen.

Angels Hände öffneten sich und das Sturmgewehr baumelte an seiner Schlaufe herab. Stattdessen packten ihre Hände das Katana. Einer der Solarier gab einen Schuss ab. Dieser prallte vom Schulterschutz ihrer Rüstung ab, ohne die Panzerung zu durchdringen. Das Projektil hinterließ eine Schramme in dem schwarz lackierten Metall.

Das Katana sauste zweimal herab und machte die beiden verbliebenen Wachposten nieder. Man hätte beinahe den Eindruck gewinnen können, die Elite-Attentäterin mähe lediglich Gras. Sie stürmte die Rampe hinauf. Die Überlebenden aus Dexters Gruppe folgten ihr hastig. Der Flottenbefehlshaber war einer der Letzten, die die Rampe hinaufliefen.

Den Solariern wurde klar, dass ihre Beute dabei war zu entkommen. Sie rückten näher und setzten ein Sperrfeuer auf die Rampe.

Hinter Dexter keuchte jemand auf. Er wirbelte auf dem Absatz herum. Dombrowski fiel ihm förmlich in die Arme. Dexter ließ ihn zu Boden gleiten. Durch das geborstene Plexiglas des Helms starrten ihn die toten Augen des Flaggleutenants an. Die Rampe wurde eingezogen. Dexter musste gegen den Drang ankämpfen, bei dem gefallenen Untergebenen zu verweilen. Doch sein Überlebensinstinkt setzte sich durch. Er stand auf und begab sich ins Cockpit.

Angel saß bereits an den Kontrollen, Melanie hatte es sich auf dem Kopilotensitz bequem gemacht.

Angel hantierte an der Steuerung. »Du kannst den Helm abnehmen«, versetzte sie, ohne aufzublicken. »Ich habe den Druckausgleich herbeigeführt.« Dexter zögerte einen Moment, setzte dann aber den Helm ab. Er atmete tief ein. Die Luft schmeckte steril, im Prinzip wie die aus den Sauerstoffbehältern seines Anzugs. Dennoch fühlte es sich gut an, den Helm absetzen zu können. Angel nahm ihren ebenfalls ab und strich sich das verschwitzte Haar aus der Stirn. Den Helm verstaute sie in einem Fach unterhalb ihrer Konsole.

Dexter sah durch das Kanzeldach. »Die Hangartore sind geschlossen«, erklärte er und kam sich sogleich furchtbar dämlich vor. Dieser Umstand dürfte Angel kaum entgangen sein.

Sie lächelte schief. »Nicht mehr lange.«

Sie packte den Steuerknüppel und drückte die Taste unter dem Zeigefinger mit aller Kraft durch.

Major Lars Helwig trat zu seinem Befehlshaber, sagte aber kein Wort. Dafür war Großadmiral Harriman Gorden extrem dankbar. Er brauchte niemanden, der ihm sagte, dass sie so richtig tief in der Scheiße steckten.

Die solarische Flotte befand sich in Konfusion und es würde dauern, Ordnung in das Chaos zu bringen. Die eingekesselten royalen Schiffe waren zum überwiegenden Teil dabei zu entkommen. Nicht alle zwar, aber genug, um Gorden Kopfzerbrechen zu bereiten. Darüber hinaus hatten die Einheiten, die seine Analysten mittlerweile als Sokolows ehemalige Piratenbande identifiziert hatten, seine Geschwader zerstreut und damit einen Fluchtkorridor für die Royalisten geschaffen.

Aber eines würde er sich nicht nehmen lassen: Blackburn. Wenn er schon am Ende dieses Tages nichts anderes vorzuweisen hatte, dann zumindest den Skalp des Stachels im Fleisch der Republik.

»Zerstören Sie die NORMANDY!«, fauchte er.

Helwig sah seinen Vorgesetzten entgeistert an. »Sir? Wir haben immer noch Truppen an Bord des königlichen Flaggschiffes. Wir können doch nicht ...?«

Gorden unterbrach ihn unwirsch. »Der Kontakt zu unseren Entertruppen ist abgerissen. Genauso gut könnten sie mittlerweile alle ausgelöscht sein. Senden Sie auf allen Frequenzen eine Warnung. Vielleicht wird sie von einigen unserer Leute aufgefangen. Aber ich werde nicht dulden, dass Blackburn entkommt.« Mit einem zitternden Finger deutete er durch das Brückenfenster. »Zerstören Sie dieses Schiff! Sofort!«

Helwig schluckte, wandte beschämt den Kopf ab und nickte dem Offizier an der taktischen Station einmal zu.

Subcommodore Dominik Krüger saß auf dem Kommandosessel an Bord der NORMANDY. Er hatte alles in seiner Macht Stehende getan. Nun lag es an Blackburn, Sokolow und Hastings.

Commander Victoria Harper stand viel entspannter neben ihm, als es der Situation angemessen war. Die Solarier hatten jeglichen Versuch aufgegeben, sich Zugang zur Kommandobrücke verschaffen zu wollen. Stattdessen verließen sie in Scharen das geenterte Großschlachtschiff. Viele sprangen in ihren versiegelten Rüstungen einfach aus dem nächsten Loch in der Außenhülle, in der Hoffnung, von ihren eigenen Einheiten aufgenommen zu werden. Andere schafften es, die Enterkapseln zu erreichen und sich mittels deren Hilfe von der NORMANDY zu entfernen.

Die Solarier waren aber nicht die Einzigen, die zu entkommen versuchten. Rettungskapseln verließen das königliche Flaggschiff. Krüger lächelte bei dem Anblick. Wenigstens würden einige seiner Leute überleben. Das war zumindest ein kleiner Trost.

Er schaltete auf die interne Kamera eines Hangars an Backbord. Dort war Angels Jacht zu sehen. Die überraschend schlagkräftigen Kanonen des kleinen Schiffes zerschmolzen die Hangartore. Die Jacht nahm Fahrt auf, sobald die Lücke groß genug war.

Angels Vehikel hatte die NORMANDY kaum verlassen, als die Geschütze der ARES das Feuer eröffneten. Das erste Gaußprojektil zerschmetterte die Kommandobrücke und zerquetschte jeden, der noch am Leben war. Es geschah so schnell, dass keiner von ihnen die Zeit hatte, etwas zu spüren.

Mit den nächsten Salven zerbarst der Rumpf der NORMANDY. Was übrig blieb, wurde von einer Explosion verzehrt.

Der Angriffskreuzer ROYALISTENTOD unter dem Befehl von Commodore Dimitri Sokolow stieß eine weitere Torpedosalve aus. Die Geschosse hätten eigentlich den Kampfkreuzer voraus in tausend Stücke zerblasen sollen.

Der Solarier schaffte es aber noch rechtzeitig, die Schildblase hochzuziehen. Der Energieoutput war nicht groß genug, um alle Lenkflugkörper abzuwehren; es reichte dennoch, um einen Unterschied zwischen Leben und Tod zu machen. Die Schilde versagten nach wenigen Sekunden und die letzten beiden Torpedos schlugen in den Achterrumpf ein. Rauch quoll aus dem Antrieb und der Kampfkreuzer humpelte davon, während ihm drei Schwere Kreuzer Deckung gaben. Sokolow ließ ihn ziehen.

Der Commodore überprüfte die Aufstellung feindlicher und eigener Verbände. Gorden wusste, dass er unter den gegebenen Umständen einen schweren Stand haben würde. Seine Formation war aufgebrochen, einige seiner Geschwader auf dem Rückzug.

Sokolow lächelte schief. Das musste eine bittere Pille für den Großadmiral sein. Er beorderte seine Kampfgruppen zu einer neuen Position in der Nähe zu Tirold III. Damit ließ er den Royalisten praktisch eine Fluchtroute offen.

Nicht alle würden es schaffen. Eine Reihe königlicher Schiffe waren schwer beschädigt. Die Solarier würden sie aufbringen oder zerstören. Aber das Gros der noch funktionsfähigen Schiffe war gerettet.

Sein Blick zuckte zum taktischen Hologramm. Hastings und Verhofen hatten mittlerweile L5 gesichert. Der Weg aus dem System war frei. Nicht alle von Gorden zum Schutz der Lagrange-Punkte zurückgelassenen Einheiten waren vernichtet. Sie setzten sich angeschlagen aus dem Kampfgebiet ab. Besiegt und gedemütigt. Erneut. Hastings machte keinerlei Anstalten, sie zu verfolgen und endgültig zur Strecke zu bringen. Am heutigen Tag galt es schon als Sieg, wenn sie hier mit halbwegs heiler Haut herauskamen.

Der Commodore erhob die Stimme: »Alle Einheiten: Wendemanöver einleiten und Abzug durch L5.« Ein erleichterter Tonfall schlich sich in seine Stimme. »So schnell wie möglich weg von hier.«

Während Gorden seine Geschwader um sich sammelte, rückten die königlichen Einheiten in Richtung des Lagrange-Punktes L5 ab. Eines der Schiffe, das entkam, war eine kleine, wendige Jacht. Aber sie überließen viel zu viele Kameraden der Willkür des Feindes. Und das schmeckte keinem von ihnen, am allerwenigsten Flottenadmiral Dexter Blackburn.

Julia Alexjewitsch führte ihre schwer dezimierte Truppe zurück in den Unterschlupf. Weniger als ein Drittel ihrer Gruppe hatte den Kampf überstanden. Und von denen war kaum einer ohne Blessuren davongekommen.

Im Unterschlupf angekommen, erwartete sie allerdings die nächste Hiobsbotschaft. Die Solarier waren vor ihnen dort eingetroffen. Als Julia die Leiter herabstieg, rümpfte sie die Nase. Der Gestank verkohlter Leichen stieg ihr unangenehm in die Nase. Sie packte das Sturmgewehr fester. Gleichzeitig wusste sie, es war unnötig. Die Solarier hatten sich gar nicht mit der Entsendung von Bodentruppen aufgehalten. Der Unterschlupf des Widerstands war aufgespürt und von Drohnen attackiert worden.

Regen hatten eingesetzt. Er strömte durch die Löcher in der Decke nur so herein und setzte den Stützpunkt der Freiheitskämpfer unter Wasser.

Julia schlich vorsichtig weiter. Kowaljenkow blieb dicht bei ihr. Auf die ersten Leichen trafen sie nach wenigen Metern. Sie waren kaum zu identifizieren. Julia war aber überzeugt, sie gekannt zu haben. Jeder, den die Solarier heute Nacht erwischt hatten, war ein Freund, ein Bruder, ein geliebtes Wesen oder ein Verwandter gewesen. Dem Widerstand war ein vernichtender Schlag versetzt worden.

»Wir müssen die Kommunikation wieder einrichten«, wandte sie sich an Kowaljenkow. »Sobald sie steht, will ich wissen, wie viele Stützpunkte wir verloren haben. Möglicherweise haben sie nur diesen einen gefunden.«

Kowaljenkow nickte. Seine Mimik drückte Zweifel an ihrer Hoffnung aus. Julia konnte es ihm nicht verdenken. Falls es heute wirklich dumm gelaufen war, dann mussten sie wieder bei null anfangen.

Ein Geräusch ließ die Widerstandskämpfer herumfahren. Eine Gestalt taumelte aus der Dunkelheit auf sie zu. Julia riss die Augen auf. Captain Danlyo Ludnig sank vor seiner Anführerin auf die Knie, das Gesicht nass vor Tränen.

Julia packte ihn an den Schultern. »Danlyo? Wo ist dein Team? Wo sind die anderen?«

»Tot«, brachte er mühsam hervor. »Alle tot!« Er vergrub sein Gesicht an ihrer Brust. Sie nahm ihn sanft in die Arme.

»Keine Sorge«, tröstete sie ihn. »Es ist noch nicht vorbei.« Julia wünschte sich, sie hätte an die eigenen Worte glauben können.

Teil III
Eine Krone für den Prinzen

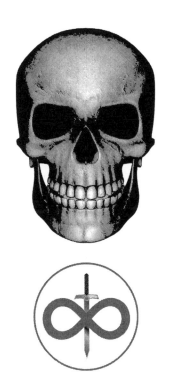

17

19. Oktober 2648

Prinz Calvin saß hinter seinem Schreibtisch und begutachtete die vor ihm angetretenen Männer. Flottenadmiral Dexter Blackburn, Commodore Dimitri Sokolow sowie Admiral Anton Verhofen vom *Konsortium* standen vor ihrem Souverän stramm und wagten es nicht, auch nur zu atmen.

Der Prinz musterte kopfschüttelnd einen nach dem anderen von links nach rechts und dann nach einer kurzen Pause wieder in die andere Richtung.

Das Staatsoberhaupt des Vereinigten Kolonialen Königreichs richtete sich kerzengerade auf. Trotz der ernsten Situation kam Dexter nicht umhin festzustellen, dass ständig ein gewisses Schmunzeln die Mundwinkel des jungen Prinzen umspielte.

»Was soll ich mit Ihnen dreien nur anstellen?«, fragte Calvin in die Stille des Raumes hinein. Keiner der drei angetretenen Offiziere traute sich, die beiden herzitierten Mitstreiter anzusehen. Dexter entschied schließlich, den Anfang zu machen.

Der Flottenoberbefehlshaber trat selbstbewusst und entschlossen einen Schritt nach vorn in einer Bewegung, beinahe als würde er sich in das eigene Schwert stürzen.

»Für das Debakel bei Tirold übernehme ich die volle Verantwortung«, erklärte er. »Unter meiner Führung ist die Hauptschlagkraft der königlichen Flotte in diese Falle geraten. Ich habe es gestattet, dass Gorden uns derart hinters Licht führen konnte.« Beschämt senkte Dexter den Kopf. »Unter meinem Befehl wären die Raumstreitkräfte des Königreichs fast völlig vernichtet worden. Verhofen und Sokolow wollten nur meinen Fehler wiedergutmachen. Die beiden trifft keine Schuld.« Er drückte das Rückgrat durch und hob das Haupt. »Sie erhalten mein Rücktrittsgesuch innerhalb der nächsten Stunde, Euer Hoheit.«

Prinz Calvin wischte das Angebot mit einer Handbewegung beiseite. »Reden Sie keinen Unsinn, Dexter«, sprach er seinen Oberbefehlshaber der Raumstreitkräfte vertraulich an. »Wir zwei haben in diesem Krieg schon genug mitgemacht, um zu wissen, dass nur selten etwas nach Plan verläuft. Würde ich jeden höheren Offizier, der gegen die Solarier ab und zu eine Niederlage einfährt, entlassen, dann würden meine Streitkräfte nur noch von Corporals und Sergeants kommandiert.« Der Prinz schüttelte den Kopf. »Nein, nein, aus den Vorfällen im Tirold-System werden keine personellen Konsequenzen resultieren. Wichtig ist nur, dass wir bei zukünftigen Operationen aus den Fehlern der Vergangenheit lernen.« Sein Blick fokussierte sich auf Sokolow und Verhofen. »Was diese beiden angeht ...« Der Tonfall des Prinzen wurde leicht bedrohlich. »... so liegen die Dinge ein wenig anders. Hier steht Befehlsverweigerung im Raum. Eine ernste Angelegenheit.«

»Aber das war doch nur geschehen, um die Flotte zu retten«, protestierte Dexter.

»Das ist mir klar, aber Disziplin und Befehlskette dürfen nicht ignoriert werden, ungeachtet möglicher mildernder Umstände.« Prinz Calvin begutachtete die beiden Offiziere eine Weile nachdenklich. »Nun? Hat einer von Ihnen etwas zu seiner Verteidigung vorzubringen? Irgendetwas?«

Sokolow und Verhofen starrten unentwegt auf einen imaginären Punkt unmittelbar an der Wand hinter dem Prinzen. Der ehemalige Pirat reckte übertrieben den Hals, als wäre ihm der Kragen zu eng. »Euer Hoheit, niemand war bereit zu handeln. Alle redeten immer nur über mögliche Konsequenzen anstatt darüber, wie wir die Karre aus dem Dreck ziehen können.« Der Commodore senkte den Kopf und sah dem Prinzen das erste Mal in die Augen. »Ihr könnt uns bestrafen, wenn Ihr wollt. Entlasst uns aus Eurem Dienst, wenn Ihr wollt, aber ich bin weiterhin der festen Überzeugung, das Richtige getan zu haben.« Der *Konsortiums*-Admiral öffnete den Mund, um etwas zu sagen, aber Sokolow kam ihm zuvor. »Und Verhofen auch.«

Der militärische Befehlshaber des untergegangenen *Konsortiums* schloss seine Kiefer mit mechanischem Knacken. Der Mann behielt eine sorgsam einstudierte neutrale Miene bei. In den Augen des Offiziers blitzte es allerdings amüsiert auf.

»Niemand wollte etwas tun«, fuhr Sokolow fort. »Nicht einmal Sorenson. Lediglich Verhofen war bereit, die Dinge selbstständig in die Hand zu nehmen.«

»*Admiral* Sorenson«, korrigierte der Prinz, »hat Sinn und Zweck einer funktionierenden Befehlskette verstanden und akzeptiert ihren Wert für ein Militär, das sich als unterlegener Part in einem unprovozierten Krieg wiederfindet.«

Prinz Calvin lehnte sich zurück. Sein Stuhl knarrte. Plötzlich wirkten Haltung und Körpersprache des designierten Monarchen wesentlich versöhnlicher. »Nichtsdestotrotz macht es Ihr Erfolg schwer, Sie vor ein Kriegsgericht zu bringen. Blackburn hat recht, wir dürfen das Wesentliche nicht aus den Augen verlieren. Im Endeffekt haben Sie die Flotte gerettet. Dank Ihrem Vorgehen sind wir weiterhin kriegsfähig.« Er seufzte. »Sie beide erhalten einen offiziellen Verweis in Ihre jeweilige Personalakte. Und falls einer von Ihnen jemals wieder eine solche Cowboynummer abzieht, dann lasse ich ihn verhaften und vor ein Tribunal stellen. Nichts wird das in Zukunft verhindern können. Verstanden?«

»Verstanden, Euer Hoheit!«, erwiderten Sokolow und Verhofen im Chor.

Dexter konnte sich nur mit Mühe ein Lächeln verkneifen. Für reguläre Soldaten wäre ein Verweis eine ernste Sanktion des eigenen Verhaltens gewesen. Und ein qualifizierter Warnschuss vor den Bug.

Er bezweifelte aber, dass Sokolow und Verhofen das genauso sahen. Der ehemalige Pirat hatte sein halbes Leben lang damit zugebracht, die Monarchie zu bekämpfen, für die er nun so vehement eintrat. Der bärbeißige alte Haudegen würde einen feuchten Pups auf einen Verweis in seiner Akte geben. Und Verhofen war nicht einmal offizieller Teil der royalen Streitkräfte. Seine Akte bestand lediglich pro forma, hatte also im Prinzip keinerlei Auswirkungen, weder negativ noch positiv. Dexter hätte beinahe erleichtert aufgeseufzt. Da waren sie aber noch mal mit einem blauen Auge weggekommen.

Der Prinz leckte sich über die Lippen. »Dann wenden wir uns jetzt dringlicheren Themen zu.« Sein Blick richtete sich auf Dexter. »Wie hoch sind unsere Ausfälle nach Tirold?«

Der Flottenoffizier bewegte sich unruhig. »Es melden sich immer noch Nachzügler bei mir. Der Rückzug verlief alles andere als geordnet. Viele

Geschwader verloren den Zusammenhalt und ihre Schiffe mussten sich zu den Lagrange-Punkten auf eigene Faust durchschlagen.«

»Wie hoch?«, drängte der Prinz.

»Nach derzeitigem Kenntnisstand ... fünfundzwanzig Prozent bei den Kampfschiffen, fast vierzig bei Jägern und Bombern. Rein an Material. Viele Besatzungen und Piloten konnten ihre angeschlagenen Jäger und Schiffe verlassen und wurden im Anschluss von den eigenen Leuten aufgelesen.«

»Wir mussten aber auch einige zurücklassen«, versetzte der Prinz.

»Wenn sie Glück hatten, wurden sie von den Solariern aufgesammelt und gerieten in Kriegsgefangenschaft.« Er schüttelte den Kopf. »Bei einem Metzger wie Gorden würde ich mich aber nicht unbedingt darauf verlassen.« In den Gedanken des Prinzen ratterte es unentwegt. »Fünfundzwanzig Prozent. Das ist ein harter Schlag für uns.« Er sah auf. »Hat Major St. John bereits eine Analyse der gegnerischen Verluste ausgearbeitet?«

Dexter nickte. »Sie geht von Ausfällen ungefähr in derselben Höhe aus. Die Schlacht ist vom Ausgang her als Patt zu werten.«

»Mit dem Unterschied, dass die Solarier über wesentlich mehr Reserven verfügen als wir.«

Prinz Calvin schlug mit der flachen Hand auf die Tischkante. Er sah von einem zum anderen. »Wollen Sie alle Ihre Scharte wieder auswetzen? Dann setzen Sie sich mit Connors, Dubois und Hastings zusammen und erarbeiten Sie einen Plan für eine Erfolg versprechende Operation, die den Solariern echten Schaden zufügt. Ich erwarte einen entsprechenden Vorschlag in achtundvierzig Stunden. Sie dürfen wegtreten.«

Die drei Offiziere salutierten, traten einen Schritt rückwärts, drehten sich zackig um und verließen den Raum. Sobald sie den Dunstkreis des Prinzen verlassen hatten, wurden sie bereits erwartet.

Major Melanie St. John und Clayton *Red* Redburn standen schon bereit, um die Männer in Empfang zu nehmen. Die weibliche Geheimdienstoffizierin reckte neugierig das Kinn.

»Und? Wie war's?«

Dexter grinste breit. »Unsere Köpfe sind noch dran.«

Melanie wirkte ehrlich erleichtert, allerdings kannte er die Analystin lange genug, um auf Anhieb zu erkennen, dass mit ihr etwas nicht stimmte. Red warf der Frau einen zärtlichen Blick zu, den diese erwiderte.

Die beiden machten offenbar kein Geheimnis mehr aus ihrer Beziehung. Dexter freute sich für seine Freunde. Wie ernst es Red mit der Beziehung meinte, bewies seine Anwesenheit auf Sokolows Flaggschiff beim Entlastungsangriff gegen Gordens Einheiten.

Für einen Augenblick schien Melanie gelöster. Der intime Moment ging aber vorbei und sie wirkte erneut so besorgt wie noch Sekunden zuvor. Dexter fragte sich ernsthaft, was die sonst so gefasste, professionelle Frau dermaßen aus der Bahn warf.

Admiral Simon Lord Connors bog um die Ecke. Als er die Gruppe beieinanderstehen sah, hob er beide Augenbrauen. Mit einem Kopfnicken deutete er auf Dexter. »Weiß er es schon?«

Dexter fühlte sich gelinde gesagt überhaupt nicht wohl, wenn jemand in seinem Beisein über ihn sprach, als wäre er gar nicht da. Der Flottenbefehlshaber runzelte die Stirn. »Weiß ich *was* schon?«

Melanie verzog das Gesicht. »Tirold war ein größeres Desaster, als dir bewusst ist. Von der rein militärischen Seite mal abgesehen.«

»Ich kann dir nicht folgen.«

Sie schüttelte den Kopf. »Admiral Lord Connors und ich sind auf dem Weg zum Prinzen, um ihm ausführlich Bericht zu erstatten. Der Rest des Stabes erfährt es bei der nächsten Besprechung. So lange musst du dich leider noch gedulden.«

Die Erklärung heizte eher seine Neugier an, als diese zu befriedigen. Aber Melanies Einlassung entsprach dem Protokoll. Falls wirklich etwas aus dem Ruder lief, dann musste der Prinz zuerst informiert werden. Dexter nickte, trat zur Seite und gab den Weg frei.

Connors übernahm die Führung. »Sind Sie so weit, Major?«, fragte er in Melanies Richtung, ohne sich umzudrehen.

»Ich komme«, erwiderte die Geheimdienstoffizierin und folgte dem RIS-Chef. Zwei Mitglieder der Palastwache öffneten die Tür und ließen die kleine Delegation passieren. Ihnen folgten ratlose Blicke.

Sokolow, Verhofen und Dexter wandten sich Red zu. Dieser sah sich plötzlich im Fokus der allgemeinen Aufmerksamkeit. Der Mann zuckte verlegen mit den Achseln. »Sehen Sie nicht mich an! Ich weiß genauso viel wie Sie.«

Dexter war nicht der Einzige, der zu einem unangenehmen Rapport vor sein Staatsoberhaupt zitiert wurde.

Präsident Montgomery Pendergast saß hinter dem Schreibtisch, die Hände zu einer Pyramide geformt, auf die er das Kinn stützte.

Sein Assistent Peter Mulligan stand wie ein hilfreicher Schatten unmittelbar hinter ihm. Der Mann trug wie üblich eine Aktentasche unter dem Arm. Pendergast hatte mittlerweile aufgehört, sich zu fragen, warum dies der Fall war. Schriftliche Aufzeichnungen wurden höchstens noch in irgendwelchen verstaubten Archiven gelagert. Neunundneunzig Komma neun Prozent des Schriftverkehrs wurden heutzutage digital abgewickelt und gespeichert. Pendergast vermutete, dass die Existenz dieser Tasche einem Gefühl überheblicher Professionalität geschuldet war, dem Mulligan anhing und mit dem er andere auf seine eigene Wichtigkeit auf nicht sehr subtile Art und Weise hinweisen wollte.

Normalerweise versorgte der Mann Pendergast still und heimlich mit allerlei nützlichen Informationen. Auch während einer laufenden Besprechung. Dieses Mal hielt sich der Assistent auffallend im Hintergrund. Er wusste, aktuell sollte er sich unsichtbar machen. Der Präsident befand sich in einer seiner gefährlicheren Stimmungen.

Pendergast blendete die Anwesenheit Mulligans aus und konzentrierte sich auf die drei Männer, die man als Hologramme in sein Büro durchgestellt hatte. Der Boden vor dem Schreibtisch war mit holografischen Projektoren gespickt, um eine reibungslose Übertragung zu garantieren. Das Signal der drei Männer wurde über eine Stafette von Satelliten nahezu in Echtzeit übermittelt. Die zeitliche Verzögerung innerhalb des Gesprächs war minimal. Der Vorgang war verflucht teuer, stellte aber eine lohnende Investition dar. Vor allem, wenn er drauf und dran war, jemanden zur Schnecke zu machen.

Pendergasts Pupillen richteten sich auf den Mann in der Mitte. Großadmiral Harriman Gorden wand sich nervös unter dem brennenden Blick seines Oberbefehlshabers und Staatsoberhaupts. Und es benötigte schon einiges, um dem Mann, den sogar seine eigenen Leute hinter vorgehaltener Hand *den Schlächter* nannten, Unbehagen zu bereiten.

Großadmiral Gale Sheppard, dessen lebensgroßes Hologramm zu Gordens Rechter projiziert wurde, konnte sich eine gewisse Häme nicht verkneifen. Sie sollte ihm gegönnt sein.

»Können Sie mir auch nur einen Aspekt der Tirold-Operation nennen, die man nicht als vollständiges Debakel bezeichnen muss?«

Pendergast wartete angespannt darauf, wie Gorden auf diesen unverhohlenen Vorwurf reagieren würde.

»Wir haben den Royalisten erhebliche Verluste zugefügt. Nicht nur materiell gesehen, sondern auch personell. Bei ihrem Rückzug mussten sie eine große Anzahl Schiffbrüchiger zurücklassen, die in Gefangenschaft geraten sind. Darunter auch sieben Captains und zwei Commodores. Sie werden in diesem Moment von meinen Spezialisten befragt. Ich erwarte, dass Sie uns einige wichtige Informationen zu den Königlichen liefern können. Truppenstärke, operative Pläne und nicht zuletzt Prinz Calvins Aufenthaltsort.«

»Recht schön und gut«, fiel Pendergast dem Großadmiral ins Wort. »All diese Informationen wären gar nicht von solcher Brisanz, wenn es Ihnen gelungen wäre, den Gegner wie beabsichtigt entscheidend zu schlagen.«

Gordens Antlitz wirkte ungehalten. »Der Widerstand auf Tirold wurde praktisch ausgelöscht«, fuhr der Mann fort. »Und zuvor haben sie sich noch als ungemein hilfreich erwiesen.«

Pendergast zog den rechten Mundwinkel zu einem schiefen Grinsen hoch. »Ja, in der Tat. Das ist der einzige Punkt an Ihrem Bericht, der mir gefällt.« Gorden begann sichtlich, sich zu entspannen. Bei den nächsten Worten des Präsidenten zuckte er jedoch zusammen. »Aber das ist bei Weitem nicht gut genug.« Er seufzte enttäuscht. »Gorden, von Ihrer Entsendung ins Kriegsgebiet hatte ich mir wesentlich mehr erhofft.«

Pendergasts Blick fiel auf Sheppard, der zwanghaft versuchte, eine neutrale Miene beizubehalten. Dass der Hoffnungsträger der republikanischen Regierung dermaßen spektakulär versagt hatte, gefiel ihm offenbar.

»Wie lange dauert es noch, bis Ihre Streitkräfte wieder einsatzfähig sind?«, wandte sich Pendergast an den anderen Großadmiral. Dessen gute Laune verging schlagartig.

»Das hängt von Menge und Qualität des Nachschubs ab, der mir gewährt wird.« Sheppard zügelte seinen Zorn. Pendergast konnte den Mann sogar verstehen. Immerhin war er es gewesen, der das alte Zeug zu

Sheppards Flotte geschickt hatte. Das durfte dieser nur nie erfahren. Der Großadmiral war ohnehin ein gefährlicher politischer Gegner. Über kurz oder lang musste er unbedingt einen Weg finden, Sheppard entweder vor der Öffentlichkeit zu diskreditieren oder ihn aus dem Weg zu räumen. Handlungsfähige Opposition wurde von dem Präsidenten der Solaren Republik nicht geduldet.

»Ich spüre da eine versteckte Kritik, Großadmiral«, schalt der Präsident den Offizier.

»Die Waffen und Ersatzteile, die man uns schickt, sind bestenfalls zweite Wahl. Und das ist noch beschönigend ausgedrückt. Die personelle Neuausrüstung meiner Einheiten dauert ewig. Von zehn Soldaten, die ich anfordere, bekomme ich einen zeitnah und den Rest über Monate verteilt. Wie soll ich auf diesem Weg eine einsatzbereite Streitmacht unterhalten? Wenn ich diesen Krieg führen soll, dann brauche ich auch die notwendigen Mittel, um dies zu bewerkstelligen.«

»Um den Krieg zu führen, bin ja ich jetzt da«, versetzte Gorden giftig.

»Und wir sehen ja alle, wie gut das funktioniert«, schoss Sheppard umgehend zurück.

»Meine Herren ...« Pendergast hob beschwichtigend die Hände. »Wir wollen nicht vergessen, dass wir alle auf derselben Seite stehen.«

Die beiden Großadmirale wandten sich voneinander ab. Besser konnten sie gar nicht zeigen, was sie von der Einlassung ihres Staatsoberhaupts hielten.

»Und was Sie betrifft, Sheppard«, fuhr Pendergast fort. »Der Widerstand auf der Erde ist frustrierenderweise noch sehr präsent und aktiv. Entgegen der allgemeinen Propaganda. Die Nachschublager bei Saigon sind vor einigen Tagen in die Luft geflogen. Dadurch verzögert sich nicht nur die Offensive gegen Taireen auf unbestimmte Zeit. Ein erheblicher Anteil dieser Vorräte war darüber hinaus für Sie bestimmt. Deswegen hatte ich gar keine andere Wahl, als Ihnen zu schicken, was ich anderswo loseisen konnte. Also machen Sie das Beste draus.«

Das war eine glatte Lüge. Nicht ein einziges Stück der bei Saigon verlorenen Ausrüstung war für Sheppard bestimmt gewesen. Aber das musste der ja nicht wissen. Die Erklärung würde ihn für eine Weile verstummen lassen. Eigentlich hatte MacTavish Pendergast sogar einen Gefallen getan.

Dadurch hatte er die perfekte Ausrede, mit der er die mangelhaften Nachschublieferungen an Sheppard erklären konnte. Es würde den arroganten, kleinen Emporkömmling für eine Weile ruhigstellen.

»Meine Herren«, schloss Pendergast die Besprechung. »Ich würde vorschlagen, wir beenden die Zusammenkunft an diesem Punkt. Admiral Sheppard, tun Sie alles, was unter den gegebenen Umständen in Ihrer Macht steht, um Ihre Streitkräfte wieder auf Sollstärke zu bringen. Admiral Gorden, von Ihnen erwarte ich einen praktikablen Einsatzplan, um die Royalisten weiterhin unter Druck zu setzen. Und zwar schnellstmöglich.«

Beide Großadmirale standen stramm. »Verstanden, Herr Präsident!«, bestätigten sie einstimmig. Die Hologramme der zwei Männer verblassten, bis Pendergast allein mit der holografischen Abbildung seines letzten Gastes im Raum stand.

Vincent Burgh wirkte so adrett und arrogant wie eh und je. Er musterte seinen Auftraggeber scharf. »Sind die Depots in Saigon wirklich verloren?«

Pendergast nickte scharf. »Allerdings. Damit hat uns der Widerstand einen schweren Schlag versetzt.«

Burgh kratzte sich über das Kinn. »Wie konnten sie davon wissen?«

Der Präsident zuckte die Achseln. »Wahrscheinlich Kabayashi. Die Yakuza haben überall ihre Spitzel.«

»Ja, möglicherweise …«, meinte Burgh wenig überzeugt.

»Wie läuft Ihre Mission?«, fragte Pendergast und riss den Attentäter damit aus dessen Überlegungen.

»Apollo ist erledigt. Graf Simmons war eine weniger gefährliche Beute, als er selbst dachte. Es war einfach, ihn zur Strecke zu bringen.«

»Ausgezeichnet«, honorierte Pendergast. »Und Merkur?«

»Wir sind derzeit auf dem Weg nach Onbele. ETA in voraussichtlich sieben Tagen. Ich erwarte keine größeren Probleme.« Der Attentäter grinste. »Mal sehen, ob Graf Kasumba seinem Spitznamen gerecht wird.«

»Halten Sie mich auf dem Laufenden.«

Burgh nickte und auch sein Hologramm verblasste, als er die Verbindung zur Erde kappte.

Pendergast lehnte sich in seinem Stuhl zurück. Nun gut, die Sache bei Tirold hätte besser laufen können. Aber es war nicht viel verloren. Das

Ende der Royalisten um Prinz Calvin wurde dadurch lediglich ein wenig hinausgezögert. Gänzlich verhindern würden es die letzten Verteidiger des Vereinigten Kolonialen Königreichs aber nicht können.

18

Dexter erkannte schon an der Art, wie Prinz Calvin den Besprechungsraum betrat, dass etwas nicht stimmte. Den Anführer der Royalisten umgab eine düstere Aura, wie er sie nur selten zuvor erlebt hatte. Admiral Simon Lord Connors folgte dem Prinzen auf dem Fuße. Und auch dieser wirkte niedergedrückt.

Dexter sah zu Melanie hinüber, die ihm gegenüber am Tisch saß. Die Geheimdienstoffizierin wich seinem Blick unbehaglich aus. Das versprach eine interessante Unterredung zu werden.

Alle Anwesenden erhoben sich respektvoll. Der Prinz trat ans Kopfende des Tisches, verharrte einen Moment und setzte sich dann. Dies nahmen die Offiziere zum Anlass, ebenfalls Platz zu nehmen.

Prinz Calvin maß jeden mit festem Blick, versuchte, die allgemeine Stimmung einzuschätzen. Als er fertig war, gab er Connors nickend das Einverständnis zu beginnen.

Der Chef des Royal Intelligence Service machte sich an seinem Platz zu schaffen. Eine holografische Aufzeichnung erwachte in der Mitte der Tischplatte zum Leben. Alle Anwesenden beugten sich unwillkürlich vor.

Es handelte sich offenbar um eine aufgefangene Nachrichtensendung eines örtlichen Kanals auf Tirold III. Allem Anschein nach eine unabhängige Quelle. Allerdings wusste jeder, dass es in den besetzten Gebieten so etwas wie ausgewogene Berichterstattung oder gar frei agierende Medien nicht gab.

Die Aufzeichnung zeigte ein zerstörtes Gebäude inmitten einer größeren Stadt auf dem dicht bevölkerten Planeten. Im Vordergrund stand eine Reporterin im Fokus der Kamera. Der Ton war abgeschaltet. Was zu sehen war, genügte jedoch, um jedem eine Gänsehaut über den Rücken zu jagen.

Vor laufender Kamera wurden mehrere mit weißen Tüchern abgedeckte leblose Körper aus der Ruine geborgen. Am unteren Rand des Bildes wurde ein Schriftzug eingeblendet: »Streitkräfte des Königreichs verüben Kriegsverbrechen. Hunderte Zivilisten ermordet.«

Dexter wandte beschämt und von Grauen erfüllt den Blick ab. Der Prinz gab Connors zu verstehen, das Bild einzufrieren. Die Reporterin erstarrte mitten in der Bewegung.

Prinz Calvin ließ den Blick abwartend über die Versammlung wandern. Niemand sagte ein Wort. Nach einigen Sekunden hielt es der Prinz nicht länger aus. Er deutete mit dem Zeigefinger anklagend auf die eingefrorene Aufzeichnung.

»Würde mir das bitte jemand erklären?«

»Dabei kann es sich nur um eine Fälschung handeln«, begann Oscar Sorenson. Der Admiral und Befehlshaber der *Skull*-Spezialeinheit schüttelte energisch den Kopf. Melanie musste seiner verzweifelten Einlassung sogleich einen Riegel vorschieben.

»So leid es mir tut, aber der Vorfall ist real. Er fand während des gescheiterten Invasionsversuchs statt.«

Betäubtes Schweigen breitete sich aus. Die Offiziere warfen der Analystin ungläubige Blicke zu, sodass sie sich zu einer näheren Erläuterung genötigt sah. »Eine Truppe des Widerstands hat am Boden verschiedene Ziele mit Laser markiert, damit unsere Bomber Präzisionsangriffe durchführen konnten. Beabsichtigt war es, Luft- und Raumabwehrstellungen, Nachschubdepots, Kommunikations- und Radareinrichtungen auszuschalten, um die Landung von Bodentruppen zu unterstützen.« Melanie deutete auf das Hologramm. »Dieses Gebäude gehörte dazu. Es liegt inzwischen die Bestätigung vor, dass eine unserer Bomberstaffeln den Angriff erfolgreich durchgeführt hat und dabei jenes Gebäude bombardiert und ausgeschaltet hat. Gemäß offizieller Verlautbarung der Solarier handelte es sich in Wirklichkeit um einen Schutzbunker voller Zivilisten.«

»Ausgeschaltet?«, wetterte Vizeadmiral Lord Hastings. »Zum Kuckuck, wir reden hier von Menschen. Wir haben unsere eigenen Leute umgebracht.«

»Der Widerstand lieferte Informationen, denen zufolge es sich um ein Nachschubdepot handelte.«

»Wurden sie nicht durch den RIS verifiziert?«, hakte Hastings wutentbrannt nach.

Connors Kopf zuckte hoch. »Natürlich wurden sie das. Die Informationen waren korrekt. Zumindest hatte es den Anschein. Uns lagen dieselben Aufklärungsdaten vor. Hätte es nur den kleinsten Raum für Zweifel gegeben, wäre die Bombardierung nicht angeordnet worden.«

»Eine Propagandafalle«, schloss Dexter.

Der Prinz nickte. »Nachdem die letzte nicht funktioniert hat, da sie von den Solariern gefälscht wurde, hat Gorden den Einsatz erhöht und ein tatsächliches Kriegsverbrechen provoziert. Eines, das wir nicht einmal dementieren können, weil wir dieses Mal wirklich verantwortlich sind.«

»Ist das so?«, wollte Major General Sabine Dubois wissen. Alle Augen richteten sich auf sie. »Ich meine, können wir es denn nicht abstreiten? Wenn wir sagen, dass königliche Truppen nichts damit zu tun haben, dann wird man uns glauben.«

»So etwas sollten wir gar nicht erst anfangen«, hielt Dexter dagegen. »Unser größter Verbündeter im Kampf gegen die Solarier war immer die Wahrheit. Falls wir jetzt mit einer Lügenkampagne beginnen, dann wird uns das früher oder später auf die Füße fallen. Derartige Lügen besitzen die unangenehme Tendenz, irgendwann den Weg an die Oberfläche zu finden. Und dann wird es uns Sympathien kosten.«

»Was schlagen Sie also vor, Dexter?«, wollte der Prinz wissen.

»Angriff ist die beste Verteidigung«, zitierte der Flottenbefehlshaber. »Ihr setzt eine Pressekonferenz an und räumt unsere Verantwortung ein. Beweist Ehrlichkeit und Mitgefühl mit den Opfern und Hinterbliebenen. Das ist der einzig richtige Weg, mit der verfahrenen Situation umzugehen.«

Prinz Calvin dachte angestrengt über den Vorschlag nach. »Gibt es verlässliche Opferzahlen?«

Melanie neigte leicht den Kopf zur Seite und wechselte einen schnellen Blick mit ihrem Vorgesetzten, bevor sie antwortete. »Wir glauben an etwa achtzig bis hundert Tote und möglicherweise noch einmal so viele Verletzte.« Sie deutete auf den Schriftzug unterhalb der Reporterin. »Der Vorwurf von Hunderten Toten ist maßlos übertrieben und dient lediglich dazu, Emotionen und Hass gegen uns zu schüren.«

»Auch achtzig sind bereits zu viel«, versetzte der Prinz verkniffen. Sein Blick richtete sich ein weiteres Mal auf Dexter. »Soll ich darauf eingehen, dass wir in eine solarische Propagandafalle getappt sind?«

»Davon würde ich dringendst abraten, Euer Hoheit. Jeder entsprechende Versuch würde in der Öffentlichkeit nur so aussehen, als trachteten wir danach, die Verantwortung abzuwälzen. Es würde unsere Glaubwürdigkeit genauso beschädigen, als wenn wir den Vorfall abstreiten.«

Der Prinz warf aus dem Augenwinkel einen wortlosen Blick zu seinem RIS-Chef. Connors nickte verhalten.

»Dann machen wir es so«, beschied der Prinz. »Zukünftig müssen wir aber bei jedem Schritt noch vorsichtiger sein als bisher. Gorden hat bewiesen, wie weit er bereit ist zu gehen, um dem Königreich zu schaden. Sei es militärisch oder unserer Reputation. Mit diesem Mistkerl müssen wir ab sofort umgehen, als handele es sich um ein rohes Ei.«

Der Prinz leckte sich über die Lippen. »Na gut, dann wenden wir uns jetzt dem nächsten bedeutenden Thema zu. Wir müssen nach diesem Fiasko die Initiative zurückerlangen. Ich wollte, dass Sie mir einen Plan für eine Erfolg versprechende Offensive vorlegen. Wie steht es damit?«

Dexter lächelte schief. »Ich glaube, wir haben ein Ziel gefunden, mit dem wir nicht nur die Solarier aus dem Gleichgewicht bringen, sondern auch gleichzeitig unsere eigene Situation wesentlich verbessern könnten.«

»Ich bin ganz Ohr.« Prinz Calvin lehnte sich mit beiden Händen neugierig auf die Tischplatte.

Dexter zögerte noch einen Moment, bevor er mit der Neuigkeit herausplatzte. Er wusste, was er nun öffentlich machte, würde heftige Reaktionen auslösen.

Der Flottenoffizier maß jeden der Anwesenden mit festem Blick. »Castor Prime. Wir werden es befreien.«

Betäubtes Schweigen war die erste vorherrschende Reaktion auf seine Worte. Dann, als wäre ein Damm gebrochen, plapperte alles wild durcheinander. Lediglich Dubois und Dexter selbst beteiligten sich nicht daran. Sie hatten zwei Tage lang an einem Plan gefeilt, mit dem sie den Solariern einen Schlag versetzen wollten, von dem sie sich mit ein wenig Glück nie wieder würden erholen können. Das Geplapper dauerte einige Zeit an, bis Prinz Calvin mit der Hand auf den Tisch schlug. Die Offiziere verstummten.

Der junge Adlige musterte Dexter mit einem verschmitzten Lächeln. »Ich bewundere Ihre Kühnheit, Admiral. Aber eine Rückeroberung der

Hauptwelt des Königreichs halte ich in unserem momentanen Zustand nicht für realistisch.«

Dexter nickte Dubois zu und die für Spezialoperationen zuständige Generalin nahm den Faden auf. »So riskant, wie es scheint, ist es vielleicht gar nicht. Nach der Niederlage von Selmondayek wurde Sheppard zum Kampfkommandant von Castor Prime ernannt. Er fiel bei Pendergast wegen seines Versagens in Ungnade. Dem RIS wurden vor kurzem Daten zugespielt, die darauf hindeuten, dass Sheppards Einheiten nur noch mit dem Nötigsten versorgt werden, und sogar das bisschen ist von minderwertiger Qualität. Pendergasts neuer Sonnenschein bekommt den Löwenanteil des verfügbaren Nachschubs. Sheppard lässt man am ausgestreckten Arm verhungern. Er kann kaum die Überlebenden seiner Einheiten angemessen versorgen; von einer Wiederaufstockung der 3. Flotte ist er weit entfernt. So schwach werden die Solarier bei Castor Prime nie wieder sein.«

Der Prinz lehnte sich zurück, ließ sich das Gesagte durch den Kopf gehen. Widerwillig schüttelte er den Kopf. »Niemand möchte Castor Prime lieber zurückerobern als ich. Immerhin bin ich dort geboren und aufgewachsen. Es ist meine Heimat. Aber ein System zu befreien genügt nicht, wir müssen es auch halten. Und der erste ernst gemeinte Vorstoß der Solarier nimmt uns Castor Prime wieder ab. Es ... es ist einfach nicht machbar.«

Man merkte dem Prinzen an, wie sehr es ihm widerstrebte, dem Plan seine Zustimmung vorzuenthalten. Aber Dexter war nicht bereit, so schnell aufzugeben.

»Die Rückeroberung des Planeten ist nur der erste Schritt«, nahm er den Faden auf.

Interessiert sah der Prinz auf. »Und was wäre der zweite?«

Dexter lächelte. »Wir krönen Euch in der Kathedrale zu Pollux zum König und wir übertragen es live in jeden Winkel des Königreichs.«

Das Schweigen, das diese Ankündigung hervorrief, war das lauteste, das er je gehört hatte. Die anwesenden Männer und Frauen starrten ihn mit offenem Mund an. Nur Dubois nicht, die das Vorhaben ja mit entworfen hatte. Lieutenant Colonel Winston Carmichael vom Royal Red Dragoon Bataillon nickte ihm anerkennend zu. Der Prinz war nicht weniger schockiert als der Rest der Versammlung. Daher entschied Dexter weiterzureden, solange ihm die Aufmerksamkeit seiner Mitstreiter sicher war.

»Die Menschen haben ihren König verloren. Und mit ihm ihre Hoffnung. Viele erfahren gar nicht von unseren Erfolgen, da die Medien in den besetzten Gebieten streng kontrolliert werden. Es gibt Planeten, auf denen die Bevölkerung nicht einmal weiß, dass wir immer noch kämpfen. Dass es immer noch Widerstand gegen die solarische Okkupation gibt. Wenn wir Euch zum König krönen, wird das die Menschen aufrütteln.«

»Sie sagten, die Medien stehen unter feindlicher Kontrolle«, wandte der Prinz ein. »Wie wollen Sie die Krönungsfeierlichkeiten überhaupt ins Königreich live streamen?«

»Indem wir die Kanäle der Solarier nutzen und gegen sie verwenden. Auf Castor Prime ist das Zentrum ihrer Propaganda für die besetzten Gebiete. Königliche Truppen erobern die Anlage und mit ihrer Hilfe klinken wir uns in das Netzwerk ein. Bevor ihnen bewusst ist, was geschieht, sind wir bereits in den Wohnzimmern der Menschen und lassen sie nahezu in Echtzeit an dem Ereignis teilhaben. Das wird sie hoffentlich aus ihrer erzwungenen Lethargie zerren.«

Die Augen des Prinzen leuchteten bei der Vorstellung auf. Der Höhenflug hielt nicht lange an. »Und wenn nicht?«, fragte er in die Runde. »Was, wenn der Volkszorn angesichts der Invasion nicht überkocht und sich die Menschen nicht erheben? Was, wenn wir Castor Prime einnehmen, mich zum König krönen und dann kommen die Solarier und riegeln das System an? Wir würden in der Falle sitzen.«

»Das Risiko ist nicht zu verachten«, stimmte Dubois zu. »Aber welche Alternative bleibt uns denn? Der Krieg ist an einem Punkt angelangt, an dem wir uns entscheiden müssen, alles auf eine Karte zu setzen. Unsere Streitkräfte verzeichneten einige Erfolge. Aber der Konflikt steht kurz davor, sich totzulaufen. Und für uns kann das langfristig nur schlecht sein. Außerdem gibt es noch andere Erwägungen, die für einen Angriff auf Castor Prime sprechen.«

»Und die wären?« Der Prinz sah von einem zum anderen. Dubois sah Dexter auffordernd an und dieser sprach weiter.

»Wir gehen davon aus, dass es im gesamten Königreich immer noch Schiffs- und Truppenverbände gibt, die sich versteckt halten. Es gibt vereinzelte unbestätigte Berichte über unkoordinierte Partisanenaktivität. Nichts wirklich Greifbares, aber es birgt Anlass zur Hoffnung.«

»Sie wollen unsere Leute herauslocken«, meinte der Prinz.

Dexter nickte. »Es ist kein Geheimnis, dass wir an Personalmangel leiden. Wenn wir nicht nur die Bevölkerung, sondern auch versprengte königliche Einheiten dazu ermuntern könnten, endlich aus den Schatten zu treten, dann hätten wir eine reelle Chance, das Kriegsglück zu unseren Gunsten zu wenden. Das Königreich braucht einen König. Es verschafft unserer Sache Legitimität.«

Der Prinz zögerte immer noch. Dexter sprach unbeirrt weiter. »Euer Hoheit, Ihr seid mehr als ein Mensch und mehr als ein Prinz. Ihr seid ein Symbol. Dafür, dass unsere Nation ihre Freiheit zurückerlangen kann. Sagt nur ein Wort und der Plan zur Rückeroberung Castor Primes wird konkrete Züge annehmen.«

Prinz Calvin strich sich nachdenklich über Kinn und Wange. Der junge Mann war hin- und hergerissen. Dexter gestand sich insgeheim ein, dass er ungern an dessen Stelle gewesen wäre.

»Und Sie glauben, das ist der beste Weg, diesen Krieg noch zu gewinnen?«

»Es ist der einzige Weg«, gab Dexter freimütig zu. »Jede andere Alternative wird das unausweichliche Ende nur hinauszögern. Die einzige Hoffnung besteht darin, die Herzen der Bürger zu erreichen und für uns zu gewinnen. Was wir jetzt brauchen, ist ein Wunder. Eure Krönung könnte dieses Wunder bewirken.«

Prinz Calvin biss sich auf die Unterlippe. Abrupt nickte er begeistert. »Na schön, wir tun es.«

Dexter hätte vor Freude und Erleichterung beinahe in die Hände geklatscht, konnte es aber im letzten Moment unterbinden. Ein solcher Gefühlsausbruch wäre mehr als unwürdig gewesen.

»Wie gehen wir vor?«, hakte der Prinz nach.

»Wir schmuggeln Einsatzkräfte nach Castor Prime«, erläuterte Dubois. Nun, da es darum ging, die ausgearbeiteten Pläne darzulegen, war die Generalin für Spezialoperationen voll und ganz in ihrem Element. »Auf der königlichen Zentralwelt gibt es aktive Widerstandszellen, die mit uns mittlerweile in unregelmäßigem Kontakt stehen. Sie haben zugesichert, uns zu unterstützen. Sie besitzen Waffen und notwendige Logistik vor

Ort und werden bei der bevorstehenden Operation sehr hilfreich sein. Sobald wir unsere Spezialkräfte am Boden haben, beginnen wir mit einer Reihe generalstabsmäßig geplanter Aktionen. Sie dienen dazu, die Raumüberwachung, das Abwehrnetz um den Planeten und verschiedene andere verteidigungsrelevante Einrichtungen auszuschalten oder zu erobern. Sobald das geschafft ist, greift das Gros der Flotte das System an, kämpft sich zum Planeten durch und wir beginnen mit der Landung von Bodentruppen.« Sie warf Admiral Verhofen und General Morrison einen abschätzigen Blick zu. Die beiden ehemaligen *Konsortiums*-Offiziere waren dieses Mal ungewohnt schweigsam. Die machten sich wohl Sorgen um ihren Platz in Dubois' Plänen.

Als hätte sie deren Gedanken gelesen, breitete sich ein breites Grinsen auf dem Gesicht der Generalin aus. »Unsere Freunde vom *Konsortium* hier können dann ihren Wert – und ihre Loyalität – unter Beweis stellen. Die Einheiten beider Offiziere werden sich bei der bevorstehenden Invasion Castor Primes nützlich machen.« Verhofen und Morrison wechselten einen missmutigen Blick, sagten aber nichts dazu. Sie wussten, wann es besser war, die Klappe zu halten.

»Sobald der Planet gesichert und die solarischen Besatzungstruppen eliminiert wurden, beginnen wir umgehend mit den Vorbereitungen für die Krönungsfeierlichkeiten. Idealerweise übertragen wir den Livestream, noch bevor Gorden klar wird, wo wir sind und was wir im Begriff stehen zu tun. Sobald ihm bewusst wird, was vor sich geht, wird er reagieren. Und es wird ein harter Schlag.«

»Ja, das wird nicht hübsch«, sinnierte Dexter. »In diesem Punkt dürfen wir uns nichts vormachen. Aber sobald meine Geschwader über dem Planeten Position bezogen haben, beginnen wir damit, uns einzuigeln. Es dürfte für Gorden äußerst schwer werden, uns wieder rauszukriegen, sobald wir uns erst einmal festgesetzt haben.«

»Das klingt alles schon mal sehr vielversprechend«, meinte der Prinz.

»Den Plan umzusetzen wird schwierig genug«, erwiderte Dubois. »Nach der Sache auf Tirold erwartet der örtliche Widerstand gewisse Zusagen.«

Der Prinz runzelte die Stirn. »Welcher Art?«

»Sie fordern, dass ein hoher Offizier die Spezialkräfte begleitet. Sozusagen als Unterpfand, dass wir nicht wieder zivile Ziele bombardieren.«

Prinz Calvin stieß ein unartikuliertes Zischen aus. »Das kommt nicht infrage. Ich brauche alle Kommandooffiziere in meiner Nähe.«

»Ohne diesen Olivenzweig werden sie uns nicht helfen.« Dubois machte ein abgehacktes Geräusch. »In dem Punkt waren sie sehr präzise. Entweder so oder gar nicht. Und ich bezweifle, dass wir ohne ihre Hilfe in der Lage sind, den Plan durchzuführen.«

Der Prinz rümpfte die Nase. »Und wer würde sich dafür hergeben?«

Dexter öffnete den Mund, aber Prinz Calvin kam ihm zuvor. »Daran sollten Sie nicht einmal denken. Ich lasse den Oberbefehlshaber meiner Raumstreitkräfte nicht sehenden Auges einen Ausflug hinter die feindlichen Linien unternehmen.«

»Eigentlich hatte ich schon entschieden, selbst zu gehen«, gab Dubois zur Auskunft. »Es fällt in meinen Ressort. Außerdem bin ich diejenige, die die Verhandlungen mit dem Widerstand geführt hat. Die Verantwortlichen kennen mich und vertrauen mir. Ich bin die logische Wahl.«

»Das gefällt mir nicht.«

Dubois zwang sich zu einem unbeschwerten Lächeln. »Es muss Euch nicht gefallen. Ihr müsst lediglich zustimmen.«

Zaghaft nickte der Prinz. »Wann brechen Sie auf, Generalin?«

»Ich stelle gerade meine Einsatztruppe zusammen. Ich denke, in zweiundsiebzig Stunden sollten wir so weit sein.«

»Sehr gut.« Der Prinz rieb sich die Hände. »Ich denke, dann hätten wir das Wichtigste besprochen.« Er machte Anstalten aufzustehen. Oscar Sorenson und Sabine Dubois hielten ihn gleichzeitig zurück.

»Eine Sache wäre da noch«, brachte der *Skull*-Befehlshaber ein. »Wegen des bedauerlichen Zwischenfalls auf Tirold kursieren schon allerlei Gerüchte. Wir müssen etwas dagegen unternehmen.«

»Was schwebt Ihnen vor?«

»Eine Stellungnahme«, hielt Sorenson seinem Staatsoberhaupt unverblümt vor.

Captain Nigel Darrenger verließ den Gladius-Bomber in dem Moment, als die Stimme des Prinzen blechern und fast schon ein wenig zu monoton aus den Lautsprechern hallte. Der Bomberpilot hielt unwillkürlich inne.

»An die tapferen Frauen und Männer der Streitkräfte des Vereinigten Kolonialen Königreichs. Der Versuch, das Tirold-System zu befreien, endete in einer schweren Niederlage.«

»Was du nicht sagst«, maulte einer von der Deckcrew sarkastisch. Nigel warf dem Mann einen vernichtenden Blick zu, woraufhin dieser in brütendes Schweigen verfiel. Der Bomberpilot konzentrierte sich erneut auf die ernste Stimme des Prinzen.

»Wir haben Schiffe verloren. Was aber noch wesentlich schwerer wiegt als der materielle Verlust, ist der von Menschen. Freunde und Kameraden sind gefallen oder in Gefangenschaft geraten. Wir alle spüren den Stich des Verlustes in unseren Herzen. Dennoch waren sie Soldaten und kannten das Risiko. Sie kannten es und zogen trotzdem in die Schlacht für unser aller Freiheit. Zivilisten aber haben nicht den Luxus zu entscheiden. Deswegen müssen sie unter allen Umständen geschützt werden. In diesem Punkt haben wir schmählich versagt.« Der Prinz setzte seine Ansprache für einen Moment aus.

Jetzt kommt es, dachte Nigel.

»Ich weiß, dass Gerüchte kursieren über gewisse Vorgänge während der Schlacht um Tirold.« Die Männer und Frauen merkten sichtlich auf. Sie lauschten jedem einzelnen Wort ihres Prinzen. »Und ich will Ihnen reinen Wein einschenken. Während der Kämpfe kam es zu einem folgenschweren Ereignis. Ein mit einem Laser markiertes Ziel wurde von einer unserer Bomberstaffeln angegriffen und zerstört. Laut dem Widerstand handelte es sich um ein Vorratslager. Diese Information wurde durch Erkenntnisse des RIS gestützt. In Wirklichkeit hatten wir es mit einem Schutzbunker zu tun. Es gab Tote und Verletzte unter den Schutzsuchenden.« Die Stimme von Prinz Calvin wirkte seltsam neutral. Als müsse er sich unter Kontrolle halten, da er ansonsten in Tränen ausbrechen würde. Darrenger senkte von Elend übermannt den Kopf, während er dem Schluss der Ansprache lauschte.

»Wir sind alle tief betroffen über diesen Vorfall. Wir zeigen nicht mit dem Finger auf jemanden. Und wir geben auch niemandem die Schuld. Dies ist einfach eine furchtbare Tragödie und wir werden sie nicht zu Propagandazwecke ausschlachten. Das wäre der Angelegenheit nicht angemessen. Wir sprechen den Angehörigen der Opfer unser tiefstes Mitgefühl aus. Sobald die Erfordernisse des Krieges einen entsprechenden

Vorgang zulassen, werden die Hinterbliebenen entschädigt. Sie erhalten dadurch zwar nicht ihre Liebsten zurück, aber unter Umständen hilft es, das Leid ein wenig zu lindern. Das wäre vorerst alles.«

Die Stimme des Prinzen ebbte ab. Nigel nahm es zum Anlass, um den Pilotenhelm mit Wucht gegen die nächste Wand zu donnern.

Hinter ihm traten sein Waffensystemoffizier David Matthews und sein Kopilot Solomon van Bergen aus dem Bomber und wechselten einen alarmierten Blick. Sie wussten beide, was in dem Mann vorging. Die Ansprache des Prinzen bestätigte, was alle drei bereits geahnt hatten.

David legte mitfühlend die Hand auf Nigels Schulter. »Es ist nicht deine Schuld. Wir haben nur Befehle befolgt.«

Der Pilot wirbelte zu seinem WSO herum. »Denkst du wirklich, dass das eine Rolle spielt? Diese Menschen ... die haben wir umgebracht.«

»Woher hätten wir das wissen sollen?«, mischte sich Solomon ein. Der Mann strich mit einer Hand über den Helm, den er sich unter die linke Armbeuge geklemmt hatte, als würde es ihn irgendwie beruhigen. Nigel kannte den Mann lange genug, um dies als nervösen Tick zu erkennen, mit dem der Kopilot seine Unsicherheit verbergen wollte. Die Nachricht des Prinzen hatte ihn ebenso aufgewühlt wie Nigel. Lediglich David schien die Sache nichts auszumachen. Aus dem Inneren des Bombers heraus, erschienen Ziele immer nur als Blips auf einem Radarschirm. Sie waren abstrakt und es wurde dadurch leicht, sie nicht länger als Menschen wahrzunehmen.

Solomon und Nigel aber sahen zuweilen die Auswirkungen ihrer Bewaffnung. Zumindest, wenn sie an Höhe verloren und mit dem Bomber über das Schlachtfeld hinwegbrausten. Vorfälle wie die Zerstörung dieses Schutzbunkers geschahen im Krieg. Das war schon immer so gewesen. Und manch einer mochte damit gut klarkommen. Nigel wischte sich mit einer zornigen Bewegung eine Träne weg, die seine Wange herabrann. Er gehörte aber nicht zu dieser Sorte Soldaten.

19

Der Einflug der ROSTIGEN ERNA ins Onbele-System verlief ungefähr genauso wie bei Rayat. Das Schmugglerschiff wurde angehalten, durchsucht und ein obligatorischer Obolus an den Kommandanten des Inspektionsteams übergeben, woraufhin sie ihren Flug ins Systeminnere fortsetzen durften.

Lennox kehrte mürrisch auf die kleine Brücke zurück. Einen Unterschied gab es allerdings schon. Die Bestechungsgelder waren hier fast doppelt so hoch wie bei ihrem letzten Ziel.

Barrera saß erneut auf dem Sessel des Captains und musterte verdrossen den Schiffsverkehr in und aus dem System. Wolfgang Koch und Ramsay Dawson machten respektvoll Platz, als der Colonel sich zu ihnen gesellte. Der Anführer der verdeckten Operation nickte beiden mit freundlichem Lächeln zu, bevor er sich zu Barrera gesellte.

»Wie sieht's aus?«, wollte der Marine-Colonel wissen.

»Schlimmer als in einem Bienenschwarm«, erklärte der Gunny. »Lawrence, zeigen Sie es dem Colonel«, sprach Barrera einen der Marines an, der als Brückenoffizier seinen Dienst verrichtete.

Ein Hologramm wurde aktiviert. Lennox beugte sich so weit vor, dass seine Nase beinahe das hellblaue, halbtransparente Abbild berührte.

»Heiliger Strohsack!«

Barrera nickte ernst. »Jetzt wissen wir auch, warum es hier im Gegensatz zu Rayat keine Kollaborationsregierung gibt. Die Solarier haben Onbele zu einer voll ausgerüsteten Angriffsbasis ausgebaut. Die wollen vor Ort unbedingt die Kontrolle behalten.«

»Wie viele Schiffe? Was schätzen Sie?«

»Schwer zu sagen. Es findet reger Wechsel statt. Einheiten verlassen das System oder erreichen es. Aber grob geschätzt, würde ich auf etwa hundert bis hundertfünfzig ständig anwesende Kriegsschiffe schließen. Außerdem eine Reparatureinrichtung im Orbit. Von hier aus unterstützen sie die weitere Expansion der Republik in den königlichen Raum.«

Lennox schüttelte leicht den Kopf. »Nicht nur in den königlichen Raum. Ich glaube, was wir nun sehen, ist der Beginn von Pendergasts weiteren Invasionsplänen. Onbele liegt in der Nähe der Nordgrenze des Königreichs. Es könnte als Sprungbrett für eine Offensive gegen sechs oder sieben souveräne Systeme dienen.« Er klopfte dem Gunny kurz auf die Schulter. »Alles aufzeichnen. Das könnte irgendwann mal wichtig werden.«

Der Gunny nickte und gab mit einer Hand Lawrence ein Zeichen.

»Bringen Sie uns runter, Barrera«, wies Lennox seinen Mitstreiter an. »Ich will wissen, was dort unten vor sich geht.«

Die ROSTIGE ERNA nahm Fahrt auf, aber nicht in einem Umfang, der Verdacht erregt hätte. Das altersschwache Schmugglerschiff reihte sich ohne Zwischenfälle in den zivilen Schiffsverkehr ein, der zur Oberfläche führte.

Es gab lediglich drei offizielle Routen, die Zivilschiffe nutzen durften. Und alle drei wurden von Kriegsschiffen und Patrouillenjägern streng überwacht. Wer von den zugewiesenen Anflugrouten abwich, wurde umgehend gestoppt, das Schiff beschlagnahmt und die Besatzung unter Arrest gestellt. Die Solarier verstanden in dieser Hinsicht keinen Spaß.

Kurz bevor sie den Orbit erreichten, wurden sie Zeuge eines hässlichen Zwischenfalls. Die Crew eines anderen Schiffes hatte offenbar etwas zu verbergen und geriet in Panik. Sie brachen ihren Anflug ab und versuchten zu entkommen. Dummer Fehler. Zwei Zerstörer nahmen umgehend die Verfolgung auf. Die Solarier forderten die flüchtende Besatzung ein einziges Mal auf, den Antrieb zu deaktivieren und sich zu ergeben. Als diese dem nicht Folge leistete, eröffneten die Zerstörer ohne weitere Warnung das Feuer und schossen das Schmugglerschiff in tausend Stücke. Lennox wechselte mit Koch und Dawson einen bedeutsamen Blick, während Barrera weiterhin durch das Brückenfenster starrte. Ihnen allen war klar, dass das auch sie hätten sein können.

Eine Meldung kam durch. Lawrence wandte sich um und nickte einmal.

»Wir haben Landekoordinaten erhalten«, meinte Barrera.

»Dann gehen wir jetzt runter.« Lennox sah sich in der Runde um. »Und wir sollten alle beten, dass es besser läuft als auf Rayat.«

Zwei Stunden später landeten sie auf Onbele. Auch hier wurden sie erneut inspiziert und der zuständige Offizier erhielt seinen Anteil vom Kuchen. Korruption. Die gab es in besetzten Gebieten immer. Häufig eingeführt von den Besatzungstruppen. Sie betrachteten ihre Anwesenheit in unterdrückten, eroberten Regionen häufig als willkommene Gelegenheit, ihren Sold ein wenig aufzubessern. Lennox machte einen abfälligen Laut. Er war überzeugt, dass es unter seinem Befehl niemals etwas Derartiges gegeben hätte.

Der RIS hatte sie verschwenderisch mit Geldmitteln ausgestattet. Aus diesem Grund waren Bestechungsgelder an und für sich kein Problem. Lennox hasste es lediglich, das Geld der Bürger des Königreichs ihren Angreifern mit beiden Händen in den Rachen zu stopfen.

In Begleitung von Koch, Dawson, einigen Marines und auch Barrera verließ der Colonel den Raumhafen der Hauptstadt Bevington. Der Gunny hatte es sich dieses Mal nicht ausreden lassen, seinen kommandierenden Offizier auf der Exkursion zu begleiten.

Auf dem Weg vom Gelände ließ Lennox unauffällig den Blick schweifen. Es gab sehr viele Soldaten und Waffen. Das war keine Überraschung. Der überwiegende Teil des zivilen Flugverkehrs hingegen schon. Er bestand zu neunzig Prozent aus freien Händlern. Die Solarier benötigten sie höchstwahrscheinlich zur Versorgung ihrer Besatzungstruppen. Auf unabhängige Handelsschiffe zurückzugreifen war unheimlich teuer. Und dann auch noch in diesem Umfang. Es deutete auf einen Engpass in den Nachschublieferungen hin, den das republikanische Militär nicht mehr eigenständig stopfen konnte.

Lennox' Mundwinkel hoben sich leicht – genauso wie seine Stimmung. Pendergast war dabei, sich zu übernehmen, wenn der kleine Möchtegerndiktator solche Schritte in die Wege leiten musste.

Die kleine Gruppe verließ den Raumhafen. Auch hier standen praktisch an jeder Ecke solarische Soldaten. Oftmals mit Fahrzeugen und schwerem Gerät. Die Bevölkerung ging weiter ihrem Tagewerk nach. Oberflächlich betrachtet, schien alles normal. Allerdings, wenn man wusste, worauf man achten musste, dann wurde in den Menschen eine unterschwellige Stimmung bestehend aus Angst, Abneigung und Widerwillen ersichtlich.

Eine gefährliche Kombination. Dieses Pulverfass könnte jederzeit in die Luft fliegen.

Lennox sah sich um und seufzte. Onbele war vor allem von Bürgern des afrikanischen Kontinents auf der Erde kolonisiert worden. Weshalb die königliche Einsatztruppe recht auffällig wirkte. Der Colonel bemerkte bereits neugierige Blicke, die in ihre Richtung flogen.

Barrera war derselben Ansicht, denn er beugte sich vor und senkte verschwörerisch die Stimme. »Wir sollten weitergehen. Bevor man uns erneut kontrolliert.« Lennox nickte und setzte sich in Bewegung.

»Und wie gehen wir jetzt vor?«, fragte Ramsay.

Lennox deutete mit einem Kopfnicken auf eine kleine, heruntergekommene Raumhafenbar am Ende der Straße. »Jetzt sammeln wir erst einmal Informationen. Und niemand hat mehr davon zu bieten als ein paar Piloten, denen man ein Bier ausgibt.«

Major General Sabine Dubois konnte sich nicht erinnern, dass sie jemals dermaßen unbequem gereist war. Sie lag auf dem Rücken, eine Sauerstoffmaske auf Mund und Nase in einem metallischen Sarg. Und das war kein Euphemismus. Sie lag tatsächlich in einem Sarg.

Die Solare Republik hatte vor Kurzem zugestimmt, dass gefallene königliche Soldaten auf ihre Heimatwelten zurückgeführt werden durften. Das war kein Anzeichen von aufkommendem Anstand des Gegners. Die Solarier wollten damit dem Rest der besiedelten Welten demonstrieren, wie zivilisiert und entgegenkommend sie auch in Zeiten des Krieges waren. Von den Massakern, der Unterdrückung, der Zerstörung der Kultur des Königreichs und den Übergriffen jeglicher Art auf die Zivilbevölkerung, davon erfuhr außerhalb des Kriegsgebiets kaum jemand. Es machte Dubois einfach nur krank.

Die Generalin besaß keine Möglichkeit festzustellen, was jenseits des Sarges vor sich ging. Der Raum war sehr beengt. Sie war kaum in der Lage, sich auch nur zu rühren, und das schon seit zwei Tagen. Ihr Wasservorrat war fast aufgebraucht. Wenn sie nicht bald ankam, dann stand ihr eine schwere Zeit bevor.

Ein Ruck ging durch das metallische Gehäuse. Dubois merkte auf. Sie mussten an der Transferstation im Orbit um Castor Prime angekommen sein. Wenn die solarischen Soldaten auch nur einen Bruchteil ihres Soldes wert waren, dann begannen sie jetzt damit, die Särge zu durchsuchen.

Die meisten von ihnen waren nicht zu beanstanden. Lediglich in ungefähr dreihundert befanden sich Dubois und ihre handverlesene Einheit aus Spezialisten des royalen Militärs. Aber auch in denen befand sich jeweils eine echte Leiche. Das Einsatzteam verbarg sich unterhalb eines doppelten Bodens. Dubois betete, dass niemandem auffiel, dass die Särge von außen größer wirkten, als es Platz im Inneren gab. Der RIS baute aber darauf, dass niemand – wirklich niemand – gerne längere Zeit eine Ansammlung von fast tausend Leichen durchsuchte.

Dubois wartete Stunden. Eine unendlich erscheinende Zeitspanne. Es grenzte fast an Folter, nicht zu wissen, ob im nächsten Augenblick der doppelte Boden entfernt wurde und sie in die Mündung eines republikanischen Gewehrs starrte. Ein weiterer Ruck ging durch ihr Versteck. Der Sarg setzte sich erneut in Bewegung.

Was nun folgte, waren acht weitere Stunden des Wartens. Die Generalin hatte langsam so richtig die Schnauze voll davon. Aber wenigstens schien alles glattzulaufen. Wären sie enttarnt worden, dann säßen sie schon in einem feindlichen Gefängnis. Oder man hätte die Särge kurzerhand durchlöchert.

Dubois grinste angesichts des unpassenden Gedankens, der ihr durch den Kopf schoss. Zumindest wäre sie dann schon am richtigen Ort.

Der Sarg kam endlich zum Halten. Jemand machte sich daran zu schaffen. Dubois' Hand tastete zu ihrer Hüfte. Die Seitenwaffe befand sich nicht an ihrem üblichen Ort. Keiner aus dem Angriffsteam war bewaffnet. Den Sensoren der Solarier wäre dies nicht entgangen. Für ihre Ausrüstung waren die verbündeten Widerstandskämpfer auf der Oberfläche zuständig.

Dubois spitzte die Ohren. Jemand tuschelte. Der Sarg wurde geöffnet und die Leiche herausgehoben. Anschließend machte sich jemand am doppelten Boden zu schaffen und auch dieser wurde aus der Verankerung gezogen.

Licht fiel herein. Dubois kniff vor Schmerz die Augen zusammen. Zwei Tage in vollständiger Dunkelheit hatte sie empfindlich auf Helligkeit reagieren lassen.

»Dämm das Licht!«, hörte sie eine befehlsgewohnte Stimme sagen. Die Lichtstärke wurde auf ein vertretbares Maß gesenkt. Dubois konnte langsam Umrisse erkennen. Eine Hand schob sich ihr hilfreich entgegen. Sie packte zu und jemand half ihr aus ihrem stählernen Gefängnis.

Ihre Muskeln zitterten protestierend nach der langen Untätigkeit. Um ein Haar wäre sie umgekippt. Jemand hielt sie an den Schultern fest.

»Vorsicht!«, mahnte er. »Ihre Stärke wird bald zurückkehren. Aber bis dahin sollten sie etwas kürzertreten.«

Dubois musterte erstmals den Widerstandskämpfer, der ihr gegenüberstand. Es handelte sich um einen Mann Mitte vierzig. Ein verfilzter Bart zierte sein Gesicht und er trug Zivilkleidung, die schon deutlich bessere Tage erlebt hatte. Dennoch sah man seiner Haltung den gestandenen Soldaten an. Der Mann hatte offensichtlich einen militärischen Hintergrund.

Er reichte ihr die Hand zum Gruß. Sie packte diese mit festem Griff und die Generalin stellte sich vor: »Major General Sabine Dubois, Spezialoperationsdivision der Colonial Royal Army.«

Der Mann lächelte. »Lieutenant Colonel Carl Randazotti, 117. Königliches Raumlanderegiment. Willkommen auf Castor Prime, General!«

Dexter inspizierte sein neues Flaggschiff. Das Großschlachtschiff ODYSSEUS unter dem Befehl von Subcommodore Eli King war aus der 5. *Skull*-Division in die 1. aufgerückt, um Krügers Nachfolge anzutreten.

Die ODYSSEUS war ein gutes Schiff mit einer famosen Besatzung, auch wenn sie einer etwas älteren Version der Medusa-Klasse angehörte.

Es war ein seltsames Gefühl, ein neues Flaggschiff zu beziehen. Krüger und die NORMANDY hatten ihn seit den Kämpfen auf Condor begleitet, eine halbe Ewigkeit. Der Flottenbefehlshaber seufzte tief. Es kam ihm vor wie ein anderes Leben.

Dexter hob die Hand und strich über das blanke Metall. Er bildete sich ein, das Raunen der Geschichte wahrzunehmen, wenn er sich nur genug konzentrierte. Die ODYSSEUS hatte an mehr Kämpfen teilgenommen als seine alte NORMANDY. Trotzdem, Krügers Verlust schmerzte.

Der Kreis an Personen, die Sorenson bei der Gründung der Söldnereinheit *Skull* um sich geschart hatte, schien beständig kleiner zu werden. Mittlerweile gab es viele neue Gesichter. Einige viel zu jung, als dass sie schon eine Waffe in die Hand nehmen sollen müssten. Er trat an eines der Bullaugen und sah hinaus ins All. Dort sammelte sich die Flotte für den bevorstehenden Angriff auf Castor Prime. Dexter fragte sich, wie viele Freunde, Kameraden und Weggefährten er noch verlieren würde, bevor dieser Albtraum vorüber war.

In seinem Verstand ratterte es unentwegt. Es gab ohne Frage Stimmen, die ein Ende der Kämpfe forderten. Sie sagten, es gäbe keine Hoffnung auf einen Sieg. Sie sagten, man könne die Solare Republik nicht schlagen.

Um ein Haar hätte Dexter vor Verachtung ausgespien. Niemand verabscheute den Krieg mehr als ein Soldat. Sie waren es, die im schlimmsten Fall den Kopf für all jene hinhielten, die nicht kämpfen konnten oder wollten. Sogar für jene, die sie kritisierten. Aber es gab nun mal Dinge, für die lohnte es sich zu kämpfen. Freiheit und Demokratie gehörten dazu. Es gab Menschen, die behaupteten tatsächlich, dass es Sicherheit bedeutete, wenn das Königreich unter die Herrschaft der Solaren Republik fiel.

In diesem Zusammenhang rief sich Dexter immer ein Zitat in Erinnerung. Wie hatte Benjamin Franklin noch vor so langer Zeit gesagt? »Wer bereit ist, Freiheit zu opfern, um Sicherheit zu gewinnen, verdient weder das eine noch das andere und wird am Ende beides verlieren.« Wahrere Worte wurden nie gesprochen und sie waren heute so richtig und wichtig wie damals.

Eine Bewegung zur Linken lenkte ihn von seinen dunklen Gedanken ab. Clayton Redburn stand etwas abseits und starrte ebenfalls verdrossen ins All.

Dexters Laune hob sich ein wenig. Der Mann war ein angenehmer Zeitgenosse und hatte sich in der Vergangenheit als hilfreicher Verbündeter erwiesen. Er setzte sich in Bewegung, bis er sich mit Red auf gleicher Höhe befand. Dexter spähte über dessen Schulter. Das condorianische Staatsoberhaupt starrte unentwegt auf den dritten Planeten, der die sprungfähigen Lagrange-Punkte dieses Systems an sich band. Dexter wusste genau, was Red bewegte.

»Es ist schwer«, eröffnete der Flottenbefehlshaber das Gespräch.

Red wirbelte sichtlich erschrocken herum. Er hatte Dexters Annäherung gar nicht bemerkt.

»Wie bitte?«

»Ich sagte, es ist schwer. Zurückzubleiben, meine ich.«

Seit Melanie St. John gemeinsam mit Dubois nach Castor Prime aufgebrochen war, umgab den Mann eine Aura schwarzer, sturmumtoster Wolken.

»Ja, in der Tat«, bestätigte Red und drehte sich erneut zum Bullauge um. »Ich hoffe, es geht ihr gut.«

»Melanie ist nicht kleinzukriegen«, erwiderte Dexter. »Ich bedaure die Solarier, die es wagen, sich ihr in den Weg zu stellen.« Die Bemerkung löste ein kurzes amüsiertes Schmunzeln auf Reds Gesicht aus, was schnell von Bedauern und Besorgnis abgelöst wurde.

»Sie hat mich gefragt, ob ich mitgehe.«

Das überraschte Dexter. Davon hatte er nichts gewusst. »Sie lehnten ab?«

»Beinahe hätte ich zugesagt«, eröffnete Red. »Aber dann wurde mir bewusst, was ich tun würde, falls ich sehe, wie sie in Gefahr gerät.«

Der Admiral runzelte die Stirn. »Und was wäre das?«, fragte Dexter, obwohl er die Antwort bereits zu wissen glaubte.

Der Mann drehte sich endgültig zu ihm herum. Er wagte es aber nicht, Dexter in die Augen zu sehen. »Ich würde alles stehen und liegen lassen, um sie zu retten. Selbst die Mission wäre mir scheißegal, solange es ihr nur gut geht. Deswegen bin ich nicht mit. Meine Anwesenheit wäre eine Belastung, keine Bereicherung.« Er seufzte. »Es hat schon seine Richtigkeit, dass Beziehungspartner nicht in derselben Einheit dienen dürfen. Wer auch immer diese Regel formuliert hat, der hat sich etwas dabei gedacht.«

Dexter war gelinde gesagt beeindruckt von so viel Selbstkritik. Der Mann hatte ein Opfer gebracht, um die Mission nicht zu gefährden. Und auch nicht zuletzt Melanies Leben. Wenn jemand zu viel Acht auf eine andere Person gab, konnte es mitunter passieren, dass man genau das herbeiführte, was man eigentlich so dringlichst verhindern wollte.

Red leckte sich über die Lippen. »Wann geht es los?«

»In vier Wochen«, erwiderte er. »Wir sammeln noch unsere Kräfte. Außerdem nutzen wir die Zeit, um beschädigte Schiffe zu reparieren und ausreichend Nachschub zu massieren, bevor es endgültig losgeht.« Er deutete mit einem Wink seines Kinns in die ungefähre Richtung, in der die Lagrange-Punkte nahe dem hiesigen Stern lagen. »Wir sind fünf Sprünge von Castor Prime entfernt. Allein dorthin zu kommen, wird schon ein Höllentrip. Wir müssen durch drei unbewohnte und unbefestigte Systeme. Das wird der leichte Teil. Aber zwei sind bewohnt und von den Solariern befestigt. Auf wie viel Widerstand wir stoßen, wird sich erst zeigen, wenn wir dort sind.«

»Der RIS hat doch bestimmt Informationen über die Besatzungskräfte vor Ort.«

»Das hat er«, nickte Dexter. »Aber im Krieg, sind solche Daten nur bedingt von Nutzen. Der Gegner könnte Truppenverschiebungen veranlasst haben, von denen der Geheimdienst noch nichts mitgekriegt hat. Insofern ist es möglich, dass stärkere oder auch schwächere Verbände auf uns warten, als wir vermuten.« Er zuckte die Achseln. »Das wird man sehen.«

Red schenkte ihm einen ungläubigen Blick. »Wie schaffen Sie es nur, diese Ruhe auszustrahlen? Wenn ich Sie richtig verstehe, könnte die Invasion bereits scheitern, bevor die Flotte Castor Prime erreicht. Dann würden Dubois, Melanie und unsere Kampftruppe hinter den feindlichen Linien in der Falle stecken.«

Abermals zuckte der Admiral die Achseln. »Was bleibt uns denn außer Gelassenheit anderes übrig? Es hilft schließlich niemandem, wenn ich jetzt in Panik gerate. Das würde sich nur auf meine Leute übertragen und erst recht in der Katastrophe enden.«

Red lachte kurz bellend auf. »Sie sind ein knallharter Hund, Blackburn. Hab ich von Anfang an gewusst.« Die Heiterkeit schwand. »Ich könnte das nicht. Diese erzwungene Untätigkeit bringt mich noch um den Verstand.« Er sah auf. »Deswegen habe ich eine Entscheidung getroffen ... Ich verlasse das Königreich.«

Dexter hob beide Augenbrauen. »Wo wollen Sie denn hingehen?«

»Nach Hause. Auf Condor wartet viel Arbeit auf mich. Die ganzen von meiner Heimatwelt geflohenen Flüchtlinge kehren nach und nach zurück. Sie müssen ernährt, eingekleidet und irgendwo untergebracht werden. Admiral Necheyev hat darüber hinaus Schritte eingeleitet, um unsere Streitkräfte wieder aufzubauen.«

»Wie läuft es damit?«

»Schleppend«, gab Red zu. »Unsere Heimatwelt ist zerstört. Die meisten Städte liegen in Schutt und Asche. Es gibt keine Industrie mehr. Um zu überleben, sind wir auf die Mildtätigkeit anderer angewiesen. Überraschenderweise sind die Wanderer eine große Hilfe. Sie haben eine unermessliche Erfahrung darin, in unwirtlichen Gegenden zu überleben. Ohne sie hätten wir die Wiederbevölkerung unserer Heimatwelt nicht zuwege gebracht.«

Er schüttelte den Kopf. »Dennoch sind wir entschlossen, das, was wir zurückerobert haben, auch zu verteidigen. Necheyev kann inzwischen fast sechzig Schiffe aufbieten. Und es werden in nächster Zeit noch mehr.«

Dexter nickte beifällig. Er wollte dem Mann nicht die Hoffnung nehmen. Was konnten sechzig Schiffe schon ausrichten, wenn sich die Solarier dazu entschlossen, Condor zu besetzen? Die Bürger der Freien Republik Condor konnten sich glücklich schätzen, dass das Königreich Pendergasts Schergen momentan in Atem hielt. Sollte sich dieser Zustand je ändern, dann kamen dunkle Zeiten auf das kleine unabhängige System zu.

»Ich kann Sie wohl nicht überzeugen, bei uns zu bleiben?«

Redburn schüttelte erneut vehement den Kopf. »Hier bin ich gerade so nützlich wie ein zweiter Blinddarm. Auf Condor kann ich wenigstens etwas bewirken.«

»Was soll ich Melanie sagen, wenn ich ihr auf Castor Prime begegne?«

Red überlegte, bevor er antwortete: »Sagen Sie ihr nichts. Sie wird wissen, wo ich zu finden bin.«

20

Das Einsatzteam der Spezialoperationsdivision war aufgeteilt worden. Sie wurden auf verschiedenen Wegen zu den Stützpunkten des Widerstands in und um der planetaren Hauptstadt Pollux gebracht.

Major General Sabine Dubois fand sich auf dem Rücksitz eines kleinen unscheinbaren Wagens zusammen mit Major Melanie St. John und Lieutenant Colonel Carl Randazotti wieder. Hinter dem Steuer sowie auf dem Beifahrersitz hatten zwei Soldaten des Widerstands Platz genommen. Beide waren schmächtig und wirkten überhaupt nicht bedrohlich. Dubois war aber in der Lage, hinter die Maske des Offensichtlichen zu sehen. Die zwei Männer waren kampferprobte Veteranen. Vermutlich gehörten sie Randazottis 117. Raumlanderegiment an. Wenn der Colonel diese Soldaten als Eskorte ausersehen hatte, dann mussten sie zweifelsohne gut sein.

Dubois richtete ihr Augenmerk auf die Welt außerhalb ihres Fahrzeugs. Sie bemühte sich, so viel von den Gegebenheiten in sich aufzunehmen wie nur möglich. Etwas fiel ihr sofort auf. Sie musste zugeben, dass die Besatzung nicht so restriktiv war, wie sie angenommen hatte. Der Anschein von Normalität, der überall herrschte, war kaum zu übersehen.

Außerdem waren weniger Soldaten und Fahrzeuge auf den Straßen, als sie erwartet hatte. Um genau zu sein, sogar weitaus weniger. Das Ganze wirkte wie ein sorgsam einstudiertes Theaterstück, mit dem die Besatzungstruppen der Öffentlichkeit suggerieren wollten, dass alles seinen gewohnten Gang ging, ja, dass die Bevölkerung sogar froh sein konnte, dass endlich die Republik zu ihnen gekommen war, um für Recht und Ordnung zu sorgen. Aber eines missfiel ihr ungemein: Das Royal Police Corps war unterwegs, regelte den Verkehr und patrouillierte die Straßen, als sei nichts Besonderes geschehen. Verdammte Kollaborateure!

Darauf angesprochen, neigte Randazotti den Kopf leicht zur Seite.

»Gehen Sie nicht zu hart mit ihnen ins Gericht«, entgegnete er. »Man hat ihnen die Wahl gelassen. Entweder die Polizei sorgt weiterhin für die öffentliche Ordnung, jagt Kriminelle und vermittelt den Menschen ein Gefühl der Sicherheit – oder die Solarier erledigen das. Und eines können Sie mir glauben, diese Wahl war eigentlich keine. In den ersten Wochen der Besetzung haben wir einen unmissverständlichen Eindruck von der republikanischen Justiz bekommen.«

»Wie meinen Sie das?«, mischte sich St. John ein. Es war das erste Mal, dass die Geheimdienstoffizierin sprach, seit sie ihren Sarg verlassen hatte.

»Mein Regiment kämpfte während der Verteidigung von Pollux an vorderster Front. Als klar war, dass wir die Schlacht um Castor Prime verlieren würden, führte ich meine Leute und die Überlebenden anderer Einheiten in den Untergrund. Die Solarier haben eine regelrechte Jagd auf uns veranstaltet. Sie waren besessen davon, jeden zu neutralisieren, von dem Widerstand zu erwarten war. Sie durchsuchten sämtliche Häuser und gingen dabei nicht gerade zimperlich vor. Wer sich ihnen in den Weg stellte, wurde niedergeknüppelt oder an Ort und Stelle erschossen. Gleichgültig, ob es Anhaltspunkte dafür gab, dass die entsprechenden Personen dem Widerstand angehörten oder nicht. Viele Männer und Frauen im wehrfähigen Alter wurden verschleppt. Die meisten kamen nicht zurück. Wir hoffen, dass sie irgendwo interniert wurden. Die Alternative wäre ungleich schlimmer. Als Nächstes griffen sich die verdammten Solarier jeden, der schon mal gedient hatte. Die Glücklicheren wurden verhört und anschließend freigelassen. Der Besatzungsgouverneur hat den Planeten in Präfekturen aufgeteilt. Jede wird von einem hohen republikanischen Funktionär befehligt. Alle Männer und Frauen von sechzehn bis sechzig, die man nicht inhaftierte, wurden registriert. Sie müssen sich alle drei Tage in ihrer zuständigen Präfektur melden. Ansonsten werden sie per Haftbefehl gesucht und dorthin gebracht, wo die anderen Gefangenen jetzt sind.«

»Das ist ja widerwärtig«, meinte Melanie.

»Aber effektiv«, gab Dubois zurück. »Sie wollen unter allen Umständen die Bildung von Widerstandsgruppen verhindern.« Die Generalin sah den Colonel an. »Sie können froh sein, dass man nicht sämtliche Männer und Frauen im wehrfähigen Alter kurzerhand ermordet hat.«

Randazotti verzog das Gesicht. »Ich glaube, unter den Solariern gab es Stimmen, die genau das gerne gesehen hätten. Aber selbst eine Besatzungsmacht braucht eine funktionierende Wirtschaft und billige Arbeitskräfte.« Er machte einen deprimierten Laut. »Aber Castor Prime ist zur Hölle geworden.«

Der Wagen bog nach rechts ab. Dabei passierten sie eine Gruppe Polizisten am Straßenrand. Es handelte sich lediglich um einen kurzen Moment, aber er genügte Dubois, dass sie deren Ausrüstung einer Begutachtung unterziehen konnte. Die Polizeibeamten verfügten ausschließlich über Schlagstöcke und Pfefferspray. Das war nichts, mit dem man sich gegen die Besatzungstruppen auflehnen konnte. Tödliche Waffen waren ihnen offenbar untersagt.

»Sind Sie eigentlich der Randazotti, der in den Beltaran-Zwischenfall verwickelt war?«, lenkte St. John das Gespräch auf ein anderes Thema.

Unversehens wirkte der zähe Armeeoffizier fast schon ein wenig peinlich berührt. Seine Wangen liefen rot an und er wandte unbehaglich den Blick ab.

»Sie haben davon gehört?«

»Allerdings. Dexter Blackburn hat in den höchsten Tönen von Ihnen gesprochen.«

Bei der Erwähnung des Grafensohns wurde der Colonel hellhörig. »Ich bin nur meinem Gewissen gefolgt. Was macht der Haudegen denn heutzutage?«

»Der ... *Haudegen* ... wurde von Prinz Calvin zum Oberkommandierenden der Raumstreitkräfte im Rang eines Flottenadmirals ernannt.«

Randazotti bekam große Augen. »Schön für ihn.« Er grinste. »Ich wusste, es war eine gute Idee, den Knaben laufen zu lassen. Wie man so hört, machte er den Solariern ziemlich Feuer unter dem Hintern.«

»Das kann man wohl sagen«, stimmte St. John zu.

Dubois folgte dem Gespräch der beiden nur halbherzig. Ihre Gedanken bewegten sich in anderen Sphären. Nach den Erläuterungen des Colonels wurde ihr klar, warum es auf den Straßen so wenig solarische Präsenz gab. Wenn man eine Population auf eine wie von Randazotti beschriebene Weise ausdünnte, benötigte man kein großes Aufgebot auf den Straßen. Es genügten ein paar Trupps hier und eine Kompanie da. Nur um die Menschen auf dem Planeten unablässig daran zu erinnern, wer nun das Sagen hatte. Auf diese Weise betrachtet, ergab das alles Sinn.

Ihr Blick fiel auf ein großes Gebäude, das auf einem Hügel stand. Es war umgeben von einer Mauer mit Wachtürmen. Auf dem Flachdach thronten drei große Parabolantennen.

»Was ist denn das da?«, wollte sie wissen.

St. John und Randazotti unterbrachen ihr Gespräch. Der Armeecolonel lugte aus dem Fenster in die angegebene Richtung. »Oh ja, das wollte ich Ihnen noch zeigen. Das ist das solarische Kommando- und Kontrollzentrum für das Verteidigungsnetzwerk der nördlichen Hemisphäre. Das südliche hat ein ähnlich hässliches Gebilde. Von diesen Gebäuden aus kontrollieren die Republikaner die Verteidigungssatelliten rund um den Planeten. Falls der Angriff der Flotte erfolgreich verlaufen soll, dann müssen beide Kommandozentren eingenommen oder zerstört werden. Ansonsten schafft es die Streitmacht nicht mal in die Nähe des Planeten, ohne in Stücke geschossen zu werden. Die durch den Angriff des *Konsortiums* und später der Invasion der Solarier erlittenen Schäden am Abwehrgürtel wurden in der Zwischenzeit repariert oder ersetzt. Die Verteidigung von Castor Prime steht so undurchdringlich wie eh und je.«

St. John verdrehte die Augen. »Na toll! Dann sind das also unsere Primärziele.«

»Unter anderem«, antwortete Randazotti. »Es gibt noch mehr. Kasernen, Luftabwehrstellungen und Fahrzeugparks. Aber ja, diese zwei Gebäude sind die wichtigsten, sonst ist die Aktion zum Scheitern verurteilt.«

Dubois prustete. »Gibt es noch mehr gute Neuigkeiten?« Der eigentlich sarkastisch gemeinte Satz blieb ihr im Halse stecken, als Randazotti ernsthaft über die Worte nachdachte und dann tatsächlich zu einer Antwort ansetzte.

Dubois hob die Hand. »Nein, bitte nicht! Das können Sie mir auch noch sagen, wenn wir den Unterschlupf erreichen. Ich will mir nicht bereits derart früh den Optimismus nehmen lassen.«

Randazotti lachte kurz auf. Es klang beinahe nicht gekünstelt. Der Mann wusste genau, dass die Aktionen, die am Boden nötig waren, um der Flotte im Raum den Weg zu ebnen, alles andere als ein Zuckerschlecken werden würde. Und Dubois wusste es nun auch.

Lieutenant Colonel Lennox Christian beobachtete das Gebäude auf der anderen Straßenseite mit einer Engelsgeduld. Es handelte sich um ein Mehrfamilienhaus in einem Arbeiterviertel von Bevington. Ihre Suche nach Graf Winston Kasumba hatte sie innerhalb von wenigen Tagen hierher geführt.

Lennox kaute lustlos auf seinem Kaugummi herum. Der Geschmack war schon längst herausgesaugt, sodass er nur noch eine eklige Gummipampe von einer Kieferseite auf die andere und wieder zurück beförderte. Barrera trat von hinten an ihn heran. Obwohl er die Präsenz des Mannes im Rücken spürte, ließ Lennox das Gebäude nicht aus den Augen.

»Sicher, dass wir hier richtig sind?«, wollte der Colonel wissen und spie den Kaugummi auf die Straße.

Barrera nickte. »Wenn wir ihn hier nicht finden, dann ist er nicht mehr auf dem Planeten. Unsere Informanten waren in dieser Hinsicht überaus präzise.«

»Das will ich hoffen. Immerhin bezahlen wir sie gut genug.«

»Colonel? Aktivität am Eingang«, meldete sich Hermes zu Wort. Die nüchterne Art, mit der die KI die Vorgänge kommentierte, passte so gar nicht zu der Situation.

In diesem Moment ging die Tür auf und zwei Männer schlurften die Treppe herunter. Beide waren bullig gebaut. Aufgrund der morgendlichen Kälte trugen jeder von ihnen einen Rollkragenpulli. Miteinander plaudernd, aber dennoch die Umgebung im Auge behaltend, schlenderten sie betont gelassen die schmale Gasse entlang.

»Zwei seiner Personenschützer«, erklärte der Gunny. »Sie gehen Lebensmittel einkaufen.«

»Wie viele sind jetzt noch drinnen?«

»Irgendetwas zwischen zehn und fünfzehn.«

Nun wandte sich der Colonel mit erhobener Augenbraue zu seinem Unteroffizier um. Dieser zuckte die Achseln. »Die Leute, von denen ich die Information habe, wussten es auch nicht besser. Nur so viel: Es sind alles ehemalige *Konsortiums*-Soldaten, und zwar gute.«

»Zehn oder fünfzehn sind ein himmelhoher Unterschied.«

»Ich weiß, aber wir werden in jedem Fall mit ihnen fertig.«

»Schon«, bestätigte Lennox. »Aber ich will, dass es mit einem Minimum an Blutvergießen über die Bühne geht. Wir dürfen keine Aufmerksamkeit auf uns ziehen. Ich gehe jede Wette ein, dass Burgh bereits auf dem Weg ist. Wenn es uns gelungen ist, Kasumba zu finden, wird es für diesen Mistkerl auch kein Problem sein.«

»Und wenn er noch nicht auf Onbele ist, dann kommt er bald«, bestätigte Barrera.

»Ist Kasumbas Familie auch drin?«

»Darüber weiß ich nichts. Auch die Informanten hatten über den Verbleib seiner Frau und Kinder keine Ahnung.«

Lennox stieß einen verbitterten Laut aus. »Alles ziemlich vage, wenn Sie mich fragen.«

»In der Tat, aber wenn wir etwas unternehmen, dann sollten wir es jetzt tun. Die Ausgangslage wird nie wieder so gut sein wie jetzt.«

Lennox nickte und warf einen kurzen Blick auf einen dunklen Hauseingang zu seiner Rechten. Ramsay Dawson und fünfzehn Marines, aufgeteilt in drei Gruppen, kamen in Sicht und hielten ohne Umschweife auf das Zielgebäude zu. Barrera und Lennox schlossen sich umgehend an.

Der Scharfschütze Wolfgang Koch behielt eine Kundschafterposition auf dem Dach eines leer stehenden Gebäudes bei. Der Mann hatte sich aus dem Waffenarsenal der ROSTIGEN ERNA ein in Einzelteile zerlegbares Präzisionsgewehr ausgesucht, mit dem er dem Angriffsteam Deckung gab.

Lennox warf einen Blick über die Schulter. Er vermochte den Scharfschützen nicht zu sehen, wusste aber, dass dieser das Team ständig im Blick behielt. Er hob den Daumen der rechten Hand, sodass Koch wusste, dass es jetzt losging.

Die Marines näherten sich unter Lennox' Führung dem Zielgebäude. »Keine tödliche Gewaltanwendung, wenn es nicht sein muss«, schwor er seine Leute ein letztes Mal auf die bevorstehende Erstürmung ein. »Ich habe keine Lust, einen Berg Leichen zu hinterlassen. Es wird auch so schon schwierig genug, den Planeten wieder zu verlassen.«

»Was ist mit seiner Familie?«, wollte Barrera wissen.

»Wir nehmen sie alle mit. Er wird ohnehin nicht ohne sie gehen wollen. Die Zielperson wird fügsamer sein, wenn die Familie in seiner Nähe bleibt.«

Grimmige Entschlossenheit antwortete ihm. Lennox benötigte keine Zustimmung oder Bestätigung seiner Leute. Die Männer und Frauen waren erfahren genug, um zu wissen, worin ihr Job bestand.

Sechs Mann trennten sich von der Hauptgruppe, um den Hintereingang des Gebäudes zu sichern. Der Rest stieg die wenigen Stufen empor, bis sie vor der Tür standen. Dawson und Barrera flankierten den Marine-Colonel. Dieser drückte die Türklingel bis zum Anschlag. Eine kurze melodische Sequenz war zu hören. Das Getrappel schwerer Stiefel näherte sich von innen der Tür.

Lennox wartete bis zum letztmöglichen Augenblick, bevor er Barrera zunickte. Dieser trat einen Schritt zurück und holte mit dem Fuß zu einem wuchtigen Tritt aus. Die Tür wurde glatt aus den Angeln gerissen und ins Innere geschleudert, wo sie zwei bewaffnete Männer unter sich begrub.

Dawson warf eine Betäubungsgranate ins Innere der Wohnung, gerade in dem Moment, als weitere Bewaffnete aus einem Nebenraum drängten. Der Sprengkörper detonierte mit sanftem Plopp. Dabei sandte sie in einem Umkreis von fünf Metern ein Ultraschallsignal aus, das sich verheerend auf das Mittelohr auswirkte. Die Männer wankten plötzlich, als würden sie auf Eiern laufen. Zwei von ihnen mussten sich übergeben.

Lennox führte seine Marines durch den Eingang. Barrera schaltete die ersten Angreifer mühelos aus. Sie hatten alle Hände voll damit zu tun, auf den Beinen zu bleiben. An Widerstand war nicht zu denken.

Drei Männer stürmten aus dem ersten Stock die Treppe herunter. Lennox erkannte den Kerl in der Mitte auf Anhieb. Winston Kasumba, der Graf von Onbele alias Merkur, stockte in der Bewegung. Die beiden *Konsortiums*-Soldaten zogen ihre Waffen und eröffneten das Feuer. Einer von Lennox' Marines ging mit einem Loch im Hals zu Boden.

Verdammt!, ging es dem Marine-Colonel durch den Kopf. *Genau das hatte ich verhindern wollen.*

Ramsay Dawson reagierte zuerst. Seine Waffe gab einen Knall von sich. Das Projektil traf einen der Bewaffneten in der Brust. Der Leibwächter trug eine Schutzweste. Dennoch fand sich der Mann durch den Aufprall plötzlich rücklings liegend wieder. Barrera war der Zweite, der einen Schuss abgab. Der andere Leibwächter hatte weniger Glück als sein

Kamerad. Das Projektil traf den Mann am Nasenrücken und durchschlug mühelos den Schädelknochen.

Die Leibwächter hatten Kasumba Zeit verschafft. Dieser nahm Anlauf und sprang über das Geländer. Er versuchte nicht einmal, sich Aufschluss über den Zustand der Leibwächter zu verschaffen. Der Mann rannte, so schnell seine Beine ihn trugen, Richtung Küche.

Lennox aktivierte seinen Komlink. »Vorsicht! Er will abhauen und kommt in eure Richtung!«

Auf der anderen Seite des Gebäudes klirrte etwas. »Entwaffnen und festsetzen!«, wies er seine Leute mit Blick auf die noch lebenden Leibwächter an. Der getroffene Marine bewegte sich nicht mehr. Einer seiner Freunde schloss die leblosen Augen des Mannes.

Lennox hatte keine Zeit, sich um den Gefallenen zu kümmern. Er eilte nach hinten. Seine Befürchtungen erwiesen sich als unbegründet. Kasumba lag mit blutender Nase am Boden, umringt von vier Marines.

Lennox atmete erleichtert auf. Der Colonel stellte sich demonstrativ breitbeinig über dem Mann auf. »Graf Winston Kasumba, letztes noch lebendes Mitglied des Zirkels, im Namen des Vereinigten Kolonialen Königreichs sind Sie hiermit verhaftet. Betrachten Sie sich als mein Gefangener.«

Kasumba hielt inne. Sogar seine blutende Nase schien ihn für eine Sekunde nicht länger zu beschäftigen. »Soll das heißen, Sie gehören gar nicht zu Pendergast?«, nuschelte der Mann aufgrund seiner Verletzung.

»Nein, Sie haben wesentlich mehr Glück als Apollo. Den haben Pendergasts Schläger vor uns erwischt.«

»Simmons ist tot?!«

»Allerdings«, bestätigte Lennox. »Und wenn wir uns nicht sehr beeilen, werden wir ihm Gesellschaft leisten.«

Barreras schwere Stiefelschritte kamen auf ihn zu. Lennox sah sich um. »Kasumba und seine Leibwächter sind allein. Sonst ist keiner da.«

Lennox wandte sich dem immer noch am Boden liegenden Grafen zu. »Wo zur Hölle ist Ihre Familie?«

»An einem anderen Ort. Ich hielt es für besser, wenn wir uns vorübergehend trennen.«

»Clever«, honorierte Lennox. »Aber Sie müssen uns jetzt sagen, wo sie sind.«

»Wenn Sie mich von hier weggebracht haben. Ich nehme an, Sie haben ein Schiff. Auf dem Weg zum Raumhafen verrate ich Ihnen den Aufenthaltsort meiner Frau und der Kinder.«

Lennox verdrehte genervt die Augen. Es ging um Leben und Tod, und dieser Kerl spielte immer noch seine Spielchen.

»Wir haben keine Zeit für so 'nen Scheiß!«, beharrte er. Lennox war allerdings nicht klar, wie recht er damit hatte. Sein Komlink aktivierte sich selbstständig und Kochs unpassend ruhige Stimme war zu hören.

»Wir kriegen Gesellschaft. Burgh und fünf Mann sind soeben vorgefahren. Was immer ihr da tut, macht es schneller.«

»Verdammt!«, spie Lennox aus und sah in die Runde. »Burgh kommt!«

Die letzten zwei Worte hatten seinen Mund noch nicht zur Gänze verlassen, da erbleichte Kasumba von einer Sekunde zur anderen. »Oh Gott, wir sind so gut wie tot!«

»Noch lange nicht«, erklärte Lennox. An den Gunny gewandt, sagte er: »Lasst die Leibwächter laufen. Sie wären uns nur im Weg. Die werden überglücklich sein, verschwinden zu dürfen.« Er griff sich hinter das linke Ohr und bestätigte eine Zwei-Wege-Verbindung zu Koch. »Verschaffen Sie uns Zeit!«

»Verstanden!«, hörte er die befriedigte Stimme des Scharfschützen den Befehl bestätigen. Dieser Mann hatte entschieden zu viel Freude an seiner Arbeit.

Die überlebenden *Konsortiums*-Soldaten rannten aus der Hintertür und verschwanden in den engen Gassen, aus denen dieses Viertel bestand. Lennox packte Kasumba am Kragen und hob ihn ohne viel Federlesens auf die Beine.

»Illoyale Bande!«, wetterte der Graf und wischte sich den Rest Blut vom Kinn.

Auf der anderen Seite des Gebäudes knallte der erste unverkennbare Schuss aus Kochs Präzisionsgewehr.

Barrera sah sich um. »Wie lange wird sie das aufhalten?«

»Hoffentlich lange genug«, beschied Lennox. Immer noch Kasumbas Kragen fest im Griff, zog er seinen Gefangenen hinter sich her in die verwinkelten Gassen, in denen vor wenigen Sekunden die Leibwächter des Grafen verschwunden waren. Die Marines folgten, ihre Waffen im Anschlag.

Vincent Burgh kauerte hinter seinem Fahrzeug und begutachtete mit einigermaßen kontrolliertem Zorn das Loch im rechten Ärmel seines Jacketts.

»Das war eng«, kommentierte Ripper.

»Viel zu eng«, gab Burgh zurück. Der Blick des Attentäters fiel auf einen seiner Männer. Röchelnd lag dieser im eigenen Blut auf dem Asphalt und hauchte sein Leben aus. Burgh wandte sich ab und hatte den Sterbenden auch schon vergessen.

»Wo ist er?«, fragte der Attentäter.

Seine KI brauchte eine Hundertstelsekunde für die Berechnung. »Das Gebäude auf neun Uhr. Auf dem Dach.«

Burgh fluchte. »Wir sitzen hier wie auf dem Präsentierteller.«

»Das ist noch nicht mal das Schlimmste. Ich nehme gerade Zugriff auf die Überwachungskameras der Gegend. Eine Gruppe hat Kasumba. Sie fliehen in südlicher Richtung und versuchen, uns zwischen den dicht stehenden Gebäuden abzuhängen. Der Scharfschütze will uns im Prinzip gar nicht erledigen, sondern nur aufhalten.«

»Na toll!«, meinte Burgh. »Hast du sonst noch gute Nachrichten?«

»Der Anführer der Gruppe ist kein Unbekannter. Ich konnte ihn positiv identifizieren als Lieutenant Colonel Lennox Christian von den *Skulls*.«

»Einer von Sorensons Männern.«

»In der Tat.«

»Woher wussten die, wo Kasumba zu finden ist?«

»Die *Skulls* waren schon immer extrem einfallsreich.«

»So kann man es auch nennen«, grummelte der Attentäter.

Burghs Begleiter zogen ihre Waffen und begannen damit, auf die vermeintliche Position des Heckenschützen zu feuern, bis es ihm zu viel wurde.

Pendergasts Mann fürs Grobe rieb sich den Nasenrücken mit Daumen und Zeigefinger der linken Hand. »Hört schon auf, verdammt! Er ist außerhalb eurer Reichweite. Ihr macht euch ja lächerlich.« Die Männer stellten widerwillig den Beschuss ein und widmeten ihrem Anführer zögerliche Blicke. Allem Anschein nach hofften sie auf weitere Anweisungen.

»Soll ich die Behörden verständigen?«, bot Ripper sich an. »In weniger als einer Minute könnte eine Drohne vor Ort sein.«

Burgh schüttelte den Kopf und zum Schrecken aller stand er ungerührt auf. Es erfolgte kein Schuss, der ihn niederstreckte. »Kannst du dir sparen. Der Kerl ist längst weg.«

Der Attentäter stieg die Stufen hoch und trat durch den zerschmetterten Eingang. Seine Leute folgten mit einiger Verzögerung. Mehr als einer von ihnen warf dem Dach, von dem die Schüsse gefallen waren, unbehagliche Blicke zu. Sie trauten der Aussage ihres Chefs nicht so recht, dass die Gefahr gebannt sein sollte.

Burgh stieg über die Leiche am Eingang hinweg. Die *Skulls* hatten einen ihrer Männer verloren und auch ein Leibwächter Merkurs hatte die Auseinandersetzung nicht überlebt.

»Wo sind sie jetzt?«, fragte Burgh.

»Ich habe sie verloren«, gab Ripper kleinlaut zu. »Sie sind in einem Teil der Stadt untergetaucht, in dem es nur sporadisch Überwachungskameras gibt.«

»Großartig!«, meinte Burgh. »Wirklich großartig! Das darfst dann aber du Pendergast erklären.« Die KI erwiderte nichts darauf.

Burgh seufzte auf. »Na schön. Überwache sämtliche Raumhäfen des Planeten. Die sind auf alle Fälle nicht per Anhalter hierhergekommen. Finde ihr Schiff.«

»Verstanden«, erwiderte die KI wortkarg. Die darauf folgende Ruhe war beinahe schon wohltuend.

Burgh nutzte die Gelegenheit, um sich ausgiebig umzusehen. Er betrachtete nachdenklich die Fotos an der Wand. Das hier war offensichtlich ein Safe House, das Merkur schon vor geraumer Weile bereitgestellt hatte, um darin von der Bildfläche zu verschwinden, sollten die Dinge aus dem Ruder laufen. Alles hier, angefangen von der Einrichtung bis hin zu Accessoires und persönlichen Gegenständen, vermittelte den Eindruck eines normalen gutbürgerlichen Haushalts.

Aber das ehemalige Mitglied des Zirkels war dabei vielleicht ein wenig zu pedantisch vorgegangen. Es wirkte beinahe schon zu perfekt – um nicht zu sagen, künstlich. Sogar die Familie, die hier angeblich wohnte und von denen mehrere Bilder an den Wänden hingen, wirkte zu perfekt, um wirklich real zu sein. Vermutlich handelte es sich um Schauspieler, die Modell gestanden hatten, um einige glaubwürdige Aufnahmen herzustellen. Das brachte ihn aber auf eine Idee.

»Was wissen wir über Kasumbas Familie?«, fragte der Attentäter.

»Warum ist die interessant für dich?«

»Weil alles den Anschein macht, dass Merkur allein hier gelebt hat. Nur umgeben von den Leibwächtern. Da frage ich mich, wo sind seine Frau? Seine Kinder?«

»Jetzt, wo du es erwähnst, Merkur war allein mit den *Skulls* unterwegs, bevor sie verschwanden. Keine Spur von seiner Familie.«

»Das überrascht mich nicht. Er hat sie woanders untergebracht, damit sie überleben, falls man ihn aufstöbert.«

»Das ist ja herzallerliebst«, höhnte Ripper.

Burgh ignorierte den Spott. Seine Gedanken bewegten sich in anderen Sphären. »Wenn wir sie finden, hätten wir gegenüber Kasumba ein Druckmittel.«

»Du bist gar nicht so dumm – für einen Menschen.«

»Danke«, entgegnete Burgh mit leichtem Schmunzeln. »Und? Hast du Informationen, die uns nützen?«

»Einen Augenblick. Ich sichte die verfügbaren Daten.«

Burgh wartete, tippte aber ungeduldig mit dem Fuß auf. Der Vorgang dauerte nur wenige Sekunden.

»Ich habe etwas. Kasumbas jüngster Sohn, er leidet an einer degenerativen Nervenerkrankung und braucht regelmäßig ein sehr teures Medikament, das nicht überall zu bekommen ist.«

Burghs Mundwinkel zogen sich leicht nach oben. »Stell eine Anfrage an jede Apotheke und jeden Arzt der Stadt. Ich will wissen, ob jüngst eine bedeutende Menge von dem Zeug gekauft wurde.«

21

Es war ungewöhnlich warm für diese Jahreszeit auf Island. Natascha genoss mittlerweile mehr Freiheiten als zu Beginn ihrer Liaison mit dem Präsidenten. Pendergast erlaubte es ihr sogar, ohne Aufsicht durch den Secret Service das Anwesen zu verlassen. Unter Umständen lag es auch daran, dass er gedanklich zunehmend mit dem Krieg beschäftigt war. Die Kämpfe befanden sich in einer kritischen Phase. Sogar einem Laien wie ihr fiel das auf.

Natascha flanierte durch die engen Gassen und Passagen des Luxusviertels von Reykjavík. In unregelmäßigen Abständen blieb sie vor den Schaufenstern stehen und tat so, als würde sie die verschwenderisch ausgestatteten Auslagen betrachten.

Natascha gehörte nun zum festen Bestandteil der Insel. Die meisten kannten sie zumindest vom Sehen, einige wenige Auserwählte sogar von einem sorgsam platzierten Schwätzchen hier und da. Wenn man eine Weile in er Öffentlichkeit stand, dann gewöhnten sich die Menschen an den eigenen Anblick. Es war genau dieser Zustand, den der Widerstand in Pendergasts Umfeld hatte bewirken wollen. Wenn man sich an jemanden gewöhnte, dann wurde diese Person quasi unsichtbar. Natascha konnte sich nun relativ frei bewegen.

Sie blieb vor einem Schuhladen stehen und erwog tatsächlich, ein paar reale Einkäufe zu tätigen. Ihre auf Pendergast ausgestellte Kreditkarte besaß kein Limit. Wenn sie schon auf Island verweilen musste, dann konnte sie genauso gut sein Geld auf den Kopf hauen.

Sie entschied sich dagegen und nahm sich fest vor, auf dem Rückweg noch mal bei diesem Laden vorbeizusehen. Es wäre verdächtig gewesen, wäre sie ohne Einkäufe in den Präsidentenpalais zurückgekehrt.

Die Undercoveragentin setzte sich wieder in Bewegung und bog zwei Querstraßen weiter in eine kleine Gasse ab. Das Café an der nächsten Ecke war ein Geheimtipp, wodurch es nur von erlesener Klientel aufgesucht wurde.

Natascha wählte einen Tisch auf der kleinen Terrasse und bestellte per Handzeichen einen Kaffee. Auch in diesem Etablissement war sie bereits hinreichend bekannt. Die Bedienung wusste, wie sie ihren Kaffee trank, und brachte ihr umgehend die Bestellung. Natascha verbrachte die nächsten neunzig Minuten mit Warten. Sie hatte schon die dritte Tasse geleert, als sich ein hochgewachsener Mann ihr gegenüber an den Tisch setzte.

Natascha erstarrte. Sie hatte ihren Halbbruder Andrej erwartet, stattdessen sah sie nun in das grinsende Gesicht MacTavishs.

»Bist du verrückt geworden?«, zischte sie. »Was, wenn man uns zusammen sieht?«

»Ganz ruhig«, beruhigte MacTavish seine Agentin. »Niemand nimmt von uns Notiz. Und Ozzy stört jede Überwachungskamera im Umkreis. Keiner, den das nichts angeht, wird von diesem Treffen erfahren.«

Natascha lehnte sich leicht zurück. Sie begann, sich zu entspannen. MacTavish war erfahren genug, um zu wissen, was er tat. Ihre Lippen teilten sich zu einem ehrlichen Lächeln.

»Es ist schön, dich zu sehen, Rodney. Ich befürchtete schon, du hättest mich vergessen.«

»Keinesfalls«, wehrte der ehemalige RIS-Agent immer noch lächelnd ab. »Deine Berichte wurden von uns mit großem Interesse gelesen und auch weitergeleitet an entsprechende Stellen.«

Natascha war ehrlich zufrieden. Es wäre zynisch gewesen, hätten all ihre erbrachten Opfer nichts Positives zustande gebracht.

»Ich hatte keine Ahnung, dass du auf Reykjavík bist.«

»Nur auf der Durchreise«, meinte MacTavish. »Wir sind dabei, unser Agentennetz auf der Insel auszubauen. Dazu muss ich einige Kontakte knüpfen. Meine persönliche Anwesenheit war erforderlich.« Er zögerte. »Und ich wollte die Gelegenheit nutzen, dich unbedingt wiederzusehen.« Er sah an ihr vorbei und nahm die Umgebung in Augenschein. »Und ohne Aufpasser dieses Mal. Dann können wir uns in Ruhe ein paar Minuten unterhalten.«

Natascha nickte. »Pendergast vertraut mir. Ich gehöre mittlerweile zum festen ... Inventar.« Bei der Formulierung verzog MacTavish schmerzhaft berührt das Gesicht. »Sogar der Secret Service vertraut mir. Mit einigen bin ich sogar schon per Du. Sie nehmen mich manchmal kaum noch wahr.« Sie schob ihre linke Hand über den Tisch. Darin verborgen lag ein Datenstick mit den aktuellen von Pendergast besorgten Informationen. Sie zog die Hand zurück und das Speichermedium landete umgehend in MacTavishs Tasche.

»Danke«, quittierte er ihre Bemühungen. »Aber das ist nicht der Hauptgrund für mein Hiersein.«

»Sondern?«

Der Agentenführer betrachtete sie eingehend. »Ich wollte wissen, wie es dir geht.«

Natascha fühlte sich plötzlich unbehaglich. Sie wusste genau, worauf die Frage abzielte. Sie zuckte die Achseln, versuchte dabei, gelassen zu wirken, merkte aber selbst, wie angespannt sie war. »Ich bin in Ordnung.«

»Tatsächlich? So wirkst du gar nicht.«

»Wie wirke ich denn?«

MacTavish neigte den Kopf zur Seite. »Keine Ahnung. Irgendwie gealtert.«

Sie lachte auf. »Welche Frau hört das nicht gern?« Mit dem Sarkasmus wollte sie die unerwartete Bemerkung ihres Gegenübers überspielen. Er durchschaute es.

MacTavishs Augen betrachteten sie weiterhin. Der Ausdruck dahinter veränderte sich jedoch. Wo sie vorher wachsam wirkten, da sah er sie nun mit Traurigkeit an.

»Ich habe derlei Operationen während meiner Zeit beim RIS mehrmals durchgeführt. Und ich weiß, wenn jemand eine solch schwere Aufgabe übernimmt, dann verändert das einen. Und nicht zum Besseren.«

Natascha wandte den Blick ab. Ungewollt kamen ihr Erinnerungen an Pendergasts Berührungen auf ihrem Körper in den Sinn. Sie erschauerte.

MacTavishs legte seine Hand auf ihre und drückte ganz leicht zu. Es war keine Berührung im erotischen Sinn, sondern eine zwischen Freunden.

»Sag nur ein Wort und ich ziehe dich ab«, versprach er der Agentin. »Wir schmuggeln dich von der Insel. Heute noch. Bei Einbruch der Nacht könntest du schon in Europa sein.«

Sie zog den Vorschlag ernsthaft in Erwägung. Zu behaupten, er wäre verlockend gewesen, war eine glatte Untertreibung. Sie sah auf. »Ist meine Aufgabe wichtig? Nutzen die Informationen, die ich beschaffe, etwas?«

MacTavish zuckte zurück, als hätte sie ihn geschlagen. Mit dieser Entgegnung hatte er offenbar nicht gerechnet. Der Agentenführer nickte langsam. »Ja, sie sind sogar sehr wertvoll.«

Das war alles an Motivation, was sie benötigte. »Dann mache ich weiter.«

MacTavish betrachtete die junge Frau eine Weile mit einem seltsamen Ausdruck in den Augen. »Natascha, ich bin wirklich schon sehr lange in dieser Branche tätig, aber ich glaube, in meinem gesamten Leben habe ich nie einen mutigeren Menschen kennengelernt. Keiner von uns wird dir das je vergessen.«

Sie lächelte zurückhaltend. »Es wäre mir lieber, man würde es vergessen.«

Darauf wusste MacTavish nichts zu sagen. Er leckte sich über die Lippen. »Irgendwann wird dieser furchtbare Krieg vorbei sein und du kannst wieder ein normales Leben aufnehmen. Alles, was ich dir bis dahin raten kann, ist: Vergiss niemals, wer du bist.«

Sie nahm den Rat mit dankbarem Nicken entgegen. MacTavish erhob sich. »Ich muss jetzt gehen. Und du solltest langsam ins Palais zurückkehren. Falls du zu lange abwesend bleibst, wird das auffallen.«

»Es war schön, dich zu sehen«, gab sie zurück. »Und dass du dich um mich sorgst.«

MacTavish drückte ihr ein letztes Mal sanft die Hand, drehte sich um und ging davon. Nataschas Stimme hielt ihn aber ein letztes Mal zurück. »Rodney? Wenn das alles vorbei ist, dann will ich, dass dieser Dreckskerl nicht überlebt.«

MacTavish musterte seine Agentin ungerührt. »Wenn das alles vorbei ist, dann kümmere ich mich persönlich um ihn«, versprach er.

Die ODYSSEUS führte den Kampfverband an, der aus L3 des Monroe-Systems hervorbrach. Die Solarier waren vorbereitet. Ein Lagrange-Punkt destabilisierte, sobald eine größere Anzahl Schiffe im Begriff stand, wieder im Normalraum zu materialisieren. Das verschaffte den jeweiligen

Verteidigern eine gewisse Vorwarnzeit, die abhängig von der Art des Lagrange-Punktes und der Anzahl der Schiffe mehrere Stunden betragen konnte.

Die Solarier hatten die Zeit genutzt, um alles an Einheiten zusammenzuziehen, was ihnen zur Verfügung stand. Es nutzte den Republikanern dennoch nichts.

Dexter und Sorenson verfolgten die ungleiche Schlacht von der Flaggbrücke des Großschlachtschiffes aus. In schneller Folge materialisierten die Schiffe, aus denen der royale Kampfverband bestand, und eröffneten augenblicklich das Gefecht.

Das Monroe-System war relativ unbedeutend. Sein einziges Gewicht bestand in seiner Lage. Es war der letzte Zwischenstopp vor Castor Prime.

Die königlichen Kampfschiffe nahmen augenblicklich die Lagrange-Forts unter Dauerbeschuss. Die robusten Gebilde waren entwickelt und gebaut worden, um der Feuerkraft eines Großangriffes standzuhalten. Als entsprechend widerstandsfähig stellten sie sich auch heraus.

Laserfeuer, Raketen und Gaußprojektile wurden getauscht. Noch bevor es dem royalen Kampfverband gelang, aus der Sprungzone von L3 auszubrechen, verlor Dexter elf Schiffe, darunter zwei Schlachtschiffe und ein Großschlachtschiff. Dann begann der Gegenschlag.

Die Flotte des Königreichs schwärmte aus und sie schafften es sogar, einige der Forts ins Kreuzfeuer zu nehmen. Der Kampf wogte über eine Stunde hin und her, bevor es Dexters Einheiten gelang, Fuß zu fassen. Zwei Forts explodierten nahezu gleichzeitig und verschafften den königlichen Einheiten etwas Luft.

Dexters Verbände nutzten die Schwachstelle augenblicklich aus. Mehrere Kampfgruppen, eskortiert von Jäger- und Bomberstaffeln, stießen in die geschlagene Bresche vor und drängten die solaren Wachgeschwader zurück. Die zwei verbliebenen Forts fanden sich unversehens ohne Unterstützung der Wut royaler Kampfeinheiten ausgeliefert und wurden kurzerhand zerstört. Damit war das Schicksal des Lagrange-Punktes besiegelt. Er wechselte zumindest vorübergehend den Besitzer.

Die Schlachtgeschwader lieferten sich mit dem Feind hitzige Schusswechsel, in dessen Verlauf beide Seiten Verluste erlitten, die Solarier jedoch tendenziell höhere. Letztendlich mussten diese vor der Übermacht beständig zurückweichen. Die Schlacht entwickelte sich dermaßen ungünstig für die Besatzungstruppen, dass die Solarier sich sogar genötigt sahen, den Kampf abzubrechen, was das vorläufige Ende des Scharmützels kennzeichnete. Dexter war mit dem Ergebnis zufrieden.

Sein neuer Flaggleutnant trat zu ihm. Es handelte sich um einen weiblichen Offizier mit unleugbar irischen Wurzeln. Bei Lieutenant Emily Walsh hatte man ständig das Gefühl, es mit einem fleißigen Bienchen zu tun zu haben. Sie summte einmal in diese, dann in jene Richtung, ohne jemals richtig stillstehen zu können. Ihr fehlte die ruhige Präsenz eines Daniel Dombrowski. Aber dem gefallenen Lieutenant hinterherzutrauern nutzte nichts. Dexters Welt bestand aus dem Hier und Jetzt. Und dazu gehörte auch sein neuer Flaggleutnant.

Die Frau war einen guten Kopf kleiner als er. Daher neigte er den Körper leicht nach links, als sie Bericht erstattete.

»Wir haben L3 eingenommen und die solaren Linien durchstoßen. Gegnerische Kräfte sind auf dem Rückzug.«

Dexter nahm die Meldung mit einem Nicken zur Kenntnis. »Fahren Sie fort, Lieutenant«, forderte er die Frau auf. Diese wandte sich um und nickte einem Komoffizier zu. Der Mann setzte eine codierte Nachricht durch den Lagrange-Punkt ab.

Dexters Einheiten reihten sich in einer dreidimensionalen Verteidigungslinie auf, um mögliche Gegenangriffe in jeder Richtung zurückschlagen zu können. Und dann begann das Warten.

Es dauerte eine Stunde, bis ein anstehender Transit den Lagrange-Punkt farbenfroh erstrahlen ließ. Dexter atmete erleichtert auf. Vizeadmiral Lord Hastings' Flaggschiff materialisierte mit der zweiten Welle. In ihrem Kielwasser folgten die Truppentransporter und dahinter die BABYLON mit dem Prinzen an Bord, eskortiert von drei Tactical Assault Groups.

Dexter war dabei nicht ganz wohl zumute. Es widersprach allgemein anerkannter Militärdoktrin. Truppentransporter oder andere sensible Einheiten brachte man erst in eine heiße Gefechtszone, wenn der Weltraum gesichert war. In diesem Fall war es nicht gegeben. Allerdings blieb ihm keine Wahl. Monroe stellte nur einen Zwischenhalt auf dem Weg nach Castor Prime dar. Sobald die royalen Kräfte gesprungen waren, würden die Solarier in aller Eile ihre Stellungen wieder einnehmen.

Das Königreich besaß nicht genügend Kapazitäten, um den Weg, den sie zurücklegten, auch dauerhaft von solarischen Einheiten frei zu halten. Daher führten sie alles mit, was für die Invasion von Castor Prime notwendig war, angefangen von Munition bis hin zu den Bodentruppen.

Zweifelsohne war es ein waghalsiges Unterfangen. Gelang es ihnen nicht, Castor Prime zu befreien, würde das Gros der königlichen Streitkräfte hinter den feindlichen Linien stranden und zwangsläufig untergehen. Selbst falls ihnen der Coup gelang und Castor Prime zurück in ihre Hand fiel, war es keineswegs sicher, dass sie nicht dennoch am Ende vernichtet wurden. Es war ein Vabanquespiel, ob die Krönung des Prinzen den Zorn des Volkes gegen die Besatzer anheizen würde. Alles hing davon ab, ob die Menschen des Königreichs bereits so weit demoralisiert waren, dass sie sich innerlich schon ergeben hatten.

»Geschwindigkeit aufbauen!«, forderte Dexter. Seine Kampfschiffe warfen den Antrieb an. Sie reihten sich umgehend in Formation mit Hastings' Neuankömmlingen ein und begannen damit, die Sonne zu umrunden. Ihr Ziel war L2 auf der anderen Seite.

Er knirschte unterdrückt mit den Zähnen. Das Problem bei interstellarer Kriegsführung stellte immer die Distanz dar. In diesem Fall war das nicht anders. Mit einem Wink des Kinns rief er seine Flaggleutenant zu sich. Die Frau tauchte umgehend neben ihm auf.

»Wie lange?«, wollte er wissen.

»Sechsundzwanzig Stunden«, gab die Offizierin zur Antwort.

Dexter verzog schmerzhaft berührt die Miene. Sechsundzwanzig Stunden. Das dauerte einfach alles zu lange. Die Invasion von Castor Prime war als Überraschungsangriff geplant. Aber dies war von vornherein nur schwer möglich. Auch den Planern des Angriffs war das bewusst gewesen. Es war kaum zu bewerkstelligen, einen Gegner zu überraschen, wenn diesem klar war, worauf man es abgesehen hatte.

Castor Prime war das einzige System in Reichweite, das den Einsatz solcher Ressourcen wert war. Die Solarier wussten dies. Sie wichen zwar vor den Royalisten zurück, aber lediglich um ihre Kräfte für den nächsten Schlagabtausch zu schonen. Sie waren bereits dabei, ihre verbliebenen Wachgeschwader um L2 zu formieren. Wenn man die Lagrange-Forts in die Rechnung mit einbezog, dann stand ihnen ein harter Kampf bevor, ehe es ihnen gelang, in das königliche Zentralsystem vorzustoßen. Und die Solarier hatten die Besatzungstruppen auf Castor Prime bestimmt bereits gewarnt, sodass dort schon ein Empfangskomitee bereitstand.

Dexter warf einen Blick auf das Chronometer an der Wand. Sie hinkten schon jetzt fünf Stunden hinter dem Zeitplan hinterher. Die Solarier würden wie die Teufel kämpfen, um seine Flotte am Durchbruch zu hindern. Natürlich unterlagen sie letzten Endes. Aber ihr Widerstand kostete Dexter dringend benötigte Einheiten und Soldaten. Noch wichtiger jedoch: Er kostete ihn Zeit. Sein Augenmerk richtete sich wieder auf das Hologramm. Die Solarier waren haushoch unterlegen, doch sie hatten mehr Angst vor Gorden als vor den Royalisten. Das war ein Problem. Er hoffte nur, dass die Dinge bei Dubois und Melanie besser liefen. Wie dem auch sei, Hastings und Dexter würden später erscheinen als vor ihrem Aufbruch vereinbart. Bis zu ihrem Eintreffen mussten die Verbündeten auf Castor Prime allein klarkommen, gleichgültig, was hierfür notwendig war.

Der Raum war erfüllt von dem Geräusch durchladender Automatikwaffen. Melanie St. John war beeindruckt, welche Ausrüstung dem Widerstand auf Castor Prime zur Verfügung stand.

Randazotti hatte nicht übertrieben. Eine große Anzahl königlicher Soldaten hatte es nach dem Fall des Planeten in den Untergrund geschafft. Trotz der solarischen Säuberungsprogramme formierte sich ein Widerstand, dessen Größe den republikanischen Geheimdienst sprachlos hätte werden lassen. Die Untergrundkämpfer auf Castor Prime verfügten nahezu über alles: von kleinkalibrigen Waffen über leichte und schwere Sturmgewehre, Energiewaffen und Granat- sowie Raketenwerfer bis hin zu Exoskeletten. Das Einzige, was ihnen fehlte, waren Panzer. Aber es wäre wohl zu viel des Guten gewesen, hätten die Widerstandskämpfer einen eigenen Fuhrpark besessen. Der Gedanke ließ Melanie schmunzeln.

Die Geheimdienstoffizierin betrat die zentrale Kammer der unterirdischen Widerstandsbasis und fand Major General Sabine Dubois am Tisch wieder, den Körper über ein Hologramm der planetaren Hauptstadt gebeugt. Lieutenant Colonel Carl Randazotti und Colonel Derek de Drukker leisteten ihr Gesellschaft. De Drukker gehörte der Spezialoperationsdivision an und war Dubois' Stellvertreter bei dieser Mission. Er kommandierte die eingeschleuste, aus dreihundert Mann bestehende Spezialeinheit. St. John hatte sich über den Offizier noch keine Meinung gebildet. Seine Leute nannten ihn aber liebevoll Triple D aufgrund des Namens. Das sagte schon eine Menge aus.

Melanie stellte sich neben die Generalin. Die ergraute Offizierin quittierte deren Anwesenheit mit einem knappen Willkommensnicken, bevor sie sich erneut der Besprechung zuwandte.

»Sind Ihre Leute wirklich bereit, diesen Schritt zu gehen?«, wollte Dubois wissen und fixierte Randazotti mit festem Blick.

Dieser nickte entschlossen. »Absolut. Wenn wir jetzt nichts tun, um unsere Heimat zurückzufordern, dann wird es zu spät sein. Vielleicht für immer.«

Dubois atmete tief auf. »Also schön. Das nördliche Kontrollzentrum ist dann unser primäres Ziel. Wir greifen es an, sobald die Anschlagswelle losbricht.«

Melanie sah mit erhobenen Augenbrauen auf. »Anschlagswelle?«

Die Generalin nickte. »Der Colonel hat eine Reihe von Freiwilligen ausgewählt, die Kasernen und andere Einrichtungen des Gegners mit selbst gebauten Sprengsätzen angreifen. In der Mehrzahl sind es trainierte Zivilisten. Auf dieses Signal hin startet die eigentliche Offensive.«

Melanie pfiff beeindruckt durch die Vorderzähne. Nun verstand sie Dubois' vorige Bemerkung. Diese Menschen gingen ein gewaltiges Risiko ein. Sie warfen nicht nur das eigene Leben in die Waagschale. Es war solarische Vorgehensweise, dass die Familien von aktiven Widerstandskämpfern inhaftiert und mit unbekanntem Ziel deportiert wurden. Falls sie versagten und Pendergasts Schergen die Kontrolle über Castor Prime behielten, wären viel Leid und Verzweiflung die Folge.

»Das Kontrollzentrum in Castor Prime übernehme ich selbst«, erklärte Dubois. Sie wandte sich der Geheimdienstoffizierin zu. »Melanie, Sie bleiben bei mir. Randazotti genauso. De Drukker, Sie begeben sich in den Süden und greifen das dortige Kommandozentrum an. Wir müssen beide ausschalten, um das Verteidigungsnetzwerk zu neutralisieren.«

Der Kommandooffizier nickte angestrengt, während er sich das Hologramm einprägte.

»Nicht vergessen«, fuhr die Generalin fort, »die Kommandozentren müssen auf jeden Fall neutralisiert werden, ansonsten ist ein Invasionsversuch von Castor Prime aussichtslos. Erobern Sie es, falls möglich. Zerstören Sie es, falls nötig. Es ist vollkommen unerheblich, für welche der beiden Alternativen sie sich entscheiden. Wichtig ist nur, dass die Satelliten am Ende offline sind.«

Triple D sah auf. »Keine Sorge, Generalin. Sie können sich auf uns verlassen.« Der Mann zog den Klettverschluss von seiner Armbanduhr. »Unser Ziel befindet sich in der Stadt Tait. Bei den ganzen Checkpoints auf dem Weg dahin braucht mein Team mindestens zwölf Stunden, um in Stellung zu gehen.«

»Meine Leute im Süden erwarten Sie bereits«, versicherte Randazotti. »Sobald Sie eintreffen, kann umgehend mit den Vorbereitungen begonnen werden.«

»Dann würde ich sagen, der Angriff beginnt in achtzehn Stunden«, meinte Dubois. »Das lässt uns ausreichend Zeit. Etwa vier Stunden später sollte die Flotte des Prinzen im System eintreffen.«

»Ja, falls sie pünktlich sind«, warf Melanie verkniffen ein, was ihr einen warnenden Blick der Generalin einbrachte. Das war die größte Schwachstelle des Planes. War Dexter mit seinen Streitkräften rechtzeitig zur Stelle?

»Solange wir nichts anderes wissen, werden wir davon ausgehen, dass sich Admiral Blackburn im Zeitfenster befindet«, gab Dubois zurück.

»Falls nicht, werden wir einen schweren Stand haben«, entgegnete de Drukker. »Wir verfügen nicht über genügend Ausrüstung, um eine längere Schlacht auszukämpfen. Und sobald Sheppard merkt, was los ist, wird er alles gegen uns werfen, was er in seinem Arsenal hat. Auch Panzer und Walking Fortress.«

»Gegen die WF können wir nicht viel ausrichten«, stimmte Randazotti zu. »Aber wir verfügen über Mittel und Wege, Panzer und Infanterie eine gewisse Zeit lang aufzuhalten.«

Dubois merkte auf. »Wie das?«

Randazotti grinste geheimnisvoll. »Wir haben Verbündete.« Auf einen Wink hin öffnete sich die Tür und ein älterer Mann mit beginnendem Bauchansatz betrat den Raum. Sein schütteres, lichter werdendes Haar kämmte er quer über den Schädel. Trotzdem hielt er sich aufrecht. Zu

Melanies und auch Dubois' Überraschung trug der Offizier die hellblaue Uniform des Royal Police Corps.

»Das ist Chief Inspector Linus Evans, der Polizeichef von Castor Prime«, stellte der Colonel den Offizier vor.

Melanie betrachtete die vor ihr stehende Gestalt genauer. Der Chief Inspector wollte es verbergen, aber Scham und Schuld, dass man ihn gezwungen hatte, mit den Besatzern zu kollaborieren, standen ihm deutlich ins Gesicht geschrieben. Hier erschien ein Mann vor ihnen, der darauf brannte, seine Ehre wiederherzustellen.

Dubois war von der Nützlichkeit der Polizei nicht überzeugt. »Bei allem Respekt, Chief Inspector, aber Ihre Leute sind unbewaffnet. Was können die schon gegen erfahrene solarische Soldaten ausrichten?«

Der rechte Mundwinkel des Mannes hob sich zu einer leicht spöttischen Grimasse. »Wir gehören zum normalen Stadtbild. Jeder kennt uns. Die Anwesenheit der Polizei fällt kaum einem bewusst auf. Es sei denn, er bekommt es mit uns zu tun. Das gilt sogar für die Solarier. Wir können uns ungehindert bewegen. Meine Leute werden Straßensperren und Barrikaden errichten zwischen jeder Kaserne und den Kommandozentralen. Wir tun alles, um die republikanischen Einheiten so lange wie möglich aufzuhalten.« Evans straffte seine Gestalt. Melanie glaubte sogar, er versuche, den Bauch etwas einzuziehen. »Generalin Dubois, das Royal Police Corps steht vollumfänglich zu Ihrer Verfügung.«

Die Generalin antwortete nicht. Ihre Augen blitzten bei den Worten des Chief Inspectors verheißungsvoll auf.

22

Lieutenant Colonel Lennox Christian trat die Tür eines verlassenen Hauses ein. Er gab den Weg frei und seine Leute stürmten ins Innere. Alle atmeten schwer, alle waren erschöpft. Selbst Barrera stolperte von Müdigkeit überwältigt herein. Seine menschliche Fracht schleppte er wie einen Sack Mehl über der Schulter in das Versteck. Lennox war der Letzte. Er zog die zerschmetterte Tür hinter sich zu, damit auf den ersten Blick nicht ersichtlich war, dass sich jemand Zutritt verschafft hatte.

Ramsay Dawson eilte mit gezogener Waffe die Treppe hinauf. Er kam wenig später zurück. »Sicher!«

Lennox nickte. »Wir bleiben hier eine Weile. Stellt Wachen auf. Ablösung alle vier Stunden. Wer nicht auf Posten stehen muss, ruht sich aus.«

Barrera setzte Merkur ab, wobei der Begriff *ihn fallen lassen* eher zutraf. Kasumba stöhnte, schwieg dann. Der Gunny nahm nur wenige Meter entfernt Platz, falls das ehemalige Mitglied des Zirkels irgendetwas Dummes versuchte. Der hünenhafte Mann zog einen Energieriegel seiner Notfallration aus der Tasche, packte ihn aus und begann, diesen genüsslich zu vertilgen.

Der Graf von Onbele rappelte sich in eine sitzende Position auf und funkelte Lennox an. Der *Skull*-Offizier ließ sich davon nicht beeindrucken. Die Zeiten, in der dieser Mann etwas zu sagen gehabt hatte und auch die Macht, seine Drohungen durchzusetzen, waren lange vorbei. Nun war er nur noch ein Krimineller auf der Flucht, hinter dem alle her waren. Die eine Hälfte wollte ihn tot sehen, die andere ihn vor Gericht bringen.

Lennox wusste, es war unprofessionell. Dennoch konnte er es sich nicht verkneifen, sich zu dem Mann herunterzubeugen und zuzuflüstern: »Entweder Sie wischen sich den Hass aus dem Gesicht, wenn Sie mich ansehen, oder ich übernehme das für Sie.«

Kasumba behielt seine trotzige Haltung noch eine Sekunde bei, bevor er geschlagen den Blick abwandte. Lennox richtete sich auf. »Sie können froh sein, dass wir überhaupt hier sind. Ohne uns wären Sie längst erledigt. Wie Ihr Freund Simmons.«

»Simmons war nie ein Freund«, erwiderte Merkur überraschenderweise. Es war das Erste, was der Kerl seit ihrer überstürzten Flucht von sich gegeben hatte. Lennox wandte sich dem Grafen zu, während dieser weitersprach. »Ich würde ihn eher als Kollegen bezeichnen. Verwandte Geister.«

»Und jetzt wollen Sie mir sicher erzählen, dass Sie für das Königreich nur das Beste im Sinn hatten.«

Merkur lachte bellend auf. »Keineswegs. Der Zirkel hat mich unwahrscheinlich reich gemacht. Das war schon alles.«

Ramsay, der an einem der Fenster Position bezogen hatte, verzog angeekelt das Gesicht und richtete seine Aufmerksamkeit wieder auf den Bereich vor dem Gebäude.

»Ja, richtig. Es war reine Geldgier.« Kasumba zuckte die Achseln. »Und warum auch nicht? Warum sollte ich in einem Universum, in dem jeder nur an sich denkt, das nicht auch tun?«

»Weil nicht jeder nur an sich denkt«, entgegnete Barrera. »Das ist lediglich eine Entschuldigung, mit der Leute wie Sie Ihre Handlungen vor sich selbst rechtfertigen wollen.«

Kasumba wirkte von dieser Anschuldigung völlig unberührt. »Ich muss mich nicht rechtfertigen. Vor mir selbst schon gar nicht. Ich bin, wer ich bin. Und vor gar nicht allzu langer Zeit war ich einer der mächtigsten Menschen des bekannten Weltraums.«

»Damit ist es vorbei«, warf Lennox süffisant ein.

Abermals zuckte der Mann die Achseln. »Es war schön, solange es dauerte.«

»Bereuen Sie denn überhaupt nichts?«, wollte Ramsay Dawson wissen. Er ließ dabei weiterhin den Blick aus dem Fenster gleiten.

»Nein, gar nichts«, versicherte Merkur. Er betrachtete den jungen Soldaten eingehend. »Sie sind Dawsons Sohn, nicht wahr?!«

Ramsay erwiderte kein Wort. Aber irgendetwas musste ihn verraten haben. Kasumba kicherte leise. »Ja, der sind Sie. Ich habe Ihren Vater bewundert. Er hatte seine eigene Moral, seine eigenen Skrupel. Einen solchen Menschen gibt es in jeder Generation nur einmal.«

»Zum Glück«, meinte Ramsay mit einem harten Unterton in der Stimme. »Er hat Leid und Unglück über das Königreich und die Republik gebracht. Das Einzige, was mir leidtut, ist, dass er sich nie vor Gericht für seine Taten wird verantworten müssen.«

»Ihre Meinung über ihn wäre dem Mann gleichgültig. Er war ziemlich enttäuscht von Ihnen.«

Bevor Ramsay antworten konnte, ging der Colonel dazwischen. »Lassen Sie den Jungen in Ruhe. Er ist zehnmal mehr Mann, als sein Vater und Sie jemals gemeinsam hätten sein können.«

Kasumba fixierte Lennox berechnend. »Tun Sie nur nicht so selbstgerecht. Sie retten mich nicht ohne Eigeninteresse.« Er tippte sich an die Schläfe. »Sie wollen alles, was sich hier drin befindet.«

»Vor allem will ich Ihre öffentliche Aussage«, hielt Lennox unbeirrt entgegen. »Sie sind der letzte lebende Zeitzeuge für die Machenschaften der Solaren Republik. Sie können bestätigen, dass es Pendergast war, der uns das *Konsortium* auf den Hals gehetzt hat als Rechtfertigung für seinen Einmarsch.«

»Ah, das ist es also.«

»Ja, das ist es«, bestätigte Lennox.

»Wenn das der Preis ist, dann zahle ich ihn«, gab Merkur zurück. »Aber auch ich habe einen Preis. Sie kennen ihn.«

Lennox nickte. »Keine Sorge. Wir holen Ihre Familie auf dem Weg zum Raumhafen ab. Aber dafür erwarte ich, dass Sie alles erzählen. Wirklich alles. Vor laufenden Kameras.«

»Keine Sorge. Sobald meine Familie und ich vom Planeten gebracht wurden.«

»Dann haben wir einen Deal«, bestätigte der Marine-Colonel und wandte sich ab. Immer wenn er mit diesem Menschen sprach, hatte er danach das dringende Verlangen, zu duschen.

Die Dioden an dem Gerät an seinem Handgelenk begannen plötzlich aufgeregt zu blinken. »Sir?«

»Ja? Was gibt es denn Hermes?«

»Probleme. Bitte nehmen Sie Ihr Pad zur Hand.«

Lennox tat wie geheißen und aktivierte es. Die KI speiste den Livestream einer Überwachungskamera am Raumhafen ein. Über der Rostigen Erna hatten zwei solarische Patrouillenboote Posten bezogen.

Darüber hinaus war das Handelsschiff von einer Kompanie feindlicher Soldaten mit schwerer Bewaffnung umringt.

»Legen Sie die Waffen nieder«, sprach ein Offizier der Besatzungstruppen in sein Megafon, »und kommen Sie mit erhobenen Händen heraus! Sie können nicht entkommen!«

Die Patrouillenboote waren nicht gepanzert und nur unzureichend bewaffnet. Ihre Feuerkraft reichte jedoch allemal aus, um ein Handelsschiff zu zerstören. Die an Bord zurückgebliebenen Marines hatten keine Chance. Und trotzdem versuchten sie es.

Der Antrieb der ROSTIGEN ERNA erwachte stotternd zum Leben. Das kleine Vehikel schaffte es, sich zwei Meter vom Boden zu erheben, bevor die zwei Patrouillenboote das Feuer eröffneten.

Der Vorgang dauerte nur Sekunden, dann krachte das brennende Wrack zurück auf den Asphalt des Raumhafens.

Lennox schloss die Augen. Es waren fast zwei Dutzend seiner Leute an Bord zurückgelassen worden. Sie hatten den Tod der Gefangennahme vorgezogen.

Lennox öffnete die Augen und betrachtete die Vorgänge weiter. Ein Mann in einem schwarzen Mantel trat aus der Menge hervor und begutachtete das Werk seiner Soldaten. Dann drehte er sich um. Für einen Sekundenbruchteil sah er direkt in die Kamera, über die Lennox alles beobachtete. Fast als würde er wissen, dass der Marine-Colonel der *Skulls* das Ende seines halben Einsatzteams mit angesehen hatte. Selbst auf diese Entfernung konnte Lennox das Grinsen auf Burghs Gesicht ausnehmend gut erkennen.

Vom Eingang her ertönte Tumult. Lennox sah auf. Wolfgang Koch trat durch die Tür und wurde zuerst von Ramsay, dann von den anderen überschwänglich begrüßt. Sein Präzisionsgewehr hatte er nicht dabei. Vermutlich war es notwendig gewesen, es zurückzulassen.

Lennox begrüßte den Scharfschützen mit festem Händedruck.

»Gab es Probleme?«

Koch schüttelte den Kopf. »Keine, die ich nicht lösen konnte.« Dem Nachzügler fiel sofort auf, dass etwas nicht stimmte. Er neigte den Kopf zur Seite. »Colonel? Alles in Ordnung?«

»Nein«, erwiderte dieser wahrheitsgemäß. »Es gibt Komplikationen. Wir brauchen einen alternativen Fluchtweg vom Planeten.«

23

Großadmiral Gale Sheppard saß über Unmengen an Papierkram, als die Stimme seines Adjutanten aus dem Komlink ertönte. »Sir? Wir haben jetzt eine Verbindung zur ARES.«

Sheppard ließ sofort alles Stehen und Liegen. Der Großadmiral erhob sich geschmeidig. »Na endlich!« Er eilte auf die Brücke der NEW ZEALAND, die momentan an einer Reparaturstation im Orbit um Castor Prime angedockt war.

Er wurde bereits erwartet, als er die Kommandostation des Flaggschiffs erreichte. Ein lebensgroßes Hologramm seines Amtskollegen Großadmirals Harriman Gordens stand ihm abwartend gegenüber. Der Mann wirkte äußerlich ruhig. Sheppard kannte ihn aber gut genug, um die Anzeichen von Unmut und Ungeduld zu erkennen.

Sheppards Adjutant Major Victor Orlov stand hoch aufgerichtet und schweigend neben dem Hologramm. Der Mann verzog keinen Muskel. Ihre Blicke trafen sich aber kurz und Orlov schüttelte leicht den Kopf. Das verhieß nichts Gutes.

»Harriman«, begrüßte Sheppard den anderen Großadmiral mit wesentlich mehr positiver Ausstrahlung, als er sie gemeinhin in der Nähe dieses Menschen fühlte. »Danke, dass du mich so zeitnah kontaktiert hast.« Das war etwas übertrieben. Es hatte mehr als vierundzwanzig Stunden gedauert, den Mann an die Strippe zu bekommen. Allerdings konnte es nicht schaden, ihm ein wenig Honig um den Bart zu schmieren. Aus Erfahrung wusste er, dass sein Offizierskollege dafür empfänglich war.

»Was kann ich für dich tun, Gale?«, kam Gorden ohne Umschweife auf den Punkt.

»Ein großer Kampfverband des Königreichs befindet sich im Monroe-System und ist in diesem Moment dabei, sich den Durchgang nach Castor Prime zu erzwingen.«

Gorden merkte auf. »Bist du sicher?«

»Absolut. Der dortige Kampfkommandant hat mir eine Nachricht zukommen lassen. Die feindlichen Streitkräfte sind stark genug, alle sich in Castor Prime stationierten republikanischen Verbände zu vernichten.« Sheppard atmete tief durch. Das wurde jetzt nicht hübsch. »Ich brauche Verstärkung. Jede, die du mir gewähren kannst.«

Ein überhebliches Grinsen verzerrte Gordens Gesicht auf geradezu grotesk hässliche Weise. Der Typ würde sich nie ändern. »Wow, das muss dir schwergefallen sein! Ich weiß, du bittest mich nicht gern um Hilfe.«

Sheppard leckte sich über die Lippen. »Hör mal, Harriman, von mir aus können wir uns über die nächsten Stunden hinweg gegenseitig vorwerfen, wie sehr wir uns hassen. Es geht hier aber nicht um dich oder mich. Es geht um die Republik. Wir müssen zusammenhalten. Und von einem Offizier zum anderen bitte ich dich um deinen Beistand. Dann kann der Angriff abgewehrt werden.«

»Was ist mit dem Verteidigungsnetzwerk? Mit dessen Hilfe sollte es dir eigentlich leichtfallen, die Royalisten zu eliminieren.«

Sheppard zögerte. »Sollte man meinen, aber Teile davon sind immer noch nicht wieder vollständig einsatzfähig.« Jedes Wort, das er sagte, fühlte sich in seinem Mund an, als würde dort etwas verwesen.

Gorden beugte sich vor. »Wie war das bitte? Ich dachte, das Verteidigungsnetzwerk wäre instand gesetzt.«

»Das denken alle«, erklärte Sheppard. »Inklusive der Royalisten. Ich habe diese Information bewusst gestreut. Es gibt einige wenige Lücken. Sie sind recht klein, aber es ist nicht ausgeschlossen, dass die Royalisten bei ihrem Angriff darauf aufmerksam werden und diese Schwachstellen ausnutzen. Ich hatte keine andere Wahl, als dies zu verheimlichen.«

»Auch vor deiner eigenen Regierung?« Sheppard hörte den Spott aus Gordens Stimme heraus. Der andere Großadmiral konnte den Genuss, den er soeben verspürte, gar nicht zurückhalten.

»Wir hatten erhebliche Probleme bei den Arbeiten. Von den Lieferschwierigkeiten will ich noch nicht mal sprechen.« Sheppards Augen funkelten seinen Amtskollegen herausfordernd an. »Ich bin überzeugt, du kennst das Ausmaß unserer Probleme. Immerhin wird der Löwenanteil des Nachschubs deinen Einheiten zugeteilt.«

»Weil ich es auch bin, der die Royalisten auf Trab hält.«

»Das hat man ja bei Tirold erlebt.« Die Worte schlüpften aus seinem Mund, bevor er sie aufhalten konnte. Gordens Antlitz versteinerte. Das war dumm gewesen. Ein Mann wie Großadmiral Harriman Gorden, der über ein Ego verfügte, das kaum in ein Großschlachtschiff passte, wurde nur sehr ungern mit dem eigenen Versagen konfrontiert.

»Hilfst du mir jetzt oder nicht?«, wagte Sheppard die alles entscheidende Frage.

Gorden überlegte. »Ich kann dir innerhalb von sechsunddreißig Stunden drei Schlachtgeschwader überstellen. Genügt das?«

Das Hilfsangebot kam für Sheppard überraschend. Er stutzte. »Nun ... ja ... ich danke dir.«

Gorden nickte. »Ich werde alles Notwendige veranlassen. Gibt es sonst noch etwas?«

»Nein, das wäre alles.«

Gorden nickte ein weiteres Mal und kappte die Verbindung, ohne noch ein Wort zu verlieren.

Orlov trat an die Stelle, die das Hologramm bis eben eingenommen hatte. »Er sollte Sie respektvoller behandeln.«

»Gorden schickt uns Schiffe«, gab Sheppard zurück. »Das ist alles, was zählt. Ich hoffe nur, sie erreichen uns rechtzeitig. Sollten die Royalisten vorher eintreffen und sollten sie mitkriegen, wie schwach die Verteidigung des Systems tatsächlich dasteht, dann stecken wir in der Bredouille.« Der Großadmiral strich sich nachdenklich über den Vollbart.

»Woran denken Sie?«, wollte sein Adjutant wissen.

»Die Königlichen sind entgegen unserer Propaganda keine Vollidioten. Dieser Schlag gegen Castor Prime hat etwas von einer Verzweiflungstat. Aber sie würden ein solches Wagnis nicht eingehen, wenn sie nicht einen Trumpf in der Hinterhand hätten.« Der Großadmiral sah zu Orlov auf. »Ich frage mich, was das sein mag.«

Im aufziehenden Morgenrot ragte das nördliche Kommandozentrum als undeutlicher Schemen vor ihnen auf. Major General Sabine Dubois gab Randazotti und Melanie ein kurzes Zeichen. Die beiden Soldaten robbten über den rauen Untergrund auf ihr Ziel zu.

Die Generalin überprüfte die aktuelle Zeit. In weniger als einer Stunde wurde es hell. Das war der perfekte Zeitpunkt zum Angriff. Die letzte Nachtschicht der Wachmannschaft dachte momentan an kaum etwas anderes als Frühstück und eine Mütze voll Schlaf, und die erste Tagesschicht war noch nicht richtig wachsam. Kaum einer erwartete einen Angriff zu diesem Zeitpunkt. Des Nachts waren die Wachen besonders aufmerksam. Nun ließ ihre Wachsamkeit immer mehr nach. Es war genau dieser Zustand, den die Angreifer ausnutzen wollten. Dubois hoffte, dass Triple D im Süden bereits in Position war. Falls nicht, würde ihre generalstabsmäßig geplante Aktion vermutlich scheitern.

Randazotti hatte ihr erklärt, dass die Solarier für Arbeiten entweder Kriegsgefangene einsetzten oder Zwangsrekrutierte aus der Bevölkerung zu Dumpingpreisen. Dem Widerstand war es gelungen, ein paar ihrer Leute bei den Arbeiten einzuschleusen.

Randazotti nahm ein Gerät zur Hand, setzte es an den Zaun des ersten Sicherheitsperimeters und begann mit einer Messung. Im Anschluss gab er eine Codesequenz ein. Es dauerte ein paar Minuten, dann schnitt er mit einer Drahtschere den Drahtverhau durch. Kein Alarm durchbrach die morgendliche Stille. Die zuständige KI war elektronisch geblendet worden. Perfekt.

Randazotti gab den Widerstandskämpfern ein Zeichen und sie rückten nach, allen voran Dubois. Sie schlüpften nacheinander durch die Bresche im Zaun. Das Schild mit der verschwenderisch hohen Schrift, auf dem stand: »Militärische Sperrzone! Es wird ohne Warnung geschossen!«, ignorierten die Angreifer großzügig. Nun wurde es richtig heikel. Der nächste Abschnitt bestand aus einem Minenfeld. Hier kamen die eingeschleusten Widerstandskämpfer ins Spiel.

Natürlich hatte man denen nicht erlaubt, das Feld selbst anzulegen, aber es war ihnen gelungen, eine sichere Passage zu vermessen. Randazotti nahm sein Pad zur Hand. Dort waren alle relevanten Daten aufgezeichnet. Zusätzlich hatten die bei der Instandsetzung der Anlage eingesetzten Widerständler Zeichen mit einer Anzahl von Kieselsteinen hinterlegt. Beides in Kombination wies dem Angriffsteam den Weg.

Randazotti und einige seiner handverlesenen Spezialisten führten die Truppe durch das Minenfeld auf den nächsten Verteidigungsperimeter zu. Es handelte sich um eine Mauer mit bewaffneten Wachtürmen.

Randazotti hob die rechte Faust. Das Angriffsteam kam zum Stehen und verharrte regungslos. Vor ihnen glitten die Lichtkegel von Suchscheinwerfern über den Boden. Der Colonel wartete, bis sie vorüberzogen, ehe er das Signal gab, weiter vorzurücken.

Dubois sah auf ihre Uhr. Die Anschlagswelle gegen die feindlichen Kasernen und Fuhrparks rollte in weniger als vierzig Minuten. Bis dahin mussten sie die Mauer überwunden haben.

Unendlich langsam und vorsichtig arbeiteten sie sich durch das Minenfeld vor. Sprengkörper, denen sie nicht ausweichen konnten, wurden von Randazotti oder einem seiner Leute entschärft. Aber das kostete alles Zeit. Zeit, die sie eigentlich nicht hatten. Jede Verzögerung warf sie in ihrer Planung zurück. Dubois knirschte mit den Zähnen. Es half aber alles nichts. Besser, sie gingen mit Bedacht zu Werke, als dass am Ende die solarische Garnison mitbekam, was hier ablief.

Die Generalin hob den Kopf so weit an, wie sie glaubte, es sich erlauben zu können. Randazotti war noch ungefähr zwanzig Meter vom Rand des Minenfelds entfernt. Sie hatten es gleich geschafft.

Dubois erfuhr nie, was schiefgelaufen war. Vielleicht hatten die eingeschleusten Widerstandskämpfer einen Fehler gemacht und den Pfad nicht ausreichend markiert. Vielleicht hatten sie auch eine Mine übersehen. Unter Umständen ereilte sie auch einfach nur schlichtes Pech.

Auf jeden Fall löste einer von Randazottis Männern eine Mine aus. Die Explosion war recht unspektakulär. Trotzdem verwandelten sich der Unglückliche sowie seine zwei Nebenmänner in der nächsten Sekunde in feinen, roten Nebel.

Dubois hörte sowohl Melanie wie auch Randazotti fluchen. Ihr selbst ging immer wieder durch den Kopf, dass es zu früh war. Bis zu den Anschlägen des Widerstands dauerte es immer noch gut zwölf Minuten. Aus dem Inneren der vor ihnen liegenden Anlage erklangen Alarmsirenen. Sie riefen die Garnison zu den Waffen.

Von den Türmen her hörte man eine Vielzahl von Stimmen. Befehle wurden gebrüllt. Die Suchscheinwerfer waren unvermittelt überall. Sie brauchten nicht lange, um das Angriffsteam ausfindig zu machen. Die Widerstandskämpfer befanden sich praktisch auf dem Präsentierteller.

Maschinengewehrfeuer warf Dreckfontänen zwischen den königlichen Soldaten auf. Mehrere wurden getroffen, bäumten sich auf und blieben dann auf dem blutdurchtränkten Boden liegen.

Einer der Widerständler zog einen Raketenwerfer vom Rücken, legte an und im nächsten Moment ging einer der Wachtürme in Rauch auf. Im Schein der Flammen waren Gestalten über ihnen zu erkennen, die in Stellung gingen.

Dubois erwog, den Rückzug zu befehlen. Randazotti sah sich immer noch auf dem Boden liegend zu ihr um. Der Colonel verlangte nach einem Befehl. Vor oder zurück?

Sie waren schon zu weit gekommen. Jetzt den Schwanz einzuziehen würde mehr Leben kosten, als wenn sie weitermachten. Dubois nickte dem Colonel zu. Die Miene des Mannes drückte eiserne Entschlossenheit aus. Er erwiderte die Geste.

Die Widerstandskämpfer erhoben sich. Wer einen Granat- oder Raketenwerfer besaß, nahm die Verteidiger des Kontrollzentrums unter Beschuss. Der Rest schoss Seile mit Enterhaken über die Mauer und machte sich daran, das Bollwerk zu erklimmen. Und immer wieder war Randazottis Stimme zu hören, die rief: »Vorwärts! Vorwärts.«

Graf Winston Kasumba konnte nicht schlafen. Das Gespräch zwischen ihm und seinen Gefängniswärtern ging ihm nicht mehr aus dem Sinn. Er hatte den jungen Dawson angelogen. Es gab einiges, was er bereute. Hätte er die Möglichkeit, die Zeit zurückzudrehen, er würde vieles anders machen. Allerdings würde sich sein Handeln nicht unbedingt in eine neue Richtung entwickeln. Er würde lediglich dem alten Dawson nicht mehr vertrauen. Und Pendergast sowieso nicht. Darin sah er seine Hauptfehler. Er hatte beide unterschätzt. Sowohl was deren Beweggründe als auch deren Skrupellosigkeit betraf. Ein weiteres Mal, würde ihm diese Nachlässigkeit nicht unterkommen.

Sie befanden sich jetzt bereits zwei Tage in ihrem improvisierten Versteck. Dieser Lennox Christian beharrte darauf, dass er an einem Fluchtplan arbeitete. Der Mann, der lange Zeit unter dem Namen Merkur bekannt gewesen war, zweifelte jedoch insgeheim daran. Er hegte sogar den Verdacht, dass der Colonel keine Ahnung hatte, wie er auch nur einen von ihnen vom Planeten schaffen konnte, geschweige denn alle.

Sein Komlink aktivierte sich selbstständig. Kasumbas Augen wurden groß. Er war überzeugt gewesen, das verdammte Ding deaktiviert zu haben. Die linke Hand des Grafen tastet nach dem Gerät, als eine Stimme durch seinen Gehörgang kroch wie ein schleichendes Gift.

»Wenn Sie es ausschalten, ist Ihre Familie tot.« Kasumbas Hand erstarrte mitten in der Bewegung.

»Wer sind Sie?«

»Spielt das eine Rolle?«

Seine Kiefer verkrampften sich. »Burgh.«

»In der Tat.« Aus der Stimme des unbekannten Mannes war die Heiterkeit herauszuhören. Der Attentäter wurde spöttisch. »Mein Ruf eilt mir voraus. Ich kann mir nicht helfen. Ich fühle mich ... geschmeichelt.«

»Dazu besteht kein Grund. Wie sind Sie an meine Komlinkfrequenz gekommen?«

»Meine KI ist in solchen Dingen extrem erfindungsreich«, entgegnete der Mann.

»Was immer Sie von mir wollen, ich verzichte.«

»Wirklich? Kümmert Sie denn überhaupt nicht, was aus Ihrer Familie wird?«

Kasumba zögerte. Burgh fasste sein Schweigen offenbar als Aufforderung auf fortzufahren. »Es war gar nicht so schwer, Ihre Frau und die zwei Kinder aufzuspüren, wie Sie jetzt vermutlich denken. Vor allem angesichts der besonderen Zuwendungen, die Ihr Jüngster benötigt.«

Kasumba biss sich auf die Unterlippe. Die Andeutung auf die Krankheit seines Sohnes war kaum misszuverstehen. Burgh sprach weiter. »Ich habe kein Interesse an Ihrer Familie. Auch nicht an den *Skulls*. Die Sicherheit Ihrer Angehörigen steht und fällt mit Ihrer nächsten Entscheidung.«

Das ehemalige Zirkelmitglied sagte immer noch kein Wort. Burgh wurde langsam ungeduldig. »Ich habe eine Theorie. Sie sind gar nicht der gewissenlose Mensch, für den alle Sie halten. Nicht, wenn es um Ihre Familie geht. Wenn Sie mich eines Besseren belehren wollen, dann bleiben Sie, wo Sie sind. Falls ich aber recht habe, dann kommen Sie in zwei Stunden zu Ihrem alten Anwesen. Sie geben sich in meine Hände.

Freiwillig und ohne Gegenwehr. Ihre Familie kommt anschließend frei. So einfach ist das.«

»Und ich werde sterben«, gab Kasumba resigniert zurück.

»Ja«, antwortete der Attentäter mit einem Anflug von Mitleid in der Stimme. »Ich will ehrlich zu Ihnen sein. Es gibt kein Ende in diesem Trauerspiel, das gut für Sie ausgeht. Meine Befehle sind recht unmissverständlich. Die einzige Frage, die sich stellt, ist, wie viele Menschen Sie ins Jenseits begleiten werden.«

Kasumbas Kehle wurde staubtrocken. Dermaßen deutlich hatte ihm noch niemand gesagt, dass man ihn töten würde. Natürlich hatte er sich in seiner Zeit als Merkur Feinde gemacht. Und der Dienst im Zirkel war immer mit einer gewissen Todesgefahr verbunden gewesen. Sowohl, was äußere Feinde anbelangte, als auch die Bedrohung durch die eigenen Kollegen innerhalb der Organisation. Es war jedoch etwas gänzlich anderes, wenn ihm jemand unverblümt ins Gesicht sagte, dass er so gut wie tot war.

»Und meine Familie kommt frei?«

»Versprochen«, erwiderte Burgh.

Kasumba wusste nicht, ob er dem Mann trauen konnte. Aber wenn er das Risiko nicht einging, war seine Familie auf jeden Fall so gut wie erledigt. Und Burgh hatte recht. Seine Frau und die Kinder bedeuteten ihm alles. Er hatte viel verbrochen, sowohl während seiner Zeit im Zirkel als auch davor und danach. Er beschönigte nichts davon. Manch einer würde ihn einen schlechten Menschen nennen. Seine Familie hingegen liebte er aufrichtig.

»Ich werde da sein«, gab er sich geschlagen.

»Hervorragend«, triumphierte Burgh. »Ich werde dafür sorgen, dass der Weg frei sein wird. Die Polizei in ihre Kasernen zurückzurufen dürfte kein Problem darstellen. Sie haben die richtige Entscheidung getroffen.«

Kasumba kappte die Verbindung, ohne noch etwas darauf zu erwidern. Er wusste, was er zu tun hatte. Sein Weg hatte selten derart klar vor ihm gelegen wie jetzt.

Sein Blick richtete sich auf den Rücken des Marines, der auf Wache stand. Ihn zu überwältigen würde nicht ohne Geräusche abgehen. Kasumba hoffte nur, dass er schnell genug wegkam, bevor die anderen reagierten. Aber vorher nahm er einen Zettel zur Hand und notierte in krakeliger, kaum lesbarer Schrift ein paar Bemerkungen darauf.

Lennox schreckte hoch, als von unten Tumult zu hören war. Die *Skulls* waren auf der Stelle hellwach. Der Colonel und drei seiner Männer eilten die Treppe hinab. Unten angekommen, warteten schon Barrera und der Rest seiner Truppe. Einer der *Skull*-Marines hielt sich den schmerzenden Hinterkopf.

Peinlich berührt verzog der Mann das Gesicht. Die Scham schmerzte ihn mehr als die Verletzung. »Tut mir leid, Colonel. Der Kerl hat mich einfach überrumpelt. Man sieht ihm gar nicht an, wie gut er kämpfen kann. Der ist mit Sicherheit ausgebildet.«

»Das werden die Adligen alle«, meinte Barrera und reichte seinem Vorgesetzten einen zerknüllten Zettel. »Er hat Ihnen eine Nachricht hinterlassen.«

»Dafür haben wir keine Zeit. Wir müssen den Idioten einholen. Allein wird er draufgehen.« Lennox machte Anstalten, sich an dem Gunny vorbeizuschieben. Barrera stellte sich ihm in den Weg.

»Bei allem Respekt, diese Zeit sollten Sie sich nehmen.« Er hob die Hand und schob den Zettel in Lennox' Richtung. Der Colonel nahm das Stück Papier widerwillig entgegen und faltete es auseinander. Lennox musste eine Taschenlampe zur Hand nehmen, um die Botschaft zu entziffern:

Colonel. Es tut mir leid, mich auf derart unschöne Weise verabschieden zu müssen. Ich weiß, Sie haben lediglich Befehle ausgeführt. Aber Sie haben mein Leben gerettet. Oder besser gesagt, Sie haben es unzweifelhaft um zwei Tage verlängert. Dafür möchte ich Ihnen aufrichtig danken. Burgh hat mich kontaktiert. Der Mistkerl hat meine Familie gefunden und tauscht sie gegen mich aus. Ich habe eingewilligt. Mischen Sie sich nicht ein. Sie können ohnehin nichts mehr für mich tun. Nun liegt alles an mir. Wir werden uns nicht wiedersehen. Aber ich hinterlasse Ihnen ein Abschiedsgeschenk. Sie erhalten es in etwa zwei Stunden. Ich hoffe, es hilft Ihnen.

Gezeichnet Graf Winston Kasumba von Onbele alias Merkur

Lennox ließ den Zettel sinken und sah seinen Gunny fassungslos an.
»Dieser Idiot. Dieser verdammte Idiot!«
»Was unternehmen wir jetzt, Colonel?«
»Da können wir gar nichts machen«, wetterte Lennox. »Er hat uns nicht einmal hinterlassen, wo er sich Burgh stellen will.« Er runzelte die Stirn. »Und was zum Teufel hat er mit Abschiedsgeschenk gemeint?«
Darauf wusste keiner seiner Gefährten eine Antwort.

24

Die Mauer mit den Wachtürmen zu erstürmen, war gar nicht so schwer wie erwartet. Das Angriffsteam unter der Führung von Sabine Dubois, Melanie St. John und Carl Randazotti erzwang sich den Weg zum Eingang des Hauptgebäudes. Die richtigen Probleme fingen erst ab diesem Moment an.

Ein Sprengmeister des 117. Raumlanderegiments brachte eine Richtladung an. Die Finger des Mannes bewegten sich schnell, aber trotzdem mit einer unfassbaren Präzision. Mit einem Wink seines Kopfes bedeutete er dem Team, sich zurückzuziehen. Die Männer und Frauen gingen in Deckung. Der Sprengmeister nahm einen Fernzünder zur Hand und betätigte den Auslöser. Gleichzeitig zogen alle den Kopf ein.

Eine Explosion ließ den Boden unter ihnen erzittern. Dubois sah auf. Der Rauch verzog sich nur langsam. Der gepanzerte Zugang war immer noch intakt. Die Generalin biss die Zähne zusammen, der Sprengmeister fluchte und brachte einen weiteren Sprengsatz an.

Dubois hob den Kopf. In der Ferne zogen sich ein Dutzend Rauchsäulen träge gen Himmel. Die Serie von Bombenanschlägen war genau nach Zeitplan erfolgt. Sie hoffte nur, es hatte gereicht, den Gegner ins Chaos zu stürzen. Falls die feindlichen Garnisonen bereits von dem Angriff auf das Kontrollzentrum gewarnt worden waren, dann steckten sie in der Klemme. In diesem Fall würden alsbald starke solarische Kräfte auf der Bildfläche erscheinen. Eine weitere Detonation erschütterte das Gebäude. Wiederum fluchte der Sprengmeister, dieses Mal wesentlich lauter als noch Augenblicke zuvor.

»Bringen Sie uns da rein!«, wies Randazotti den Mann an.

In diesem Moment waren Schüsse und Explosionen aus der Stadt zu hören. Dubois biss sich auf die Unterlippe. Die Schlacht um Pollux hatte begonnen.

Chief Inspector Linus Evans kauerte hinter einem brennenden Zivilfahrzeug. Der Polizeichef von Castor Prime hielt ungeschickt ein Gewehr in den Händen, das er einem gefallenen Solarier abgenommen hatte.

Das Royal Police Korps hielt sein Versprechen und tat alles Menschenmögliche, um die Besatzungstruppen vom Kontrollzentrum fernzuhalten. Sie stellten Barrikaden auf und zündeten sie an oder nutzten die nichttödliche Ausrüstung, die die Solarier ihnen zur Ausübung ihres Dienstes überlassen hatten.

Ihnen standen aber hartgesottene, erfahrene Soldaten in hochwertiger militärischer Ausrüstung gegenüber. Polizisten konnten gegen gepanzerte Soldaten in gepanzerten Fahrzeugen nur bedingt etwas ausrichten. Die Solarier walzten sie einfach nieder.

Evans betrachtete das Gewehr in seinen Händen, als würde er es zum ersten Mal sehen. Die gewöhnlichen auf den Straßen patrouillierenden Polizisten des Königreichs waren nie bewaffnet, ähnlich wie die Bobbys früher in Großbritannien auf der alten Erde. Nun trugen viele seiner Leute erbeutete Kriegswerkzeuge. Sie leisteten dem Gegner auf jedem Fußbreit, den dieser zurücklegte, erbitterten Widerstand. Es schien aber nichts zu bewirken.

Vor seinen Augen wurde ein Trupp Polizisten von mehreren solarischen Soldaten niedergemacht. Die Besatzungstruppen kannten keine Gnade. Auch die Widerstandskämpfer, die sich unter seine Polizisten mischten, konnten nicht viel ausrichten. Dennoch taten sie ihr Bestes.

Zwei von ihnen rannten im Zickzack über die Straße und kamen schwer atmend neben ihm zum Halten. Sie gingen in die Hocke. Es handelte sich um einen Mann und eine Frau. Beide trugen jeweils ein Sturmgewehr und einen Gürtel mit verschiedenen Handgranaten.

Etwas rumpelte über den Asphalt. Evans hob den Kopf und spähte über seine improvisierte Stellung. Zwei solarische Panzer bahnten der vorrückenden Infanterie einen Weg durch das Gewirr aufgeschichteter Barrikaden. Kleinkalibrige Projektile prallten Funken sprühend von der Panzerung ob. Die Besatzungen kümmerten sich keinen Deut um die Bemühungen des Widerstands, sie aufzuhalten.

Aus einem der oberen Stockwerke eines halb zerfallenen Gebäudes wurde eine Rakete abgeschossen. Sie bohrte sich in das seitliche Chassis des vordersten Panzers und zerstörte die Kette. Das Gefährt blieb stehen und blockierte die Straße effektiver als all die Barrikaden. Der Gefechtsturm schwenkte suchend von einer Seite zur anderen. Das Geschütz donnerte los und brachte das Gebäude, aus dem der Angriff erfolgt war, vollends zum Einsturz.

Evans hätte erwartet, dass die Besatzungstruppen versuchen würden, den Panzer wieder flottzukriegen. Aber denen schien Zeit wichtiger zu sein als das Leben der eigenen Männer. Der nachfolgende Panzer rammte das Partnerfahrzeug und schob es kurzerhand aus dem Weg, ungeachtet des feindlichen Feuers. Die Besatzung im Inneren hätte Überlebenschancen gehabt. Aber ein zweites Panzerabwehrteam des Widerstands bereitete ihnen mit einer weiteren Rakete ein schnelles Ende. Auch das schien die Solarier nicht zu kümmern. Sie rückten unbeirrt vor und säten mit ihrer überlegenen Bewaffnung Tod und Zerstörung im Herzen der royalen Hauptstadt.

Die beiden Widerstandskämpfer neben ihm erhoben sich. Der Mann warf zwei Granaten gegen die nachfolgende Infanterie. Die Frau gab mehrere Feuerstöße aus ihrem Sturmgewehr ab. Es war ein heroischer, aber nichtsdestotrotz sinnloser Versuch. Beide wurden von den Solariern mit präzisen Salven erschossen.

Evans fühlte sein Herz bis zum Hals klopfen. Wie konnten sie diese Macht nur aufhalten? Wie? Einerlei, was sie dem Gegner auch entgegenwarfen, es schien alles zwecklos zu sein.

Plötzlich hüpften kleine Steine vor ihm über den Boden. Es dauerte einen Moment, bis der Polizeichef begriff, was dies zu bedeuten hatte. Er drehte sich um und sah auf. Seine Kinnlade klappte herunter. Die Umrisse eines Spiders erhoben sich über der Silhouette von Pollux.

Mit der vierten Explosion brach die gepanzerte Tür endlich und gab den Weg ins Innenleben des Kontrollzentrums frei. Randazotti zog zwei Handgranaten ab und warf sie durch den Zugang. Die Widerstandskämpfer warteten, bis die Explosionen zu hören waren, gefolgt von den Schreien Sterbender und Verwundeter.

Dubois machte eine kurze Bewegung mit der linken Hand. Mitglieder der Spezialoperationsdivision stürmten durch den Rauchvorhang. Schüsse waren zu hören, dann Stille.

»Sicher!«, vernahm Melanie die Stimme eines der Truppführer über ihren Komlink. Erst dann folgte das restliche Angriffsteam.

Der Korridor lag in tiefer Dunkelheit vor ihnen. Die Solarier hatten den Strom für die Beleuchtung abgeschaltet, in der Hoffnung, es würde die Angreifer bremsen.

Melanie zog das Nachtsichtgerät über ihren Kopf. Es aktivierte sich selbstständig und tauchte die Umgebung in eine grüne Aura.

Die königlichen Elitesoldaten führten den Sturm auf die Anlage an. Randazotti und seine Widerstandskämpfer folgten unmittelbar hinter ihnen. Dubois und Melanie blieben dicht beieinander. Die Offensive trat nun in eine prekäre Phase ein. Von den Ereignissen der nächsten Minuten hing alles ab. Sieg oder Niederlage.

Aus dem Dunkel voraus brandete Mündungsfeuer auf. Zwei Widerstandskämpfer und ein Kommandosoldat gingen ächzend zu Boden. Die Antwort der Angreifer ließ keinen Raum für Gegenwehr übrig. Das Team rückte vor. Sie erreichten eine Kreuzung. Melanie stieg über die Leichen solarischer Soldaten hinweg.

Auf ihrem Weg zum Herz der Anlage wurden sie noch dreimal auf dieselbe Weise aufgehalten. Jeder Hinterhalt forderte Blut von Freund und Feind gleichermaßen. Jeder Kampf war kurz, aber brutal. Melanie und ihr Gefolge ließen sich aber nicht von ihrem Ziel abbringen. Sie waren auf das Erfüllen ihrer Aufgabe fokussiert.

Es dauerte fast eine Stunde, bis sie das Kontrollzentrum erreichten. Von hier aus kontrollierten die Solarier das nördliche Verteidigungsnetzwerk. Das Nervenzentrum dieser Einrichtung wurde durch eine ähnliche Stahltür geschützt wie jene, die sie schon am Eingang aufgehalten hatte. Eine letzte Kraftanstrengung war noch notwendig, dann gehörte ihnen diese Anlage.

In ihren Ohren knackte es. Aber statt einer Stimme hörte Melanie nur statisches Rauschen. Sie wandte sich zu Dubois um. Die Generalin nickte verstehend. »Sie stören den Funk. Das war abzusehen.«

In diesem Moment kristallisierte sich eine männliche Stimme aus dem Schneegestöber heraus, mit dem die Solarier den Äther überfluteten.

»Hier de Drukker«, vernahmen sie undeutlich die Stimme des Majors. »Angriff auf südliches Kont...« Die Übertragung brach. Kurz darauf verschaffte sich Triple D erneut Gehör. »Generalin Dubois ... Angriff auf südlich ... Kontroll... Haben Sie mich ver...«

Die nächsten Worte waren nicht mehr zu verstehen, obwohl Triple D weitere Versuche der Kontaktaufnahme unternahm.

»Was mag das zu bedeuten haben?«, fragte Melanie in die aufkeimende Stille hinein.

»Hoffentlich, dass Triple D das südliche Kontrollzentrum eingenommen hat.«

Melanie knabberte nervös an ihrer Lippe herum. »Und wenn es das Gegenteil bedeutet?«

»Daran könnten wir nichts ändern. Wir haben immer noch einen Job zu erledigen. So wie die Dinge liegen, gehen wir einfach davon aus, dass der Major erfolgreich war. Etwas anderes bleibt uns gar nicht übrig.«

Dubois straffte ihre Gestalt. Sie warf ihren Leuten einen auffordernden Blick zu. »Tut es!«, war alles, was sie dazu sagte.

Die Kommandosoldaten übernahmen ein weiteres Mal die Führung. Der Sprengmeister machte sich erneut an die Arbeit. Die Erfahrung, die er zuvor mit dem ersten gepanzerten Zugang, gesammelt hatte, kam ihm jetzt zugute. Er brachte vier Richtladungen an, sie bildeten die Eckpunkte eines Quadrats. Die Widerstandskämpfer zogen sich zurück und der Spezialist drückte mit zusammengepressten Lippen auf den Auslöser. Der Zugang löste sich in einem Schauer scharfer Metallsplitter auf, die den Raum jenseits des Korridors praktisch bombardierten.

Kommandosoldaten und Widerstandskämpfer drangen ein und nahmen die letzten verbliebenen Verteidiger unter Dauerfeuer. Erst als sich das Gefecht weg von der Tür verlagerte, folgten Dubois und Melanie.

Vor ihr tauchten zwei solarische Techniker auf. Sie waren bewaffnet. Melanie schoss beide nieder. Die Besatzung der Einrichtung setzte offenbar alles verfügbare Personal zur Verteidigung ein.

Randazotti führte ein halbes Dutzend Widerstandskämpfer auf eine erhöhte Galerie. Dort befand sich die Kommandostation für den Befehlshaber des Zentrums. Währenddessen säuberten Dubois' Spezialisten die unteren Ränge des wie ein Amphitheater angelegten Raumes. Auch die Mitglieder der Spezialoperationsdivision erlitten Verluste. Die Solarier kämpften wie besessen, und das, obwohl keinerlei Hoffnung mehr auf einen Sieg bestand. Die auf den Kampf anschließende Stille hörte sich beinahe unnatürlich in den Ohren Melanies an. Sie senkte die Waffe.

Dubois trat neben sie. Die Generalin blutete aus einem Streifschuss an der Wange. Ihr Körperpanzer hatte vier Projektile abgefangen. Mit Daumen und Zeigefinger pulte Dubois die platt gedrückten Metallfragmente aus dem Hartplastik.

»Es ist vorbei«, kommentierte sie erleichtert. Das Licht ging an und alle Anwesenden nahmen die Nachtsichtgeräte vom Kopf. Das Gefühl, die Dinger los zu sein, fühlte sich wie eine grenzenlose Erleichterung an.

»Generalin Dubois«, vernahmen sie Randazottis Stimme von der oberen Galerie. Das Drängen in seinem Tonfall war kaum zu überhören.

Major General Sabine Dubois setzte sich in Bewegung, Melanie folgte ihr. Oben angekommen, erwartete sie Tumult. Der Kampf um die Kommandostation hatte eine Menge Schaden angerichtet. Randazotti stand über dem leblosen Körper eines solarischen Offiziers im Rang eines Lieutenant Colonels. Sein Rücken war von Projektilen durchlöchert. Die rechte Hand lag aber immer noch auf einer Tastatur. Der Mann hatte mit letzter Kraft einen Befehl eingegeben.

»Wie schlimm ist es?«, verlangte die Generalin ohne Umschweife zu erfahren.

Randazotti zwinkerte nervös. »Sehr schlimm. Wir haben keine Kontrolle über das Netzwerk der nördlichen Hemisphäre.« Er stieß den Leichnam mit dem Fuß leicht an. »Der Kerl hat es auf Automatik geschaltet und mit seinem persönlichen Code gesperrt. Es wird auf jedes als feindlich eingestufte Schiff feuern, sobald es in Reichweite kommt.«

Dubois' Miene wirkte wie in Stein gemeißelt. Ihre Kiefermuskeln mahlten unentwegt. »Das ist genau das Ergebnis, das wir *nicht* erreichen wollten.«

»Das ist mir schon klar«, entgegnete Randazotti. »Das ist aber noch nicht einmal das Schlimmste.«

»Was denn noch?«

»Blackburn ist noch nicht hier. Es gibt keine Spur irgendwelcher royaler Einheiten im System. Wir stehen allein auf weiter Flur.« Er deutete auf einen der Bildschirme. »Das Verteidigungsnetzwerk ist übrigens nicht zu hundert Prozent einsatzfähig.«

Dubois sah mit großen Augen auf. »Wie bitte?«

Randazotti nickte. »Es gibt ein paar Löcher, die man ausnutzen könnte, wenn man weiß, wo sich diese befinden. Aber selbst wenn Blackburn vor Ort wäre, wären wir nicht in der Lage, ihm diese Schwachstellen mitzuteilen. Die Solarier überfluten den Äther mit Störgeräuschen. Wir können mittlerweile nicht einmal unsere Truppen innerhalb der Stadtgrenzen von Pollux erreichen, geschweige denn de Drukker auf der anderen Seite des Planeten. Blackburn zu kontaktieren steht weit außerhalb unserer Möglichkeiten. Das Kontrollzentrum wurde zwar eingenommen, aber unsere Gegenspieler haben uns schachmatt gesetzt.«

Dubois schüttelte den Kopf. »Das akzeptiere ich nicht. Dann halten wir die Stellung so lange, bis Blackburn eintrifft.« Sie fixierte Randazotti mit funkelnden Augen. »Und bis dahin setzen Sie Ihre besten Leute an diese Konsole. Knacken Sie den Code. Wir brauchen unbedingt die Möglichkeit, das Netzwerk entweder selbst zu nutzen oder dauerhaft außer Kraft zu setzen.«

Der Colonel nickte. »Wir tun, was wir können, aber auch das wird ein Problem sein.« Der Mann deutete auf einen weiteren Bildschirm, der den Livestream von einer der Außenkameras übertrug.

Melanie leckte sich über die Lippen. Mehrere feindliche Spiders rückten gegen die Anlage vor. Randazotti hatte recht. Ihnen rannte mit rapider Geschwindigkeit die Zeit davon.

Auf der Flaggbrücke der ODYSSEUS bezwang Dexter nur mit Mühe seine wachsende Ungeduld. Die ersten Geschwader der Flotte befanden sich im Transit Richtung Castor Prime. Selten zuvor hatte er sich dermaßen unwohl gefühlt. Melanie fehlte auf der Flaggbrücke. Es mangelte an ihrer professionellen, ruhigen Ader.

Ohne die Anwesenheit der Geheimdienstoffizierin fühlte es sich irgendwie falsch an, hier vor dem Holotank zu stehen. Mal ganz davon abgesehen, dass sich die Flaggbrücke der ODYSSEUS immer noch nicht anfühlte, als wäre es *seine* Flaggbrücke. Die Zeit auf der NORMANDY ließ sich nicht mal eben auf die Schnelle abstreifen.

Angel hielt sich ständig betont im Hintergrund. Trotzdem wusste Dexter, dass sie da war. Ihre Unterstützung im Rücken machte ihm seine schwere Aufgabe um einiges leichter.

Flaggleutnant Emily Walsh trat auf ihn zu. »Admiral, wir springen in weniger als sechs Minuten zurück in den Normalraum.«

»Zeigen Sie mir noch mal eine Ansicht von Castor Prime«, bat er.

Die Daten wurden auf den Holotank gerufen und Dexter studierte sie eingehend. L4 fungierte als Eintritts- und Sammelpunkt der Armada. Durch die Destabilisierung, die eine so große Flotte hervorrief, würden die Solarier schon seit Stunden gewarnt sein. Sheppards Einheiten befänden sich bei ihrem Eintreffen bereits in voller Alarmbereitschaft. Das würde kein Zuckerschlecken werden.

Dexters Augen folgten einer imaginären Linie bis hin zum einzig bewohnten Planeten des Systems. Die königliche Hauptwelt befand sich momentan unweit L4. Er überschlug Masse- und Beschleunigungswerte im Kopf. Sie würden selbst unter optimalen Bedingungen ungefähr fünfzehn Stunden bis zum Orbit benötigen. Und er ging davon aus, dass der Anflug keineswegs unter optimalen Gesichtspunkten verlief.

Selbst falls es ihnen gelang, Lagrange-Verteidigung und Sheppards Linien innerhalb weniger Stunden zu durchbrechen, so war der Zeitverlust dennoch enorm. Er schätzte, dass sie bestenfalls in zwanzig bis fünfundzwanzig Stunden in den Orbit einschwenken konnten. Dexter hoffte, dass Dubois und Melanie es geschafft hatten, das Netzwerk zu kapern oder zu zerstören. Ohne diese Unterstützung am Boden wären sie keinesfalls in der Lage, einen erfolgreichen Landeversuch durchzuführen.

Der gelungene Abschluss dieser Operation hing von mehreren entscheidenden Faktoren ab. In Dexters Magengrube machte sich ein flaues Gefühl breit – und auch Zweifel. Taten sie hier das Richtige? Handelte er wirklich nach bestem Wissen und Gewissen? War es nicht nur eine Verzweiflungstat, mit der er die Schlappe im Tirold-System ungeschehen machen wollte? Vielleicht traf beides zu. Vielleicht keines von beidem.

Die Flaggleutnant sah auf. »Drei Minuten bis zum Wiedereintritt, Admiral.«

Dexter straffte seine schlanke Gestalt. Er schob sämtliche Selbstzweifel beiseite. Nun war es zu spät. Sie waren diesen Weg gegangen und sie mussten ihn nun bis zum Ende gehen.

»Alle Mann auf Kampfstation!«, befahl er. »Klar Schiff zum Gefecht!« Der Befehl wurde auf die gesamte Angriffsflotte übertragen.

Die Alarmsirenen dröhnten durch das Großschlachtschiff. Rhythmisches Stiefelgetrampel erfüllte die Korridore. Die Flaggbrücke besaß natürlich kein Fenster ins All. Trotzdem stellte sich Dexter vor seinem inneren Auge vor, wie das Farbenspiel des Hyperraums von einem hellen Blitz erleuchtet wurde und vor der ODYSSEUS das von weißen Punkten gesprenkelte Schwarz des Alls auftauchte.

Das Hologramm vor ihm änderte sich, als die Sensoren erste Daten des umliegenden Weltraums sammelten. Fünf Lagrange-Forts und dreihundert Schiffe erwarteten die Neuankömmlinge. In einiger Entfernung, auf halbem Weg zwischen L4 und Castor Prime, hatte sich eine zweite Verteidigungslinie mit weiteren dreihundert Schiffen formiert. Dexter rümpfte irritiert die Nase. Das waren weniger Verteidiger, als er erwartet hatte. Deswegen machte er aber nicht den Fehler, einen Kontrahenten vom Format eines Gale Sheppard zu unterschätzen. Unter Umständen plante der alte Fuchs etwas. Wie dem auch sei, der Tanz begann.

Die Lagrange-Forts eröffneten umgehend den Beschuss und löschten auf einen Schlag einen Träger, drei Zerstörer und ebenso viele Eskortfregatten aus. Trotz aktivierter Schildblase. Die Flotte schlug umgehend zurück. Energiesalven, Torpedos und Raketen wurden ausgetauscht. Die royale Armada sammelte sich inmitten des Lagrange-Punktes. Dexter wartete, bis sich seine Streitkräfte massiert hatten, bevor er den linken Mundwinkel hämisch nach oben zog. »Lieutenant Walsh? Befehl an alle Einheiten: In geschlossener Formation vorrücken!«

Dexters Blick blieb die gesamte Zeit über auf das Symbol haften, das das solarische Großschlachtschiff NEW ZEALAND darstellte – Sheppards Flaggschiff.

Noch bevor das erste royale Kampfschiff innerhalb von L4 auftauchte, rannte Großadmiral Gale Sheppard bereits auf die Brücke. Der oberste Knopf am Kragen der Uniformjacke war entgegen seinen Gewohnheiten nicht geschlossen.

Der Befehlshaber ließ sich auf den Kommandosessel fallen, während sein Adjutant sämtliche verfügbaren Daten zusammenstellte. Orlov benötigte nur wenige Sekunden. Sein Bericht erfolgte parallel zum Eintreffen der königlichen Vorhutgeschwader und fiel ernüchternd aus.

Sheppard presste die Zähne derart fest aufeinander, dass ein Backenzahn abbrach. Der Großadmiral spürte Blut im Mund. Er schluckte es hinunter. Mit einer Miene bar jeder Emotion sah er auf.

»Sind das die zuverlässigsten Prognosen?«

Major Orlov nickte. »Wir können den Royalisten schwere Verluste zufügen und ihren Vormarsch aufhalten. Aber nach dem, was da durch den Lagrange-Punkt an Schiffstonnage kommt, werden wir sie an der Übernahme des Systems mittel- bis langfristig nicht hindern können.«

»Das Verteidigungsnetzwerk?«

»Ist noch aktiv und die Widerstandskämpfer am Boden können mit ihren Verbündeten nicht kommunizieren. Dafür wurde Sorge getragen. Sie vermögen nicht, Blackburn über ihre Entdeckung zu informieren.«

»Wenigstens ein Lichtblick«, kommentierte Sheppard. »Wann sind die Kontrollzentralen wieder in unserer Hand?«

Der Major druckste herum, bis er endlich mit der Sprache herausrückte. »Unklar, Sir. Unsere Truppen rücken gegen die Widerständler vor, aber die wehren sich unerwartet hartnäckig. Das wird realistisch betrachtet noch eine Weile so weitergehen.«

Sheppard seufzte. »Hoffen wir, dass der Widerstand eliminiert wurde, bevor Blackburn den Orbit erreicht.« Der Großadmiral runzelte die Stirn. »Und wo zum Teufel sind die Verstärkungen, die Gorden mir versprochen hat?«

25

Winston Kasumba alias Merkur, Graf von Onbele, wartete geschlagene drei Stunden in seinem alten Anwesen, bevor Vincent Burgh sich dazu herabließ, auf der Bildfläche zu erscheinen. Und auch dann schickte er zuerst seine Handlanger vor, bevor er selbst das Areal betrat.

Kasumbas ehemaliges Domizil glich beinahe einem Schloss. Allein der Eingangsbereich war groß genug, um ein kleines Einfamilienhaus darin unterzubringen. Das ehemalige Mitglied des Zirkels stand in einem Augenblick noch völlig allein im Raum. Im nächsten war er umringt von fünf Personen. Keine von ihnen konnte er deutlich erkennen. Die Männer hielten sich allesamt im Schatten. Drei standen über ihm auf der Galerie zum ersten Stock. Die zwei anderen sicherten im Erdgeschoss jeden Zugang zum Foyer. Selbst wenn er es gewollt hätte, an Flucht war spätestens jetzt nicht mehr zu denken.

Für ein paar Sekunden standen sich beide Parteien abwartend gegenüber. Kasumba erwartete, dass sie ihn jeden Augenblick niederschossen. Nichts dergleichen geschah. Stattdessen klatschte unvermittelt jemand. Eine weitere Gestalt trat aus den Schatten. Vincent Burgh schritt selbstbewusst und ohne Hast ins Licht. Und während der ganzen Zeit über klatschte er auf spöttische Weise.

»Merkur, nehme ich an«, eröffnete Pendergasts Lieblingsattentäter das Gespräch.

Kasumba neigte bestätigend den Kopf. Er sah sich ein weiteres Mal bedeutsam um. »Ich bin beeindruckt. Ein derart lautloser Aufmarsch ... Ihre Leute sind gut. Ich wünschte, Sie stünden in meinen Diensten.«

»Neinneinnein«, wehrte Burgh ab. »*Ich* bin beeindruckt. Offen gestanden, hätte ich nicht gedacht, dass Sie sich mir tatsächlich stellen.«

»Ich hatte kaum eine Wahl.«

»Natürlich hatten Sie die. Sie hätten sich lediglich dafür entscheiden müssen.«

Kasumba verzog kurz vor Zorn das Gesicht. »Diese Wahl hätte ich nie getroffen.«

»Nicht alle vom Zirkel würden in dieser Frage mit Ihnen gleichziehen. Dawson ganz bestimmt nicht. Und Simmons? Nun ja, ich hatte vor Kurzem Gelegenheit, ihn kennenzulernen. Der hätte alles getan und jeden geopfert, um mit heiler Haut davonzukommen.« Der Attentäter lächelte. »Aber Sie nicht. Sie sind jetzt hier. Ich bin wirklich tief beeindruckt. In meinem Metier wird man nicht oft überrascht. Falls doch, dann hat man eine sehr kurze Lebenserwartung. Aber Sie haben es geschafft.«

»Freut mich, wenn ich Ihnen den Tag versüßen konnte«, hielt Kasumba dem Attentäter sarkastisch entgegen. »Ich bin übrigens allein.«

»Oh, das weiß ich«, bestätigte Burgh. »Meine Leute haben die Umgebung gesichert, bevor wir herkamen. Sie haben ihre *Skull*-Aufpasser also abgehängt.«

»So wie verlangt.« Kasumba überlegte einen Augenblick. »Ich verfüge immer noch über beträchtliche Finanzmittel. Ich könnte Sie wohl nicht zufällig dafür interessieren? Sie würden dieses Gebäude als wohlhabender Mann verlassen. Reich genug, sich einen eigenen kleinen Mond zu kaufen.«

Burgh sog übertrieben die Luft ein. »Bedaure. Aber in meinem Berufsstand muss man auf seine Reputation achten. Wenn ich einen Kunden hintergehe, dann hinterlässt das keinen sehr professionellen Eindruck. Schon gar nicht, wenn der betreffende Klient den Namen Pendergast trägt. Ich bezweifle, dass ich ein Alter erreichen würde, das es mir erlaubt, diesen fantastischen Reichtum, den Sie mir anbieten, angemessen zu genießen.« Er schüttelte den Kopf. »Nein, das Angebot muss ich leider respektvoll ablehnen. Es war aber ein guter Versuch.«

»Nicht gut genug«, erwiderte Kasumba. »Ich muss gestehen, Pendergast zu unterschätzen war einer der wenigen Fehler, die der Zirkel gemacht hat. Die gesamte Zeit über dachten meine Kollegen und ich, wir würden ihn benutzen. Stattdessen hat er uns benutzt. Er spielte uns gegen das Königreich aus, hat die Streitkräfte des Zirkels eingesetzt, um die Verteidigung wichtiger royaler Welten zu zerschlagen, damit dann seine Truppen auftauchen und die glorreichen Retter spielen konnten.« Kasumba ließ die Schultern hängen und schüttelte in gespielter Bewunderung den Kopf. »Wahrhaftig eine Meisterleistung. Der Mann ist brillant. Auf seine eigene skrupellose, blutrünstige Art und Weise. Er hat ganz allein den zerstörerischsten Krieg in der Geschichte der Weltraumkolonisation angezettelt.«

Burgh neigte den Kopf leicht zur Seite. »Mein ruhmreicher Präsident hat seine Momente«, gab er zu. »Und seine Bürger lieben ihn sogar noch dafür und jubeln ihm zu.« Er prustete. »Was für Trottel! Tagtäglich schickt er ihre Söhne und Töchter in den Tod in einem Krieg, den er selbst vom Zaun gebrochen hat. Die würden für ihn jederzeit kaltlächelnd in die Schlacht ziehen. Was das Königreich bisher erlebt hat, das war noch gar nichts.« Abermals schüttelte Burgh den Kopf. »Die können nicht gewinnen. Was wir gerade erleben, ist nur das letzte Aufbäumen eines sterbenden Körpers. Sie müssen sich das so vorstellen, als wenn bei einem Leichnam noch ein Furz rauskommt. Es stinkt, richtet aber ansonsten keinen Schaden an.«

Kasumba rümpfte die Nase. »Was für eine bildhafte Metapher.« Merkur richtete seine Aufmerksamkeit aber sofort wieder auf den Attentäter. »Glauben Sie nicht, dass Sie die Royalisten ein wenig unterschätzen?«

»Nein, wirklich nicht«, meinte Burgh. »Sie haben uns in höherem Maß Ärger gemacht als erwartet, zugegeben. Mehr war das aber auch nicht.«

»Ich denke, die werden Ihren Boss noch verblüffen.«

»Meinen Sie?« Burgh gab sich siegesgewiss. »Pendergast hat all das akribisch über Jahrzehnte hinweg geplant. Der Zirkel war seit seinem Bestehen nur dafür da, das Königreich zu destabilisieren, bis die Zeit reif war für den Krieg, der unweigerlich kommen musste. Pendergast wird noch über einen Großteil der besiedelten Welten herrschen. Das Königreich ist erst der Anfang.«

»Das werde ich ja leider nicht erleben.«

»Sicher nicht«, bestätigte Burgh. »Und ich bin der Meinung, Sie haben jetzt genug Zeit geschunden.« Der Attentäter holte eine handliche Pistole hervor.

»Meine Familie. Was ist mit meiner Familie?«

»Ich bin ein brutaler Mann, der tut, was nötig ist«, antwortete Burgh. »Ich gebe mich in dieser Hinsicht keinerlei Illusionen hin. Aber ich bin

249

nicht grausam, wenn es sich vermeiden lässt. Und ich stehe zu meinem Wort. Ihre Familie wird freigelassen, sobald die Angelegenheit erledigt ist.«

Kasumba schluckte. »Dann bringen wir es hinter uns.«

»Wie Sie wünschen.« Ohne weiteres Wort hob der Attentäter die Waffe und schoss dem ehemaligen Mitglied des Zirkels in den Kopf. Der Graf von Onbele fiel hintenüber. Er war tot, noch bevor sein Körper den Boden berührte.

Vincent Burgh thronte über dem Leichnam des Grafen und spürte eine ungewohnte Mischung aus Triumph und Bedauern. »Was für ein Jammer«, sagte er zu niemand Besonderen. »Eigentlich schätzte ich den Mann.« Er zuckte die Achseln. »Sei's drum. Der Auftrag ist erledigt. Endlich können wir zurück zur Erde.«

»Was ist mit der Familie und den *Skulls*?«

Burgh überlegte kurz. Die Versuchung war groß, die Jagd zu eröffnen und reinen Tisch zu machen. Aber etwas hielt ihn zurück. Möglicherweise ein Anflug von dem, was andere Gewissen nennen?

»Lasst die Familie frei. Sie sind uns nicht mehr von Nutzen.« Er grinste schelmisch. »Und was die *Skulls* betrifft, sollen sie ruhig zu ihrem Prinzen zurückkriechen. Ich wäre zu gern dabei, wenn sie ihm beichten, dass ihre Mission ein völliger Fehlschlag war.«

Lieutenant Colonel Lennox Christian betrat das Anwesen mit angelegter Waffe, den treuen Barrera an seiner Seite. Vor weniger als einer Stunde hatte Hermes das Signal eines Peilsenders aufgefangen, der die *Skulls* zu diesem Ort geführt hatte.

Die Hälfte seines Teams kontrollierte die Umgebung von Kasumbas Anwesen. Ramsay Dawson und Wolfgang Koch infiltrierten die Villa von der Rückseite her. Die vier Männer trafen im luxuriösen Foyer aufeinander. Über der Leiche von Graf Winston Kasumba steckten sie die Köpfe zusammen.

»So ein verdammter Mist!«, kommentierte Wolfgang die Misere.

Ramsay schüttelte langsam den Kopf, während er die Blutlache betrachtete, die das edle Mosaik am Boden mittlerweile überzog. »Das war es dann also. Wir haben versagt. Alles umsonst.«

Lennox brachte keinen Ton heraus. Das Gefühl der Niederlage drückte sein Gemüt mit brachialer Gewalt nieder.

»Wir müssen einen Weg vom Planeten finden«, raunte Barrera ihm zu. »Verschwinden ist jetzt unsere oberste Pflicht.«

Der Marine-Colonel nickte mühsam. Er brachte kaum die nötige Kraft auf, um einen Muskel zu rühren. Lennox wollte sich soeben abwenden, als ein sanftes Piepen zu hören war.

»Hermes? Was ist das?«

»Ich scanne gerade«, erwiderte die KI, dann: »Ein elektronisches Gerät hinter dieser Wandvertäfelung unmittelbar vor ihnen.«

Neugierig geworden untersuchte der Colonel die angesprochene Wand und wurde auch schnell fündig. Hinter einer der Vertäfelungen steckte Kasumbas Pad – und es befand sich im Aufnahmemodus.

»Das Peilsignal kommt von diesem Gerät«, erklärte Hermes.

Lennox antwortete nicht, sondern spielte stattdessen die Aufnahme ab. Mit jedem Wort, das er hörte, hoben sich seine Augenbrauen. Er warf einen Blick in die Runde. Kasumba hatte seine letzten Minuten digital gebannt.

»Gentlemen, ich glaube, wir haben das Abschiedsgeschenk des Grafen gefunden.« Lennox streifte den leblosen Körper Merkurs mit dankbarem Blick. Er war nicht sicher, ob das die richtige Emotion für diesen Kriminellen war. Immerhin hatte er maßgeblich zu dem Krieg beigetragen. Aber in den letzten Zügen hatte er an seinen Mördern Rache geübt. Nun besaßen sie die notwendigen Beweise, um Pendergast anzuklagen. Nicht vor einer juristischen Institution, sondern vor einer viel gefährlicheren Einrichtung: dem Gericht der öffentlichen Meinung.

»Unsere Mission ist noch nicht vorbei«, sprach Lennox seine Gedanken laut aus. »Hermes, wo ist der nächste Fernsehsender mit einer Reichweite, die groß genug ist, auch andere Systeme zu erreichen?«

26

Dexters Flotte benötigte fünf Stunden, um aus dem Lagrange-Punkt auszubrechen. Die Lagrange-Forts der Solarier standen unter kontinuierlichem Beschuss von Bombern und Jagdbombern, während die Jäger des Königreichs alles daransetzten, den schweren Kampfmaschinen Deckung zu geben.

Das All wurde hell erleuchtet von einer nicht enden wollenden Anzahl gleißender Explosionen. Die Verteidigungsanlagen waren massiv und hielten dem Feuersturm der vordersten Frontlinie verhältnismäßig lange stand. Nach Dexters Dafürhalten sogar unangenehm lange. Aber endlich neigte sich das Kriegsglück zugunsten der Angreifer und zwei der Lagrange-Forts detonierten beinahe gleichzeitig. Ein weiteres wurde so schwer beschädigt, dass es kaum noch funktionstüchtig war.

Die ODYSSEUS führte den Vorstoß durch die daraus resultierende Bresche an. Eine Wand aus Schweren Kreuzern der Cromwell- und Osiris-Klasse eskortierten das royale Flaggschiff aus dem Lagrange-Punkt heraus und hinein in den Hexenkessel einer weiteren Schlacht.

Bisher hatten sich die solaren mobilen Verbände auffallend zurückgehalten und das erste Aufeinandertreffen ihren Kameraden an Bord der Festungen überlassen. Nun, da das Anfangsgefecht geschlagen war, blieb ihnen aber keine andere Wahl mehr, als den Kampf mit den Royalisten zu suchen.

Durch die Zerstörung der zwei Verteidigungsbastionen und der Neutralisierung einer dritten stand den königlichen Kräften nun ein Korridor aus dem Lagrange-Punkt zur Verfügung. Die zwei verbliebenen Stellungen waren trotz ihrer umfangreichen Bewaffnung kaum noch in der Lage, die abrückenden Einheiten Dexters zu erreichen.

Im Schutz der kampfstarken Geschwader folgte nach und nach die restliche Armada, bis sich die Flotte des Königreichs jenseits des Lagrange-Punktes in all ihrer Pracht formierte.

Der solarische Großadmiral führte einen verzweifelten Gegenangriff. Er zerbrach am Widerstandswillen der königlichen Besatzungen. Sheppard erreichte nicht mehr, als einige der Schweren Kreuzer zu beschädigen, erlitt dabei aber selbst schwere Verluste im Kreuzfeuer der vorrückenden Royalisten. Er fiel zurück, um dem Zangenangriff durch einen überlegenen Gegner zu entgehen.

»Emily?«, sprach Dexter seine Flagglieutenant an. »Die Jäger und Bomber zurückrufen. Um die restlichen Forts kümmern wir uns, sobald das System gesichert wurde.«

Walsh wandte sich ihm mit fragendem Ausdruck auf dem Gesicht zu. Er lächelte nachsichtig. »Sie sind im Moment keine Bedrohung mehr. Ziehen Sie unsere Kampfmaschinen zurück.«

Der Lieutenant nickte und gab die entsprechende Order weiter. Sie trat zu ihrem Flottenbefehlshaber und senkte die Stimme. »Noch immer keinen Kontakt zum Planeten.«

Dexter war nicht überrascht, auch wenn er etwas anderes gehofft hatte. »Solange wir keine neuen Informationen haben, müssen wir davon ausgehen, dass bei Dubois irgendetwas schiefgegangen und das Verteidigungsnetzwerk immer noch aktiv ist.« Er warf abwechselnd einen Blick zum Chronometer und zum Hologramm. »Wir überprüfen den Orbit systematisch auf Schwachstellen in der Abwehr. Sobald wir in Reichweite sind, schicken Sie die Drohnen los. Wir müssen unbedingt erfahren, ob die Satelliten noch aktiv sind und, falls ja, auf welcher Seite sie stehen.«

Auf dem Hologramm rückten Verbände der Solarier und Royalisten wieder aufeinander zu. Sheppard verfolgte offensichtlich die Absicht, Dexters Einheiten vom Planeten fernzuhalten. Die erste feindliche Verteidigungslinie befand sich bereits in Nahkampfdistanz. Subcommodore Eli King eröffnete das Gefecht mit den Railguns der ODYSSEUS. Die leistungsstarken Geschosse durchdrangen auf Anhieb die Panzerung zweier Zerstörer und demolierten den Bug eines Schlachtschiffes. Die Solarier, obwohl zahlenmäßig unterlegen, schlugen erbarmungslos zurück.

Dexter schüttelte den Kopf. Es musste ihnen klar sein, dass gegen eine solche Übermacht kein Sieg zu erringen war. Warum ergaben sie sich nicht oder setzten sich nicht wenigstens aus dem Gefecht ab? Die

Antwort lag auf der Hand, wie ihm nur Sekunden später klar wurde. Die gegnerischen Soldaten hatten weitaus mehr Angst vor Pendergast als vor dem, was ihnen bei einem Sieg der Royalisten blühte. Sie hatten es mit einem Gegner zu tun, der durch Angst herrschte. Das musste Dexter sich immer wieder ins Gedächtnis rufen. Sein Blick fiel auf das Symbol, das die NEW ZEALAND symbolisierte. Sheppard saß wie eine Spinne in ihrem Netz und koordinierte die Verteidigung. Er fragte sich, was wohl gerade im Kopf dieses Mannes vor sich ging.

»Ich frage mich, was wohl gerade in seinem Kopf vor sich geht«, sinnierte Sheppard vor sich hin. Orlov drehte sich ruckartig um.
»Sir?«
Der Großadmiral winkte ab. »Ach nichts. Ich habe nur laut gedacht.« Der Mann sah mit betrübter Miene auf. »Status?«
»Der Lagrange-Punkt ist praktisch gefallen«, erwiderte sein Adjutant mit tonloser Stimme. »Zwei Forts zerstört, eines mehr oder weniger handlungsunfähig, zwei weitere außerhalb Kampfdistanz zum Gegner. Die erste Verteidigungslinie wird nicht mehr lange halten. Wir erleiden massive Verluste.«
»Ziehen Sie alle Einheiten näher an den Planeten. Solange das Netzwerk unter unserer Kontrolle steht, ist es das schärfste Schwert, das wir besitzen.«
Der Major zögerte. Sheppard warf ihm einen verkniffenen Blick zu. »Sollte ich etwas wissen?«
Der Adjutant schüttelte den Kopf. »Die Lage auf der Oberfläche ist unverändert. Schwere Kämpfe in und um die Hauptstadt. Die nördliche Kontrollzentrale befindet sich weiterhin in der Hand des Widerstands, auch wenn sie zum Glück keine Kontrolle über das Netzwerk besitzen.«
Der Großadmiral neigte leicht den Kopf zur Seite. »Aber …?«
»Aber falls sich das ändert und wir befinden uns in Reichweite der Abwehrsatelliten, dann …« Er ließ den Satz ausklingen. Sheppard wusste, worauf sein Adjutant hinauswollte.
»Ich weiß«, gab er zurück. »Dann sind wir erledigt. Hoffen wir, dass es nicht so weit kommt.«

Drei Raketenteams des Widerstands beharkten den führenden solarischen Spider mit ihren panzerbrechenden Waffen. Die Geschosse mit der Spitze aus abgereichertem Uran trafen allesamt die Brücke des Kampfgehers. Die letzten zwei durchbrachen das aus einem Plastikverbund bestehende Kanzeldach und füllten das Innenleben mit flüssigem Feuer. Die Maschine erstarrte mitten in der Bewegung, verharrte für einen Moment und kippte dann nach vorne um, wobei es einen Teil der Mauer einriss. Der Kopf des Walking Fortress wurde unter seinem eigenen Gewicht zermalmt.

Die Flammen erreichten die eingelagerte Munition und das metallene Geschöpf wurde von internen Explosionen in Stücke gerissen.

Spontaner Jubel kam unter den Widerstandskämpfern auf. Er dauerte exakt so lange an, wie die zwei nachfolgenden Spiders benötigten, um ihre Anti-Personen-Mörser auszurichten.

Melanie ging in die Hocke. Gleichzeitig schrie sie: »Alles in Deckung!«

Die beiden Spiders überzogen den Innenhof der Anlage mit Explosionen. Wer sich nicht schnell genug aus der Gefahrenzone begeben konnte, hatte nur geringe Aussichten, den Angriff unbeschadet zu überstehen.

Als der Zauber vorüber war, lugte Melanie hinter dem Mauerstück hervor, das ihr Schutz geboten hatte. Der Innenhof war übersät mit toten und verwundeten Widerstandskämpfern. Mindestens zwei Dutzend von ihnen gehörten den Kommandotruppen an, die Dubois und sie nach Castor Prime geführt hatten.

Durch die vom gefallenen Spider geschlagene Bresche rückte feindliche Infanterie auf das Gelände vor. Scharfschützen nahmen sie vom Dach aus unter Beschuss. Eine zweite Salve Mörserfeuer ließ die Präzisionsschützen für immer verstummen. Die Überlebenden zogen sich ins Innere des Gebäudes zurück.

Widerstandskämpfer erhoben sich und versuchten, den Gegner außerhalb der Mauer zu halten. Aber es waren ihrer zu viele und sie rückten zu schnell und diszipliniert vor. Das waren erfahrene Soldaten, die ihnen da gegenüberstanden.

Sie aktivierte ihren Komlink. »Rückzug!«

Die Widerstandskämpfer brachen den Kampf ab. Sie konnten unmöglich gewinnen und sie wussten es. Melanie gab mehrere Salven ab, die zwei solarische Soldaten von den Beinen holen. Sie war die Letzte, die sich absetzte. Ihr folgte feindliches Sturmgewehrfeuer. Einige der Projektile verfehlten sie knapp.

Im Inneren warteten Kommandosoldaten auf sie. Sie winkte den Männern und Frauen zu, sich tiefer ins Gebäude zurückzuziehen. Ihre Warnung kam keine Sekunde zu spät. Hinter ihr zerriss eine Mörsergranatensalve den Zugang. Rauch und Qualm füllten den Korridor. Melanie versuchte, ihm immer einen Schritt voraus zu bleiben. Es gelang ihr nicht. Hustend und würgend erreichten sie die erste T-Kreuzung.

Randazotti und Dubois erwarteten sie bereits. Sie schüttelte erschöpft den Kopf. »Tut mir leid. Wir konnten den Eingang nicht halten.«

»Das wäre auch zu viel des Guten gewesen bei drei Spiders«, beruhigte Dubois sie. »Womit haben wir es zu tun? Was denken Sie?«

»Mindestens ein Bataillon«, informierte Melanie die beiden. »Reguläre solarische Armee. Die Spiders haben das Feuer eingestellt, sobald wir uns ins Gebäude abgesetzt haben.«

»Das dachte ich mir«, entgegnete Randazotti. »Die Kontrollzentrale ist ihnen zu wichtig, als dass sie ihre Zerstörung riskieren wollten.«

»Wir müssen unbedingt die Stellung halten«, stimmte Dubois zu.

»Gegen ein volles Bataillon? Unwahrscheinlich, dass uns das über einen längeren Zeitraum gelingen wird«, entgegnete Melanie.

»Das dürfte sie etwas aufhalten«, mischte sich Randazotti ein und gab einem seiner Leute einen Wink. Dieser aktivierte den Funksender. Eine Reihe von Detonationen erschütterte den Korridor. Als sich der Rauch verzog, war er durch Stahlbeton und Trümmer vollständig blockiert.

Randazotti grinste. »Das wird uns Zeit verschaffen.«

»Wie sieht es da drinnen aus?« Melanie nickte in Richtung des Allerheiligsten dieser Anlage.

»Nicht gut.« Dubois seufzte gestresst. »Wir konnten den Code noch nicht knacken.«

»Nachrichten von Triple D?«, hakte Melanie nach. Auch darauf gab es keine positiven Neuigkeiten, wie sie an den Gesichtern ihrer Kampfgefährten unschwer ablesen konnte.

Die Solarier arbeiteten lautstark daran, den verschütteten Korridor freizuschaufeln. Die Geheimdienstoffizierin machte einen frustrierten

Laut und lud ein neues Magazin in ihr Sturmgewehr. »Dann bleiben uns nicht viele Optionen.« Die Widerstandskämpfer nahmen zu beiden Seiten des Korridors Aufstellung und erwarteten den unvermeidlichen Ansturm des Gegners. Sie mussten durchhalten, bis entweder ihre IT-Experten oder Dexter hoch über ihnen eine Lösung für den Schlamassel fanden, in dem sie bis über beide Ohren steckten. Ansonsten würde dieser Tag zum Anfang vom Ende des Königreichs.

Mit unbewegter Miene beobachtete Dexter auf dem taktischen Hologramm, wie eine weitere Welle Drohnen von dem Verteidigungsnetzwerk über der nördlichen Hemisphäre abgefangen und restlos zerstört wurde.

Er ließ den Kopf hängen. »Wenigstens wissen wir jetzt, auf welcher Seite die Verteidigungsanlagen stehen.«

Er begutachtete das Netzwerk über der südlichen Hemisphäre. Es wäre ihm am liebsten gewesen, Drohnen auch dorthin zu schicken, aber der direkte Weg war ihm versperrt. Sheppard hatte sich mit seinen Kräften in Richtung des Planeten zurückgezogen und stand nun oberhalb des Äquators. Dexter hatte weder die Zeit noch die Schiffe, um die Stellungen des Großadmirals zu umgehen und die südliche Hemisphäre nach Schwachstellen abzutasten.

»Admiral«, wagte die Flaggleutenant ihn aus seinen Gedanken zu reißen, »was machen wir jetzt?«

»Unser Handlungsspielraum ist extrem eingeschränkt«, gab Dexter ohne Beschönigung zu. »Bringen Sie die Lenkwaffenkreuzer in Position. Wir versuchen erst mal, Sheppards Linien sturmreif zu schießen.«

»Und wenn das nicht funktioniert?«

Dexter zögerte mit der Antwort. Sie würde niemandem gefallen. Weder den Offizieren auf der Flaggbrücke der ODYSSEUS noch den Männern und Frauen, die seinen Befehl ausführen müssten. »Falls das nicht klappt, dann müssen wir Sheppard auf die altmodische Weise ausheben und seine Stellungen stürmen.«

»Solange er die Unterstützung der Verteidigungsanlagen besitzt?« Walshs Augen wurden groß.

»Ich weiß, das wird richtig hässlich. Aber uns bleibt keine große Wahl.« Dexter schluckte den Kloß in seinem Hals hinunter. »Starten Sie die Bombardierung, sobald unsere Kreuzer in Position sind. So oder so, Castor Prime wird heute befreit werden.«

Emily Walsh salutierte und begab sich zur Signalstation, um die Befehle an den Rest der Flotte zu übermitteln. Dexter registrierte, wie die Lautstärke auf der Flaggbrücke aus heiterem Himmel abnahm. Eine beinahe melancholische Stimmung machte sich breit. Wie ein Raubtier, das den Atem anhielt, bevor es zum finalen Sprung auf seine Beute ansetzte. Aber diesem Tier stand ein harter Kampf bevor. Das Verteidigungsnetzwerk von Castor Prime war auf die Abwehr eines direkten Großangriffs ausgelegt.

Die solare Republik hatte die Hauptwelt des Königreichs nur deshalb einnehmen können, weil sie das *Konsortium* benutzt hatten, um die Verteidigung zu zerschlagen. Und dieses Kunststück war nur möglich gewesen, weil Verräter im Inneren sie dabei unterstützt hatten. Dexter besaß weder eine Angriffsflotte, von der Größe, wie die Republik sie aufbieten konnte, noch verdeckt operierende Verräter innerhalb der solarischen Strukturen. Alles, was er vorzuweisen hatte, war eine kleine Einsatztruppe und eine Handvoll tapferer, zu allem entschlossener Widerstandskämpfer.

Dexters Blick richtete sich auf das Hologramm der Welt, um die sich momentan sein komplettes Denken drehte. »Komm schon, Melanie«, sagte Dexter leise, als könne er sie dadurch beschwören. »Enttäusch mich jetzt bitte nicht.«

Die solarischen Soldaten drängten stetig durch jeden Korridor vor. Melanie gab so oft wie möglich einzelne Salven auf die feindlichen Kräfte ab. Die meiste Zeit war sie aber damit beschäftigt, in Deckung zu gehen. Ob sie selbst etwas traf, ließ sich nur schwer sagen. Die Korridore waren angefüllt mit Rauch und Qualm. Über den Boden verstreut, lagen die leblosen Körper von Widerstandskämpfern und Kommandosoldaten.

Wann immer sie vor den Angreifern zurückweichen mussten, da sprengten sie den entsprechenden Korridor. Damit verschafften sie der eigenen Seite dringend benötigte Luft zum Atmen. Aber die Entschlossenheit der Solarier nahm nicht ab. Sie räumten die Trümmer jedes Mal innerhalb relativ kurzer Zeit aus dem Weg. Und das Ganze ging von vorne los.

Randazottis Leute kämpften gut, keine Frage. Aber Melanie war überzeugt, dass ihre Stellung ohne die Mitglieder der Spezialoperationsdivision längst überrannt worden wäre. Es war inspirierend, wie diese Männer und Frauen das während ihrer Ausbildung gelernte Wissen anwendeten, um die Solarier auf Abstand zu halten.

Wo immer es nicht möglich war, den Korridor zum Einsturz zu bringen, da legten sie Sprengfallen, sobald eine Barrikade aufgeben werden musste. Auf diese Weise brachten sie dem Gegner sogar während seiner Erfolge Verluste bei. Der kämpfende Rückzug der royalen Kommandosoldaten erfolgte wie aus dem Lehrbuch. Es gab kaum etwas, das Sheppards Soldaten dagegen unternehmen konnten.

Melanie und ihre Mitstreiter gaben eine weitere Stellung auf. Das Kontrollzentrum befand sich hinter der nächsten Ecke. Sehr viel weiter konnten sie sich nicht zurückziehen. Ansonsten mussten sie sich mit dem Feind zwischen den Computern und Konsolen des Nervenzentrums duellieren.

Eine Kommandosoldatin in ihrem schwarzen Körperpanzer wurde getroffen. Melanie wirbelte gerade noch rechtzeitig herum, damit sie die junge Frau auffangen konnte. Dabei ließ sie ihr Sturmgewehr fallen. Mit aller Kraft zog sie die Soldatin hinter den nächsten Wall. Diese war schwerer, als sie aussah. Melanie rannen dicke Schweißtropfen über Stirn und Hals. Ihr eigener Körper fühlte sich klamm und seltsam unwirklich an unter dem Panzerschutz.

Ein Sanitäter des Widerstands eilte herbei und begann mit sorgfältigen Bewegungen die Verletzung der Frau zu versorgen. Er nickte ihr zu. Die Kommandosoldatin war in guten Händen.

Melanie sah sich nach ihrer Waffe um, nahm dann eine vom Boden auf, die nicht ihr gehörte. Inzwischen lagen genügend von den Dingern herum. Sie kehrte ins Nervenzentrum zurück. Mehrere Widerstandskämpfer waren dabei, eine Barrikade für ihr letztes Gefecht aufzuschichten. Vielleicht gingen sie heute unter, aber bestimmt nicht kampflos.

Die Geheimdienstoffizierin der *Skulls* begab sich zu Dubois und Randazotti auf die obere Galerie. Dort standen die beiden Offiziere neben einigen Hackern, die dabei waren, den Zugriffscode zu knacken. Dubois war äußerlich ruhig, Melanie hingegen erkannte die Anzeichen der Nervosität, die die Generalin aus jeder Pore verströmte wie übel riechenden Dunst.

Randazotti hatte sich da schon etwas besser im Griff. Aber der Mann überlebte seit Kriegsbeginn auf einer vom Feind besetzten Welt. Hätte er sich nicht zu verstellen gewusst, er wäre nicht mehr am Leben.

»Wie sieht es aus?«, wollte Melanie wissen.

Dubois sah auf. »Wir haben drei Stellen des Codes geknackt.«

»Von wie vielen?«

»Achtzehn.«

»Verdammt!«, fluchte Melanie. »Das geht einfach alles zu langsam.« Sie überlegte. »Und wenn wir die gesamte Anlage einfach in die Luft jagen?«

»Ich befürchte, das würde keinen Unterschied machen«, meldete sich der Hacker am Computer vor ihr zu Wort. »Sobald das Netzwerk keine Verbindung mehr zu dieser Schnittstelle finden kann, handeln die Satelliten autonom gemäß der letzten Programmierung.«

»Und das bedeutet, sie werden jedes königliche Schiff zerstören, das sich in ihre Reichweite begibt«, vervollständigte Randazotti die Ausführungen.

»Wir können nicht warten, bis weitere fünfzehn Codezeichen entschlüsselt wurden«, drängte Melanie. »Innerhalb der nächsten sechzig bis achtzig Minuten sind die hier drin.«

»Es gäbe da noch eine Möglichkeit«, meinte der Hacker zögernd. Alle Augen richteten sich auf ihn.

»Raus damit!«, verlangten Dubois und Melanie gleichzeitig.

»Ich habe Zugriff auf einige Systeme niederer Priorität. Dadurch wäre es mir möglich, eine Energiekaskade aufzubauen, die sich dann durch sämtliche Satelliten über der nördlichen Hemisphäre ausbreitet.«

»Welchen Zweck hätte das?«, wollte Randazotti wissen.

»Die Elektronik würde durchbrennen«, konkretisierte Melanie.

Der Hacker nickte. »Die Satelliten wären zerstört. Dauerhaft.«

»Und dadurch für keine Seite mehr nutzbar«, schlussfolgerte die Generalin. Der Hacker nickte.

Die drei Offiziere wechselten unschlüssige Blicke. Es war Melanie, die schließlich die Achseln zuckte. »Besser, als wenn Sheppard die Kontrolle behält.«

Dubois straffte die Schultern und warf dem Hacker einen entschlossenen Blick zu. »Tun Sie es!«

»Da!«, brach es aus Walsh heraus. »Ich habe etwas!« Sie deutete auf das Hologramm. Über der nördlichen Hemisphäre leuchte ein Teil des Netzwerks rot auf. Dexter war augenblicklich an ihrer Seite.

»Die Drohnen sind durchgekommen.«

Walsh nickte. »Einige Satelliten sind nicht aktiv. Sieht fast so aus, als wären sie nach der Eroberung von Castor Prime nicht ersetzt worden.«

»Es ist nicht viel, aber immerhin etwas. Können wir das ausnutzen?«

»Diese spezielle Schwachstelle nicht. Sie befindet sich knapp über dem Bereich, der von Sheppards Flotte gehalten wird.«

»Suchen Sie weiter. Es gibt möglicherweise noch mehr.«

Dexters Augenmerk richtete sich auf das Bombardement, mit dem seine Lenkwaffenkreuzer das Netzwerk und die Flotte der Republik eindeckte. Bisher waren die Ergebnisse ernüchternd. Die Verteidigungssatelliten verfügten über elektronische Kriegsführung und auch Mittel, einkommende Torpedos und Raketen abzuschießen. Desgleichen auch Sheppard. Die solare Flotte wehrte die Angriffe unter dem hemmungslosen Einsatz von Abfangtorpedos ab. Dexter fragte sich, wie lange der Großadmiral das noch durchstehen konnte. Irgendwann mussten seine Reserven mal zur Neige gehen.

»Die noch existenten Lagrange-Forts entsenden eine Jägerwelle gegen unsere Lenkwaffenkreuzer«, informierte ihn die Flaggleutnant. »Ihre Stärke ist aber überschaubar.«

»Zwei unserer Träger sollen zurückfallen und den Angriff abwehren. Geben Sie ihnen einige Eskortfregatten mit. Wir dürfen uns nicht vom eigentlichen Kampfgeschehen ablenken lassen.«

Walsh nickte. Auf dem Hologramm verlagerten sich mehrere Schiffe in Richtung der Artillerieeinheiten. Die Träger entließen ihre Kampfmaschinen ins All. Es dauerte nicht lange und die Jäger von Freund und Feind trafen aufeinander.

Für eine kurze Zeitspanne schien es, als würden die solaren Kampfmaschinen zu den Lenkwaffenkreuzern durchbrechen. Dann trafen die Eskortfregatten ein. Ihre auf die Abwehr von Jägern und Bombern konzipierten Waffen halfen dabei, dem Gegner schwere Verluste beizubringen. Im Gegenzug verlor Dexter vier der Fregatten und eine relativ hohe Anzahl an Jägern. Der Feind zog sich aber zu den Forts zurück und startete auch keinen neuen Versuch, die Artillerie der Royalisten auszuschalten.

Walsh sah plötzlich auf. »Sir? Wir haben drei zusätzliche Schwachstellen innerhalb des nördlichen Netzwerks ausgemacht.« Sie deutete auf das Hologramm.

Dexter kniff leicht die Augen zusammen und musterte die mit Rot gekennzeichneten Stellen. Wie auch die erste waren sie schmal. Nichtsdestoweniger waren sie vorhanden und zumindest eine Chance.

Ehe er etwas sagen konnte, ergriff die junge Frau erneut das Wort. »Wir haben noch zwei ausgemacht. Eine nördlich von Sheppards Stellungen, eine östlich.«

»Sind diese fünf Schwachstellen geeignet, einen Durchbruch zu unternehmen?«

»Wir könnten es schaffen«, meinte Walsh. »Aber nur, wenn wir Sheppard weiter nach Süden abdrängen.«

Dexter nickte gepresst. »Dann machen wir es so. Ziehen Sie unsere Truppentransporter näher an den Planeten. Aber lassen Sie sie noch außer Reichweite. Die Transporter sollen sich bereit machen, die Orbitalabwehr zu durchbrechen.« Dexter überlegte nur kurz. »Das Bombardement auf die Satelliten konzentrieren. Wir schalten so viele von ihnen aus wie möglich. Alle Einheiten gegen Sheppards Verbände vorrücken.«

Subcommodore Eli King mit seiner ODYSSEUS blieb zurück, als die ersten königlichen Verbände Fahrt aufnahmen und gegen die Stellungen des republikanischen Großadmirals vorgingen.

Dexter konnte sich lebhaft vorstellen, dass es dem *Skull*-Offizier in den Fingern juckte, an der bevorstehenden Schlacht teilzunehmen. Aber für ein Admiralsschiff galten andere Regeln. Nach Möglichkeit musste es aus dem Gröbsten herausgehalten werden.

Für Hastings galten derlei Vorbehalte nicht. Die POMPEJI führte den Angriff des zentralen Flügels, deren Stoßrichtung auf die NEW ZEALAND abzielte.

Unter kontinuierlichem Beschuss aus Raketen und Torpedos rückten die Royalisten den Republikanern zu Leibe. Der Kampf wurde über eine Stunde geführt, bevor beide Seiten nah genug aufgeschlossen hatten, um in den Nahkampf überzugehen. Laser, Railguns und Gaußgeschütze kamen zum Einsatz.

Dexter wurde ganz unruhig, als er das Gefecht über die Abstraktheit seines taktischen Hologramms verfolgte. Menschen, Kriegsschiffe und Jäger wurden auf bloße Symbole wie Kreise und Dreiecke reduziert. Sobald eine Kampfeinheit zerstört wurde, erlosch das entsprechende Sinnbild und man vergaß allzu leicht, dass gleichzeitig Menschen ihr Leben verloren.

Die POMPEJI und die NEW ZEALAND tauschten nun Laser- und Raketensalven auf kürzeste Distanz aus. Beide Großschlachtschiffe beharkten einander fortwährend. Hastings bewies einmal mehr, was für ein großartiger Gefechtskommandant er war. Sein Kampfschiff zog immer im richtigen Moment die Schildblase hoch. Sheppard war nicht minder fähig und brachte die Besatzung der POMPEJI mehrmals in Schwierigkeiten. Beide Schiffe nahmen Schaden, waren aber nicht in der Lage, das gegnerische auszuschalten.

»Walsh? Wie steht es um das Netzwerk?«

Ein abgekämpfter und gleichzeitig entmutigter Blick des weiblichen Flaggleutenants sagte ihm genug. Sie schüttelte den Kopf. »Wir haben einige ausgeschaltet, aber zu wenige, um einen Unterschied zu machen. Die Abwehrfähigkeiten der Satelliten sind enorm.«

Dexter fokussierte seine Aufmerksamkeit auf die fünf Löcher innerhalb des Netzwerks. Walsh hatte recht. Sie waren breiter als zuvor, aber noch nicht ausladend genug. Er biss sich auf die Unterlippe.

»Na schön, wir können nicht länger warten. Alle Reserven greifen auf der Stelle die republikanischen Kriegsschiffe an. Truppentransporter beginnen mit der Landung. Wir versuchen es.«

Ihm flogen zweifelnde Blicke der Offiziere zu. Er sah sich kurz zu seinem Schatten um. Angels Augen blieben ausdruckslos, aber ihre Körperhaltung wirkte ablehnend. Auch sie war von dem Vorgehen, das er im Sinn hatte, nicht überzeugt. Doch dann nickte sie fast unmerklich. Die Attentäterin wusste, dass ihnen keine Wahl blieb. Je länger sie sich von Sheppard hinhalten ließen, desto höher die Wahrscheinlichkeit, dass Verstärkungen der Solaren Republik auf der Bildfläche erschienen.

Walsh gab die Order an die Kommandobrücke und über die Signalstation an die Geschwader der Reserve weiter. Zu ihr gehörte auch die ODYSSEUS selbst. Für diesen Kraftakt benötigten sie jedes Quäntchen Feuerkraft. Niemand konnte es sich erlauben, auf der Ersatzbank zu verweilen. Das gewaltige Großschlachtschiff setzte sich mühsam in Bewegung, überwand schließlich die Masseträgheit und gewann zusehends an Geschwindigkeit.

Dexters Reserven erreichten ohne Zwischenfälle den Schauplatz der Schlacht. Gerade rechtzeitig, um mitzuerleben, wie sich Sheppards Geschwader unter die Deckung der Satelliten zurückzog, etwa auf Höhe des Äquators. Die POMPEJI verfolgte den Großadmiral. Die ODYSSEUS schloss sich nicht an, sondern bedrängte mit zwei Kreuzergeschwadern Sheppards linke Flanke.

Walsh sah ruckartig von ihrem Pad auf. »Admiral? Wir werden von Zielerfassungsradar und Lidar bestrichen. Die Satelliten nehmen uns aufs Korn.«

Einen Fluch auf den Lippen, krallte sich Dexter am Rand des Holotanks fest. Subcommodore Eli King zog gerade noch rechtzeitig die Schildblase hoch. Energiestrahlen und Railgungeschosse prasselten auf die POMPEJI sowie die ODYSSEUS und ihre Abschirmeinheiten ein.

Die Royalisten verloren mehrere leichte Kampfraumer. Einige der größeren Kreuzer wurden zum Teil schwer beschädigt. Die ODYSSEUS kam bei alldem noch gut weg. Ihre Schilde absorbierten den größten Teil des einkommenden Beschusses. Dexter war jedoch klar, dass auch ein Großschlachtschiff eine Feuerkraft dieser Größenordnung nicht ewig überleben konnte. Ihre einzige Hoffnung bestand im Nahkampf.

Dexter sah voller Tatendrang auf. »Näher an die Solarier ran. Dann können die Satelliten nicht feuern, ohne die eigenen Einheiten zu treffen. Ich hoffe, das verwirrt sie.«

Die Royalisten nahmen Fahrt auf. Aber Sheppard war kein Dummkopf. Während Hastings und Dexter versuchten, ihre Einheiten so nah wie möglich an den Gegner heranzuführen, legte der feindliche Großadmiral den Rückwärtsgang ein und bemühte sich, so lange wie möglich Distanz zu den Angreifern aufrechtzuerhalten. Aber auch diese Taktik würde nicht ewig funktionieren.

Die Royalisten verloren in den nächsten neunzig Minuten über sechzig Schiffe, die wenigsten durch die republikanischen Kriegsschiffe, sondern vielmehr durch das Verteidigungsnetzwerk. Sheppards Verluste hielten sich in Grenzen. Die Truppentransporter starteten zwei Landeversuche, wurden aber beide Male zurückgeschlagen.

Dexter knirschte mit den Zähnen. Sie mussten es einfach schaffen. Wenn das hier schiefging, dann waren sie alle mit ihrem Latein am Ende.

Die Transportschiffe starteten soeben einen dritten Landeversuch. Sie wurden von Schwärmen bestehend aus Jägern und Bombern eskortiert. Sobald sie in die Reichweite der Satelliten eintraten, nahmen diese sie sofort unter Feuer. Zwei Transporter wurden vernichtet. Zwei weitere drehten schwer beschädigt ab. Dexters Körper war aufs Äußerste angespannt.

Er war versucht, den Angriff abzubrechen, um sich etwas Neues auszudenken. Sie verloren schlichtweg zu viele Schiffe. Aber dann geschah es. Einige Satelliten stellten unvermittelt und ohne sichtbare Erklärung das Feuer ein. Noch während sich der königliche Flottenbefehlshaber darüber klar zu werden versuchte, was hier vor sich ging, versagten ganze Sektoren des Netzwerks den Solariern ihren Gehorsam.

Die Truppentransporter und ihre Eskorte passierten ungehindert die Todeszone und setzten zur Landung an. Von der Oberfläche schlug ihnen Laserfeuer und Raketenbeschuss entgegen, aber die Jäger und Bomber stießen an ihren Schützlingen vorbei und schalteten die entsprechenden Stellungen durch Präzisionsangriffe aus. Die Invasion hatte begonnen.

Die POMPEJI ließ ihre Schildblase fallen und überzog die NEW ZEALAND mit einem Schauer aus Laserenergie. Sie setzte zu guter Letzt noch einige Railgungeschosse hinterher. Die kombinierte Salve schaltete die Schilde des republikanischen Flaggschiffes aus und perforierte ihren Bug. Was aber noch wichtiger war, die Attacke trieb Sheppards Großschlachtschiff und einen Teil seiner Begleitflotte über den Äquator in den Bereich des südlichen Verteidigungsnetzwerks. Die Satelliten reagierten sofort. Drei

Dutzend solare Kampfraumer vergingen innerhalb von Minuten, als ihnen die überlegene Bewaffnung der Verteidigungstrabanten in den Rücken fiel.

Die Solarier saßen unversehens im Kreuzfeuer fest. Dexter atmete erleichtert auf. »Alle Einheiten auf Kernschussweite vorrücken. Wir beenden die Angelegenheit jetzt.«

Die Royalisten nahmen die Solarier ins Kreuzfeuer. Weitere Kampfschiffe detonierten. Andere wurden dermaßen schwer beschädigt, dass sie sich ergaben und den Antrieb deaktivierten, was ungefähr so viel bedeutete wie in früheren Zeiten, das Flaggestreichen eines Segelschiffes.

Dexter richtete sich auf. »Fordern Sie die republikanischen Streitkräfte zur Kapitulation auf, Lieutenant.«

Walsh begab sich umgehend zur Signalstation. »Stellen Sie mich auf einen Breitbandkanal, Fähnrich.« Der Junioroffizier nickte. Kurz darauf war Walshs Stimme auf jedem solaren Schiff zu hören: »Achtung! Achtung! Hier ist das königliche Flaggschiff, die HMS ODYSSEUS. An alle feindlichen Verbände: Kapitulieren Sie auf der Stelle. Jeder Besatzung, die sich ergibt, wird Pardon gewährt. Jeder weitere Widerstand wird mit tödlicher Gewalt beantwortet. Seien Sie vernünftig.« Ihr harter Tonfall änderte sich in einen etwas versöhnlicheren, als sie drei Worte aussprach, die das Schicksal der republikanischen Flotte besiegelte: »Es ist vorbei!«

Die solaren Kriegsschiffe kämpften noch mehrere Minuten lang weiter, in denen die Satelliten auf der einen und Dexters Flotte auf der anderen unter dem Gegner einen hohen Blutzoll forderten. Dann signalisierte ein Angriffskreuzer die Kapitulation. Es folgten einige Zerstörer und Fregatten. Immer mehr solare Einheiten ergaben sich. Die NEW ZEALAND kämpfte über jedes vernünftige Maß hinaus weiter. Bis sich das republikanische Flaggschiff von Großadmiral Gale Sheppard letzten Endes ebenfalls ergab.

Wie jedes Mal nach einer Schlacht fühlte sich Dexter über alle Maßen erschöpft, aber gleichzeitig auch erleichtert, dass der Weltraum über Castor Prime gesichert war. Es trafen sogar schon erste Berichte der Bodentruppen ein, die ihn fast alle positiv stimmten. Die Kommandeure der königlichen Divisionen waren der Meinung, die feindlichen Besatzungstruppen würden innerhalb der nächsten zwölf Stunden niedergekämpft sein. Am Ende blieb ihnen wohl nichts anderes übrig, als sich ebenfalls den siegreichen königlichen Streitkräften zu ergeben. Es war nur eine Frage der Zeit.

Dexter seufzte, während er sich zu Flagglieutenant Emily Walsh umdrehte. »Schicken Sie eine Nachricht durch den Lagrange-Punkt an die BABYLON«, ordnete er an. »Mit folgendem Wortlaut: ›Castor Prime heißt seinen zukünftigen König willkommen. Der Planet gehört Euch, Euer Hoheit.‹«

27

Der größte Nachrichtensender mit der höchsten Sendeleistung Onbeles gehörte der Agentur News for the Kingdom – und die republikanische Besatzungsmacht war sich seiner Bedeutung fraglos bewusst, wenn man sich ansah, was für Truppen den Komplex beschützten.

Das Gebäude von NftK wurde von mindestens zwei vollen Kompanien der solaren Armee bewacht. Ihre Unterstützung bestand in mehreren Kampf- und Schützenpanzern. Lennox' Unmut wuchs von Minute zu Minute. Unter normalen Umständen hätte er die Aktion abgebrochen. Aber die Umstände waren alles andere als normal. Die Aufzeichnung, von der jeder seines Teams mittlerweile eine Kopie bei sich trug, musste unbedingt unters Volk gebracht werden. Und zwar nicht nur regional, sondern überregional, damit Pendergasts Handlanger keine Möglichkeit mehr besaßen, diese Informationen zu unterdrücken.

Lennox warf Gunny Barrera einen forschenden Blick zu. Der Mann war nicht begeistert von der bevorstehenden Aufgabe. Ihm fiel aber auch keine Alternative ein. Darüber hinaus hatten sie sich das angesehen, was bei diesem Sender inzwischen als Nachrichten durchging. NftK war mittlerweile ein wichtiger Baustein der hiesigen Propagandamaschinerie. Allein das war schon Grund genug, bei diesem Gebäude den Stecker zu ziehen. Der Colonel grinste und tätschelte seine Brusttasche. Aber nicht, ehe sie die Botschaft von Pendergasts Machenschaften verbreitet hatten.

Einfach in das Gebäude hineinmarschieren fiel als Möglichkeit schon mal aus. Mit seinen wenigen Leuten vermochte er nichts gegen die feindlichen Kräfte auszurichten. Er hatte erwogen, die Uniformen solarischer Soldaten zu besorgen, aber auch das schied als Option aus. Es war viel zu schwer, an diese heranzukommen, und ihr Verlust würde zwangsläufig auch nicht lange verborgen bleiben.

Blieb nur Alternative drei: ein Ablenkungsmanöver. »Wie lange noch?«, sprach er seinen Gunny an.

Barrera musste seine Armbanduhr gar nicht erst konsultieren. Der Mann verfügte über ein inneres Chronometer, mit dem nicht einmal die genaueste Armbanduhr konkurrieren konnte.

»Sieben Minuten«, murmelte der Unteroffizier wie aus der Pistole geschossen.

Lennox verfiel in brütendes Schweigen. Wenn man auf bestimmte Ereignisse wartete, dann waren auch sieben Minuten eine verdammt lange Zeitspanne.

Lennox widerstand noch dreimal, seinen Gunny abermals nach der Zeit zu fragen. Er wollte dessen Geduldsfaden nicht übermäßig strapazieren. Der Colonel versuchte, selbst den Überblick zu behalten, zuckte aber dennoch zusammen, als der Sprengsatz detonierte.

Auf der anderen Seite des Senders wand sich auf einmal eine Rauchsäule träge gen Himmel. Lennox' Respekt vor den republikanischen Soldaten stieg ein wenig. Keiner von ihnen rührte sich vom Fleck. Sie blieben alle auf ihren Posten und ignorierten sowohl die Flammen als auch die über Funk vorgebrachten Bitten um Hilfe ihrer Kameraden.

Na schön, dass es einfach werden würde, hatte er auch nicht erwartet. Weniger als eine Minute später explodierten vier weitere Sprengsätze, alle in einem Umkreis von gut einem Kilometer um den Fernsehsender.

Nun fluteten Berichte über Opfer und Schäden den Äther. Weitere Bitten um Verstärkung wurden vorgebracht. Die Ziele waren gut gewählt. Es gab in der näheren Umgebung keine stationären Einheiten der Besatzungsarmee. Spätestens jetzt ging ein Hagel von hektischen Nachrichten beim republikanischen Hauptquartier ein. Weitere Minuten mussten hinzugerechnet werden, bis den Verantwortlichen klar wurde, dass nur die Soldaten am Sender nah genug waren, um einzugreifen. Ungefähr acht bis zehn Minuten würden verstreichen, bis die Herren Offiziere zu dem Schluss kamen, dass die Anschläge möglicherweise Teil eines größeren Plans waren und man reagieren müsse.

Und dann ...

Einer der Offiziere am Sender erhielt über Komlink neue Befehle. Eine volle Kompanie saß auf und brauste in Richtung der Anschlagsziele davon. Vier Panzer und ebenso viele Schützenpanzer folgten. Die für den Sender eingeteilte Schutztruppe war von einer Minute zur nächsten mehr als halbiert.

Nun war es Zeit für Phase zwei. Der Marine-Colonel nickte seinem Gunny zu. Dieser holte einen Funkzünder heraus und betätigte den Auslöser. Unter mehreren zivilen Fahrzeugen quoll dichter Rauch hervor und hüllte den Eingangsbereich des TV-Senders ein.

Die zurückgelassenen Soldaten sahen sich hektisch um, bevor ein jeder von ihnen unter dem Rauchvorhang verschwand.

»Jetzt oder nie!« Lennox übernahm die Führung. Die Männer und Frauen in seiner Begleitung zogen ihre Handfeuerwaffen. Unter dem Schutz der ausgelösten Rauchgranaten rannten sie auf den Eingangsbereich zu. Unmittelbar vor ihm tauchte ein republikanischer Soldat auf. Lennox rannte ihn einfach nieder und griff sich noch in der Bewegung dessen Sturmgewehr.

Barrera packte zwei feindliche Kämpfer und nutzte seinen kybernetischen Arm, um ihnen die Köpfe aneinanderzuschlagen. Mehrere seiner Leute überwältigten gleichfalls gegnerische Marines, sobald sich ihnen die Möglichkeit bot, und entwaffneten sie.

Einigen feindlichen Soldaten schien klar zu werden, was vor sich ging. Sie begannen den Schatten, die unter ihnen wandelten, einzelne Salven hinterherzuschicken. Projektile trafen zwei von Lennox' Leuten in den Rücken. Er wollte schon nachsehen, ob man ihnen noch helfen konnte. Aber Barrera tauchte neben ihm auf und schüttelte lediglich den Kopf.

Sie erreichten die Eingangstür, stießen sie auf und rannten durch einen lang gestreckten Korridor. Ihnen begegneten eine Menge Mitarbeiter. Wer die Waffen in ihren Händen und die entschlossene Mimik auf ihren Gesichtern bemerkte, ging den *Skulls* wohlweislich aus dem Weg. Es gab aber auch Beispiele, die Hoffnung machten. Einige der Angestellten des Senders lächelten bei ihrem Anblick. Sie wurden wohl für Widerstandskämpfer gehalten. Einer wies ihnen sogar mit einer Handbewegung den Weg.

Aus einer Tür strömten ihnen vier feindliche Soldaten entgegen. Beide Seiten rissen die Waffen hoch und feuerten. Die Solarier gingen beinahe simultan zu Boden, genau wie zwei weitere von Lennox' Marines. Sie entledigten die toten Republikaner ihrer Waffen, Munition und Ausrüstung und setzten ihren Weg fort.

Nach wenigen Metern passierten sie eine weitere Glastür. Ramsay Dawson, Wolfgang Koch und ein halbes Dutzend *Skulls* blieben zurück, die Waffen im Anschlag.

Lennox betrat mit dem Rest seiner Truppe das eigentliche Studio. Es fand gerade eine Liveübertragung statt von einer als Nachrichtensendung getarnten Propagandaveranstaltung.

Lennox begab sich ohne Umschweife zur Anchorwoman, während Barrera den Kameramann freundlich, aber bestimmt dazu aufforderte, ja nicht abzuschalten. Zwei weitere *Skulls* übernahmen die Redaktion, damit auch dort niemand den Stecker zog. Der Rest trieb die unnötigen Mitarbeiter in eine Ecke und hielt sie mit vorgehaltener Waffe in Schach.

Lennox hielt der Frau hinter dem Tisch den Datenstick mit der Aufzeichnung aus Merkurs Pad hin. »Übertragen Sie das in Endlosschleife. Sofort!«

Die Anchorwoman setzte eine trotzige Miene auf. »Und wenn ich mich weigere?«

Lennox verzog das Gesicht. Wenn es eines gab, was er abgrundtief hasste, dann waren es Kollaborateure. Sie verkauften das eigene Volk für persönliche Vorteile. Er hob drohend seine Waffe. »Wollen Sie das wirklich herausfinden?«

Vincent Burgh saß in einem urgemütlichen Sessel an Bord seiner persönlichen Jacht. Das kleine Vehikel hob vom Raumhafen in Bevington ab und gewann schnell an Höhe.

Pendergasts Attentäter war hochzufrieden. Beide Zielpersonen waren liquidiert. Sein Auftraggeber würde froh sein über den Ausgang, den die Angelegenheit genommen hatte. Burgh führte das Glas mit dem prickelnden Champagner an die Lippen und nippte daran. Das Getränk verursachte das Kitzeln am Gaumen, das er liebte. Diesen Luxus hatte er sich redlich verdient.

Die Jacht war bereits außerhalb der Atmosphäre, als sich Ripper zu Wort meldete. »Boss?«, sprach ihn die KI an. »Das sollten Sie sich mal ansehen. Ich empfange etwas.«

Burgh richtete sich auf und der Bildschirm an der Wand erwachte unvermittelt zum Leben. Das Glas entglitt seinen Fingern und zersprang in tausend Scherben, als es klirrend auf dem Boden auftraf. Der edle Champagner floss unbeachtet über den Perserteppich. Auf dem Bildschirm war Burgh selbst zu sehen, wie er mit dem kürzlich so unschön verblichenen Grafen von Onbele sprach. Das Herz des Attentäters setzte einen Schlag aus, als er die Worte vernahm, die seinen Auftraggeber und ihn selbst als Kriegstreiber und Kriegsverbrecher entlarvten, die über eine friedliche Nachbarnation hergefallen waren.

»Wo wird das empfangen?«, fragte er nach Luft schnappend.

»Wo?«, entgegnete Ripper. »Überall. Die Übertragung ist soeben auf dem Weg zu mehreren Relaisstationen in der Nähe der Lagrange-Punkte. Von dort aus wird es sich verbreiten.«

»Stopp das sofort!«, brüllte der Attentäter.

»Kann ich nicht«, gab die KI zurück. »Ist längst zu spät.«

»Fuck!«, schrie Vincent Burgh außer sich vor Wut. »*FUCK!*«

28

Prinz Calvin aus dem Hause Clifford stieg die Rampe seines persönlichen Shuttles herab. Vor der letzten Stufe zögerte der junge Adlige kurz, bevor er seine Füße auf den Boden des Planeten Castor Prime setzte; erstmals seit Kriegsbeginn.

Der Jubel seines dankbaren Volkes empfing ihn. Menschen, die viel zu lange unter der Knute der expansionistisch veranlagten Solaren Republik hatten leiden müssen, atmeten endlich wieder den lebendigen Duft der Freiheit.

Der Raumhafen war weiträumig abgesperrt von Soldaten der Palastwache, des Royal Red Dragoon Bataillon, handverlesenen Marines des Königreichs sowie der *Skulls*. Alle nur erdenklichen Vorsichtsmaßnahmen waren getroffen worden, um die Sicherheit des Souveräns zu gewährleisten.

Es streiften immer noch vereinzelte Trupps der Solarier in der Stadt umher. Und es war nicht ausgeschlossen, dass es einer schaffte, dem Prinzen viel zu nahe zu kommen.

In Begleitung von Lieutenant Colonel Winston Carmichael, dem Befehlshaber der Dragoons sowie einer Gruppe hochrangiger Offiziere schritt der Prinz mit erhobenem Haupt den roten Teppich entlang, bis er die Abordnung erreichte.

Sie bestand aus Vertretern der Stadt, unter anderem dem Bürgermeister und Chief Inspector Linus Evans sowie einer Gruppe handverlesener Militärs. Zu ihnen zählten nicht zuletzt Dexter, Major General Sabine Dubois, Lieutenant Colonel Carl Randazotti, Konteradmiral Oscar Sorenson sowie Major Melanie St. John. Colonel Derek de Drukker befand sich immer noch mit einem Teil seines Aufgebots im Süden nahe der Stadt Tait.

Wie sich herausstellte, hatte es Triple D bei der Einnahme des südlichen Kontrollzentrums wesentlich einfacher gehabt als die Generalin.

Als die königlichen Bodentruppen gelandet waren, hatten sie gerade noch verhindern können, dass Dubois' und Melanies Stellung überrannt wurde.

Die Anlage im Süden war von Triple D fast im Handstreich genommen worden. Von diesem Moment an hatte er sich still verhalten, um die Besatzer nicht unnötig auf sich aufmerksam zu machen. Bis zu dem Moment, als Sheppard seine Streitmacht in den Einflussbereich der südlichen Verteidigungssatelliten geführt hatte.

Der Prinz kam vor ihnen zum Stehen und alle Anwesenden verneigten sich steif aus der Hüfte heraus. Calvin war noch nicht König, daher wäre ein Kniefall unangemessen gewesen.

Der Prinz näherte sich langsam, damit die zahlreichen Kameras der versammelten Medien auch jede Einzelheit der Zusammenkunft einfangen konnten. Ihre Aufnahmen wurden live ins gesamte Königreich übertragen. Dafür war eigens eine Stafette von Satelliten eingerichtet worden.

Die Ankunft des Prinzen auf Castor Prime wurde voraussichtlich auch in den Nachbarsternennationen des Königreichs empfangen, mit etwas Glück sogar in vereinzelten Untergrundsendern des Solsystems. Je mehr Leute davon erfuhren, was vor sich ging, desto besser.

Es war gelungen, ein paar im Exil lebende Journalisten der Solaren Republik an diesen Ort zu bekommen. Es handelte sich um die letzten wirklich unabhängig agierenden Reporter, die das Solsystem aufbieten konnte.

Sie arbeiteten aus der Ferne, um einigen wenigen Interessierten in der Heimat die Realität des Krieges näherzubringen. Sie gingen ihrer Arbeit unter Lebensgefahr nach. Wurden sie erwischt, dann drohte ihnen bestenfalls Gefängnis. Nicht wenige von ihnen waren seit der Machtübernahme durch Pendergast schlichtweg verschwunden. Der Präsident der mächtigen Solaren Republik duldete keinerlei gegensätzliche Meinung.

Prinz Calvin schritt die Reihe der Würdenträger ab, nahm sich für jeden einzelnen Zeit, unterhielt sich mit ihm oder ihr, beruhigte sogar einige, die sich Sorgen machten bezüglich ihrer Rolle während der Besetzung. Beim Erzbischof von Pollux verweilte der Prinz etwas länger als bei den anderen. Calvin wechselte einige Sätze mit dem Geistlichen, bevor er seinen Rundgang fortsetzte.

Dexter konnte diese Menschen zu einem gewissen Grad verstehen. Einheiten des RIS streiften bereits umher und nahmen Verhaftungen vor. Es wurde aber streng unterschieden zwischen echten Kollaborateuren, die den Solariern aus freien Stücken und bereitwillig gedient hatten, und solchen, die unter Zwang gefügig gemacht wurden. Nicht wenige Unterstützer der Besatzungsmacht waren freiwillig auf die eintreffenden royalen Truppen zugekommen, um sich in deren Hand zu begeben. Es hatte bereits Übergriffe der Zivilbevölkerung gegeben. Einige bekannte Kollaborateure waren am Ende eines Stricks oder mit durchschnittener Kehle in irgendwelchen Seitengassen aufgefunden worden. Es gab unzweifelhaft Menschen, die ihren neu gewonnenen Platz an der Sonne unter dem Schutz einer fremden Macht ein wenig zu viel genossen hatten. Dass die Solarier fort waren, rächte sich nun.

Als der Prinz bei Dexter ankam, bedeutete ihm dieser voranzugehen. Der Flottenoberbefehlshaber des Königreichs übernahm die Führung, der Prinz schloss sich an, genauso wie einige der Offiziere. Die Leibgarde des Royal Red Dragoon Bataillon bildete einen schützenden Kordon, damit Dexter vertraulich mit dem Adligen sprechen konnte. Sorensons Mimik nach zu urteilen, gefiel es ihm gar nicht, ausgegrenzt zu werden. Schon gar nicht, da sein ehemaliger Protegé nun ein bevorzugter Günstling des künftigen Königs zu sein schien.

Der Prinz schwieg zunächst, als sie auf das Gebäude zugingen, das früher die Besatzungsadministration enthalten hatte. Man war übereingekommen aufgrund seiner Lage, seiner Größe und der relativ gut zu verteidigenden Position, das provisorische Hauptquartier darin einzurichten. Der Blick Calvins streifte die Fassade. Brandspuren waren überall ersichtlich. Die Flaggen der Republik waren verschwunden und durch Embleme des Königreichs ersetzt worden. Die Kämpfe um das Areal waren hart gewesen. Man hätte schon blind sein müssen, um dies nicht zu erkennen.

»Nun?«, fragte Prinz Calvin. »Geben Sie mir einen Überblick über die Lage. Aber nur die Kurzfassung bitte.«

Dexter nickte. »Wir haben den Großteil der Hauptstadt sowie ungefähr neunzig Prozent des Planeten von feindlichen Kräften gesäubert und gesichert. Es gibt noch vereinzelte Widerstandsnester, aber sie stellen keine Bedrohung dar. Ich gehe davon aus, dass wir in spätestens zweiundsiebzig

Stunden die komplette Neutralisierung aller solarischen Verbände auf dem Planeten verkünden dürfen.«

»Ausgezeichnet, das sind gute Nachrichten.«

»Es gibt noch mehr«, fuhr Dexter fort. »Sheppard ist uns in die Hände gefallen.«

Der Schritt des Prinzen stockte für einen Moment. Er setzte seinen Weg nach einer minimalen Verzögerung fort. »Ist das bestätigt?«

»In der Tat. Als sich der Kommandant des solarischen Flaggschiffs ergab, wurde der Großadmiral zusammen mit seinem Adjutanten gefangen genommen. Darüber hinaus sind uns eine große Anzahl feindlicher Offiziere aller Ebenen ins Netz gegangen. Von Marine und Heer. Nach unserer Landung haben wir mehr als zwanzigtausend Gefangene gemacht.« Dexter schnaubte. »Die Solarier hatten kaum eine andere Wahl, als sich zu ergeben. Eine Serie von Anschlägen des örtlichen Widerstands hat eine Reihe von Nachschubdepots getroffen. Den Besatzungstruppen ging bereits die Munition aus, als sie sich unseren Einheiten gegenübersahen.«

»Der RIS soll sich sofort an die Arbeit machen und herausfinden, wer von diesen Mistkerlen sich eines Kriegsverbrechens schuldig gemacht haben. Es wird Zeit, dass die Gerechtigkeit nach Castor Prime zurückkehrt.«

»Ich spreche später mit Admiral Lord Connors darüber.«

Sie erreichten den Eingang des Gebäudes. Soldaten der Palastwache standen Spalier und nahmen Haltung an, als der Prinz ihre Formation passierte.

»Sonst noch etwas?«

»Allerdings.« Dexter grinste und deutete auf einen wartenden Offizier in der schmucken weißen Uniform eines royalen Admirals. Prinz Calvins Gesicht hellte sich auf. Er streckte beide Hände nach dem Mann aus. Dieser verneigte sich zuerst, dann nahm er den Handschlag seines Prinzen dankbar an.

Vizeadmiral Oliver Lord Lambert, Kommandant der Heimatflotte, hatte durch sein Opfer dafür gesorgt, dass der Prinz von der belagerten Heimatwelt hatte entkommen können. Sein Schicksal war allerdings bis heute unbekannt gewesen.

»Euer Lordschaft«, begrüßte Calvin den Offizier. »Was für eine große Freude, Euch lebend und wohlauf zu sehen!«

Der Admiral neigte den Kopf, in seinen Augen schimmerte es feucht. Er wirkt abgehärmt und ausgemergelt. Ein Tribut an die Zeit seiner Gefangenschaft.

»Wir haben ein Kriegsgefangenenlager befreit und dabei Admiral Lord Lambert gefunden. Ihn und eine Menge Offiziere und Mannschaften der Heimatflotte.« Dexter empfand nicht wenig Genugtuung darüber, dass sie dem Feind so viele Kämpfer des Königreichs hatten entreißen können.

»Euer Hoheit«, erwiderte der Kommandant der Heimatflotte, »willkommen auf Castor Prime!«

»Ich befürchtete schon das Schlimmste, als ich von der Kapitulation der Heimatflotte hörte.« Der Prinz brach schuldbewusst ab, als er die Scham im Gesicht seines Gegenübers wahrnahm. Er packte den Admiral bei den Schultern. »Es war nicht Eure Schuld. Niemand hätte mehr tun können.«

Der Mann schluckte, wollte etwas sagen, aber seine Stimme versagte ihm den Dienst. Dexter fühlte Mitleid in sich aufsteigen. Admiral Lord Lambert hatte länger und härter gekämpft als viele andere. Er hatte Castor Prime praktisch bis zum letzten Torpedo verteidigt und erst aufgegeben, als seinen Schiffen die Munition und den Jägern der Treibstoff ausging.

Der Kommandant der Heimatflotte neigte abermals voller Respekt das Haupt. Dexter sah einen gebrochenen Mann vor sich. Der Verlust seines Kommandos, seiner Heimatwelt sowie seines Königs hatte Lambert bis ins Mark erschüttert. Trotz der zurückgewonnenen Freiheit würde er unter Umständen nie wieder derselbe sein.

»Euer Hoheit«, erinnerte Dexter den Prinzen, »es gibt noch mehr zu besprechen.«

Calvin nickte. »Wir reden später weiter«, wandte er sich an Lambert. Dieser zog sich mit immer noch geneigtem Haupt zurück.

Der Prinz und Dexter setzten ihren Weg fort, die Entourage folgte. »Was gibt es sonst noch?«, wollte Calvin wissen.

Dexter atmete tief ein. »Ich befürchte, mein Reservoir an guten Nachrichten ist aufgebraucht. Die übrig gebliebenen Lagrange-Forts sind immer noch mit solarischen Besatzungen besetzt. Um die werden wir uns schnellstens kümmern müssen. Wir können nicht zulassen, dass befestigte feindliche Stellungen weiterhin innerhalb des Systems existieren.«

Er verlangsamte seine Schritte. »Und da wäre außerdem die Sache mit den Kronjuwelen.«

Calvin blieb unwillkürlich stehen. »Was ist mit den Juwelen?«

»Sie wurden ein Opfer der Plünderungen«, stellte Dexter klar. »Der Krieg der Republik gegen das Königreich ist gleichzeitig ein Raubkrieg. Pendergast hat sich alles von Wert unter den Nagel gerissen. Er versucht offenbar, damit seine schwindende Kriegskasse aufzubessern.«

»Dann werde ich also ohne Kronjuwelen gekrönt. Habe ich Sie in diesem Punkt richtig verstanden?«

»Ja, Euer Hoheit. Es lässt sich leider nicht vermeiden. Dafür dürfen Sie sich bei Pendergast bedanken. Die Juwelen befinden sich als Kriegsbeute entweder auf der Erde oder der Drecksack hat sie bereits veräußert. Was mit Ihnen geschehen ist, werden wir wahrscheinlich nie herausfinden.«

Prinz Calvin seufzte. »Na schön. Es bringt nichts, mit etwas zu hadern, das unabänderlich ist. Wann findet die Krönung statt?«

»So schnell wir die Vorbereitungen treffen können. Ich würde sagen, in zwei bis drei Tagen. Jede Verzögerung spielt ausschließlich Pendergast in die Hände.«

»Gut, dann machen wir es so.« Der Prinz rieb sich den Nasenrücken zwischen Daumen und Zeigefinger.

»Ihr solltet Euch ausruhen. Die nächsten Tage werden hektisch genug. Ihr werdet Eure Kraft noch dringend brauchen.«

»Ja ... ja, Sie haben recht. Halten Sie mich auf dem Laufenden. Falls es wichtige Neuigkeiten gibt, so können Sie mich jederzeit aufsuchen. Meine Leibwachen haben Anweisungen, Sie zu jeder Tages- und Nachtzeit zu mir durchzulassen.«

»Ich verstehe. Aber stören werde ich Sie nur in einem äußerst dringlichen Fall.«

Dexter verneigte sich und der Prinz marschierte an ihm vorbei die Treppe hoch. Man hatte bereits das Domizil des ehemaligen solarischen Militärgouverneurs für Prinz Calvin vorbereitet. In Dexters Kopf ratterte es unentwegt. All die Baustellen gingen ihm durch den Kopf, denen er sich jetzt widmen musste, angefangen von dem zerstörten Verteidigungsnetzwerk über der nördlichen Hemisphäre, der Übernahme der Lagrange-Forts bis hin zu den Vorbereitungen für die Krönungsfeierlichkeiten. Eine unendlich erscheinende Liste von Problemen erforderte seine

Aufmerksamkeit. Und doch gab es etwas, was ihn für den Augenblick mehr beschäftigte als der Krieg an sich.

Als Randazotti an ihm vorüberging, hielt er diesen kurz auf. »Colonel? Ich möchte Sie um einen Gefallen bitten. Könnten Sie jemanden für mich ausfindig machen?«

Lieutenant Colonel Lennox Christian wartete, bis die Aufnahme von Merkurs Geständnis dreimal komplett gesendet wurde.

Ramsay Dawson stand auf einmal unmittelbar neben ihm. »Und? Wie sieht es aus?«

»Das sollte eigentlich genügen«, antwortete der Marine-Colonel. »Jetzt kann die Aufzeichnung niemand mehr unterdrücken oder verschwinden lassen. Dafür haben sie schon zu viele gesehen.«

»Keine Sekunde zu früh. Wir kriegen Probleme.«

Lennox warf dem Private einen fragenden Blick zu – dann krachte es aus dem Korridor. Sergeant Wolfgang Koch und drei *Skulls* rannten ins Studio. Der Scharfschütze humpelte.

»Wir brauchen jetzt dringend einen Ausweg. Die Solarier sind verdammt sauer.«

Lennox wirbelte zu der Anchorwoman herum. »Gibt es hier einen Hinterausgang?«

Das Gesicht der Frau zeigte ein bösartiges Grinsen. »Keiner, der unbewacht ist. Ihr verdammten Royalisten seid am Arsch. Hier kommt ihr nicht mehr weg.«

»Was ist mit dem Dach?«, wollte Ramsay wissen.

»Ich befürchte, das kommt nicht infrage«, mischte sich Hermes ein. »Soeben landet ein Hubschrauber und setzt Sondereinsatzkommandos ab. Sie arbeiten sich in diesem Moment nach unten vor.«

»Hermes? Wir brauchen einen Weg hier raus«, forderte Lennox. »Irgendwelche Vorschläge?«

Die KI schwieg für einen Moment. »Ich habe möglicherweise eine Lösung«, verkündete sie schließlich. »Ich habe die Baupläne des Gebäudes heruntergeladen. Es gibt unter diesem Areal eine stillgelegte Magnetbahntrasse. Die TV-Anstalt besitzt sogar einen eigenen Bahnhofanschluss.

Der Zugang ist allerdings zugemauert. Wir müssten uns den Weg freisprengen.«

»Sind solarische Truppen da unten?«

»Soweit sich das feststellen lässt, nicht. Könnte sein, dass unsere Freunde von der Republik nicht einmal darüber Bescheid wissen.«

»Dann ist das unser Weg hier raus«, ordnete Lennox an. »Barrera?«

Der Gunny nickte. Unter vorgehaltener Waffe scheuchte der Gunnery Sergeant die Belegschaft des Studios in einen angrenzenden Raum und verschloss die Tür.

Schwere Militärstiefel waren zu hören. Die unverwechselbaren Geräusche kamen aus Richtung des Treppenhauses. Gleichzeitig zerriss eine Explosion den Korridor, durch den die kleine Truppe das Fernsehstudio betreten hatte. Koch grinste. »Die Solarier haben offenbar unser Geschenk gefunden.«

Lennox nickte abgekämpft. »Wir sollten jetzt besser verschwinden. Barrera, Sie decken den Rückzug.«

Der Gunny nickte. Gemeinsam mit Ramsay Dawson, Wolfgang Koch und einer Handvoll *Skulls* blieb der bullige Unteroffizier zurück. Lennox führte den Rest der Truppe ohne Umschweife in den Keller. Schon nach wenigen Sekunden war hinter ihnen ein Feuergefecht zu hören.

Im untersten Geschoss des Gebäudes angekommen, erreichten sie einen Raum, aus dem es allem Anschein nach kein Entkommen gab. Lennox fuhr mit einer Hand über die Mauer, vor der sie standen. Sie war Jahrzehnte alt.

»Hier sind wir richtig«, erklärte Hermes. »Wir müssen sie durchbrechen und dann Richtung Norden. In ungefähr drei Kilometern kommen wir ins Freie. Dann sind es nur noch zwanzig Klicks bis zum nächsten Raumhafen.«

Lennox nickte. »Und dann kaufen wir uns eine sichere Passage vom Planeten. Wir werden bestimmt keine Schwierigkeiten haben, einen Schmuggler zu finden, der uns an der Blockade vorbeibringt.« Der Marine-Colonel tätschelte seine Jacke. Dank des RIS brauchten sie sich um Geld keinerlei Sorgen machen. Dieses Geschäft würde sich keine zwielichtige Gestalt entgehen lassen.

Lennox stieß einen Schwall Luft aus. »Also gut, machen wir, dass wir wegkommen.« Er hob auffordernd beide Hände. Einer seiner Leute warf ihm zwei Sprengsätze zu. Der *Skull*-Offizier war gerade dabei, sie anzubringen, als Barrera, Ramsay, Wolfgang und zwei weitere *Skulls* die Treppe heruntersprinteten, indem sie drei Stufen auf einmal nahmen.

»Wir sollten uns langsam beeilen«, drängte Barrera. »Das sind keine 08/15-Soldaten.«

Der Gunny hatte noch nicht ausgesprochen, da marschierten schon Seite an Seite solarische Schocktruppen die Stufen herab. Sie waren mit Schutzausrüstung inklusive Helm und Metallschild ausgestattet. Barrera reagierte augenblicklich. Mit seinem kybernetischen Arm riss er einem der Männer den Schild aus den Händen und schoss mit seiner Neunmillimeter unter den Helm des Soldaten. Blut spritzte von innen gegen das Visier. Der Schocktruppler stürzte und Barrera hämmerte den Schild mit der ganzen Gewalt seines künstlichen Armes gegen dessen Nebenmann.

Lennox arbeitete trotz der brenzligen Situation äußerst präzise. Während seine Marines den Gegner beschäftigten, vervollständigte er seine Arbeit an den Sprengsätzen. Die Schocktruppler gingen in den Nahkampf über. Ramsay wurde durch einen Messerstich am Brustkorb verwundet. Nach Atem ringend, ging er zu Boden. Wolfgang zog seinen Kameraden aus der Gefahrenzone, während die Marines die solarischen Soldaten die Treppe wieder hinauftrieben. Dabei ließen diese fast ein Dutzend Tote und Verwundete zurück.

Barrera wandte sich um. »Tun Sie es! Jetzt!«

Lennox war unsicher. Der Raum war sehr beengt. Andererseits würden die Richtladungen die Sprengwirkung nur in den Tunnel hinter der Mauer leiten. Mit etwas Glück blieben die zu erwartenden Blessuren überschaubar.

Lennox zog den Kopf ein und drückte auf den Auslöser. Die Mauer löste sich in einem Schauer aus Mörtel, Staub und Kiesel auf. Lennox' Ohren klingelten und in seinem Kopf dröhnte es bestialisch. Der Weg aber war frei.

Wolfgang drückte den humpelnden Ramsay einem der Marines in die Hand. Lennox deutete auf den frei gewordenen Zugang. Nacheinander sprangen die Männer und Frauen hindurch.

Etwas rollte klappernd die Stufen herab. Lennox hatte noch die Gelegenheit, einen eiförmigen Gegenstand wahrzunehmen.

»Granate!«, schrie der Scharfschütze und warf sich im selben Moment gegen Barrera und Lennox. Er riss die beiden Männer aus der Sprengzone, als die Handgranate detonierte.

Der Schwung trieb alle drei aus dem Loch in der Wand. Lennox landete mit dem Rückgrat schwer auf dem Gleis und keuchte vor Schmerz.

Barrera war als Erster wieder auf den Füßen, ein Sturmgewehr in der Hand. Er gab Salve um Salve auf die solarische Spezialeinheit ab.

Lennox rappelte sich auf. Erst jetzt wurde ihm bewusst, dass Wolfgang Koch wie am Spieß brüllte. Er rollte ihn auf den Rücken. Jedes Wort blieb ihm im Halse stecken. Die Beine des Scharfschützen hatten die Explosion der Handgranate in vollem Umfang abbekommen.

»Ist schlimm, was?«, fragte der Scharfschütze zwischen zusammengebissenen Zähnen.

Lennox' erste Regung bestand darin, den Mann anlügen zu wollen. Er brachte es nicht übers Herz. »Ja, ziemlich schlimm«, bestätigte er. »Aber ein guter Arzt kriegt das wieder hin. Versprochen.«

Wolfgang rang sich ein Lächeln ab. »Tut mir leid, Colonel, aber wir wissen es beide besser. Mein Weg endet hier.«

»So was will ich nicht hören, Sergeant.«

»Sie können mich nicht mitschleppen«, beharrte der Scharfschütze. »Dann kriegen sie uns alle. Geben Sie mir ein Gewehr und setzen Sie mich an eine gute Position. Ich verschaffe Ihnen Zeit.«

»Sergeant ... Wolfgang ... das kann ich nicht. Das ...« Lennox spürte eine Hand auf seiner Schulter. Als er aufsah, bemerkte er Barreras mitfühlenden Gesichtsausdruck über sich. Die Finger des Gunnys drückten ganz leicht zu. Der *Skull*-Offizier gab seinen Widerstand auf. Er legte ein letztes Mal seine Hand auf Wolfgangs, erhob sich und wandte sich von dem ab, was nun folgen musste.

Barrera schleifte Wolfgangs zerschundene Gestalt in eine Position, von der aus er das Loch in der Wand gut unter Dauerfeuer nehmen konnte. Der Gunny drückte ihm eines der Sturmgewehre in die Hand. Zu guter Letzt legte er ein paar Magazine sowie einen Gürtel mit Granaten neben den Scharfschützen.

Die zwei Soldaten wechselten ein paar Worte. Lennox verstand nicht, worüber sie redeten. Vermutlich nahmen sie einfach Abschied.

Barrera stand auf und marschierte stocksteif an Lennox vorüber. »Gehen wir, Colonel. Hier gibt es nichts mehr für uns zu tun.«

Lennox vermied es, den Scharfschützen anzusehen. Er hatte auch früher schon Leute im Gefecht verloren. Doch einen seiner Männer auf diese Art zurückzulassen, das hatte eine besondere Qualität, die sich schwer in Worte fassen ließ. Niemand, der so etwas nicht auch schon erlebt hatte, verstand, was in dem Colonel vor sich ging. Er wusste, Wolfgang würde sie nur aufhalten. Dessen Einschätzung gab die Realität recht gut wieder. Deswegen musste ihm aber trotzdem nicht gefallen, ihn hier seinem Schicksal zu überlassen.

Die geschrumpfte Gruppe rannte, so schnell es ihre Verwundeten zuließen, den Tunnel entlang. Schon bald verlor sich Wolfgang Kochs Gestalt in der Finsternis hinter ihnen.

Es dauerte nicht lange und Schüsse hallten ein Echo werfend durch die Dunkelheit. Sie sahen bereits Licht, als hinter ihnen eine Reihe von Explosionen dröhnten.

Ramsay Dawson sagte die gesamte Zeit über nichts. Er erlaubte es seinen Freunden kommentarlos, ihn zu stützen, während sie vor den herannahenden Solariern flohen.

Lennox hing währenddessen seinen eigenen Gedanken nach. Wolfgang Koch war ein guter Mensch und ein guter Soldat gewesen. Er hatte Ehre besessen und das Leben seiner Freunde höher eingeschätzt als das eigene. Und eines war mal sicher: Er war nicht kampflos gestorben.

29

Dexter sah betreten zu Boden. Er warf Randazotti einen beinahe schon verschämten Blick zu. »Ich danke Ihnen.«

Der Colonel nickte. »Es war gar nicht so einfach, Ihre Freundin zu finden.«

»Wenn es Ihnen nichts ausmacht, dann würde ich sie kurz alleine begrüßen.«

»Selbstverständlich.« Randazotti blieb diskret zurück, als Dexter mehrere Schritte nach vorne trat.

»Hallo, meine alte Freundin!«, sagte er zu dem Grabstein von Major Akina Shigamura. Er ließ sich auf das rechte Knie nieder. Das Grab wurde von einem einfachen Grabstein dominiert. Die Blumen waren geschmackvoll angeordnet. Jemand kümmerte sich sehr liebevoll um die letzte Ruhestätte der ehemaligen *Skull*-Offizierin.

Dexter erinnerte sich noch sehr gut an die Kampfpilotin, die die Staffeln der *Skulls* beim Cascade-Zwischenfall kommandiert hatte. Als der Kampf gegen die *Sigma Riders* losbrach, hatte sie sein Shuttle verbissen verteidigt und war dabei abgeschossen worden. Sie hatte bei dem Gefecht beide Beine verloren und war ehrenhaft aus dem Dienst ausgeschieden.

Dexter hatte während seiner Zeit bei den *Skulls* viele gute Leute kommen und gehen sehen. Viel zu viele hatte er im Kampf verloren. Aber kaum jemand war ihm so deutlich im Gedächtnis geblieben wie diese Frau. Sie hatte ihm das Leben gerettet und dafür war sie im Rollstuhl gelandet. Für ihren Wagemut und ihre Hingabe würde er ihr immer dankbar sein. Insgeheim hatte er sich ab und zu über ihren Verbleib erkundigt. Das Letzte, was er hörte, war, dass sie auf ihre Heimatwelt Castor Prime heimgekehrt sei. Bei Kriegsbeginn hatte er sie allerdings aus den Augen verloren.

Dexter erinnerte sich später nicht daran, wie lange er vor dem Grab Shigamuras verharrt hatte. Am Ende sprach er ein Gebet. Mit seinen letzten Worten wandte sich Dexter an den Schutzpatron der Soldaten: »Heiliger Erzengel Michael, verteidige uns im Kampfe.« Er neigte den Kopf und erhob sich. Wo immer Akina nun weilte, er hoffte, sie hatte ihn gehört.

Randazotti wartete immer noch geduldig an derselben Stelle, an der Dexter ihn verlassen hatte. Er kehrte zu ihm zurück und der Colonel machte ein verdrießliches Gesicht. »Es tut mir sehr leid, Admiral. Ich hätte mir gewünscht, Ihnen bessere Neuigkeiten über Ihre Freundin zukommen zu lassen.«

Dexter nickte dankbar und sah sich zu dem Grab um. »Wie ist das passiert?«

Randazotti schnalzte mit der Zunge. »Als die Säuberungen begannen und die Solarier von Haus zu Haus gingen, um aktive oder ehemalige königliche Soldaten aufzuspüren, da klopften sie irgendwann auch an Shigamuras Tür.« Ein unpassendes Grinsen verzog seine Lippen und der Schalk blitzte in den Augen des Colonels. »Diese Frau war wirklich zäh. Sie ließ ein Donnerwetter über den Solariern ausbrechen. Selbst im Rollstuhl warf sie die Kerle aus dem Haus.« Der Colonel wurde schnell wieder ernst. »Dafür haben sie sie erschossen.« Er schüttelte den Kopf. »Eine unbewaffnete Frau im Rollstuhl – und diese Dreckskerle haben sie einfach erschossen.«

»Dafür werden sie büßen«, versprach Dexter.

Die Komlinks beider Offiziere aktivierten sich gleichzeitig und sie erhielten zur selben Zeit dieselbe Meldung. Der Admiral und der Colonel erstarrten, sahen sich für einen Augenblick an und rannten dann zu ihrem Wagen zurück. Randazotti quetschte sich hinter das Lenkrad und brauste los, noch ehe Dexter seine Tür zur Gänze geschlossen hatte.

»Dass es so schnell geht, den Solariern einen Denkzettel für Shigamura zu verpassen, hätte ich nicht gedacht«, presste Dexter hervor.

Randazotti brauste wie ein Irrer mit halsbrecherischer Geschwindigkeit durch die Straßen der Stadt. Er erwiderte nichts, war total auf den Verkehr konzentriert.

Dexter aktivierte seinen Komlink und wählte die Frequenz des Prinzen. Dieser bestätigte augenblicklich eine Zwei-Wege-Verbindung.

»Ich höre?«

»Euer Hoheit? Die Solarier sind schon hier. Feindliche Verbände dringen derzeit über drei Lagrange-Punkte in das System ein.«

»Was ist mit den Forts?«, wollte der Prinz wissen.

»Wir konnten sie noch nicht zur Kapitulation zwingen. Die Zeit hat nicht gereicht. Sie befinden sich immer noch in republikanischer Hand.«

»Das bedeutet, die Lagrange-Punkte fielen kampflos an den Feind.«

»Ich befürchte, so ist es. Admiral Sorenson hat vorsorglich unsere Wachschiffe zum Planeten zurückgezogen. Sie hätten dort draußen ohnehin nichts ausrichten können.«

»Wurde schon verifiziert, wer sie anführt?«

Dexter wartete einen Augenblick mit der Antwort, bevor es ihm gelang, sie über seine Lippen zu bringen. »Die ARES wurde zweifelsfrei identifiziert.«

»Gorden«, brach es aus dem Prinzen heraus. »Er kommt also persönlich, um die Angelegenheit zu einem Ende zu bringen.«

»In der Tat, Euer Hoheit, wir müssen Euch sofort in Sicherheit bringen. Die Kathedrale ist während einer Schlacht kein Ort für den Prinzen des Vereinigten Kolonialen Königreichs.«

Calvin brauchte keine Sekunde, um eine Entgegnung zu formulieren. »Nein, ich bleibe. Wir ziehen das jetzt durch. Sie haben mich hergebracht, damit ich gekrönt werden kann. Also werde ich gekrönt. Und falls ich währenddessen sterbe, dann hat es die Vorsehung eben so gewollt. Wie auch immer mein Schicksal aussehen wird, das Volk des Königreichs wird dessen Zeuge sein.«

Dexter war für einen Moment sprachlos angesichts des Mutes und der Entschlossenheit, die die Stimme seines Prinzen verströmte. Das war nicht länger der unsichere, von Selbstzweifeln geplagte junge Adlige, den er bei Kriegsbeginn von Castor Prime gebracht hatte. Das war ein Prinz, der heute zum König wurde, und es war ein Souverän, dem Dexter mit Stolz dienen konnte.

»Wenn Ihr entschlossen seid, diese Krönung auch in den Wirren einer Schlacht durchzuziehen, dann werden wir dafür sorgen, dass Euch Gordens Schergen nicht zu nahe kommen.«

Die ARES schob sich gemächlich an den unzähligen Kampfschiffen vorbei, die ihren Weg säumten. Gorden hatte alles zusammengezogen, was er irgendwo hatte loseisen können.

Vor ihm änderte sich sein Hologramm. Die königlichen Wachschiffe zogen sich eilig zum Hauptplaneten zurück.

Die Lagrange-Forts sandten Grüße an sein Flaggschiff und hießen ihn willkommen. Er vermochte die Erleichterung der Besatzungen körperlich zu spüren. Ohne sein Eingreifen wären sie vor die Wahl Kapitulation oder Tod gestellt worden. Kein Wunder, dass ihre Freude fast überschwappte. Der Gestank von Feigheit drang ihnen aus jeder Pore.

Die Flotte sammelte sich eine halbe AE jenseits des massereichsten Planeten des Systems. Von dort aus waren es nur noch knapp sechshunderttausend Kilometer zum Orbit von Castor Prime. Und zum endgültigen Sieg.

Major Lars Helwig trat an seine Seite. »Die royalen Kräfte sammeln sich außerhalb des Orbits. Sie beschränken die Verteidigung ausschließlich auf den Planeten.«

Gorden winkte ab. »Welche Alternative hätten sie denn auch? Was ist mit dem Verteidigungsnetzwerk?«

»Südliche Hemisphäre intakt, nördliche inaktiv. Laut unseren Sensoren ist das Innenleben der Satelliten verschmort.«

»Ich verstehe. Dann konzentrieren wir unsere Angriffe auf den Norden.« Der Großadmiral rieb sich begierig die Hände. Sein Adjutant war aber noch nicht fertig.

»Unsere Sensoren orten mehrere Satelliten in der Nähe einiger Lagrange-Punkte. Sie bereiten offenbar eine Liveübertragung vor. Ich lasse sie von unseren Jägern zerstören.«

Der Major wandte sich ab, wurde aber von seinem Befehlshaber zurückgehalten. »Nein, warten Sie. Lassen Sie den Royalisten diesen kleinen Spaß. Sollen sie nur übertragen, was immer sie wollen. Die Menschen des Königreichs werden live miterleben, wie all ihre Hoffnungen und Träume von der Freiheit schwinden, sobald sie ihren Prinzen vor laufenden Kameras sterben sehen.«

Der Wagen kam quietschend und schlitternd vor dem Hauptquartier zum Stehen. Auf dem nahe gelegenen Raumhafen herrschte bereits rege Betriebsamkeit. Offiziere wurden zurück auf ihre Schiffe gebracht und unaufhörlich verließen Tender mit Nachschub den Abflugbereich.

Randazotti und Dexter stiegen aus. Bereits auf den Treppen wurden sie erwartet. Aber weder von Hastings noch von Sorenson, wie Dexter gedacht hatte. Es war Vizeadmiral Oliver Lord Lambert. In der Begleitung des Kommandanten der Heimatflotte befand sich eine Reihe weiterer Offiziere. Es handelte sich ausnahmslos um Männer und Frauen, die aus der Gefangenschaft befreit worden waren.

Lambert fungierte als Wortführer der Gruppe. Er trat Dexter selbstbewusst entgegen, während dieser die Stufen hocheilte.

»Meine Damen, meine Herren«, versuchte er, die Versammlung abzuwimmeln. »Ich habe leider nur wenig Zeit. Was immer für ein Anliegen Sie auch herführt ...«

»Wir wollen helfen«, fiel Lambert ihm ins Wort.

Dexter blieb derart schlagartig stehen, dass Randazotti beinahe gegen seinen Rücken geprallt wäre. Der Armeeoffizier konnte gerade noch rechtzeitig innehalten.

»Wie darf ich das verstehen?«, wandte sich Dexter erstmals direkt an den ehemaligen Befehlshaber der Heimatflotte.

»Es mangelt Ihnen an Schiffen und Soldaten. Wir haben zwar das eine nicht, dafür aber das andere. Lassen Sie uns daran mitwirken, den solarischen Angriff zurückzuschlagen.«

Dexter wusste im ersten Moment nicht, wie er darauf reagieren sollte. Da stand eine Horde von der Gefangenschaft gezeichneter Offiziere vor ihm und verlangte, an der anstehenden Schlacht beteiligt zu werden.

Er hob beschwichtigend beide Hände. »Hören Sie, das Angebot weiß ich wirklich zu schätzen, aber Sie sind kaum in der Verfassung, ein Gefecht durchzustehen.« Dexter sah sich bedeutsam um. »Keiner von Ihnen.«

Der Vizeadmiral deutete auf die Menschen hinter ihm. »Hier stehen Hunderte von Jahren der Erfahrung versammelt, bereit, erneut dem Königreich zu dienen. Wir mögen im Augenblick nicht nach viel aussehen, aber ich versichere Ihnen, wir sind willens, unseren Beitrag zu leisten. Und ganz offen gestanden, Blackburn, Sie können es sich nicht erlauben,

Hilfe irgendwelcher Art abzulehnen.« Dexter zögerte, was Lambert als Aufforderung zum Weitersprechen auffasste. »Beurteilen Sie uns nicht nach dem Aussehen. Unsere Entschlossenheit und Hingabe gegenüber Heimat, König und Volk sind ungebrochen.«

Dexter leckte sich über die Lippen. Mit seinen Worten rannte Lambert offene Türen ein. Das Angebot war ohne Zweifel verführerisch. Es gab dennoch ein Problem. »Selbst wenn ich bereit wäre, Ihren Vorschlag in Erwägung zu ziehen, wir haben nicht genug Schiffe für Ihre Leute und Sie. Wo soll ich Sie einsetzen?«

Lambert grinste und Dexter erkannte, dass er dem alten Haudegen in die Falle gegangen war. »Sie haben solarische Schiffe erbeutet. Nach dem, was man so hörte, sogar eine Menge.«

Dexter stutzte. Randazotti nutzte die erzwungene Ruhepause, um an ihn heranzurücken und ihm ins Ohr zu flüstern: »Die gekaperten Schiffe befinden sich auf der anderen Seite des Planeten. Die könnten für Gorden eine große Überraschung werden.«

Dexter dachte ernsthaft über den Vorschlag nach. »Und sie könnten zum Zünglein an der Waage werden«, stimmte er widerwillig zu. Es schmeckte ihm nicht, wenn man ihn überrumpelte. Aber Lambert hatte recht. Jedes einzelne Schiff könnte in der bevorstehenden Schlacht den Unterschied zwischen Sieg oder Niederlage ausmachen. Aber diese ausgemergelten Gerippe gegen ausgeruhte, wohlgenährte republikanische Berufssoldaten in den Kampf zu schicken, hieß unter Umständen, Schafe zur Schlachtbank zu treiben. Das behagte ihm kein bisschen.

Lambert ging auf ihn zu, bis sie nur noch zwei Schritte voneinander trennten. »Ich habe diese Welt verteidigt und habe sie an den Feind verloren. Bitte lassen Sie sie mich ein weiteres Mal verteidigen und dabei helfen, ihre Bevölkerung weiterhin in Freiheit zu belassen.«

Dexter hätte beinahe aufbegehrt und Lambert darauf hingewiesen, dass der Verlust von Castor Prime an den Feind nicht seine Schuld gewesen war. Eine überwältigende Übermacht hatte Lambert gegenübergestanden. Die Kapitulation der Heimatflotte – so bedauerlich und schmerzlich sie auch gewesen sein mochte – hatte höchstwahrscheinlich Leben gerettet und die Leiden der Zivilbevölkerung verkürzt.

Dexter blieben die Worte im Hals stecken. Was immer er auch sagen würde und welche Meinung er auch immer persönlich vertrat, all das spielte für Lambert keine Rolle. Die Kapitulation der Heimatflotte und der Verlust von Castor Prime stellten einen Makel auf dessen Ehre dar, den dieser unbedingt getilgt sehen wollte.

Dexter spürte, wie sich sein Kopf fast gegen das eigene Zutun in einem zustimmenden Nicken von oben nach unten bewegte. »Sie werden mindestens zehn Stunden brauchen, um die Beuteschiffe gefechtsklar zu kriegen. Am besten, Sie beeilen sich.«

Plötzlich zeigte das Gesicht Lamberts ein jungenhaftes Grinsen. »Wir schaffen es auch in fünf.« Er lachte kurz auf. »Ehrlich gesagt, haben wir bereits vor einer Stunde damit begonnen, die gekaperten Schiffe mit Besatzungen auszustatten.«

Dexter verzog das Antlitz. Er schwankte zwischen Verärgerung und Belustigung. Er dachte daran, wie viel Flottenpersonal bei der Öffnung des Gefangenenlagers befreit worden war. »Haben Sie denn genug Leute, um alle Kampfraumer zu bemannen?«

»Wahrscheinlich doppelt so viel wie nötig«, versicherte der Vizeadmiral. »All jene, für die es keinen Platz mehr gibt, werden am Boden bei der Verteilung von Nachschub oder bei der Verteidigung der Stadt helfen. Es wird auf jeden Fall genug zu tun geben.«

Dexter salutierte vor dem alten Admiral. »Dann sehen wir uns nach der Schlacht wieder.«

Lambert erwiderte die Ehrenbezeugung voller neu erwachtem Stolz. Der Mann drehte sich um und führte die Schar Offiziere die Stufen hinab auf wartende Fahrzeuge zu.

»Ich möchte nicht in Gordens Haut stecken.« Randazotti verschränkte die Arme vor der Brust. Dexter nickte wortlos. Diese Offiziere des Königs hatten noch eine Rechnung mit der Solaren Republik zu begleichen. Und sie würden die Zeche einfordern.

Mit einem entschlossenen Ruck drehte sich Dexter um und rannte die letzten Stufen zum Eingang des Hauptquartiers hinauf. Randazotti blieb dicht bei ihm. Soldaten der Colonial Royal Army waren dabei, den Zugang mit Sandsäcken und MG-Nestern zu sichern. Des Weiteren wurde sowohl rund um das Hauptquartier als auch beim Raumhafen Flugabwehr aufgebaut.

Schwer gepanzerte Truppen, unter anderem auch mit Exoskeletten ausgestattet, nahmen Aufstellung, um die Solarier in Empfang zu nehmen.

Dexter hätte gern etwas anderes angenommen, aber es war schlichtweg utopisch zu glauben, sie könnten Gordens Divisionen an der Landung hindern. Dafür waren die zu zahlreich und die Royalisten zu wenige. Ihre einzige Hoffnung bestand darin, den Gegner landen zu lassen, um ihn dann in verlustreiche Häuserkämpfe zu verwickeln. Vielleicht gelang es ihnen, dass die feindlichen Einheiten sich verzettelten.

Das Duo fand Oscar Sorenson im taktischen Planungssaal des Gebäudes. Dexter blieb für einen Moment stehen und bestaunte die imposante Ausstattung. Man konnte über die Solarier behaupten, was man wollte, aber ihre Ausrüstung war erstklassig.

Admiral Oscar Sorenson, der Befehlshaber der *Skulls*, stand vor einem Holotank, der beinahe so groß war wie die komplette Flaggbrücke der Odysseus. Er nahm den gesamten Raum ein.

Das verdammte Ding war sogar begehbar. Eine Vielzahl royaler Offiziere tummelte sich im Inneren und besprach gedämpft die taktische Lage. Und die wurde von Minute zu Minute kniffliger.

Sorenson sah auf, als sich Dexter näherte. Das Hologramm leuchtete blau auf der ansonsten bleichen Gesichtsfarbe des Admirals.

»Und, wie sieht es aus?«, wollte Dexter ohne Umschweife wissen.

»Gordens Einheiten sammeln sich bei L1, L4 und L5. Bisher machen sie aber keine Anstalten vorzurücken.«

»Das wird er auch noch eine Weile nicht. Seine Verbände werden erst gegen uns vorgehen, wenn alle seine Streitkräfte durch den Lagrange-Punkt sind. Darüber hinaus wird er auf den Nachschub warten. Gorden wird es tunlichst vermeiden, Sheppards Fehler bei Selmondayek zu wiederholen. Er wird mobile Nachschubbasen mitbringen und diese installieren, bevor der eigentliche Angriff rollt. Diese Schlacht wird nicht nur durch die Anzahl der Geschütze entschieden, sondern auch durch den besseren und organisierter laufenden Nachschub. Gorden weiß das. Er ist beileibe kein Idiot.«

Sorenson rümpfte die Nase. »Leider. Trottel waren mir als Gegner schon immer die liebsten.«

Dexter lächelte. »Gorden ist arrogant und von seinem Sieg überzeugt. Das muss uns als Vorteil genügen. Wo sind Sokolow und Verhofen?«

Sorenson deutete auf eine Gruppe Symbole, die sich abseits der voraussichtlichen Anmarschwege in Stellung gebracht hatten. »Sie warten

291

dort mit heruntergefahrenen Systemen. Das wird eine ziemliche Überraschung für den alten Gorden.«

»Und nicht die einzige«, erwiderte der Flottenoberbefehlshaber. Auf einen fragenden Blick Sorensons sah er sich zu einer weiteren Erklärung genötigt. »Ich habe gestattet, dass Lambert und die befreiten Kriegsgefangenen die solarischen Beuteschiffe bemannen.«

»War das klug?« Sorenson wirkte nicht überzeugt.

»Klug vielleicht nicht, aber ich habe nur wenig Optionen.«

»Die hat keiner von uns«, warf Sorenson süffisant ein.

»Wann beginnt die Krönung?«

»In etwa zwei Stunden«, gab Sorenson zurück. »Die Kathedrale wird von der Palastwache, dem Royal Red Dragoon Bataillon sowie Teilen zweier CRA-Divisionen geschützt. Falls die Solarier tatsächlich an den Prinzen rankommen, dann steht bereits die komplette Stadt in Flammen und wir haben ohnehin verloren.«

Dexter nickte. »Ich denke, wir haben an alles gedacht.«

»Hoffentlich«, meinte Sorenson. »Falls nicht, wird Gorden uns bestimmt gerne auf unsere Fehler aufmerksam machen.«

Das Hologramm teilte sich auf. Die linke Hälfte beschäftigte sich mit der Raum-, die rechte mit der Bodenschlacht. Beide würden von hier aus koordiniert werden. Dexter war ein weiteres Mal beeindruckt.

Zum ersten Mal sprach er Sorenson vertraulich wie einen Freund an. »Wo wirst du sein, sobald der Angriff rollt?«

»Ich bleibe hier. Von diesem Ort aus kann ich am besten helfen.«

»Einverstanden. Ich schicke dir Angel als Schutz.«

Sorenson behagte das überhaupt nicht, was seine Mimik überdeutlich vermittelte. Es gab immer wieder böses Blut zwischen der Attentäterin und dem Admiral. Dexter grinste. »Du wirst sie noch zu schätzen wissen. Da oben sind ihre Fähigkeiten nicht von Wert. Am Boden wird sie von größerem Nutzen sein.« Bevor der Admiral etwas einwenden konnte, wandte sich Dexter in Randazottis Richtung. »Und was ist mit Ihnen?«

»Ich bleibe auch. Mein Platz ist bei meinen Soldaten. Und Sie wissen ja, ich bin ein Mann der Infanterie.«

Dexter sah sich noch ein letztes Mal unter seinen Mitstreitern um. »Meine Herren, dann wünsche ich Ihnen viel Glück! Wir sehen uns wieder, wenn all das vorüber ist.« Er gab jedem die Hand und drückte sie fest. Dexters wusste nicht wirklich, ob er einen von ihnen je wiedersehen würde. Aber wie dem auch sei und egal wer diese Schlacht auch gewinnen mochte, der heutige Tag würde sich unabänderlich in das kollektive Bewusstsein der Solaren Republik einbrennen.

30

Dexter behielt recht. Gorden wartete, bis all seine Geschwader sowie der Nachschub durch die Lagrange-Punkte ins Hauptsystem des Vereinigten Kolonialen Königreichs durchgekommen waren. Danach baute er drei mobile Versorgungsstützpunkte auf. Sie waren aufgrund ihrer Modulbauweise so konzipiert, dass sie schnell abgebaut, innerhalb kürzester Zeit an den Zielort transportiert und dort genauso zeitnah wieder aufgebaut werden konnten. Zwei Tage nachdem das erste republikanische Schiff ins System Castor Prime eingerückt war, brachen die solaren Verbände aus den Lagrange-Punkten aus und rückten gegen den Hauptplaneten vor.

Gorden verfolgte den Vormarsch von der Kommandobrücke seines Flaggschiffes aus. Er liebte diese Phase einer beginnenden Schlacht. In solchen Augenblicken fühlte er sich ... mächtig. Er hatte nicht nur vor, dem Königreich in der kommenden Schlacht militärisch das Rückgrat zu brechen. Vielmehr wollte er dafür sorgen, dass kein Mensch auf Castor Prime je wieder auch nur einen Gedanken daran verschwendete, sich gegen die Republik zu erheben. Indem er den Planeten in Brand setzte.

»Großer Ares«, wisperte er. »Diese Welt wird mein bedeutendstes Opfer für dich.«

Gorden war nicht der Einzige, der das Vorrücken der solaren Geschwader gespannt verfolgte. Allerdings verspürte Commodore Dimitri Sokolow andere Gefühle bei dem Anblick. Eine solche Ansammlung von Schiffen zu beobachten bedrückte ihn. Er kratzte mit den Fingernägeln über die Lehnen seines Kommandosessels.

Erica Lasalle und Benjamin Kendrick, die ebenfalls den Rang eines Commodore bekleideten, kommandierten den rechten respektive linken

Flügel seiner Formation. Es war ein angenehmes Gefühl, die beiden langjährigen Freunde, mit denen er schon während der Rebellion gekämpft hatte, an seiner Seite zu wissen.

Die ROYALISTENTOD verharrte unter Schleichfahrt und vom Feind unbemerkt inmitten eines Pulks leichter Kriegsschiffe. Die Schnellen Kampfverbände des Königreichs, die mittlerweile unter dem Befehl des ehemaligen Piraten standen, schienen lächerlich unzureichend verglichen mit dem, was da auf Castor Prime zurollte.

Sein Zweiter Offizier Andrew Haggerty gesellte sich zu ihm. »Verhofen auf einer abhörsicheren Frequenz für Sie, Commodore.«

Von dem Mann als Commodore angesprochen zu werden, fühlte sich immer noch ungewohnt an, um nicht zu sagen, falsch. »Stellen Sie ihn durch«, bat er.

Haggerty nickte und nur wenige Sekunden später baute sich das lebensgroße Hologramm des *Konsortiums*-Überläufers vor ihm auf. Sokolow musste seine gesamte Selbstbeherrschung aufbieten, um nicht das Gesicht zu verziehen. Immer wenn er den Kerl auch nur sah, überkam ihn ein kaum kontrollierbarer Würgreflex.

»Was kann ich für Sie tun, Verhofen?«

Das Hologramm des anderen Offiziers rümpfte die Nase. Sokolow weigerte sich standhaft, ihn als Admiral anzusprechen, obwohl Verhofen rein formell gesehen rangmäßig über ihm stand. Aber es waren Männer wie er gewesen, die überhaupt erst zugelassen hatten, dass Pendergast zur marodierenden Gefahr für sämtlichen bewohnten Welten wurde. Außerdem bereitete es ihm ein diebisches Vergnügen, den Mann zu reizen.

»Sind Sie überzeugt davon, dass der Plan was taugt? Es scheint mir, wir sind ein klein wenig im Nachteil.«

Sokolow seufzte. Dieselbe Diskussion hatte er mit Verhofen in den letzten Stunden mehrfach geführt.

»Es ist der einzige Plan, den wir haben.« Der *Konsortiums*-Admiral öffnete den Mund, aber der Commodore kam ihm zuvor. »Und nein, wir werden uns nicht aus dem System zurückziehen. Wenn es nach mir ginge, wäre das sogar eine Option, aber die Royalisten hängen an Castor Prime und ihrem Prinzen. Also bleiben wir und befolgen die Anweisungen.«

Dass er solche Worte eines Tages einmal laut aussprechen würde, hätte Sokolow sich niemals träumen lassen. Während des Bürgerkriegs hatte der Commodore nächtelang darüber nachgedacht, welche Pläne mit Castor Prime er umsetzen würde, sollte er es je mit einem Kriegsschiff ins Zentralsystem des Königreichs schaffen. Jetzt war er hier, und was tat er? Er half allen Ernstes bei der Verteidigung. Die Götter des Universums hatten mitunter einen wirklich kranken Sinn für Humor.

Verhofen war mit Sokolows Einstellung nicht einverstanden. Der Admiral hatte gehofft, einen Verbündeten bei seinem Vorhaben zu finden, die Admiralität davon zu überzeugen, sich aus dem System zurückzuziehen. Alleine konnte er es vergessen, Männer wie Blackburn, Hastings oder Sorenson darauf anzusprechen.

Sokolow hatte aber sein Wort gegeben. Und das zählte für ihn eine Menge. Er hatte sich der Sache der Royalisten verpflichtet, diente nun in *ihrer* Navy mit einem *ihrer* Offizierspatente.

Verhofen überlegte, ob er noch etwas einwenden sollte, begnügte sich aber damit, die Verbindung ohne weiteres Wort zu kappen wie ein beleidigtes, trotziges Kind.

Sokolow grinste. Um ganz offen zu sein, sein gegebenes Versprechen war nicht der einzige Grund, aus dem er Verhofens Anliegen ständig ausschlug. Es gefiel ihm schlichtweg, den Kerl auflaufen zu lassen.

Sein Blick fiel erneut auf die massiven Truppenbewegungen, die sich von drei Lagrange-Punkten in Richtung Castor Prime bewegten. Verhofen und die überlebenden Einheiten des *Konsortiums* befanden sich an Sokolows äußerster linker Flanke. Der ehemalige Pirat betete dafür, dass auf den Überläufer Verlass war. Dieser besaß die einzigen befreundeten schweren Kriegsschiffe im Umkreis von mehreren Hunderttausend Kilometern. Sollte es ihm einfallen, einen Ausbruchsversuch auf eigene Faust durchzuführen, dann standen Lasalle, Kendrick und Sokolow alleine da. In diesem Fall hatten sie nicht die geringste Chance und würden alle in der Kälte des Alls draufgehen.

Vizeadmiral Oliver Lord Lambert wand sich unbehaglich auf dem Kommandosessel seines neuen Flaggschiffs. Es behagte ihm nicht sonderlich, dass das erste Kommando seit seiner Gefangennahme ihn auf ein solarisches Großschlachtschiff führte.

Techniker und Ingenieure wuselten auf gefühlt jedem Meter Boden des gekaperten Großkampfschiffes umher, um es wieder gefechtsklar zu machen. Der Kampfraumer hatte während der Schlacht um Castor Prime erheblichen Schaden erlitten. Die Schilde waren nur zu sechzig Prozent einsatzfähig, bei den Waffen sah es nur unwesentlich besser aus. Der Rumpf wies mehr Löcher auf als ein Schweizer Käse. Und die mussten nach Möglichkeit alle gestopft werden.

Lambert seufzte. Die Prognose von fünf Stunden war wohl ein wenig zu optimistisch gewesen und dem Umstand geschuldet, dass er vor Blackburn vermutlich ein wenig hatte angeben wollen.

Der Admiral sah zum Brückenfenster hinaus. Auf allen Einheiten seines neuen Kommandos fanden derzeit dieselben Vorgänge statt. Die Techniker leisteten schier Übermenschliches, um die gekaperten Kampfschiffe auf eine möglichst hohe Einsatztauglichkeit zu heben.

Zumindest an Tonnage herrschte kein Mangel. Die erbeuteten republikanischen Raumschiffe gehörten teilweise zum Besten, was die solaren Werften derzeit ausspuckten. Sogar einige Angriffskreuzer der neuen Alexander-Klasse waren vorhanden.

Technisch gesehen, waren sie momentan allem überlegen, was das Königreich ins Feld führen konnte, auch wenn sie während der Schlacht ziemlich zusammengeschossen worden waren. Dennoch würden sie ungemein hilfreich sein. Sie waren nach einem der größten Feldherrn der Antike benannt. Lambert hoffte nur, dies beschied ihrem Vorhaben Glück.

Sein Blick streifte eine Plakette an der Wand, auf der der Namen des Schiffes eingestanzt war. In stolzen goldenen Lettern war dort SRS REYKJAVÍK zu lesen. Lambert schnaubte. Bei erstbester Gelegenheit würde er den Namen auf jeden Fall ändern.

Commander Miriam Stanz kam auf ihn zu. Sie gehörte ebenfalls zu den befreiten Kriegsgefangenen und diente ihm nun als Erster Offizier. Ihrem Gesichtsausdruck nach brachte sie keine guten Nachrichten.

»Admiral«, sprach sie ihn an, »die Solarier sind auf Gefechtsentfernung an unsere Hauptverbände herangerückt. Die Schlacht hat begonnen.«

Lamberts Kopf zuckte in Richtung des zentralen Brückenfensters. Dort war lediglich die blau-grüne Kugel Castor Primes zu sehen. Auf der anderen Seite fochten und starben in diesem Moment königliche Soldaten bei der Verteidigung ihrer Heimat. Und er saß hier fest, unfähig, in den Kampf einzugreifen. Seine Hände verkrampften sich in die Lehnen des Kommandosessels.

Ein Großkampfschiff musste schon einiges einstecken, damit man auf der Flaggbrücke etwas davon mitbekam. Der Boden unter Dexters Füßen bäumte sich auf. Offiziere, die sich nicht rechtzeitig festhalten konnten, purzelten in einem undefinierbaren Gewirr aus Gliedmaßen wild umher. Der Kampf verlief schlecht.

Walsh wankte unsicher auf ihn zu. An ihrer linken Hand klebte Blut. Ob es das eigene oder das eines Offizierskollegen war, ließ sich nicht erkennen. Das Hologramm fiel aus, als die Energieversorgung für die Flaggbrücke zusammenbrach. Der Notstromgenerator übernahm praktisch ohne Verzögerung und das holografische Bild baute sich flackernd wieder auf.

Die Flaggleutnant kam neben ihm zum Stehen. Der Boden, die Wände, die Decke, alles vibrierte besorgniserregend. »Gordens Einheiten rücken unter Dauerfeuer vor. Sie verzichten sogar darauf, die eigenen Schilde zu aktivieren, sobald wir feuern.«

Dexter hielt sich krampfhaft am Holotank fest. »Der Mistkerl will beim ersten Ansturm bereits unsere Linien durchbrechen.« Sein Blick fokussierte sich auf die Symbole, die die ARES und die sie umgebenden Geschwader darstellten. Seine Schultern sackten ab. Die republikanischen Streitkräfte waren gut zwei zu eins in der Überzahl.

»Und das wird er auch schaffen«, sprach Dexter die unliebsame Wahrheit aus.

»Was tun wir jetzt?«

Die ODYSSEUS steckte eine weitere Torpedosalve ein. Mehrere Decks erlitten schweren Schaden. Es war sogar notwendig, eines zu evakuieren, da die Panzerung an einigen Stellen dünn wie Papier wurde. Nur noch ein guter Treffer, und die Männer und Frauen auf dieser Ebene mussten Vakuum atmen.

»Wir lassen sie durch«, entschied Dexter. »Kontrolliert.« Lauter ordnete er an: »Eine Verbindung zur Kommandobrücke!«

Nur einen Augenblick später hallte Subcommodore Eli Kings sonore Stimme durch die Luft. »Admiral?«

»Wir weichen zurück«, befahl Dexter. »Lassen Sie die Solarier gewähren. Wenn die weiter solchen Druck ausüben, dann zerschmettern sie uns früher oder später.«

»Verstanden!« Der Befehlshaber der ODYSSEUS kappte die Verbindung ohne ein weiteres Wort. Der Mann hatte im Moment anderes zu tun. Er wandte sich an Walsh. »Geben Sie die Anweisung an die Flotte weiter: Auf breiter Front zurückweichen!«

Walsh nickte eilig und begab sich zur Signalstation, wo ein Juniooffizier die Worte an den Rest der Streitmacht übermittelte.

Die royale Flotte zog sich langsam und mit allen Waffen auf den Feind feuernd über den Nordpol zurück. Gordens Geschwader drängten unablässig vor. Beide Seiten erlitten hohe Verluste an Kampfschiffen und Personal. Das hielt den solarischen Großadmiral aber nicht davon ab, weiter ohne Rücksicht auf eigene Ausfälle auf die Royalisten einzuprügeln.

King hielt sich gut als Befehlshaber des Flaggschiffs. Die zu beiden Seiten des Rumpfs montierten Gaußgeschütze stießen im Wechsel Projektile aus, gefolgt von den Strahlengeschützen und der leichteren Energiebewaffnung. Die Railguns vervollständigten die Salven.

Mit nur einem Schuss aus der Backbord-Gaußkanone riss die ODYSSEUS einen feindlichen Zerstörer in der Mitte entzwei. Es folgten ein Schwerer und zwei Leichte Kreuzer. Die ARES preschte urplötzlich vor und stieß Energiesalven, Gaußprojektile und Raketen in alle Richtungen aus.

Die Royalisten büßten in der Folge zwei Angriffs- und einen Kampfkreuzer ein. Torpedobomber brausten heran, um die Lücke zu stopfen. Eskortiert wurden sie von Sabers und Stingrays. Die Republikaner empfingen sie gebührend mit einem Lichtgewitter aus den Abwehrlasern und einem Sturm aus Abfangraketen.

Auf Dexters Hologramm blieb das Massaker ein abstraktes Abbild aus mathematischen Formen. Der Verlust an Leben war niederschmetternd. Die Attacke wurde größtenteils zurückgeschlagen. Nur vereinzelt gelang es den Gladius-Bombern, die gegnerische Linie zu durchbrechen und ihre Trägerlast abzuwerfen. Einige leichte Begleitschiffe und Nachschubtender explodierten. Diese vereinzelten Erfolge waren allerdings den Verlust an Leben auf der eigenen Seite niemals wert. Und es stoppte auch die gegnerische Offensive nicht.

»Wie lange noch, Walsh?«, fragte er zähneknirschend.

»Die letzten Einheiten ziehen sich soeben über den Nordpol zurück. Wir werden nicht verfolgt.«

»Warum auch?«, grummelte er. »Gorden hat sein Ziel vorerst erreicht. Der Planet steht ihm offen.«

Alarmsirenen dröhnten durch den Haupthangar des Raumhafens von Pollux und eine Stimme verkündete: »Alle Besatzungen zu ihren Maschinen! Alle Besatzungen zu ihren Maschinen! Feindverbände dringen in die Atmosphäre ein! Ich wiederhole: Feindverbände im Anflug auf die Hauptstadt.«

Captain Nigel Darrenger und seine Crew befanden sich bereits im Cockpit ihres Gladius-Torpedobombers, noch bevor die Ansprache beendet war.

Die 113. Bomberstaffel war als Teil eines größeren Kontingents von der Flotte zu einer Basis am Boden transferiert worden, um bei der zu erwartenden Invasion – von der jeder wusste, dass sie nicht aufzuhalten sein würde – zu helfen.

Darrenger streifte seine Pilotenhandschuhe über die Finger. Seine Handflächen fühlten sich schwitzig an. Selbst vor den Kämpfen um Selmondayek war er nicht dermaßen nervös gewesen.

Bei der ersten Schlacht um Castor Prime war er nicht dabei gewesen. Darrenger hatte regelrecht darauf gebrannt, es den verfluchten Solariern jetzt mal richtig zu zeigen. Vor allem nach den Erlebnissen bei Tirold. Nun aber, da es endlich so weit war, fühlte Darrenger Zweifel in sich aufkommen. Wenn sie hier verloren, dann war es endgültig vorbei. Von dieser Niederlage würde sich das Königreich nicht mehr erholen.

Ein Mann der Bodencrew bedeutete Darrenger mit zwei leuchtenden Stäben, seinen Gladius in Position zu bringen. Der Captain folgte den Anweisungen haargenau. Der Rest der Staffel versammelte sich hinter der Führungsmaschine.

In seinen Ohren knackte es. »Hundertdreizehnte«, vernahm er die Stimme des zuständigen Flight Chiefs, »Sie haben Starterlaubnis. Erfolgreiche Jagd!«

»Danke, Bodenkontrolle«, erwiderte Darrenger. »Wir lassen euch ein paar übrig.« Der Captain drückte den Schubhebel nach vorn und der Gladius wurde aus dem Hangar katapultiert. Hinter ihm folgten die Maschinen seiner Staffel. In den Augenwinkeln registrierte er, wie Hunderte von Jägern, Jagdbombern und Bombern seinem Beispiel folgten. Die Luftverteidigung von Pollux bot alles auf, was ihr zur Verfügung stand, um den Gegner von der Landung abzuhalten.

Aus versteckten Stellungen rund um den Raumhafen und aus der Stadt selbst erhoben sich Schwärme von Raketen und unzählige Energiestrahlen, um den Solariern einen heißen Empfang zu bereiten.

Für mehrere Minuten folgten die Bomber einfach nur ihrem Flugplan. Vom Feind war noch nichts zu sehen. »Wie lange bis zur ersten Peilung?«, wollte sein Waffensystemoffizier wissen.

»Es kann nicht mehr allzu lange dauern«, gab Darrenger zurück.

Er kniff die Augen zusammen. Voraus blitzten die ersten Explosionen auf. Die Luftabwehr von Pollux fand bereits Ziele. Verwirrt warf er einen weiteren Blick auf seinen Radarschirm. Dort war nichts zu sehen. Er fluchte.

»David? Die Solarier benutzen eine neue Art Radarstörer. Ich kann dir keine Ziele liefern.«

»Dann schießen wir eben aus der Hüfte«, entgegnete der WSO leichtfertig. Der Captain grinste. Das mochte er an seinem Kameraden – diese Art, sich keine großen Gedanken um Schwierigkeiten zu machen, sondern einfach damit umzugehen.

Die Gladius durchbrachen die letzte Wolkendecke und fanden sich unmittelbar in einer erbarmungslosen Schlacht wieder. Klobige Großraumtruppentransporter der Solaren Republik sanken behäbig Richtung Planetenoberfläche. An ihnen vorbei flogen kleinere, aber wendigere Transporter, die vermutlich den Auftrag hatten, Spezialeinheiten schnellstmöglich auf dem Raumhafen abzusetzen. Eskortiert wurden sie von einer großen Anzahl Jäger.

Die Hälfte der Sabers und Stingrays gab Vollschub, um die gegnerischen Kampfmaschinen abzufangen und von den Bombern fernzuhalten. Die übrigen blieben dicht bei ihren Schützlingen und bildeten eine zweite Verteidigungslinie.

Für einen Laien wäre es ein Ding der Unmöglichkeit gewesen, sich in diesem Gewirr aus tödlichen Geschossen, verheerender Energie und feindlichen Schiffen zurechtzufinden. Zuweilen fiel das sogar Profis schwer. Die Ausbildung von Piloten des Königreichs war aber äußerst umfassend. Darrenger fand mühelos seinen Weg. Er steuerte den Gladius mit großem Geschick durch das Netz feindlicher Jäger. Die Sabers erwiesen sich dabei als ihre Schutzengel. Sie schossen jede republikanische Jagdmaschine ab, die ihnen zu nahe kam.

Einer der Großraumtruppentransporter wurde von mehreren Raketen getroffen und zerbarst in tausend Stücke. Solarische Soldaten stürzten strampelnd in die Tiefe.

Die 113. Bomberstaffel verlor zwei Maschinen durch gegnerische Jäger. Diese wurden aber sogleich von zwei Sabers und einem Stingray abgedrängt. Für den Stingray ging die Sache nicht gut aus. Gerade als dieser zu seiner Formation zurückkehren wollte, drehte einer der Feindjäger bei und schoss ihn ab. Die brennenden Bruchstücke des Jagdbombers regneten zur Oberfläche.

Voraus tauchte die Hauptformation der solarischen Truppentransporter auf. Sie hatten ihre Linien durchbrochen. Darrengers Griff um den Steuerknüppel wurde fester. Er spannte die Kaumuskeln an und aktivierte damit den Kanal zu seiner Staffel. »Alles aufgepasst! Es geht los! Selektiert die Ziele und stimmt euch untereinander ab. An Feindschiffen besteht kein Mangel. Vergesst nicht, dass Munition ein Problem ist, also sorgt dafür, dass jeder Schuss sitzt. Wir dürfen keinen Torpedo verschwenden. Und viel Glück, Leute!« Es folgte eine Litanei an Bestätigungen. Darrenger mahlte ungeduldig mit den Zähnen. Er hatte sich schon ein eigenes Ziel ausgesucht. Einen dicken, fetten Truppentransporter unmittelbar voraus.

»David? An dem kannst du gar nicht vorbeischießen. Auch ohne positive Peilung.«

»Den holen wir uns«, vernahm er die optimistische Stimme seines WSO.

Sämtliche negativen Gefühle wie Unsicherheit und sogar Zorn fielen von ihm ab. Hier und jetzt war er einfach nur ein Profi, der seinen

Job machte. Ein Soldat, der die Heimat gegen einen gnadenlosen Feind verteidigte.

Die letzten Abfangjäger des Gegners wurden von den Sabers in Nahkämpfe verwickelt und abgelenkt. Die Truppentransporter lagen mit einem Schlag schutzlos vor ihnen.

Die Transporter eröffneten aus ihrer spärlichen Bewaffnung das Abwehrfeuer. Einer der Gladius wurde vom Himmel gepustet, ein anderer musste abdrehen. Aus seinem Heck quoll dichter, ölig schwarzer Qualm.

»Ich bring uns in eine gute Schussposition«, versicherte Darrenger dem WSO. Dieser antwortete nicht. Der Captain wusste, dass der Mann auf seine Aufgabe konzentriert war, aber jedes Wort des Piloten vernommen hatte.

Darrenger steuerte seine Maschine in die Flugbahn des feindlichen Truppentransporters. Ein Stingray mit abgerissener rechter Tragfläche trudelte an ihnen vorbei. Darrenger hätte schwören können, er sah den Piloten im Cockpit, wie dieser sich hektisch umsah. Hoffentlich würde sich der Mann mittels Schleudersitz retten können.

Darrenger verdrängte das soeben Gesehene aus den Gedanken. Nur seine Maschine und das vor ihm immer größer werdende Ziel zählten. Sie drangen in die effektive Kampfdistanz für die Torpedos ein. Ohne Peilung mussten sie noch näher ran. Noch sehr viel näher. Sie durften sich keinen Fehler erlauben. Ringsum tobte eine blutige Schlacht, aber selbst die verbannte der Bomberpilot aus seinem Verstand.

»Jetzt!«, schrie Darrenger über Funk. Der WSO reagierte nicht.

Der Captain sah sich über die Schulter um. »Jetzt, David! Das ist nah genug!«

»Noch einen Moment!«, beruhigte der Waffensystemoffizier seinen Anführer.

Der Transporter füllte nun beinahe das gesamte Sichtfeld aus. »Jetzt, um Himmels willen, wir kommen sonst nicht mehr weg!«

Der WSO löste eine volle Torpedosalve aus. Gleichzeitig riss Darrenger den Gladius nach oben und zur Seite. Der Bomber brauste über die oberen Deckaufbauten hinweg, riss dabei sogar eine Antenne ab.

Die Lenkwaffen erwischten den Truppentransporter am Bug, bohrten sich durch die Panzerung und detonierten zum überwiegenden Teil im

Inneren. Die Eingeweide des Schiffes lösten sich praktisch auf. Was übrig blieb, zerbarst in einer grellgoldenen Explosion.

Darrenger wendete den Gladius und beobachtete, wie die Überreste ihres Ziels gen Oberfläche stürzten. Erstmals seit ihrem Zielanflug nahm sich der Captain die Zeit, ihre Umgebung in Augenschein zu nehmen. Die Schlacht tobte weiterhin mit unverminderter Härte. Die Anzahl von Freund und Feind war aber merklich ausgedünnt. Vor allem die Verteidiger hatten Federn lassen müssen.

Die Bomber des Königreichs flogen pausenlos Angriffe. Sie wurden von Jagdschutz im Rahmen ihrer Möglichkeiten abgeschirmt. Weitere Transporter zerbrachen unter dem Bombardement. Je mehr sie an Höhe verloren, desto stärker wurde das Abwehrfeuer vom Boden.

Die überlebenden Truppentransporter sanken unaufhörlich Richtung Raumhafen. Darrenger stieß ein Zischen aus und aktivierte einen Komkanal.

»Achtung Bodenkontrolle! Ihr bekommt gleich Besuch! Es ... es tut mir leid. Wir konnten sie nicht aufhalten.«

Lieutenant Colonel Carl Randazotti hatte seine Einheit seit den ersten Kriegstagen nicht mehr in eine offene Schlacht geführt. Das 117. Raumlanderegiment – beziehungsweise das, was davon noch übrig war – kämpfte als Teil der Verbände, die den Raumhafen verteidigten.

Randazotti kauerte sich im Schatten eines Fireball-Panzers nieder. Der Turm des Gefährts schwenkte beständig von einer Seite zur anderen und stieß im Wechsel leuchtend rote Energiestrahlen aus seinem Zwillingslasergefechtsturm.

Das Atmen fiel Randazotti mittlerweile schwer. Die Luft war durchdrungen von Rauch, Qualm und dem Gestank nackter Todesangst. Er beugte sich zur Seite und spähte zum Landefeld. Dort lagen die brennenden Überreste von mindestens zwei Dutzend kleiner Transporter. Sie zu erledigen war wirklich gute Arbeit gewesen. Und dennoch hatte es nicht gereicht.

Etwa dreißig weiteren war es gelungen aufzusetzen. Die kleinen Vehikel hatten republikanische Todeskommandos ins Einsatzgebiet gebracht.

Diese Spezialeinheiten waren mörderisch. Ihr Ziel bestand einzig und allein darin, die Luftabwehr zu schwächen.

Eine weitere Gruppe solarischer Elitesoldaten kämpfte sich durch den Rauchvorhang. Randazotti zögerte keine Sekunde. Er hob das Sturmgewehr in seiner Hand und gab mehrere Salven ab. Drei der Mistkerle gingen zu Boden. Die übrigen ignorierten ihn. Sie waren nicht auf der Jagd nach einzelnen Soldaten. Ihr Augenmerk galt fetterer Beute.

Kurz darauf verstummten an seiner rechten Flanke drei Luftabwehrstellungen. Randazotti fluchte. In Gedanken rechnete er sie den elf hinzu, die bereits zuvor ausgefallen waren. Die Todeskommandos ebneten den größeren Truppentransportern ihren Weg zur Oberfläche.

Randazotti gab einem Infanteriezug hinter sich ein Handsignal. Die Soldaten verteilten sich und bauten tragbare Panzerabwehrwaffen auf. Der Gefechtsturm eines Fireballs flog mit Getöse in die Luft, gefolgt von einem Schützenpanzer vom Typ Nightcrawler. Zwei Cobras brausten herbei. Die leichten Panzer nahmen die Position der zuvor zerstörten Fahrzeuge ein. Die schweren MGs röhrten unablässig. Dann gesellten sich ihre 135-mm-Geschütze zu dem Konzert der Zerstörung.

Die ersten Transporter setzten auf dem Raumhafen auf. Ihr Gewicht ließ den Boden unter Randazottis Füßen erzittern. Die Rampen fuhren aus und Panzer rollten aus der Dunkelheit ihrer Hangars ins Licht. Raketen schlugen in die ersten Fahrzeuge ein und bereiteten ihnen ein schnelles Ende. Die Nachfolgenden kümmerten sich nicht darum, dass unter Umständen Kameraden in den Wracks eingeschlossen waren. Sie schoben die Panzer ohne Rücksicht von der Rampe. Sie prallten donnernd auf dem Asphalt auf.

Solarische Truppen ergossen sich auf den Raumhafen und setzten sich dort von der ersten Sekunde an fest. Randazotti war Realist genug, um zu erkennen, dass sie keine Chance hatten. Nicht unter solchen Voraussetzungen. Den Kampf hier aufrechtzuerhalten glich einem Selbstmordkommando.

Er bedeutete seinen Leuten, sich zurückzuziehen. Entlang der gesamten Verteidigungslinie rückten königliche Truppen und Widerstandskämpfer ab und nahmen neue Stellungen innerhalb der Stadt selbst ein.

Randazotti wartete, bis auch der letzte seiner Soldaten den Gefahrenbereich verlassen hatte. Einige waren nur durch die Hilfe ihrer Kampfgefährten dazu in der Lage. Der Colonel aktivierte seinen Komlink. »Hauptquartier? Wir geben den Raumhafen auf und beziehen neue Positionen in Pollux. Das Hafengelände ist verloren.«

Prinz Calvin aus dem Hause Clifford schritt den breiten Mittelgang der Kathedrale entlang. Am Ende des Ganges ragte der Altar mit dem wartenden Kardinal empor. Vor dem Altar hatte man einen Thron aufgebaut.

Calvin trug seine Galauniform. Um das Bild des zukünftigen Monarchen zu vervollständigen, hatte man ihm einen langen Mantel aus rotem Samt und goldenem Brokat über die Schulter drapiert.

Die Ränge sowie die Galerie waren gesäumt mit Vertretern der Medien. Dutzende Kameras und Aufzeichnungsgeräte waren auf ihn gerichtet. Deren Anwesenheit war ihm unangenehm bewusst.

In den Sitzreihen befanden sich Hunderte von Gästen. Viele trugen Uniform und gehörten oberflächlich betrachtet den Streitkräften an.

Lediglich bei genauerem Hinsehen bemerkte man, dass viele der Kleidungsstücke ihren Trägern nicht wirklich passten. Hosenbeine waren etwas zu kurz oder Hemdsärmel zu lang. Jeder kampffähige Offizier wurde momentan dort draußen gebraucht, um die Invasion abzuwehren. Daher hatte man alle, die man finden konnte, in Uniformen gesteckt und in die Kathedrale geschickt. Köche, Friseure, Buchhalter: wen auch immer. Das war Blackburns Idee gewesen. Es kam bei der Öffentlichkeit nicht gut an, wenn der Prinz in einer leeren Kathedrale zum König gekrönt wurde. Eine solche Veranstaltung benötigte Publikum. Das wirkte offizieller.

Calvin erreichte den Thron. Der Kardinal verneigte sich tief und der zukünftige König setzte sich mit all der Würde, die er aufbringen konnte. Der Prinz hoffte, dass sein Vater ihn beobachtete und stolz auf ihn war. Bei all dem, was erreicht worden war, bei all den Opfern, die erbracht wurden, dachte er immer nur an ihn und daran, das zu bewahren, für das der König gekämpft hatte und für das er letztendlich ermordet worden war.

Über der Kathedrale brausten Flugzeuge hinweg. Nur Sekunden später erzitterte das Gebäude in seinen Grundfesten aufgrund einer verheerenden Explosion. Calvins Körper verkrampfte. Die Kämpfe kamen unzweifelhaft näher. Das Royal Red Dragoon Bataillon hatte außerhalb der Kathedrale Position bezogen. Seine Soldaten riegelten jeden Weg zum Gotteshaus ab, unterstützt von Widerstandskämpfern und Einheiten der Colonial Royal Army.

Soldaten der Palastwache verteidigten die Kathedrale selbst. Ein volles Platoon hatte an der Tür, außerhalb des Sichtbereichs der Kameras, ihre Stellung eingenommen. Bereit, ihren zukünftigen König bis zum letzten Atemzug zu verteidigen.

Der Kardinal bemerkte die Nervosität des Prinzen. Er lächelte beruhigend auf diesen herab und nahm einen Behälter mit geweihtem Öl zur Hand. »Wollen wir beginnen?«

Dexter wanderte auf der Flaggbrücke der ODYSSEUS umher wie ein Tiger im Käfig. Gorden schien vorerst zufrieden damit, sich einen Weg in den Orbit und damit in die Atmosphäre erkämpft zu haben. Der arrogante Arsch verzichtete bewusst darauf, die royalen Kräfte zu verfolgen. Stattdessen sicherten seine Verbände ihre Positionen. Die setzten sich fest. Wenn er nicht bald erneut den Kampf mit den Solariern suchte, würde es verdammt schwer werden, sie wieder zu vertreiben. Die Zeit stand definitiv auf der Seite des republikanischen Großadmirals. Er musste die Royalisten gar nicht verfolgen. Die Umstände verlangten, dass sie unweigerlich zu ihm kommen mussten.

Die Besatzungen der königlichen Schiffe nutzten die Kampfpause, um die nötigsten Reparaturen vorzunehmen und sich damit auf den nächsten Schlagabtausch vorzubereiten. Dexter blieb stehen und begutachtete die Koordinaten, auf denen sich Gordens Einheiten verteilten. Hin und wieder verschwand das eine oder andere Geschwader im Nebel des Krieges, sobald patrouillierende Jäger Dexters Drohnen aufspürten und vernichteten, mit denen er die Solarier im Auge behielt. Das Gesamtbild, das ihn erreichte, war allerdings klar genug und reichte ihm völlig.

Er warf Walsh einen kurzen Blick zu. Die Flagglieutenant stand abseits und wartete auf seine nächsten Anweisungen. »Geben Sie Sokolow und Verhofen das Signal. Es ist an der Zeit.«

Sokolow schreckte auf, als die Komstation der Kommandobrücke einen durchdringenden Ton von sich gab. Sein Zweiter Offizier drehte sich gleichzeitig schwungvoll um.
»Signal vom Flaggschiff, Sir. Einsatzorder wurde erteilt.«
»Na endlich!«, kommentierte der ehemalige Pirat. Sein Blick fixierte das taktische Hologramm. Die Augen des Mannes verengten sich gefährlich. »Geben Sie Verhofen Bescheid. Jetzt kann der Mann endlich mal zeigen, was er wert ist.«

Auf der Brücke der Ares kam ebenfalls Bewegung in die Offiziere. Gorden verfolgte gespannt die Fortschritte seiner Bodentruppen, sodass er im ersten Augenblick von den Ereignissen überrumpelt wurde.
Sein Adjutant wandte sich ihm zu. »Großadmiral, da tut sich etwas.«
Gordens Augen suchten das Hologramm ab, aber an der falschen Stelle. Er dachte, rund um Castor Prime wäre Aktivität verzeichnet worden. Der Major schüttelte den Kopf. »Nicht in unmittelbarer Umgebung.« Der Adjutant deutete auf einen anderen Abschnitt der holografischen Abbildung. »Dort! In unserem Hinterland.«

Gorden hatte eine Linie kleiner Nachschubposten aufgebaut, die sich von den Lagrange-Punkten bis kurz vor dem Planeten zog. Sie sollten seine ständige Versorgung mit ausreichend Munition für die Kampfschiffe und Treibstoff für die Jäger sicherstellen. Jede der Nachschubstationen wurde von fünf bis acht Kriegsschiffen abgeschirmt.
Gorden hatte vorausgesetzt, der Feind wäre ausschließlich vor ihm. Nun musste er einsehen, wie falsch diese Annahme gewesen war. Und dass er seine Nachschubposten besser hätte schützen müssen. Arroganz war zuweilen ein Verbündeter des Feindes, in diesem Fall – der Royalisten.

Sokolows schnelle Kampfverbände in Kooperation mit den Überlebenden des *Konsortiums* fielen wie ein Rudel Wölfe über die praktisch ungeschützten kleinen Plattformen her.

Die ROYALISTENTOD stieß eine volle Salve Torpedos aus und blies damit einen solarischen Zerstörer glatt ins Jenseits. Verhofen an der linken Flanke griff eine weitere Plattform an, Kendrick und Lasalle an der rechten genauso. Sie flogen einen Angriff mit drei Spitzen, um den Gegner im Handstreich zu überwältigen. Dieser reagierte verblüffend schwerfällig, wusste im ersten Moment nicht, gegen welche Attacke er sich wenden sollte.

Ein solarisches Schlachtschiff drehte bei, um die Nachschubstation zu schützen, auf die Sokolow es abgesehen hatte. Der Koloss erwiderte den Beschuss und zwang einen Leichten Kreuzer zum Beidrehen. Zwei Kanonenboote und eine Eskortfregatte wurden schwer beschädigt. Alle drei Schiffe verringerten die Geschwindigkeit, um hinter der ROYALISTENTOD Schutz zu suchen. Das feindliche Großkampfschiff schoss erneut und die beiden Kanonenboote verwandelten sich in Trümmerwolken.

Sokolows Angriffskreuzer drehte sich um die eigene Achse, um dem Feindschiff die dicke Bauchpanzerung zuzuwenden. Mehrere Energiestrahlen zerfaserten. Es gelang ihnen aber auch, Panzerplatten wegzuschmelzen.

»Schildblase!«, befahl er gepresst. Das Energiefeld baute sich umgehend auf, gerade noch rechtzeitig, um der nächsten Attacke den Großteil der Wirkung zu nehmen.

Für gewöhnlich hatte ein Angriffskreuzer kaum eine Chance gegen ein Schlachtschiff mit seiner vernichtenden Bewaffnung und der dicken Panzerung. Diesmal lagen die Dinge anders. Nacheinander schalteten Sokolows Begleiter die Unterstützung des Schlachtschiffes aus, bis dieses dem ehemaligen Piraten und seiner Bande von Halsabschneidern allein gegenüberstand.

Der Kommandant des republikanischen Kriegsschiffes war entweder überdurchschnittlich mutig oder überdurchschnittlich dumm. Gut möglich, dass man den Offizieren der Solaren Republik mittlerweile nahelegte, nicht zu versagen, da sie und ihre Familien ansonsten ernsthafte Konsequenzen zu befürchten hätten. Gleichgültig, was den feindlichen

Kommandanten antrieb, er hielt die Stellung und manövrierte sein Kampfschiff vor die Plattform, damit sie in dessen Schatten Schutz fand.

Die Waffen des Schlachtschiffs durchdrangen mühelos die aktivierten Schilde zweier Leichter Kreuzer und brachten sie zur Explosion. Ein Angriffskreuzer wurde mit wenigen Salven ausgeschaltet. Dem Gros der Besatzung gelang es, den Kreuzer zu verlassen, bevor er entzweigerissen wurde.

Sokolow beugte sich so weit vor, wie es der Fünf-Punkt-Sicherheitsgurt gestattete. Er hatte nicht vor, noch mehr Schiffe an diesen unnachgiebigen Gegner zu verlieren.

»Andrew, bringen Sie uns über ihn.«

Sokolows Nummer zwei nickte und gab dem Navigator eine entsprechende Anweisung. In einem geschmeidigen Manöver drehte sich die ROYALISTENTOD um die Längsachse und kam über den oberen Aufbauten des Feindschiffes in die Rückenlage. Die Schildblase wurde gesenkt und der Angriffskreuzer beharkte das Schlachtschiff aus allen Rohren.

Ein Sturm aus Energiestrahlen schnitt tief in die Außenhülle. Furchen zogen sich vom Bug bis zum Heck. Gleichzeitig griffen seine Einheiten das mächtige Feindschiff aus vier verschiedenen Richtungen an. Dieser Feuerkraft hatte auch ein republikanisches Schlachtschiff nicht viel entgegenzusetzen. Innerhalb weniger Minuten war es Geschichte. Aber nicht, ohne vorher noch einen Kampf- und einen Angriffskreuzer zusammenzuschießen.

Sokolow widmete seine Aufmerksamkeit der nun wehrlosen Plattform. Ein paar wohlplatzierte Raketen machten auch ihr den Garaus.

Sokolow nickte zufrieden. »Andrew, ich brauche ein Status-Update zu den Geschwadern von Lasalle, Kendrick und Verhofen.«

Der Zweite Offizier konsultierte sein Pad. »Ich erhalte soeben aktuelle Daten.« Der Mann lächelte erleichtert. »Alle Verbände melden erfolgreiche Abschüsse.« Er klemmte das Pad unter den Arm. »Das war es dann mit Gordens Nachschublinie.«

»Nicht ganz.« Sokolow betrachtete missmutig die zwei Plattformen in der Nähe der Lagrange-Punkte 4 und 2. Am liebsten hätte er sie auch ausgeschaltet, aber sie lagen zu nahe an den Forts, die sich noch immer in solarischer Hand befanden. Einen Angriff in diesen Hexenkessel zu fliegen war viel zu gefährlich. Er musste mit dem zufrieden sein, was sie erreicht hatten.

»Alle Einheiten sammeln«, befahl er. »Ich bin schon sehr gespannt, wie Gorden reagiert. Ich hoffe, er ist so dumm, Einheiten auszusenden, die uns jagen sollen.«

»Großadmiral«, meldete sich sein Adjutant zu Wort.

»Was gibt es, Major?«

»Wir haben die meisten Nachschubstationen verloren.«

Der Großadmiral schloss die Augen. Obwohl Major Helwig noch kein Wort dazu gesagt hatte, wusste er, wer dafür verantwortlich war.

»Sokolow?«

»Sokolow«, bestätigte der Major.

Gorden nickte. »Das war ja klar. Wenn man eine Guerillataktik anwendet, betraut man am besten einen ehemaligen Piraten damit.«

»Sie hatten Unterstützung von Schiffen, die wir dem zerstörten *Konsortium* zurechnen.«

»Verhofen«, meinte Gorden nachdenklich. »Dass der mitmischt, hätte ich nicht erwartet.«

»Der wusste nicht, wohin. Aber dass das Königreich ihn aufnehmen würde, nach allem, was er getan hat ...« Helwig winkte ungläubig ab. »Die müssen ziemlich verzweifelt sein.«

»Sind sie. Die Royalisten konnten es sich nicht leisten, Hilfe abzulehnen. Aber täuschen Sie sich nicht. Das sind lediglich Zweckverbündete. Sobald sie sich nicht mehr von gegenseitigem Nutzen sind, gehen die sich an die Kehle.« Er seufzte. »Leider können wir nicht darauf warten.«

»Soll ich Schiffe aussenden, um sie zu erledigen?«, wollte der Major wissen.

»Auf gar keinen Fall!«, begehrte der Großadmiral auf. »Ich werde unsere Streitmacht nicht aufteilen. Damit spiele ich denen in die Hände. Nein, nein, wir bleiben und bringen den Job zu Ende.«

Der Major zögerte. Gorden runzelte die Stirn.

»Gibt es noch mehr?«

»Wir haben inzwischen den Aufenthaltsort des Prinzen lokalisiert.«
»Ausgezeichnet!«
Helwig zögerte erneut. Der Großadmiral neigte den Kopf leicht zur Seite. »Oder etwa nicht?«
Sein Adjutant deutete auf das Hologramm. »Sehen Sie selbst.« Er nahm einige Einstellungen vor und auf Gordens holografischer Darstellung ging ein Fenster auf.
»Was ist das?«
»Wir haben uns in die Satellitenübertragung eingeklinkt. Was Sie da sehen, ist live.«
Der Prinz saß auf etwas, das wohl einen Thron darstellen sollte. Das Ganze fand in einer Kathedrale statt. Ein Angehöriger des Klerus sprach eine Reihe ritueller Worte, wobei die meisten auf Latein waren. Dann salbte er den Prinzen mit Öl. Urplötzlich sank der Geistliche auf die Knie und sagte mit einer Stimme, die als Echo widerhallte: »Wir haben wieder einen König.«
Ein Sturm aus Beifall und Jubel brach sich Bahn. Das komplette Publikum schien regelrecht auszurasten. Erst jetzt bemerkte Gorden die zahlreichen Vertreter der Medien, die alles aufnahmen oder gleich live zu den besiedelten Welten übertrugen.
Und so geschah es, dass Großadmiral Harriman Gorden, einer der zwei Oberbefehlshaber der Streitkräfte der Solaren Republik, live Zeuge wurde, wie der letzte Prinz des Vereinigten Kolonialen Königreichs zum König einer untergegangen geglaubten Sternennation gekrönt wurde. Und er kam sich wahnsinnig dämlich vor. In seinem Kopf kursierten schon die ersten Vorstellungen davon, wie Pendergast auf diese Nachricht reagieren würde. Gorden verspürte keinerlei Lust, sich mit dem Präsidenten in dieser Frage auseinanderzusetzen.
»Darf ich die Satelliten vielleicht jetzt endlich ausschalten?« Der Major konnte es sich nicht verkneifen, in seine Stimme einen gewissen Ich-hab's-ja-gleich-gesagt-Tonfall einfließen zu lassen.
Gorden winkte ab. »Von mir aus«, gab er seine Einwilligung. Wobei die Satelliten nun schon keine Rolle mehr spielten. Der Schaden war bereits angerichtet. Das Königreich hatte wieder einen Monarchen und alle Sternennationen wussten es. Vor allem aber wussten es die Bürger der Nation, die die Solare Republik durch den Tod ihres Königs ursprünglich

hatte brechen wollen. Gorden konnte sich nichts vorstellen, was den Widerstandswillen eines unterdrückten Volkes mehr anstachelte als das. Sein Blick richtete sich auf die Übertragung. Aber noch war dieser Kampf nicht verloren. »Verbinden Sie mich mit dem Kommandanten der Bodentruppen.«

Es dauerte nur Sekunden und das Abbild eines Offiziers im Rang eines Lieutenant Generals starrte ihm aus dem Hologramm entgegen.

»Hawkins hier«, sprach der General Gorden an.

»Ralph, wo bist du gerade?«

»Wir richten immer noch einen Brückenkopf auf dem Raumhafen ein. Der Widerstand ist unerwartet heftig.«

»Ich will, dass ihr gegen die Kathedrale von Pollux vorrückt. Macht sie dem Erdboden gleich. Schick alles, was dir als notwendig erscheint, um das zustande zu bringen.«

Der General wirkte im ersten Moment verwirrt. »Eine Kathedrale? Bist du sicher?«

Gorden nickte. »Der Prinz befindet sich darin.«

»Du meinst der König«, verbesserte Hawkins mit schmalem Grinsen.

»Du hast es also gesehen«, stöhnte der Großadmiral.

»Wer nicht?«, versetzte der General.

»Kannst du das erledigen oder nicht?«

»Du weißt, dass wir dafür in die Hölle kommen?«, wollte Hawkins wissen.

Gorden nahm das als Ja. »Da landen wir ohnehin alle, mein Freund.« Hawkins gehörte wie er selbst auch den Söhnen von Ares an, der militanten Geheimorganisation innerhalb der republikanischen Streitkräfte. Der General zählte zu den wenigen Menschen, denen der Großadmiral vertraute. Die Aufgabe, das Gotteshaus dem Erdboden gleichzumachen, befand sich in den besten Händen.

31

Konteradmiral Oscar Sorenson band sich ein feuchtes Tuch um Mund und Nase. Die Luft wurde immer stickiger, seit sich das Hauptquartier in Reichweite feindlicher Artillerie befand. Und die Typen verstanden was von ihrem Handwerk. Selbst Beinahetreffer erschütterten das Gebäude und ständig rieselte Staub von der Decke.

Sorenson stand inmitten des riesigen Hologramms, um die Verteidigung zu planen. Die solarische Technik war geradezu luxuriös. Insgeheim grinste der alte Admiral. Daran könnte er sich durchaus gewöhnen.

Unvermittelt stand Angel neben ihm. Die Attentäterin nahm den markanten Helm ab. Sie wirkte abgekämpft, aber noch frisch, was nach seinem Dafürhalten ihrem Naturell entsprach. Das Sturmgewehr auf ihrem Rücken verströmte einen scharfen Duft nach Schießpulver. Es war vor Kurzem daraus geschossen worden. Außerdem bemerkte er das Blut, mit dem ihre gezogene Klinge bedeckt war. Sie war ein Teufel, der die Feinde des Königreichs heimsuchte. Sorenson hätte nicht mit den republikanischen Soldaten tauschen wollen.

»Wie sieht es draußen aus?«

Die Frau strich sich eine verschwitzte Strähne aus dem Gesicht. »Sie sind aus ihrem Brückenkopf ausgebrochen. Sie gehen gegen die Stadt vor.«

Sorenson deutete auf das Hologramm. »Schon gesehen. Gorden hat endlich bemerkt, was wir die ganze Zeit vorhatten. Er zerstörte soeben die Satelliten.«

Angel merkte auf. »Was ist mit der Übertragung?«

»Die ging durch ... soweit wir wissen. Aber ab jetzt können wir nicht mehr viel tun, außer die Stellung zu halten.«

Angel lächelte verschmitzt. »Und zu hoffen, dass der Zorn der Bevölkerung vor Entrüstung überkocht.«

Der Admiral warf ihr einen warnenden Blick zu. »Sarkasmus steht Ihnen nicht, meine Liebe.«

Sie zuckte die Achseln. »Sarkasmus ist manchmal das Einzige, was mich morgens aufstehen lässt.«

»Das überrascht mich nicht.« Der Admiral wandte sich einem der Komoffiziere zu. »Eine Verbindung zu Blackburn!«

Das Abbild des Flottenbefehlshabers in Überlebensgröße tauchte vor ihm auf. Angel trat einen Schritt näher, damit sie sich im Erfassungsbereich der Übertragung befand. Als er sah, dass es seinen beiden Freunden gut ging, zuckte ein erfreuter Ausdruck über Dexters Gesicht.

»Die Bodentruppen rücken gegen die Kathedrale vor«, begann Sorenson ohne Umschweife.

»Wie ernst ist die Lage? Soll ich Hilfe schicken?«

»Mit denen werden wir schon fertig«, entgegnete der Admiral. »Aber es wäre hilfreich, die Invasoren von der Unterstützung aus dem All abzuschneiden.«

Dexter nickte verstehend. »Ich arbeite dran. Haltet noch ein wenig länger durch.«

Sorenson ächzte. »Habe ich eine Wahl?«

»Nein«, gab Dexter zurück und kappte die Verbindung.

»Er verliert zur Zeit nicht viele Worte«, kommentierte Angel das Gesehene.

»Er hat auch viel um die Ohren im Moment.« Sorenson wandte sich seiner Begleiterin zu. »Apropos, haben Sie nicht auch etwas Besseres zu tun, als hier herumzustehen?«

Angel streifte den Helm über und begab sich zum Ausgang. Auf dem Weg dorthin reinigte sie ihr Katana mit einem Tuch.

»In der Tat«, hörte Sorenson sie noch sagen. »In der Tat.«

Dexter stützte sich auf den Rand des Holotanks. Vor ihm ragte ein holografisches Abbild Admiral Oliver Lord Lamberts auf. »Wie weit sind Sie?«, wollte der Flottenbefehlshaber wissen.

»Wir könnten noch tagelang an den Schäden arbeiten und es wäre dennoch nicht ausreichend«, gab der Kommandant der Heimatflotte zu.

»Aber Waffen, Antrieb und Schilde funktionieren. Das genügt für den Anfang. Besser wird unser Zustand nicht.«

Dexter nickte. »Dann schlagen wir jetzt los.«

Major Melanie St. John duckte sich, als über ihr Laserstrahlen und Projektile hinwegfauchten. Sie warf einen Blick auf Major General Sabine Dubois. Die hochrangige Offizierin wirkte, als stünde sie dem Tod näher als dem Leben. Ein panzerbrechendes Geschoss hatte ihre Weste und die Schulter knapp über dem Herzen durchschlagen. Ein paar Zentimeter weiter unten, und man hätte der Frau nicht mehr helfen können. Ein Sanitäter und ein Feldchirurg kümmerten sich um sie. Aber es sah trotzdem nicht gut aus.

Eine verdreckte, schwitzende Gestalt kam neben ihr zum Stehen. Erst beim zweiten Hinsehen erkannte sie Randazotti. Der Armeeoffizier und Widerstandskämpfer lud in eiligen Bewegungen sein Sturmgewehr nach. Er sah nach oben und gab mit einer Handbewegung zwei Soldaten mit Gaußgewehren das Zeichen einzugreifen.

Diese nahmen den angreifenden Feind aufs Korn und feuerten. Mehrere gepanzerte und bewaffnete Humvees kamen mit quietschenden Reifen zum Stehen, als Fahrer und Bordschützen ausgeschaltet wurden. Ein republikanischer Schützenpanzer fuhr auf eine Mine und flog in einer donnernden Explosion auseinander.

Randazotti schüttelte den Kopf. »Das halten wir nicht mehr sehr viel länger durch. Wo bleibt unsere Verstärkung?«

Melanie zuckte die Achseln. »Es wird in der gesamten Stadt gekämpft. Ich könnte mir gut vorstellen, dass es langsam schwierig wird, irgendwo Truppen loszueisen. Wo ist der Prinz?«

»Der König«, verbesserte Randazotti, »befindet sich in der Kathedrale. Ist im Augenblick der sicherste Ort für ihn.«

Wie um seine Worte Lügen zu strafen, zerplatzte ein Fireball-Panzer des Königreichs, der genau vor dem Eingang zum Gotteshaus Position bezogen hatte.

Soldaten des Royal Red Dragoon Bataillon gingen zum Gegenangriff über. Mit angelegten Waffen und Kampfrufe ausstoßend, liefen sie im

Zickzackkurs dem Gegner entgegen. Republikanische Soldaten fielen unter dem Dauerbeschuss der Elitesoldaten. Und für ein paar Minuten nahm der Beschuss der feindlichen Truppen ab. Melanie gönnte sich ein kurzes Aufatmen, dann war der Vorteil auch schon wieder verloren. Der Boden erzitterte unter dem Stampfen gewaltiger metallischer Füße. Sie sah auf – und erbleichte. Der Schatten von Walking-Fortress-Maschinen arbeitete sich auf sie zu. Sie nutzten die Stadtautobahn, da es der einzige Weg im Herzen von Pollux darstellte, der groß genug war, um sie zügig vorankommen zu lassen.

»Wo sind unsere nächsten Spiders?«

Der Colonel schüttelte den Kopf. »Mir ist keine Einheit im Umkreis von zwanzig Kilometern bekannt, die das da aufhalten könnte.«

»Wir müssen«, hielt Melanie stur dagegen. »Ansonsten ist alles vorbei.«

Resignation machte sich auf Randazottis Gesicht breit. Melanie wurde klar, dass der Mann dabei war, die Hoffnung zu verlieren. Wenn sie sich umsah, so musste sie zugeben, dass sie auf die Solarier ihr Geld setzen würde, wäre sie eine Spielerin. Sie lud ihr Gewehr durch. Aber sie war keine. Und sie gab einen Dreck auf Chancen.

Sie erhob sich und nahm die wieder vorrückende solare Infanterie salvenweise unter Beschuss. Randazotti zog die Offizierin zurück in Deckung. Die Antwort der feindlichen Soldaten zischte über ihre Köpfe hinweg. »Sie sind verrückt«, schalt er sie. »Total verrückt.«

»Wir haben keine Wahl. Wir müssen sie aufhalten. Der Schutz des Königs genießt oberste Priorität.«

Randazotti überlegte. »Ihr *Skulls* habt alle einen an der Klatsche.« Seine Lippen verzogen sich zu einem breiten Grinsen. »Ich ziehe vor der Kathedrale alles zusammen, was ich kann. Aber dann ist das Ende der Fahnenstange erreicht.«

»Dann muss das genügen«, bestätigte sie und nahm die Solarier ein weiteres Mal aufs Korn.

Gorden verfolgte die Schlacht am Boden mit wachsender Genugtuung. Hawkins' Truppen hatten sich bis auf zwei Kilometer an die Kathedrale herangearbeitet. Die royalen Kräfte vor Ort standen kurz davor, eingekesselt zu werden. Sollte das dem republikanischen General gelingen, war das Spiel gelaufen.

Major Lars Helwig wirbelte auf einmal zu ihm herum. »Großadmiral? Feindliche Kräfte im Anflug. Über den Nordpol und über den östlichen Äquator.«

Gorden löste sich vom Anblick vorrückender solarer Bodentruppen und richtete seine Aufmerksamkeit auf das ihn persönlich betreffende dringendere Problem.

»Blackburn«, stieß Gorden hervor. »Der Kerl will einfach nicht aufgeben. Ich hätte aber nicht gedacht, dass er genügend Schiffe für einen Zangenangriff massieren kann.«

Der Großadmiral vergrößerte die Ansicht und isolierte einige der über den Äquator anfliegenden Kampfschiffe. Er stutzte. Es handelte sich ausnahmslos um republikanische Schiffstypen. Sie waren gemeinhin in keinem guten Zustand. Nichtsdestotrotz hielten sie auf seine Linien zu. Und sie nutzten die südlichen Verteidigungssatelliten, um ihrem Anflug Feuerschutz zu geben. Gorden durfte es nicht wagen, seine Einheiten in ihren Einflussbereich zu führen.

»Sie kommen zu schnell auf uns zu«, meinte sein Adjutant. »Bei dieser Geschwindigkeit wird kaum Zeit bleiben für ein Fernkampfgefecht. Sie werden die Kampfdistanz für die Torpedos in wenigen Minuten unterschreiten.«

Gorden nickte. »Das ist auch Blackburns Absicht. Im Nahkampf sind sie möglicherweise im Vorteil.«

»Ihre Befehle, Admiral?«

Gorden sah mit zornig blitzenden Augen auf. »Wir stellen uns ihnen. Was denn sonst?«

Der Platz vor der Kathedrale wurde gesäumt von brennenden Wracks. Die meisten gehörten dem Königreich. Die royalen Kräfte standen kurz davor, überwältigt zu werden. Die Republikaner wussten es. Sie drängten ohne Unterlass nach vorn, spülten die Verteidiger allein durch ihre zahlenmäßige Überlegenheit hinweg.

Die Royalisten unter dem Kommando von Randazotti und Melanie wehrten sich mit allem, was sie hatten, zeitweise sogar mit einigem Erfolg. Die zerschmetterten Überreste zweier Spiders lagen auf den Straßen. Der Preis, den sie dafür hatten zahlen müssen, war schrecklich gewesen.

Jäger beider Seiten kämpften hoch über ihren Köpfen, um den Luftraum für die jeweils eigene Partei zu beanspruchen. Keiner besaß die Mittel, die Überlegenheit dauerhaft einzurichten. Melanie hätte sich gewünscht, dass wenigstens eine einzige Staffel Gladius oder Stingrays zu ihrer Verfügung gestanden hätte. Alle Reserven waren im Einsatz.

Die Verteidiger fielen auf eine letzte Verteidigungslinie rund um die Kathedrale zurück. Noch konnten sie die Solarier davon abhalten, den Kessel zu schließen. Viel fehlte nicht mehr.

Ein royaler Infanterist stellte eine Flagge des Königreichs im Turm eines zerschossenen Cobra-Panzers auf. Der Mann wollte gerade herabsteigen, als das Projektil eines Gaußgewehrs ihn fällte. Die Flagge aber blieb weiterhin aufrecht. Beinahe trotzig wehte sie in Richtung der Angreifer.

Eine weitere Welle feindlicher Truppen rollte heran. Melanie warf das leer geschossene Magazin weg und schob ein volles in die Zuführung. Ein Private schlich geduckt durch die Reihen und verteilte frische Vorräte. Melanie nahm dankbar drei Magazine entgegen.

»Uns geht die Munition aus«, warf sie in die Runde. Ihr Blick zuckte zu Dubois' leblosem Körper. Ein Sanitäter wachte über die Generalin. Der Atem der Frau ging flach. Sie war nicht bei Bewusstsein. Wenigstens würde sie das Ende nicht kommen sehen. Der Feldchirurg hatte sie an Ort und Stelle operiert, inmitten von Dreck, Tod und Feuer.

»Mehr Sorgen als die Munition machen mir die Fahrzeuge«, erwiderte Randazotti zwischen zwei Salven. »Wir haben nicht mehr viele. Die schon.«

Die Geheimdienstoffizierin wünschte, sie hätte noch mal mit Red reden können. Aber der designierte Staatschef der Freien Republik Condor hatte sich aus dem Staub gemacht. Dexter hatte ihr davon berichtet. Die Gründe für sein Verhalten blieben im Dunkeln. Vielleicht glaubte er nicht an einen Sieg des Königreichs und er wollte nicht mit in den Abgrund gerissen werden. Aber das passte nicht so recht zu seinem bisherigen Verhalten.

Möglicherweise lagen die Dinge vollkommen anders, als es auf den ersten Blick wirkte.

Melanies Komlink erwachte zum Leben. Etwas knackte. Jemand artikulierte Worte. Durch die massiven atmosphärischen Störungen hindurch verstand sie jedoch nichts. Es wirkte aber, als wolle jemand Kontakt mit ihr aufnehmen. Mit ihr persönlich.

Der Komlink aktivierte sich erneut. Dieselbe Stimme sprach dieselben Worte, immer noch kaum verständlich. Sie glaubte, die Begriffe *Kopf* und *Hilfe* zu erkennen, war dessen aber nicht sicher.

In den führenden solarischen Spider schlugen mehrere panzerbrechende Geschosse ein. Schwere Kaliber. Die Knie der zwei vorderen linken Beine knickten ein, als der Titanknochen brach. Die Maschine krachte auf den Boden und begrub das Cockpit mit der gesamten Besatzung unter sich.

Für einen Moment hielt jeder – Freund oder Feind – den Atem an. Alle Augen wandten sich in die Richtung, aus der der Angriff erfolgt war. Mehrere Walking Fortress marschierten auf den Kampf um die Kathedrale zu. Das Aufgebot umfasste Spiders und auch die kleineren, wendigeren Vikings. Melanie nahm ein Fernglas zur Hand. Sie setzte es ab, rieb sich die Augen und spähte ein weiteres Mal hindurch. »Das glaube ich nicht.«

»Wieso? Was ist denn?«, wollte Randazotti wissen.

»Das Emblem auf der führenden Maschine kenne ich. Das ist Morrison. Vom *Konsortium*.« Sie atmete erleichtert auf. »Ich hätte nie gedacht, dass ich mal froh sein würde, den zu sehen.«

Der CRA-Colonel sagte nichts, sondern zog eine Handgranate ab und warf sie unter einen verdutzten Trupp solarischer Infanterie. Die folgende Explosion schleuderte die Männer und Frauen in alle Richtungen davon.

»Kommen Sie«, hielt er die Geheimdienstoffizierin an. »Es ist noch nicht vorbei.« Und gemeinsam begaben sich die *Skull*-Offizierin und der royale Colonel in den Mahlstrom einer aufs Neuen angeheizten Schlacht.

Im königlichen Hauptquartier fiel das Hologramm mit solcher Endgültigkeit aus, dass sich Konteradmiral Oscar Sorenson in der ersten Sekunde fragte, was soeben schieflief.

Angel tauchte neben ihm auf. Sie packte ihn am Kragen. »Wir müssen weg. Sofort! Die Solarier sind durchgebrochen.«

Das modifizierte Sturmgewehr war verschwunden. Ihre Rüstung wies Löcher und Risse auf. Aus einigen sickerte Blut. Die Attentäterin hielt das Heft des Katanas fest umklammert.

Der Admiral wollte aufbegehren, überlegte es sich aber anders. Angel würde nicht zum Rückzug auffordern, wenn es Grund gab, Hoffnung zu schöpfen. Die Stellung war verloren.

»Ich habe Fahrzeuge organisiert«, fügte sie auf Sorensons Zögern hinzu. Er nickte niedergeschlagen.

»Raus hier!«, schrie er den anderen Offizieren im Kommandozentrum zu. Diese ließen sich das nicht zweimal sagen. Sie nahmen die Beine in die Hand und rannten, als wäre der Teufel persönlich hinter ihnen her.

»Wir müssen jetzt wirklich gehen!«, drängte Angel. Sorenson hingegen sah keinen Grund zu übermäßiger Eile. Er würde vor diesem Pöbel nicht Hals über Kopf die Flucht ergreifen. Stattdessen aktivierte er seinen Komlink auf einer allgemeinen Frequenz: »Achtung! Achtung! Konteradmiral Oscar Sorenson an jeden, der mich hört! Kommandoposten wird überrannt! Ich wiederhole: Kommandoposten wird überrannt! Ich verlege meinen Befehlsstand ab sofort ins Feld! Falls es keinen Kontakt mehr zu mir oder einem anderen ranghohen Offizier gibt, dann sind alle Befehlshaber am Boden ermächtigt, nach eigenem Ermessen zu handeln. Viel Glück, Leute!«

Erst jetzt gestattete er der Attentäterin, ihn aus dem Gebäude zu führen. Auf ihrem Weg begegneten sie einer Gruppe solarischer Todeskommandos. Der Trupp bestand aus drei Mann und hatte offenbar den ausdrücklichen Befehl, den royalen Rückzug zu stören. Zu ihren Füßen lagen mehrere niedergemachte königliche Offiziere, darunter sogar ein General. Die Todeskommandos waren gepanzert, gut bewaffnet und hervorragend ausgebildet. Angel benötigte weniger als fünf Sekunden, sie ins Jenseits zu befördern.

Sorenson trat in der Begleitung der Attentäterin durch die Tür. Die Stufen wurden gesäumt von CRA-Soldaten. Es warteten mehrere Schützenpanzer, die von zwei Fireballs und vier Cobras eskortiert wurden.

Der Admiral sah sich kurz um. Die Solarier breiteten sich vom Raumhafen ausgehend wie eine Seuche über die Hauptstadt des Königreichs aus. Wohin er auch sah, zogen sich Rauchsäulen gen Himmel. Die Stadt brannte. Das Herz wurde ihm schwer bei diesem Anblick.

Er ließ sich von Angel zu einem der Schützenpanzer führen und stieg ein. Der Nightcrawler war als Kommandofahrzeug modifiziert. Angel leistete gute Arbeit. Von hier aus ließ sich einiges bewerkstelligen. Der Konvoi nahm Fahrt auf und Sorenson widmete sich der undankbaren Aufgabe zu retten, was noch zu retten war.

An Bord der REYKJAVIK saß Vizeadmiral Oliver Lord Lambert auf seinem Kommandosessel und beobachtete, wie die neu gegründete Heimatflotte auf den Feind zusteuerte.

Ungefähr zweihunderttausend Kilometer voraus trafen Blackburn und Gorden in einem epischen Schlagabtausch aufeinander. Explosionen erhellten das All. Beide Parteien kämpften ohne Zurückhaltung. Es ging nur noch darum, dem Gegner möglichst hohe Verluste zuzufügen.

Lamberts Flaggschiff wurde eskortiert von drei Schweren Kreuzern der Alexander-Klasse. Diese Glanzstücke terranischer Technologie eröffneten den Beschuss, sobald sie in die Kampfdistanz zur feindlichen Flotte eintraten.

Die umfangreiche Bewaffnung der erbeuteten Schiffe bahnte der neuen Heimatflotte einen Pfad der Zerstörung durch die gegnerischen Linien. Die REYKJAVÍK zerstörte auf ihrem Weg vier feindliche Abschirmeinheiten und zwei Großkampfschiffe. Einer der Alexander-Kreuzer wurde in Stücke geschossen, als zwei solarische Schlachtschiffe vor ihrer Formation auftauchten. Die Gaußgeschütze der REYKJAVÍK erwachten zum Leben und ihre Projektile bohrten sich tief durch die Panzerung eines der beiden Kampfschiffe. Es drehte mit zertrümmertem Bug ab und bot dem rachsüchtigen königlichen Admiral und seinem neuen Flaggschiff unberührte Panzerung dar.

Drei Lenkwaffenkreuzer begannen damit, die republikanischen Linien mit ihren Langstreckenwaffen zu beharken, vorbei an den gekaperten Schiffen, die Lambert ins Gefecht führte. Das bereits angeschlagene Schlachtschiff erlitt irreparable Beschädigungen im Bereich der Antriebssektion. Lamberts Eskorte griff derweil das zweite Schlachtschiff an.

Lamberts Einheiten und die republikanischen Verbände gerieten in den Nahkampf. Beide Seiten erlitten verheerende Verluste. Dennoch blieb der Kommandant der Heimatflotte weiterhin auf seinem Kurs. Er sah kaum etwas anderes als die ARES unmittelbar voraus. Die Lippen des Admirals verzogen sich zu einer hämischen Grimasse.

»Stanz? Alle infrage kommenden Waffen auf Gordens Flaggschiff ausrichten. Laden Sie die Energiewaffen auf und warten Sie auf Feuererlaubnis. Diesmal jagen wir den Bastard zur Hölle.«

Polizeichef Chief Inspector Linus Evans führte eine Truppe Polizisten durch die von der Schlacht gepeinigten Straßen seiner geliebten Stadt.

Nein, korrigierte er sich in Gedanken. Das waren keine Polizisten mehr. Es handelte sich vielmehr um Soldaten, nicht weniger wert als die Widerstandskämpfer, die sich die komplette Besatzung über gegen den Feind gestellt hatten. Unverhohlener Stolz ließ seine Brust anschwellen. Ihre Ehre war wiederhergestellt. Gleichgültig, wie dieser Tag auch ausging, das konnte ihnen niemand mehr nehmen. Die Zeit ihrer erzwungenen Kollaboration war endgültig vorüber.

Donner ließ seine Leute und ihn zusammenfahren. Er hob den Kopf. Über ihnen durchbrachen Trümmerstücke die Atmosphäre. Bei einem von ihnen handelte es sich unzweifelhaft um den Bug eines republikanischen Schlachtschiffes. Der Rumpf war knapp hinter der Brücke wie mit einem Skalpell durch ein Strahlengeschütz aufgeschnitten worden. Es zog einen Schwanz an Wrackteilen hinter sich her.

Der Chief Inspector verfolgte das Schiffsfragment mit den Augen, solange er konnte. Es schlug irgendwo westlich auf. Er hoffte, dass es die Stadt verfehlt hatte.

Evans bedeutete den Polizeibeamten in seiner Begleitung, sich wieder in Bewegung zu setzen. Ein übergeordnetes Kommando schien es zumindest im Augenblick nicht zu geben. Also mussten sie sich selbst einen Ort suchen, an dem sie helfen konnten. An Gefechten mangelte es nicht. Da musste doch eines dabei sein, bei dem sie sich nützlich machen konnte.

Sein Komlink meldete sich zu Wort. »An jeden, der mich hört«, vernahm er die Stimme Major Melanie St. Johns. »Wir verteidigen die Kathedrale. Brauchen dringend Unterstützung.«

Diese Meldung fühlte sich an wie ein Wink Gottes. Er hatte um einen Fingerzeig gebetet, wo seine Polizisten und er eingreifen konnten – und da war er, wie aufs Stichwort.

Der Chief Inspector musterte seine Leute. Sie waren erschöpft, aber auch entschlossen, sich nicht unterkriegen zu lassen. Evans setzte einen Fuß vor den anderen in Richtung der umkämpften Kathedrale. Seine Leute folgten ihm. Ohne zu murren. Ohne die Entscheidung infrage zu stellen.

32

Die ODYSSEUS zog sich angeschlagen aus dem Kampfgebiet zurück. Man sollte besser sagen, sie humpelte davon. Das Großschlachtschiff war in der Lage, auch schwerstem Beschuss standzuhalten, aber irgendwann war schlichtweg ein Limit erreicht.

Lamberts REYKJAVÍK, das gekaperte solarische Großschlachtschiff, musste von zwei Kampfkreuzern abgeschleppt werden. Die Überreste seines improvisierten Geschwaders blieben in Formation mit ihrem Flaggschiff. Dexter gab gern zu, dass sich die befreiten Kriegsgefangenen hervorragend geschlagen hatten.

Von allen Kommandoschiffen der Flotte sah Hastings' POMPEJI noch am besten aus. Und das auch nur, weil diese mit einigen Abschirmeinheiten über der Hauptstadt Position bezogen hatte und verhinderte, dass der Gegner Verstärkung absetzen oder seine Bodentruppen durch orbitale Schläge unterstützen konnte. Der Rest der königlichen Armada sah zum Davonlaufen aus.

Dass es Gorden und den Solariern kaum besser erging, stellte keine große Genugtuung dar. Die zwei Parteien kämpften seit Tagen bis zur völligen Erschöpfung. Sie gingen mit flammenden Waffen aufeinander los, schlugen brutal auf die jeweils andere Seite ein und gingen wieder auf Distanz, um die gröbsten Schäden zu beseitigen. Anschließend vollführten sie denselben Ablauf immer und immer wieder.

Beiden Seiten ging mittlerweile die Munition aus. Die Magazine waren nahezu geleert, was Torpedos, Raketen, Railgunprojektile und Gaußmunition anging. Die Versorgungslage der Royalisten war von Anfang an nicht gut gewesen. Sokolow und Verhofen verhinderten, dass Gorden Nachschub in relevantem Umfang erreichte, auch wenn es mehrere Versuche aus Richtung der Lagrange-Punkte gegeben hatte. Die kriegführenden Parteien befanden sich in der seltenen Situation einer doppelten Belagerung.

Dexter rieb sich den schmerzenden Kopf. Wann er zum letzten Mal geschlafen hatte, wusste der Flottenbefehlshaber nicht zu sagen. Die Tür öffnete sich und Admiral Simon Lord Connors kam herein. Der RIS-Chef sah ähnlich erschöpft aus wie jeder andere auf der Flaggbrücke. Das Oberhaupt des Geheimdienstes übergab an Walsh einen Datenstick mit Analysen der gegnerischen Taktik sowie ihrer Stärken und Schwächen und verschwand sofort wieder. Seine Analysten leisteten einen wichtigen Beitrag zum Gelingen der Schlacht.

Sein Flaggleutnant sichtete die Daten und erstattete ihrem Kommandanten umgehend Bericht. »Laut RIS ist die Versorgungslage der Solarier verdammt schlecht. Sie werden keine Fernkampfwaffen mehr einsetzen. Laut RIS wurden ihre Magazine während des letzten Aufeinandertreffens vollständig geleert. Die pfeifen auf dem allerletzten Loch.«

»Ganz anders als wir«, meinte Dexter sarkastisch. Er stieß ein Zischen aus. »Ich bin froh, dass Sokolow und Verhofen ihre Versorgungsplattformen zerstört haben. Ohne diesen Vorteil würde es noch schlechter um uns stehen.«

Dexter hob den Kopf. Südlich von Castor Prime stand eine kleine Gruppe von Schiffen. Sie unterbanden jeden Versuch der Solarier, Nachschub zu ihrer über dem Hauptplaneten kämpfenden Flotte zu entsenden. Der Pirat war ein zäher Bursche. Und wenn es überhaupt noch eines Beweises bedurft hätte, dann war er nun beseitigt. Sokolow war einer von ihnen.

»Das Verhältnis der Tonnage entwickelt sich aber sehr zu unseren Ungunsten. Auf jedes royale Großkampfschiff kommen mittlerweile drei des Gegners.« Sie schwieg für einen Moment. »Admiral Lord Lamberts Kampfraumer ist nahezu außer Gefecht. Reparaturprognose: ungefähr drei Tage. Und das nur, um den Antrieb wieder funktionstüchtig zu machen. Die ODYSSEUS selbst benötigt mindestens dreißig Stunden, um eine Kampftauglichkeit von sechzig Prozent zurückzuerlangen.«

Dexters unsteter Blick konzentrierte sich auf Gordens Einheiten, die sich außer Kampfdistanz der Energiewaffen sammelten. Er konnte sich gut vorstellen, dass auf der ARES in genau diesem Moment dasselbe Gespräch geführt wurde. Die Schlacht entwickelte sich mit rapider Geschwindigkeit zu einem Abnutzungskrieg.

»Machen Sie den Technikern Dampf«, forderte er. »Ich kann mir nicht vorstellen, dass uns Gorden dreißig Stunden gewährt, geschweige denn drei Tage.«

Selbst mit der Unterstützung Morrisons und der *Konsortiums*-Soldaten dauerte der Kampf um die Kathedrale seit nunmehr fünf Tagen an. Der Kessel war aufgebrochen und beide Seiten erhielten am laufenden Band Verstärkung, was die Waagschale der Schlacht abwechselnd zur einen, in der nächsten Stunde wieder zur anderen Seite neigte.

Melanie hätte sich wahnsinnig gerne ausgeruht, aber abgesehen von gelegentlichem Dösen war ihr nicht die kleinste Pause vergönnt.

Sie hatte nicht einmal gemerkt, dass sie kurz eingenickt war. Randazotti stieß sie unsanft an. »Sie kommen schon wieder.«

Mit einem ächzenden Laut erhob sich die Geheimdienstoffizierin. Neben der Kathedrale ragte Morrisons Spider auf. Der Kampfkoloss war demobilisiert. Drei seiner Beine hatten schweren Schaden erlitten und infolgedessen war das gesamte Gefährt arretiert worden. Nur noch ein Schritt, und es krachte bestimmt in sich zusammen.

Lange konnte die Schlacht nicht mehr andauern, das war allen nur allzu bewusst. Solarische Truppen drangen diszipliniert aus einer kaum beachteten Seitengasse. Sie überwältigten die wenigen Verteidiger an dieser Stellung und sickerten in die königlichen Linien ein. Ein erbittertes Feuergefecht war das Ergebnis. Die Solarier drängten die Royalisten beständig zurück.

Sie standen kurz davor, überwältigt zu werden, da wurde einer der Solarier so frech und krabbelte zu der auf dem Cobra-Panzer installierten Flagge hinauf. Er machte Anstalten, sie herunterzureißen und durch eine solarische zu ersetzen.

Melanies Sturmgewehr klackerte. Die Munition war alle. Außerstande, etwas dagegen zu unternehmen, musste sie hilflos mit ansehen, wie der Solarier an der Flagge hantierte.

Jemand stieß die Türen der Kathedrale auf. Soldaten der Palastwache und des Royal Red Dragoon Bataillon strömten aus dem Gebäude hervor. In ihrer Mitte, unübersehbar in seiner prächtigen Uniform, der König. Die Soldaten eröffneten das Feuer. Der Solarier mit der Flagge war der erste, der fiel. Viele weitere folgten. Allein das Auftauchen frischer Kräfte sorgte für einen Bruch der feindlichen Moral. Die republikanischen Linien wankten, brachen und der Feind zog sich unter hämischen Rufen und einzelnen Salven der Verteidiger zurück.

Ein Viking erhob sich auf unsicheren Beinen und machte ein paar wankende Schritte auf den fliehenden Feind zu. Bug und Arme waren von jeglicher Panzerung entblößt und offenbarten das Innenleben der Kriegsmaschine in Form von freiliegenden Drähten und Titanstahlknochen. Der Walking Fortress baute sich hinter dem zerstörten Cobra-Panzer auf, die Geschütze drohend erhoben.

Morrisons Spider schickte den Republikanern noch ein paar Granaten aus den Buggeschützen hinterher, allerdings ohne etwas zu bewirken.

Der König nahm die royale Flagge in beide Hände und schwenkte sie von einer Seite zur anderen.

Ein Reporter namens Jörg Beinstetter bekam den Vorgang mit, als er den Soldaten aus der umkämpften Kathedrale folgte. Er stieß seinen Kameramann mit beiden Händen an. »Halt drauf! Halt einfach nur drauf!« Er wandte sich dem Mann nach einigen Minuten mit hochrotem Gesicht zu. »Bitte sag mir, dass du alles im Kasten hast!«

Zur Antwort hob der Kameramann seinen rechten Daumen. Der Reporter grinste. »Dafür ist mir der Pulitzerpreis sicher. Übertrag das live.«

Der Kameramann wirkte verdutzt. »An wen?«

»An wen? An alle natürlich! An alle! Ganz Castor Prime soll das sehen.«

Der Spider von Lieutenant General Ralph Hawkins war vor über einer Stunde zerstört worden. Der Oberbefehlshaber der republikanischen Bodentruppen hatte es nicht mehr rausgeschafft. Seitdem führte Brigadier General Antoine Fournier das Kommando. Und diesen überkamen mittlerweile Zweifel, ob man Castor Prime einnehmen konnte, geschweige denn befrieden.

Er riss die Augen auf, als der König inmitten des Geschehens auftauchte, eine Fahne wild schwenkend. Die Versuchung war groß, den Mann einfach über den Haufen schießen zu lassen. Und beinahe hätte er den Befehl dazu auch erteilt.

Es begann kaum der Rede wert, fast wie ein Hintergrundsummen, das man nicht näher identifizieren konnte. Dann wurde es lauter. Sprechchöre kristallisierten sich heraus. Sie forderten ein Ende der Kämpfe, den Rückzug der Solarier, aber vor allem forderten sie ihre Freiheit zurück.

Sie kamen aus jeder Straße, jeder Gasse und marschierten über jeden Platz. Tausende von Menschen. Die republikanischen Truppen wichen vor ihnen zurück, unschlüssig, wie sie darauf reagieren sollten.

Fournier aktivierte seinen Komlink und stellte Gordens Frequenz ein. »Großadmiral? Wir haben hier ein Problem. Wir werden von einer großen Menschenmenge bedrängt. Sie bauen sich zwischen uns und der Kathedrale auf. Erbitte Anweisungen.«

»Ist diese Frage etwa ernst gemeint?«, keifte der Großadmiral. »Schießen Sie sie nieder! Bringen Sie die Attacke zu einem Ende. Nehmen Sie endlich die Kathedrale ein!«

Fournier erbleichte angesichts eines solchen Befehls. »Aber Sir! Das sind keine Soldaten. Es sind Zivilisten und sie verhalten sich keineswegs feindselig. Sie lassen uns lediglich nicht vorbei. Waffen sind auch keine zu entdecken. Ich kann doch nicht ...«

»Sie können und Sie werden! Schießbefehl. Muss ich mich noch deutlicher ausdrücken?«

Zu Fourniers unendlicher Schande hätte er die Anweisung beinahe ausgeführt. Das entsprechende Kommando lag ihm bereits auf der Zunge. Aber Fournier gehörte einer alten Soldatenfamilie an, deren Wurzeln bis auf Napoleons Zeit zurückreichten. Und seine Ahnen waren überaus stolz auf ihre Ehre gewesen, nicht weniger als Fournier selbst. Der General wechselte den Kanal auf eine Frequenz, die den Bodentruppen vorbehalten war.

»Nicht schießen! Ich wiederhole, die Zivilisten *nicht* angreifen! Alle Einheiten umgehend sämtliche Kampfhandlungen abbrechen und zum Raumhafen zur Evakuierung zurückkehren! Wir verschwinden von hier.«

Fournier bestieg einen Humvee und brauste Richtung Raumhafen davon. Er wusste, seine Entscheidung würde noch ein Nachspiel haben.

Daran verschwendete er aber keinen bewussten Gedanken. Eine Welt konnte nicht erobert werden, wenn sich deren Bevölkerung derart vehement gegen die Besatzer stellte. Und er würde den Teufel tun und noch mehr Leben in diesem blutigen Konflikt sinnlos verheizen. In der Schlacht um Castor Prime waren bereits genug gestorben.

Großadmiral Harriman Gorden war außer sich vor Zorn, als er realisierte, dass die solarischen Bodentruppen mit der Evakuierung begannen. Schlimmer noch, die Offiziere nahmen keine Befehle mehr von ihm an. Sie stellten sich nicht direkt quer, aber sie weigerten sich, die Kommunikation mit dem Flaggschiff anzunehmen, was im Endeffekt auf dasselbe hinauslief.

Was die Angelegenheit für ihn noch bitterer werden ließ, war die Reaktion der Royalisten. Die POMPEJI machte sogar Platz, um die solarischen Bodentruppen friedlich abziehen zu lassen. Hastings ließ die Truppentransporter wissen, dass niemand sie aufhalten würde, solange sie den Planeten ohne Anwendung von Gewalt verließen. Es entwickelte sich ein steter Strom vom Planeten abrückender Transporter.

Der Anblick machte Gorden rasend. »Major«, sprach er seinen Adjutanten an, »Befehl an die Flotte: Wir greifen auf der Stelle wieder an. Und lassen Sie die Befehlshaber der Truppentransporter wissen, dass jedes Schiff, welches meine Befehle nicht buchstabengetreu befolgt, umgehend beschossen wird.«

Helwig sah seinen Kommandanten an, als hätte dieser den Verstand verloren. »Admiral, das sind unsere Leute!«

»Wenn die ihre Pflicht nicht erfüllen, sind es Fahnenflüchtige.«

Der Major beugte sich vor und senkte beschwörend die Stimme. »Admiral ... es ist vorbei.«

Gorden warf seinem Untergebenen einen Blick zu, als wolle er diesem sogleich an die Kehle gehen. Helwig ließ sich davon nicht beeindrucken. Er hielt dem brennenden Blick des Großadmirals stand.

Gordens Schultern sackten ab und er senkte den Kopf – wahrscheinlich zum ersten Mal in seinem Leben. Sie konnten diese Schlacht gegen Blackburn immer noch gewinnen. Aber was dann? Er verfügte nicht länger über Bodentruppen. Ein Planet ließ sich nicht ohne ausreichend Personal am Boden erobern. Die einzige Möglichkeit, Castor Prime zu neutralisieren, bestand in seiner Zerstörung durch ein umfassendes Orbitalbombardement. Und bei allem Verständnis für Pendergasts Streben nach Macht, das konnte wirklich nicht seinen Wünschen entsprechen. Falls die Solare Republik einen Planeten vollständig auslöschte, dann hatten sie zwangsläufig sämtliche Sternennationen gegen sich. Das wäre der Anfang vom Ende der Republik.

Ergeben und bar aller Kräfte schenkte Gorden seinem Adjutanten ein abgekämpftes Nicken. »Alle Einheiten zum Rückzug formieren. Wir folgen den Truppentransportern durch den Lagrange-Punkt.«

Helwig richtete sich erleichtert auf. Mit voller Stimme verkündete er. »Alle Einheiten sammeln und den Kampf abbrechen! Wir machen, dass wir hier wegkommen.«

Der König trat vor die versammelte Menge aus Bürgern von Pollux und Offizieren, die in der vergangenen Schlacht gekämpft hatten. Zu ihnen zählten Dexter, Melanie, Sorenson, Hastings und Lambert. Einige Gesichter fehlten, wie Dexter voll Mitgefühl eingestehen musste.

Evans zum Beispiel, der tapfere Polizeichef, hatte die Schlacht nicht überlebt. Dubois befand sich auf einem der Lazarettschiffe in kritischem Zustand. Ihr Überleben war ungewiss. Wie erst jetzt bekannt wurde, war Triple D mit einem Aufgebot aus Kommandosoldaten und Widerstandskämpfern von Süden her der Hauptstadt zu Hilfe geeilt. Als sie die Randbezirke von Pollux erreichten, hatte eine republikanische Jägerstaffel den Konvoi bombardiert. Triple Ds Humvee war dabei zerstört worden.

Diese Schlacht hatte viel zu viele Opfer gefordert. Aber letztendlich war der Sieg der ihre. Und das zählte auch etwas.

König Calvin trat ans Podium und stellte sich den Mikrofonen der versammelten Presse. Über ihm flatterte stolz die Flagge des Königreichs und hinter ihm – gut sichtbar – war die fast völlig zerstörte Kathedrale von Pollux zu erkennen. Ein Symbol für den Widerstand und die Opfer, die für Freiheit und Demokratie erbracht worden waren.

Ein Orkan aus Jubel und Klatschen empfing das neue Staatsoberhaupt. Der König ließ es eine Weile gewähren. Dann hob er beschwichtigend beide Hände.

»Die Schlacht um Castor Prime ist vorüber. Und wir sind die Sieger. Die Solare Republik hat die schwerste Niederlage ihrer Geschichte erlitten.«

Spontan brandete abermals Jubel auf.

»Die Bevölkerung Castor Primes hat gelitten – vor, während und nach der Invasion. Diese Zeiten sind vorüber. Ich kann Ihnen gar nicht sagen, was für ein gutes Gefühl es ist, in die Heimat zurückzukehren, die ich leider so überstürzt verlassen musste. Dieser Augenblick ist es wert, dass man sich seiner erinnert. Mein Vater wäre unglaublich stolz auf uns alle. Und wo immer er auch ist, ich weiß, er sieht auf uns herab. Ich spüre seine Präsenz in meinem Herzen und in jedem Menschen des Königreichs.«

Während der König seine Ansprache hielt, stellte sich Melanie auf die Zehen, um Dexter etwas zuzuflüstern. Dieser kam ihr ein wenig entgegen. »Was ist mit Gorden?«

»Ist vor einer Stunde durch L2 gesprungen. Sokolow und Verhofen haben seine Verbände in einiger Distanz verfolgt, um sicherzugehen, dass er keine Überraschungen zurücklässt. Die Solarier haben vor dem Sprung noch sämtliche Lagrange-Forts evakuiert und dann alle in die Luft gesprengt. Sie in Besitz zu nehmen, eine solche Genugtuung wollte er uns nicht gönnen.«

Melanie zuckte die Achseln. »Von mir aus. Soll er sich diesen Spaß erlauben. Hauptsache, er ist weg und kommt nicht wieder.«

»Ich glaube nicht, dass er zurückkehrt, aber die Befreiung von Castor Prime ist lediglich ein Etappensieg. Die Solarier sind auf dem Rückzug. Und wir müssen dafür sorgen, dass es so bleibt. Der Wind hat sich gedreht, aber der Krieg ist noch nicht vorüber. Er wird erst enden, wenn wir Pendergast in den Ruinen des Präsidentenpalais auf der Erde unsere Bedingungen für seine Kapitulation diktieren. Erst dann wird es vorbei sein.«

»Es liegt also noch ein weiter Weg vor uns.«

»Das befürchte ich auch«, stimmte Dexter zu.

Melanie druckste noch ein wenig herum, bevor sie auf das eigentliche Thema zur Sprache kam, das sie bewegte. »Und Red hat nichts weiter gesagt? Keine nähere Erklärung für sein Verhalten?«

»Ich befürchte, nein. Ich habe dir alles gesagt.«

Melanie wandte sich wieder dem König zu, der seine Rede soeben beendete. Die Enttäuschung stand ihr ins Gesicht geschrieben.

Dexter stupste sie freundschaftlich an. »Keine Sorge. Wir werden ihn wiedersehen.«

»Wie kannst du da so sicher sein?«

»Nennen wir es Intuition. Red ist nicht die Art Mann, der sich so mir nichts, dir nichts vor einem guten Kampf davonstiehlt. Und in dieser Hinsicht warten noch einige auf uns.«

Trotz des ernsten Grundtenors seiner Aussage stahl sich ein Lächeln auf Melanies Lippen. Er hatte sie tatsächlich aufgeheitert und das genügte ihm. All diese Menschen waren ihm in Freundschaft und Kameradschaft verbunden. Er wollte sie nicht leiden sehen. Auch, wenn er wusste, dass ihnen dies noch bevorstand – auf ihrem Weg zur Erde.

33

Präsident Montgomery Pendergast, gewähltes Oberhaupt der mächtigen Solaren Republik, saß in einem äußerst bequemen Sessel in seinem Büro in Reykjavík, das Kinn auf ein Dreieck gestützt, das er aus den Händen formte, und betrachtete die zwei Männer, die vor ihm als holografisches Abbild angetreten waren. Keiner von ihnen wagte auch nur zu atmen.

Offen gestanden, wusste Pendergast nicht, ob er lachen oder weinen sollte. Großadmiral Harriman Gorden stand so stramm, dass man den Eindruck gewinnen könnte, die Knöpfe seiner Uniformjacke würden jeden Moment abfallen. Vincent Burgh bemühte sich um eine betont gelassene Haltung.

Pendergast registrierte allerdings die Schweißtropfen, die von dessen Stirn perlten. Für den sonst so kühlen Attentäter mit der lockeren Moral war dies äußerst ungewöhnlich. Er machte sich Sorgen, nicht zuletzt um das eigene Wohlbefinden. Der Mann erinnerte sich noch allzu lebhaft an das Schicksal des verblichenen Custa. Nach dem Cascade-Debakel war dieser vom Zirkel kurzerhand aus dem Weg geräumt worden, auf eine Weise, dass sein Körper oder Teile davon niemals wiedergefunden wurden.

Pendergast atmete tief ein und fixierte seine Gegenüber nacheinander. Er hatte sie genug schmoren lassen. Es wurde Zeit, seinem Unmut Ausdruck zu verleihen.

»Meine Herren«, begann er, »kann mir einer von Ihnen erklären, wie eine seit Jahrzehnten akribisch geplante und mit hoher Professionalität ausgeführte Invasion dermaßen schiefgehen konnte?« Der Präsident sah von einem zum anderen. »Möchte jemand beginnen?«

»Die Invasion verläuft immer noch zufriedenstellend«, begann Gorden. »Wir halten weiterhin beinahe vierzig Prozent des Königreichs.«

»Sie wollen mir diesen Schlamassel allen Ernstes schmackhaft machen?« Pendergast blieb ruhig. Es nutzte niemandem etwas, wenn er jetzt aus der Haut fuhr.

»Vierzig Prozent sind nicht viel, wenn man bedenkt, dass es vor vier Monaten noch achtzig waren. Wir haben die Hälfte der eroberten Gebiete verloren. Erzählen Sie mir nichts von zufriedenstellend.«

»Die Dinge hätten sich niemals auf diese Weise entwickelt, wenn Burgh nicht in einem solchen Umfang versagt hätte.« Der Attentäter warf dem Hologramm des Großadmirals einen mörderischen Blick zu. Die Schuld auf den Profikiller abzuwälzen war ein billiger Versuch der Manipulation. Und Burghs Mimik deutete darauf hin, dass er dies dem arroganten Admiral nicht vergeben würde. Nichtsdestotrotz hatte der Offizier da nicht ganz unrecht. Pendergast war sich bewusst, dass er soeben nicht wirklich subtil beeinflusst wurde. Und er hasste es, manipuliert zu werden. Dennoch richtete sich sein Augenmerk auf den Attentäter.

»Da ist was dran«, bemerkte der Präsident finster.

Burgh reckte den Hals, als würde sich sein Kopf in einer Schlinge befinden.

»Mein Auftrag wurde in vollem Umfang ausgeführt«, begann der Killer mit einer Rechtfertigung. »Ich habe beide Zielpersonen innerhalb kürzester Zeit aufgespürt und aus dem Leben befördert.«

»Aber nicht, ohne unseren Gegenspielern vorher noch ein Geständnis in die Hand zu geben, das auf allen Fernsehkanälen rauf und runter läuft. Ich bekomme Anfragen und Protestnoten von sieben Sternennationen, die wissen wollen, was genau damit gemeint ist, wenn einer meiner Mitarbeiter davon redet, dass das Königreich erst der Anfang wäre. Was soll ich denen jetzt sagen? Einige haben bereits angekündigt, ihren Wehretat zu erhöhen, um auf eine mögliche – und ich zitiere – Aggression der Republik vorbereitet zu sein – Zitat Ende.« Er deutete anklagend mit dem Finger auf den regungslos dastehenden Attentäter. »Sie bringen die Solare Republik in ernste Schwierigkeiten. Unsere Reputation und die Rechtfertigung für diese Invasion sind beim Teufel. Es war unser erklärtes Ziel, in der Krise als die Guten dazustehen, die keine andere Wahl hatten. Nun wurde offenbart, dass wir die Drahtzieher hinter alldem sind. Dass *ich* der Drahtzieher hinter alldem bin. Es werden Stimmen laut, die eine Aufklärung bezüglich des Todes von König Liam fordern. Sogar innerhalb der Republik.« Er stand auf. »*Innerhalb der Republik*«, wiederholte er. »Die Dinge könnten kaum schlechter laufen.« Der Präsident setzte sich wieder. Er wollte nicht, dass seine

Gäste erfuhren, wie sehr ihn diese Entwicklung zu schaffen machte. Seine Beine zitterten.

»Das ändert aber nichts daran, dass Gorden Castor Prime verloren hat«, brachte Burgh süffisant grinsend ein. Das Gesicht des Großadmirals versteinerte.

»In der Tat«, stimmte Pendergast zu. »Und Sheppard ist in Gefangenschaft geraten. Eine propagandistische Katastrophe.« Er schüttelte den Kopf. »Einer der zwei Oberbefehlshaber des solarischen Militärs ist in Gefangenschaft des Königreichs geraten. Einfach unvorstellbar.«

Gorden schluckte, bevor er sich darauf einließ. »Wie soll ich in dieser Angelegenheit weiter vorgehen?«

Pendergast überlegte, dann musterte er Gorden scharf. »Wir dürfen nicht zulassen, dass Sheppard in feindlicher Hand verbleibt.«

»Eine Befreiungsaktion also«, schlussfolgerte der Großadmiral in selbstzufriedenem Ton.

»Sind Sie verrückt? Castor Prime wurde mittlerweile befestigt und zur Festung ausgebaut. Der Geheimdienst geht davon aus, dass sich Sheppard in Pollux aufhält. Wenn Sie den Planeten nicht einnehmen konnten, als Ihnen eine Armee und eine Flotte zur Verfügung stand, wie wollen Sie es jetzt schaffen?« Gorden machte Anstalten, etwas einzuwenden, aber Pendergast winkte ungeduldig ab, ehe der Großadmiral auch nur einen Ton herausbrachte. »Nein, nein, militärisches Vorgehen scheint mir momentan nicht angebracht.« Er fixierte Gorden mit blitzenden Augen. »Nehmen Sie Kontakt zu den Royalisten auf. Offerieren Sie Ihnen einen Gefangenenaustausch. Machen Sie denen ein Angebot, das sie nicht ausschlagen können. Im Prinzip ist es mir gleich, was Sie Ihnen geben, aber bringen Sie Sheppard nach Hause. Sein Verbleib in royaler Haft ist inakzeptabel.«

»Ich verstehe«, entgegnete Gorden steif. Dass ausgerechnet er dafür sorgen musste, dass sein eigener Rivale wohlbehalten zurückkehrte, war dem ehrgeizigen Offizier ein Dorn im Auge. Aber darauf konnte Pendergast keine Rücksicht nehmen.

»Gibt es sonst noch Anweisungen für mich?«, wollte der Befehlshaber wissen.

»Allerdings. Aufgrund des Geständnisses unseres Freundes Burgh«, der Attentäter verzog peinlich berührt die Miene, »und der Krönung von Prinz Calvin, bei der dank Ihnen das gesamte besiedelte Universum Zeuge wurde«, nun war es an Gorden, das Gesicht zu verziehen, »haben wir eine völlig enthemmte Lage. Es gibt Unruhen und Bürgeraufstände von Beltaran bis Onbele und von Kinpur bis Enol. Royalistische Soldaten und ganze Einheiten, die bisher in der Versenkung verschwunden waren, trauen sich wieder hervor, um in den Krieg einzugreifen. Jenseits der Grenzen von Königreich und Republik, im Celeste-Sektor, formiert sich eine Flotte von Königs-Loyalisten, die bei Kriegsbeginn dorthin geflohen sind. Sie machen sich bereit, die Grenze zu überqueren, um ins Königreich zurückzukehren.« Pendergast warf die Arme in die Luft. »Herrje, sogar die Freie Republik Condor hat sich gegen uns gewandt! Unter Redburns Führung sind einige ihrer Schiffe ins Königreich eingedrungen und haben einen unserer Horchposten zerstört. Auf Tirold ist unter Führung der rechtmäßigen Gräfin ein bewaffneter Aufstand im Gange. Die Menschen verlieren ihre Angst vor uns. Etwas, das nie hätte passieren dürfen. Die Lage ist dabei, außer Kontrolle zu geraten.«

»Was machen wir also?«, hakte Gorden nach. »Soll ich Waffenstillstandsverhandlungen initiieren?«

Pendergasts Kopf zuckte hoch. »Auf keinen Fall! Schwäche zu zeigen wäre der falsche Ansatz. Und noch ist nichts verloren. Ich habe neue Aushebungen angeordnet und eine weitere Charge Kriegsschiffe verlässt unsere Werften Ende kommender Woche. Wir benötigen nur ein bisschen Zeit, bis die Verstärkungen ausgebildet sind und an die Front geworfen wurden.« Der Präsident überlegte kurz. »Sie ziehen die Front auf ein besser zu verteidigendes Gebiet zurück. Dort halten Sie die Stellung, bis wir in der Lage sind, wieder in die Offensive zu gehen.«

Der Großadmiral nickte. »Verstanden.«

Pendergast wandte sich Burgh zu. »Und Sie kommen zurück zur Erde. Ich habe eine andere Aufgabe, die Ihren Fähigkeiten gerecht wird. MacTavishs Widerstandsbewegung wird immer dreister. Ich bin überzeugt, sie besitzen Unterstützung. Jemand versorgt sie mit Informationen. Finden Sie den Maulwurf. Löschen Sie sie aus. Das ist jetzt Ihre vordringlichste und einzige Mission.«

»Ich verstehe«, bestätigte der Attentäter.

»Machen Sie sich nichts vor«, fuhr Pendergast fort, »keiner von Ihnen! Würde ich Sie nicht brauchen, hätte ich Sie alle beide aus dem Weg geräumt. Und jetzt verschwinden Sie! Enttäuschen Sie mich nicht noch einmal!«

Die holografischen Abbilder lösten sich auf. Gorden salutierte zum Abschied. Pendergast lehnte sich in seinem Sessel zurück und starrte an die Decke.

Eine Seitentür öffnete sich und Mascha steckte den Kopf herein. »Störe ich?«, wollte sie lächelnd wissen.

Pendergasts Laune hob sich automatisch, sobald er sich im selben Raum wie seine Gespielin aufhielt. »Keineswegs. Komm rein.«

Mit nackten Füßen tippelte die junge Frau zu ihm, trat hinter seinen Stuhl und massierte ihm den Nacken. »Du bist immer so verspannt«, schalt sie ihn sanft. »Du solltest dich öfters entspannen.«

»Wenn ich das nur könnte«, entgegnete er. »Manchmal überkommt mich der Eindruck, ich wäre nur von Idioten umgeben.« Er fasste nach hinten und streichelte ihre Hand. »Du bist mein einziger Lichtblick zurzeit.«

»Hast du denn Probleme? Kann ich dir irgendwie helfen?«

»Ich wünschte, dem wäre so. Aber nein, leider nicht. Die Dinge laufen momentan wirklich nicht besonders gut.«

Mascha fuhr damit fort, den verspannten Nacken des Präsidenten zu massieren. Da er ihr den Rücken zuwandte, sah er nicht, wie sich die Lippen der Undercoveragentin zu einem spöttischen Lächeln verzogen.

34

Dexter betrat in Begleitung von Oscar Sorenson und Admiral Simon Lord Connors das Penthouse eines Luxushotels im Zentrum der planetaren Hauptstadt von Pollux. Die Schlacht um die königliche Zentralwelt war seit zehn Tagen vorüber.
Bevölkerung und Militär waren mit den Aufräumarbeiten beschäftigt. Große Teile des Planeten lagen in Schutt und Asche. Die solaren Streitkräfte waren bei dem erneuten Invasionsversuch nicht zimperlich zu Werke gegangen.
Aber die Menschen von Castor Prime hatten den Invasoren ein deutliches Zeichen gegeben. Sie zogen es vor, in Freiheit und Selbstbestimmung zu leben, ohne Unterdrückung seitens einer fremden Macht. Und sie waren bereit, für dieses hehre Ziel auch das eigene Leben in die Waagschale zu werfen. Beide Seiten hatten hohe Verluste erlitten, aber für die Republik mochte diese Niederlage besonders schwer wiegen. Vor allem propagandistisch.
Castor Prime war das Kronjuwel ihrer Eroberungen gewesen. Die Welt, deren Befriedung sie mit der Legitimation der Besetzung des Königreichs gleichgesetzt hatten. Diese Welt war nun für sie verloren. Der Krieg war noch längst nicht vorüber, aber nichtsdestoweniger Pendergast hatte eine Schlappe erlitten, an der dieser Schlächter erst einmal zu kauen hatte.
Der Offizier in der Uniform des Militärs der Solaren Republik drehte sich beim Eintreffen der drei Männer schwungvoll um. Selbst in der Niederlage strahlte Großadmiral Gale Sheppard etwas Würdevolles aus. Seine Präsenz forderte unbedingten Respekt.
Die drei Offiziere versammelten sich um den Gefangenen. Dieser rang sich ein schmales Lächeln ab. »Meine Herren«, begrüßte er seine Kerkermeister, als wäre er der Gastgeber und seine Gegenüber lediglich Gäste, »ich beglückwünsche Sie zu Ihrem großen Sieg. Ich muss gestehen, er

kommt unerwartet. Eine militärische Glanzleistung, das muss ich neidlos anerkennen.«

Connors zog einen Stuhl heran. »Bitte setzen Sie sich, Großadmiral. Wir haben einiges zu besprechen.«

Der solare Offizier zog eine Augenbraue hoch, setzte sich aber kommentarlos. Er sah gleichmütig zu den drei Royalisten auf. »Wird mir jetzt der Termin für meine Hinrichtung genannt?«

Die drei Admirale wechselten verhaltene Blicke. »Sie missverstehen unser Erscheinen«, meinte Dexter.

»Ach wirklich?«, hielt Sheppard entgegen. »Soviel ich weiß, werden mir von Ihrer Seite verschiedene Kriegsverbrechen vorgeworfen. Vorbereitung eines Angriffskriegs, Bombardierung ziviler Ziele, um nur zwei zu nennen. Die Anklageschrift enthält siebzehn Punkte, meine ich mich zu erinnern.«

»Wir haben uns mit der Solaren Republik geeinigt«, mischte sich Sorenson ein. Der Befehlshaber der *Skull*-Spezialeinheit wirkte nicht wirklich zufrieden mit dem Ergebnis. Dexter wusste, er hätte den Großadmiral am liebsten für seine Rolle während der Invasion des Königreichs standrechtlich erschießen lassen. Aber Sheppard würde nun helfen, Leben zu retten. Vielleicht sogar über die aktuelle Vereinbarung hinaus.

Sheppard war mit einem Mal sehr interessiert. Er versuchte, es zu verbergen. Dexter erkannte allerdings die Anzeichen. Der Mann spitzte die Ohren und beugte sich nach vorn.

»Es gibt eine Einigung? Welcher Art?«, wollte der Großadmiral wissen.

»Gefangenenaustausch«, warf Dexter in die Runde.

Sheppard erstarrte auf der Stelle. In seine Augen trat erwartungsvolles Funkeln. »Tatsächlich?«

Dexter nickte. »Gorden hat uns kontaktiert und ein Angebot gemacht. Wir haben es nach einer Beratung noch einmal in die Höhe getrieben.«

Der Großadmiral neigte den Kopf leicht zur Seite. Sein Interesse wurde nun offenkundig. »Und wie sieht das Ergebnis Ihrer ... Verhandlungen aus?«

»Eine Reihe hochrangiger solarer Gefangener werden freigelassen – einschließlich Ihnen. Es sind insgesamt tausend. Im Gegenzug erhalten wir Soldaten – Mannschaftsränge und Offiziere – zurück, die während der Schlacht um Tirold in republikanische Kriegsgefangenschaft geraten sind.«

»Wie viele?«

»Fünftausend.«

Sheppards Augenbrauen wanderten beide bis zum Haaransatz hoch. »Im Verhältnis eins zu fünf. Meine Hochachtung. Diese Verhandlungen waren bestimmt nicht einfach.«

»Im Gegenteil«, widersprach Dexter. »Sie waren wesentlich einfacher, als Sie möglicherweise annehmen.« Er sah erst zu Connors, dann zu Sorenson. »Ehrlich gesagt, im Nachhinein überkam uns der Eindruck, wir hätten wesentlich mehr fordern können. Ihre unversehrte Rückkehr ist Pendergast einiges wert.«

»Wie kommen Sie auf die Idee, dass der Präsident dahintersteckt?«

Dexter prustete. »Wäre es nach Gorden gegangen, würden Sie in einem königlichen Kriegsgefangenenlager verrotten. Das ist uns allen klar.«

Sheppard wandte den Blick ab und strich sich mit zwei Fingern über die linke Augenbraue. Der Mann war peinlich berührt, wollte aber nicht eingestehen, wie sehr ihn Dexters Bemerkung traf. Das war nur der erste Schnitt ins Fleisch des Großadmirals. Die nächsten zwei würden zeigen, inwieweit Sheppards Loyalität gegenüber Pendergast zu erschüttern war.

»Sie werden innerhalb der nächsten Stunde zu einem Shuttle am Raumhafen gebracht. Es wartet bereits ein repubikanischer Kreuzer am Lagrange-Punkt 2. Er wird sie nach Hause bringen. Die übrigen Gefangenen werden innerhalb der nächsten vierundzwanzig Stunden folgen. Die Freilassung der königlichen Geiseln hat bereits begonnen.«

Sheppard nickte langsam und gemessen. Es gefiel ihm offenbar nicht, als Faustpfand herhalten zu müssen. Das Druckmittel, das er darstellte, wurde genutzt, um Tausende seiner Feinde in die Freiheit zu entlassen.

Der Blick des Großadmirals wanderte von einem zu anderen. Er lächelte. »Eine ziemlich hochkarätige Abordnung, nur um mir zu eröffnen, dass ich gehen kann.« Er musterte die Admiräle nacheinander. »Was wollen Sie?«

»Prägnant und auf den Punkt wie immer«, gab Connors zurück. Dexter warf dem Chef des RIS einen fragenden Blick zu. Dieser nickte. »Sagen Sie es ihm, Blackburn. Er muss es erfahren.«

»Er muss *was* erfahren?«, hakte Sheppard nach.

Dexter holte ein Aufzeichnungsgerät aus der Tasche seiner Uniformjacke und drückte ohne Erklärung auf den Wiedergabeknopf. Zu hören war ein Gespräch zwischen Pendergast und seinem Assistenten Mulligan. Die beiden besprachen, die Versorgung von Sheppards Einheiten einzuschränken zugunsten von Gorden. Die Verbände Großadmiral Sheppards sollten nicht einmal das Nötigste erhalten. Und von dem, was sie bekamen, war ein Großteil minderwertig und kaum noch für den militärischen Gebrauch geeignet.

Mit jedem Wort erbleichte Sheppards Gesicht mehr und mehr. Seine Augen wurden ausdruckslos. Dexter war versucht, den Begriff *leblos* zu verwenden. Unter Umständen traf das Wort desillusioniert besser zu.

Als die Aufzeichnung endete, verharrten alle vier Offiziere beinahe regungslos. Die Royalisten versuchten auszuloten, was in Sheppards Kopf vor sich ging.

Schließlich hüstelte dieser. Er lehnte sich in dem Stuhl zurück. Der Mann war offenbar dabei, seine Gedanken zu ordnen.

»Woher haben Sie das?« Sheppard war ins Mark getroffen.

»Das spielt keine Rolle.« Dexter würde den Teufel tun und Sheppard von MacTavishs Untergrundbewegung erzählen. Und davon, wie nah inzwischen eine Agentin in der Nähe des Präsidenten platziert worden war.

»Pendergast hat meine Leute unterversorgt«, ergriff der Großadmiral erneut das Wort. »Na und? Das ist keine Überraschung. Der Mann ist schließlich der Präsident. So etwas liegt in seinem Ermessensspielraum. Wenn Sie vorhatten, mich zu schockieren und damit gegen mein gewähltes Staatsoberhaupt aufzubringen, dann muss ich Ihnen leider sagen, Ihr Vorhaben ist gescheitert.« Sheppard setzte ein überhebliches Grinsen auf. »Wären Gordens Verstärkungseinheiten rechtzeitig eingetroffen, dann wären Sie alle jetzt *meine* Gefangenen. So ist das im Krieg. Mal gewinnt man, mal verliert man. Und vieles hängt leider vom Zufall ab.«

Dexter grinste nun ebenfalls. Er zögerte gerade lange genug, damit Sheppard bemerken konnte, dass er immer noch nicht alles wusste.

»Zufall? Sie meinen, das Ausbleiben von Gordens Verstärkung wäre auf Zufall zurückzuführen?« Mit diesen Worten spielte er die zweite Aufzeichnung ab.

Die Stimmen zweier Männer waren zu hören. Die eine gehörte dem Präsidenten der Solaren Republik, die zweite Gorden. Dieser war es, der den Anfang machte.

»Sheppard hat mich kontaktiert«, berichtete der zweite Großadmiral. »Er fordert Verstärkung an. Die Royalisten rücken auf Castor Prime vor.«

Schweigen. Dann Pendergast: »Was haben Sie ihm gesagt?«

Gordens Stimme wurde hämisch. »Ich versprach ihm, mehrere schlagkräftige Geschwader zur Unterstützung zu schicken.«

»Und werden Sie das? Ihm Hilfe entsenden, meine ich.«

»Ich habe ernsthaft darüber nachgedacht, mich aber dagegen entschieden.«

»Erklärung?« Pendergasts Stimme hörte sich keineswegs ablehnend an.

»Ich verfolge einen Plan, mit dem ich dem Königreich endgültig das Rückgrat brechen kann. Dieser Blackburn hat einen schweren Fehler begangen. Er greift Castor Prime mit dem Gros der verbliebenen königlichen Streitkräfte an. Ich werde zulassen, dass er Sheppards Einheiten überrennt. Dann schlage ich zu, kessle seine Flotte bei Castor Prime ein und vernichte sie.«

»Ein riskanter Plan«, kommentierte der Präsident.

»Keineswegs«, widersprach Gorden. »Blackburn besitzt keine nennenswerten Nachschublinien, sobald er Castor Prime erreicht. Der Narr wird den Planeten vielleicht einen oder zwei Tage kontrollieren. Unter Umständen sogar eine Woche. Sei's drum. Aber letztendlich wird er verlieren. Und dann haben wir nicht nur die Flotte im Sack, sondern auch den Prinzen. Das letzte überlebende Familienmitglied des Hauses Clifford. Das wird das Ende dieses Krieges einläuten.«

»Ich weiß nicht so recht«, sinnierte der Präsident. »Ihr Plan sieht eine Opferung von Sheppards komplettem Kommando vor. Eine Menge loyaler Soldaten und Offiziere werden den Tod finden.«

Man konnte förmlich über die Aufzeichnung hören, wie Gorden die Achseln zuckte. »Na und wenn schon! Das sind akzeptable taktische Verluste. Am Ende werden wir in einer wesentlich stärkeren Position dastehen. Blackburn und die Royalisten beabsichtigen offensichtlich, die Menschen des Königreichs zu motivieren und aufzustacheln, indem sie die Hauptwelt zurückerobern. Eine Verzweiflungstaktik, wenn

Sie mich fragen. Indem wir die Royalisten bei Castor Prime vernichten, wird das Gegenteil erreicht. Die Menschen des Königreichs werden die Hoffnung verlieren. Unserem Sieg steht dann nichts mehr im Wege.«

Wiederum antwortete dem Großadmiral zunächst Schweigen. Dann gab der Präsident sein Einverständnis. »Na schön, Gorden. Sie haben meine Erlaubnis fortzufahren. Aber ich hoffe für Sie, dass Ihr Plan auch funktioniert.«

»Ich danke Ihnen, Herr Präsident. Er wird funktionieren. Sie werden sehen.«

Dexter schaltete die zweite Aufzeichnung ab und beobachtete jede Regung in Sheppards Gesicht genau. »Dieser Wortwechsel wurde uns ebenfalls zugespielt«, erläuterte er. »Gorden hatte nie die Absicht, Ihre Streitmacht zu entsetzen. Und das nicht nur mit Pendergasts ausdrücklicher Billigung, sondern mit seiner vollen Unterstützung.«

In Sheppards Gesicht arbeiteten die Muskeln unentwegt unter der Haut. Der Großadmiral kämpfte mit seinen Emotionen, kämpfte darum, die Fassung zu bewahren.

»Er hat Ihre Leute wissentlich und absichtlich geopfert«, brachte Sorenson mit ein.

»Wissentlich und absichtlich«, wiederholte Connors.

Dexter spürte beinahe so etwas wie Mitleid mit dem solaren Offizier. Er stand aus drei Richtungen unter Beschuss. Wahrscheinlich wusste er im Moment nicht einmal mehr, wie ihm geschah.

Endlich sah er auf. »Was erwarten Sie von mir?«

Dexter beugte sich vor. »Dass Sie Stellung beziehen.«

Gordens Augen wurden groß. »Ich bin loyaler republikanischer Offizier und Sie erwarten von mir, dass ich Position gegen meine Heimat beziehe? Gegen meinen Präsidenten?«

»Pendergast ist ein Mörder und Kriegsverbrecher. Und seine Person ist nicht gleichbedeutend mit der Solaren Republik. Sie schulden ihm gar nichts.« Um seine Worte zu untermalen, machte Dexter eine harte Bewegung der linken Hand von rechts nach links.

»Ihm vielleicht nicht, aber der Solaren Republik schon. Und ihren Bürgern. Ihnen gehört meine Liebe, meine Treue, meine Hingabe. Sie sind verrückt, wenn Sie denken, ich würde mich gegen sie stellen.«

»Nicht gegen sie«, beharrte Dexter. »Für sie. Pendergast reißt die Republik in den Untergang. Und er nimmt das Königreich, die Freie Republik Condor und jede andere Sternennation mit sich in die Tiefe. Pendergast ist der schlimmste Präsident, den die Republik jemals auf diesem Posten dulden musste.«

»Ich kämpfe nicht für irgendeine Regierung, meine Herren. Ich kämpfe für meine Republik, für meine Familie, damit beide in Sicherheit leben können.«

»Und das beinhaltet die Invasion eines Nachbarn, der gar keine Bedrohung darstellt?«

Sheppard reckte das Kinn. »Die Gesetzlosigkeit innerhalb des Königreichs war eine Bedrohung für jede friedliebende Sternennation in der Region. *Wir* haben diese Gefahr beseitigt. *Wir* haben das *Konsortium* und den Zirkel zerstört. Etwas, zu dem das königliche Militär nicht fähig war. Sie sollten uns dankbar sein und nicht bekämpfen.«

»Pendergast selbst steckt hinter den Machenschaften des Zirkels. Er plante diese Invasion lange vor den Angriffen des *Konsortiums*.«

Sheppard fixierte Dexter. Seine Augen nahmen einen beängstigend fanatischen Ausdruck an. »Lügner!«, spie er ihm entgegen.

Dexter wollte noch etwas sagen, aber sowohl Connors als auch Sorenson legten beide die Hand auf jeweils eine seiner Schultern und geboten ihm auf diese Weise Einhalt.

Dexter nickte schweren Herzens und erhob sich. Er seufzte. »Ich hoffe inständig, dass Sie eines Tages aufwachen. Und dass es dann noch nicht zu spät ist. Für unser beider Heimat.«

Wie auf ein unsichtbares Zeichen öffnete sich die Tür und zwei Marines standen im Raum. »Man bringt Sie jetzt zum Raumhafen, Großadmiral.«

Er wollte sich abwenden, zögerte aber. »Sheppard, trotz Ihrer Taten während der ersten Kriegstage und -wochen, halte ich Sie für einen guten Mann. Es ist Pendergast, der Menschen wie Sie antreibt, der Sie zu Tätern macht, damit nicht er allein schuldig ist. Das ist eine bekannte Taktik von Diktatoren. Aber trotz seiner Anweisungen sind Sie sowohl gegen das Militär wie auch die Zivilbevölkerung des Königreichs viel moderater vorgegangen als Gorden. Sollte es aber weiterhin Übergriffe Ihrer Truppen auf zivile Ziele geben, dann werde ich Sie jagen und zur Strecke bringen wie einen tollwütigen Hund. Ich wollte nur, dass Sie das wissen.«

Sheppard nickte. »Wir sehen uns auf dem Schlachtfeld wieder, Flottenadmiral Blackburn. Dann wird sich zeigen, wer der Bessere von uns ist.«

Lieutenant Colonel Lennox Christian und Gunnery Sergeant Alejandro Barrera warteten ungeduldig im Foyer des Hotels, in dem man Großadmiral Sheppard unter Arrest gestellt hatte.

Als man den republikanischen Offizier flankiert von zwei Mitgliedern der Colonial Royal Marines quer durch den Raum auf den Ausgang zu führte, wechselten die beiden Männer einen verblüfften Blick.

Nur Sekunden später erschienen Blackburn, Connors und Sorenson. Der Flottenadmiral bemerkte die wartenden Männer und entschuldigte sich bei seinen zwei Begleitern.

Blackburn nickte zunächst Lennox dann Barrera freundlich zur Begrüßung zu. »Sie sind wieder zurück. Willkommen daheim!«

Lennox ignorierte die freundlichen Worte. Mit einem Wink seines Kinns deutete er Sheppard hinterher. »Was ist mit dem da?«

»Er und einige seiner Leute werden ausgetauscht. Gegen mehrere Tausend von unseren Soldaten.«

Lennox bleckte die Zähne. »Wir lassen den Kerl laufen? Einfach so?«

Blackburn zuckte die Achseln. »Das ist Politik. So laufen die Dinge nun einmal.«

»Politik ist kacke!«, giftete Barrera. Auf einen amüsierten Blick des Admirals fügte er verschämt ein »Sir« hinzu.

»Er ist zwar frei«, fuhr Blackburn fort, »aber er wird es dennoch schwer haben. Dies ist die zweite große Schlacht, die er verloren hat. Pendergast vergibt vielleicht einen Fehler. Aber einen zweiten …? Ich weiß nicht so recht.« Der Admiral grinste breit. »Das war jedenfalls verdammt gute Arbeit, die Sie da geleistet haben.«

»Finden Sie?«, entgegnete Lennox zweifelnd. »Wir hatten den Auftrag, zwei Zielpersonen in Sicherheit zu bringen. Und beide haben wir verloren.«

»Nicht Ihr Fehler. Und auch nicht der Ihres Teams. Sie haben anschließend die zweitbeste Möglichkeit ergriffen und Merkurs Geständnis unters

Volk gebracht. Überall in den besetzten Gebieten sind Aufstände ausgebrochen. Einheiten und Schiffe des Königs, die sich bisher versteckten, haben sich endlich getraut, in den verloren geglaubten Kampf einzugreifen. Das ist keine Kleinigkeit. Seine Majestät ist für Ihren Einsatz äußerst dankbar.«

»Es haben aber nicht alle geschafft.« Lennox' Herz war schwer, als er an Menschen wie Wolfgang Koch dachte. Ohne das Opfer des Scharfschützen hätte es keiner von ihnen aus diesem verdammten Tunnel geschafft.

»Ja, ich weiß«, bestätigte Blackburn. »Und ich verspreche, wir werden keinen vergessen, der sein Leben für König und Vaterland gab. Es wird eine Zeit zu trauern geben, aber nun müssen wir erst einmal unseren momentanen Vorteil nutzen, bevor er vorüber ist.«

»Ich würde zu gerne wissen, welche der Übertragungen den Schlamassel für die Solarier letztendlich ausgelöst hat. Die Krönung oder das aufgezeichnete Geständnis Merkurs?« Lennox strich sich nachdenklich über den Dreitagebart.

»Wer weiß? Ist das denn wichtig? Möglicherweise war es beides in Kombination. Nur das Ergebnis ist von Bedeutung. Unsere Freunde von der Solaren Republik haben in den besetzten Gebieten massive Probleme. Sie mussten sich bereits aus einigen Systemen zurückziehen, die nicht mehr zu halten waren. Im Augenblick etablieren Sie eine neue Front entlang der Welten Moshat, Kopenhagen und Beltaran.« Ein Schatten legte sich über das Antlitz Blackburns, als er seine Heimatwelt erwähnte. »Sie werden sich dort einigeln und versuchen, die Stellung zu halten, bis sich das solare Militär materiell und personell erholt hat. Wir müssen ihre neue Linie durchbrechen, bevor ihnen das gelingt. In diesem speziellen Fall können wir sie vielleicht sogar bis zum Solsystem zurücktreiben. Das wäre ideal.«

»Ein strategischer Rückzug birgt auch Vorteile«, brachte Barrera seine Erfahrung ein. »Er verkürzt die Versorgungslinien. Darüber hinaus verringert eine kleinere Anzahl besetzter Systeme den Bedarf an Besatzungstruppen. Das republikanische Militär wird spürbar entlastet. Diese neue Frontlinie zu durchbrechen wird kein Kinderspiel. Wenn wir losschlagen, werden sie bereits auf uns warten.«

»Deswegen müssen wir jetzt schnell handeln«, antwortete Dexter. »Sonst findet die Republik ihr Gleichgewicht wieder.«

»Aber was ist mit Sheppard?«, beharrte Lennox. »Den Mann freizulassen könnte sich für unsere Sache als Bumerang erweisen. In vielerlei Hinsicht ist er gefährlicher als Gorden. Gerade weil er bei seinen Truppen so ungemein beliebt ist. Sie würden für ihn durchs Feuer gehen.«

»Darüber habe ich auch schon nachgedacht«, antwortete Blackburn, drehte sich um und starrte in Gedanken versunken durch die Tür, durch die man den Großadmiral geführt hatte. »Aber wir haben heute eine Saat gesät, die hoffentlich bald aufgehen wird. Die Saat des Zweifels.«

Epilog

Der Widerstand lebt

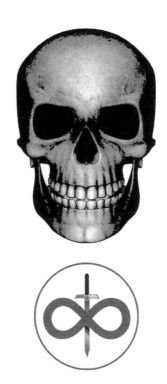

12. Dezember 2648

Natascha kehrte an der Seite des Präsidenten der Solaren Republik spätabends in den Palais zurück, eskortiert von den ständig präsenten Agenten des Secret Service.

»Du hattest recht, meine Liebe«, eröffnete Pendergast säuselnd das Gespräch und gab ihr einen langen Kuss auf die Wange. Natascha nahm ihn lächelnd hin, obwohl es ihr bei jeder seiner Berührungen eiskalt den Rücken hinunterlief. »Der Theaterbesuch hat mich wirklich auf andere Gedanken gebracht.«

»Ich will lediglich, dass es dir gut geht, mein Schatz.« Sie fuhr ihm durchs Haar. »Du bist in letzter Zeit so gestresst.«

»Ja, in der Tat«, gab er zu. »Darum bin ich umso glücklicher, dass ich dich an meiner Seite weiß.«

Zwei Agenten öffneten die Tür zu Pendergasts Allerheiligstem und das vermeintliche Liebespaar schritt hindurch. Natascha blieb stehen. Hinter dem Schreibtisch des Präsidenten lümmelte sich eine Frau. Sie trug ein langes, seitlich geschlitztes Kleid, das mehr offenbarte, als es verbarg.

Ihr Lächeln gefror, als sie realisierte, dass der Präsident eine Frau an seiner Seite hatte. Die Fremde erhob sich in einer geschmeidigen Bewegung und trat ihnen entgegen.

Pendergast war über die Anwesenheit der Frau nicht glücklich. »Cassandra, was zum Teufel machst du denn hier?«

»Ich hörte, die Dinge laufen schlecht«, erwiderte die Frau. »Da dachte ich, Sie könnten meine Anwesenheit benötigen.«

Pendergast antwortete nichts darauf. Er drehte sich kurz zu Natascha um und gab ihr einen weiteren Kuss. »Würdest du uns bitte für einen Augenblick entschuldigen? Was wir zu bereden haben, ist nicht für deine Ohren bestimmt.«

»Aber natürlich. Ganz wie du willst.« Natascha fuhr Pendergast erneut durch das im Ergrauen begriffene Haar und brachte unbemerkt eine Wanze von der Größe eines halben Fingernagels unter dem Kragen seines Smokings an. Sie warf der Frau namens Cassandra noch einen Blick zu, der aussagte, dass der Präsident *ihr* Revier war. Der Ausdruck in Cassandras Pupillen verriet, dass in dieser Hinsicht das letzte Wort noch nicht gesprochen war.

Natascha begab sich ins Nebenzimmer, wo sich die privaten Räumlichkeiten des Präsidenten befanden. Dort angekommen, stellte sie die Dusche an. Aber anstatt sich unter den heißen Wasserstrahl zu begeben, legte sie ihren Komlink an und verband diesen mit der Wanze. Sie konnte nun jedes Wort mithören, als würde sie sich immer noch im selben Raum befinden.

»Du solltest nur zur Erde kommen, wenn ich dich rufe.«

»Seit wann stehst du auf so kleine graue Mäuschen?«, hielt ihm Cassandra vor.

»Mascha ist mir sehr ans Herz gewachsen. Du wirst sie mit Respekt behandeln.«

»Mascha heißt sie also. Na ja, du wirst ihrer schnell überdrüssig werden. Ein Mann wie du braucht eine richtige Frau.«

»Hör auf, mir zu schmeicheln. Kommen wir zum Thema.«

»Du hast Probleme, wie ich hörte.« Der abrupte Gesprächswechsel schien Pendergast zu verwirren.

»Nichts, mit dem ich nicht fertigwerde«, antwortete er verkniffen. »Lediglich eine kurzzeitige Flaute in unserer Strategie.«

»Ja, so könnte man es auch nennen«, antwortete sie spöttisch. »Aufstände und Kämpfe in Systemen, in denen sich deine Truppen bereits viel zu sicher fühlten. Das ist gar nicht gut. Du hättest mich schicken sollen, um das Blackburn-Problem zu lösen. Ich stand ihm schon mal sehr nahe. Ihn zu eliminieren wäre damals bedeutend leichter gewesen.«

»Es war Dawson, der zögerte, diesen Schritt zu gehen. Und Blackburns Vater hielt seine schützende Hand über seinen Sohn. Zu diesem Zeitpunkt war er noch viel zu mächtig, um ihn herauszufordern.«

»Und jetzt?« Man hörte die Vorfreude aus Cassandras Stimme heraus.

»Nun ist er außerhalb unserer Reichweite.«

»Schade. Wirklich zu schade.«

»Aber was ist mit deiner eigentlichen Zielperson? Bist du noch an ihr dran?«

»Oh ja, sogar immens nahe.« Pendergast wusste nur zu gut, was das bedeutete. Und Natascha ebenfalls.

»Ausgezeichnet. Dann wird es Zeit, diese Spielfigur vom Brett zu nehmen.«

»Das bedeutet, ich habe endlich grünes Licht.«

»Ja, in der Tat. Kehre zu deinem Ziel zurück und bring die Sache zu Ende. Wir werden unsere Feinde lehren, dass es keine gute Idee ist, sich uns in den Weg zu stellen. Nicht für sie und nicht für ihre Liebsten.«

Natascha knirschte mit den Zähnen. Pendergast erwähnte den Namen der besagten Zielperson mit keiner Silbe. Das war nicht gut. Sie musste unbedingt herausfinden, um wen es sich handelte. Oder schon sehr bald würde es einen Toten mehr geben. Und so wie es sich anhörte, musste es sich um eine wichtige Person handeln.

Großadmiral Gale Sheppard saß im Quartier des Captains des Kampfkreuzers SRS KAPSTADT und starrte verdrossen auf den Bildschirm. Der Kommandant des Kreuzers hatte ihm die Räumlichkeiten freundlicherweise überlassen. Für gewöhnlich erachtete Sheppard derartige Höflichkeit als ihm zustehend. Nicht allerdings heute, er kehrte besiegt nach Hause zurück. In seiner momentanen Gemütsverfassung hätte er sogar die Koje des niedersten Mannschaftsmitglieds akzeptiert. Auf jeden Fall hätte es zu seiner deprimierten Stimmung gepasst.

Das Glas Sherry in der Hand war beinahe schon vergessen. Er schwenkte den bernsteinfarbenen Inhalt von einer Seite zur anderen. Hin und wieder schwappte etwas über den Rand und befleckte entweder die Tischplatte oder sein Uniformhemd. Er ignorierte beides.

Seine Konzentration galt vollumfänglich dem Geschehen auf dem Bildschirm. Es lief auf allen Frequenzen und allen Kanälen. Ein Mann namens Winston Kasumba, der ehemalige Graf von Onbele, setzte sich mit einem gewissen Burgh auseinander. Letzteren zumindest kannte er. Den Mann hatte er schon des Öfteren in Begleitung Pendergasts gesehen. Immer im Hintergrund zwar, aber er wirkte wie eine Spinne, die unscheinbar die Fäden zog, bis sich etwas Essbares darin verfing. Es kursierten Gerüchte, dass Burgh ein hoch bezahlter Attentäter war – und der Mann fürs Grobe des Präsidenten. Nun, das überraschte ihn keineswegs.

Was ihn aber fassungslos zurückließ, war das Gespräch der beiden. Einiges davon ließen Blackburns Worte in anderem Licht erstrahlen. Als die Aufzeichnung endete, spielte er sie noch einmal ab. Er sah sie sich immer und immer wieder an. Stundenlang. Weit nach Mitternacht Schiffszeit schaltete er auf Stand-by. Die Aufzeichnung gefror und er musterte nachdenklich das Antlitz Burghs, wie es ihn aus dem Bildschirm heraus angrinste. Es fühlte sich an, als würde der Mann ihn verhöhnen, ihn ungehemmt auslachen. Ihn persönlich. Sheppard führte das Glas an seine Lippen und leerte den verbliebenen Inhalt in einem Zug.

Und während der Alkohol sich den Weg durch seine Eingeweide brannte, dachte er unentwegt an Blackburns Worte: »Ich hoffe inständig, dass Sie eines Tages aufwachen. Und dass es dann noch nicht zu spät ist. Für unser beider Heimat.«

Nun, seine Augen waren nicht länger verschlossen vor der Wahrheit, der er sich unweigerlich stellen musste: Der einzig wahre Feind der Solaren Republik hieß Montgomery Pendergast.

John Norman
DIE CHRONIKEN VON GOR

www.atlantis-verlag.de

Martin Kay
DIE FLAMME VON ETAN 1:
Zuflucht Galadorn Core

www.atlantis-verlag.de

Printed in Poland
by Amazon Fulfillment
Poland Sp. z o.o., Wrocław

39206608R00206